本书为国家社科基金年度项目"德米特里诗学研究"（15BWW060）最终成果

德米特里
诗学研究

李葛送 著

A STUDY OF
DEMETRIUS' POETICS

中国社会科学出版社

图书在版编目(CIP)数据

德米特里诗学研究/李葛送著. —北京：中国社会科学出版社，2024.1
ISBN 978-7-5227-2773-8

Ⅰ.①德… Ⅱ.①李… Ⅲ.①德米特里—诗学—研究 Ⅳ.①I545.072

中国国家版本馆 CIP 数据核字(2023)第 234991 号

出 版 人	赵剑英
责任编辑	郭晓鸿
特约编辑	杜若佳
责任校对	师敏革
责任印制	戴 宽

出　　版	中国社会科学出版社
社　　址	北京鼓楼西大街甲 158 号
邮　　编	100720
网　　址	http://www.csspw.cn
发 行 部	010-84083685
门 市 部	010-84029450
经　　销	新华书店及其他书店
印　　刷	北京明恒达印务有限公司
装　　订	廊坊市广阳区广增装订厂
版　　次	2024 年 1 月第 1 版
印　　次	2024 年 1 月第 1 次印刷
开　　本	710×1000　1/16
印　　张	20.25
插　　页	2
字　　数	305 千字
定　　价	109.00 元

凡购买中国社会科学出版社图书，如有质量问题请与本社营销中心联系调换
电话：010-84083683
版权所有　侵权必究

目　录

序 ·· 1

绪　论 ·· 1
  第一节　德米特里诗学学术史和现状 ·· 1
  第二节　德米特里及其著述争议 ·· 6
    一　德米特里身份的论争 ·· 6
    二　德米特里主要诗学著作底本与译本 ···································· 8
  第三节　研究的意义、目标、方法 ·· 20

第一章　德米特里语言学诗学 ·· 23
  第一节　德米特里诗学的语言场 ·· 24
    一　德米特里的诗学研究对象和范围 ······································ 24
    二　德米特里诗学语言场的构成 ·· 27
  第二节　德米特里诗学语言场的结构方式 ···································· 40
    一　语言的联想与选择 ·· 40
    二　音的耦合关系及形成 ·· 49
    三　句的耦合关系及形成 ·· 58
  第三节　句理论的思想转向及作用 ·· 67
    一　句理论的思想转向 ·· 67
    二　思想在句的表达中的作用 ·· 73

第二章 德米特里风格学诗学……85
第一节 风格学史中的德米特里理论……85
一 德米特里风格学与希腊修辞风格原理的演变……85
二 风格分类的演变与德米特里的风格类型……90
第二节 风格的生成及风格学系统的建立……100
一 风格学的起点和对象……100
二 风格的生成及其三种方式……104
三 风格学系统的构建……129

第三章 德米特里神话学诗学……134
第一节 德米特里诗学神话学的同构性……136
一 "魅力论"与"美惠女神"（χάριτες）……136
二 诗学的整一性与神话世界的秩序……143
三 共感与话语权力的形成……150
第二节 诗学神话学同构性的根基与应用……155
一 话语图式的神话原型……155
二 隐喻：神话与逻各斯的移置……164

第四章 德米特里诗学的哲学……172
第一节 诗学的哲学实践与哲学的诗学显现……172
第二节 德米特里诗学的哲学核心："度"……177
一 感觉主义诗学核心："度"（μέτρον）……178
二 德性（ἀρετή）与得体……188
第三节 德米特里诗学哲学的内在悖论……198
一 诗学的哲学内在悖论……198
二 德米特里诗学的哲学内在矛盾的文本体现……209

第五章 德米特里诗学的关系学……214
第一节 德米特里诗学的来源……214

一　修辞学转折点上的德米特里诗学 ……………………… 215
　　二　德米特里诗学与古希腊罗马诗学的发展 …………… 218
　　三　德米特里诗学哲学的希腊来源 ……………………… 228
　　四　德米特里诗学的希腊心理学与美学来源 …………… 234
　第二节　"希腊罗马之争"中德米特里诗学 ………………… 240
　　一　"雇佣教师"身份的终结与"第一义"之争 ………… 241
　　二　德米特里诗学对"希腊罗马之争"的消解 ………… 253
　第三节　德米特里诗学的贡献与影响 ……………………… 261
　　一　德米特里诗学的贡献 ………………………………… 262
　　二　德米特里诗学的影响 ………………………………… 268

结　语 ………………………………………………………… 275

附录1　图表 ………………………………………………… 282

附录2　所使用数据库及工具书 …………………………… 290
　2.1. 数据库 …………………………………………………… 290
　2.2. 工具书 …………………………………………………… 291

附录3　缩略语 ……………………………………………… 293

参考文献 ……………………………………………………… 297

后　记 ………………………………………………………… 314

序

古希腊（Ἑλλάς）的文学传统是一片大海，其中有无数的作品和历史人物，而大多还没有被中国学术界关注和研究过。李葛送先生能长期研究一个中国学术界还未考察过的人物，即雅典的德米特里，真是难能可贵的学术探索，其成果也是文学研究的独特成就。

钻研古希腊文学和历史需要克服语言的障碍，在汉语学术界，这个障碍显然特别大。就拿人名和地名来谈，挑战就非常大。本书的主人翁德米特里（Demetrius）有很多转写方式，比如"德摩特里乌斯""德默特流""底米丢""得梅特瑞乌斯"，还有最贴近原文的"得梅特瑞欧斯"。不仅如此，研究古希腊文学的学术脉络还涉及拉丁语、英语、法语、德语、俄语等欧洲语言的学术著作，这又是一个相当大的挑战。如果不从小学习两三门欧洲语言就无法全面欣赏欧洲的古典语文学。虽然本研究和中国大多其他的研究一样以英语为主，但也引用或分析来自其他语言的术语和单词，这样不仅显示作者的渊博和多语研究，而且也使读者意识到古典学研究在特殊意义上应有的普适性和交叉性。

Demetrius，希腊人一听这个名字就会联想到大地的母亲，即 Demeter 女神（汉语译"得弥忒耳""得墨忒耳""德美特""德墨特尔""德墨忒尔""黛墨忒耳"等）。正如"大地之母"是"德米特里"这个名字的来源和母体，古希腊文学传统是李葛送先生论著的来源和母体。论著从德米特里出发，带读者进入希腊文学的大海，提出一系列语言学、文学和哲学问题，从一个介入点走入希腊文学传统。值得强调的是，论著根据原文（古希腊文）来进行研究，从语言分析切入，进而上升到文学乃至哲学和文化的分析，进而重构了德米特里诗学系统，这种语文学的方法符合古典学研究规范。

　　从雅典到北京的路既是很长的，又是短的。只要有兴趣和敏锐的视角，也能在东方文学中发现与希腊相似之处，或在现当代汉语文学中发现希腊的足迹与烙印。比如，令人感到奇异的是这样的事实：汉语中的"眼瞳"把一个"童"放入眼睛，而古希腊语的 κορὲ 既指"小女孩"，又指"眼瞳"。这种相似性是从哪里来的？可能还有很多类似的、没有人关注的奇妙桥梁。李葛送先生引用了中国文豪钱锺书在这方面的一些观察，然而从宏观来看，今天很少有人关注到希腊语和汉语传统比较的研究潜力和发展空间：语言、翻译、修辞学、伦理学、社会学、政治和历史叙述，自然科学、医学、生物学，甚至民族与民族之间的关系，等等，都可以从一个对比的角度来研究。对比古希腊和古汉语文献，可以发展无数的、很有意义的研究，这都是将来可以发展的学术工作，将会从新的角度叙述中国的故事和欧洲的故事。本书为这种对比研究打下了牢靠的基础，希望李葛送先生能发表更多有启发的成果。

雷立柏（Leopold Leeb）

中国人民大学文学院

北京 2022 年 5 月 14 日

绪　论

第一节　德米特里诗学学术史和现状

德米特里（Demetrius）是希腊化时期承上启下的人物。其著作早有拉丁、英、法、德、俄、意、荷、西班牙、葡萄牙语等世界各大语种译本，近年出现日、韩语译本。其著作 20 世纪四五十年代开始传入中国[1]，但一直未有汉译本。

国内迄今只研究了古希腊三大诗学家中的两位——亚里士多德和朗吉弩斯，对德米特里著作还处在引述阶段。钱锺书在《管锥编》和《谈艺录》中七次征引其英译[2]，李广田等学者也从英译本译引了些许内容；近

---

[1] 现归存西北大学和北京外国语大学图书馆。北京外国语大学版本是 Aristotle's *Poetics & Rhetoric. Demetrius. On Styel. Longinus. On the Sublime. Essays In Classical Criticism.* Introduction by T.A.Moxon. Everyman's Library. London: J. M. Dent & Sons Ltd. 1934. Revised 1953. Reprinted 1955。西北大学版本是 Aristotle. *Poetics*.Translated by. Thomas Twining, 1789. Demetrius. *On Style*.Translated by T.A.Moxonand Other Classical Writings on Criticism. Everyman's Library. London: J. M. Dent & Sons Ltd, First Published in This Edition in 1934, Last Reprinted, 1947。两本都是《人人丛书》Moxon 译本。Moxon 译本没有注释、没有希腊文，相较于其他两个英译本而言比较通俗、易懂，但准确性不如罗伯茨和英尼斯译本。

[2] 钱锺书：《管锥编》，生活·读书·新知三联书店 2007 年版。

钱锺书：《左传正义 49·昭公五年》，《管锥编》（一），2007 年版，第 379 页。

"无人"，见钱锺书《史记会注考证 49·司马相如传》，《管锥编》（一），2007 年版，第 585 页。

钱锺书：《太平广记·147·卷 336》，《管锥编》（二），2007 年版，第（转下页）

年，渐为文艺理论、语言学、修辞学、文体学、风格学、法学等研究者所提及和征引，如童庆炳[1]、申丹[2]、刘亚猛[3]、李咏吟[4]、顾曰国[5]、张凯[6]、孔晶[7]等。

钱锺书先生引文没有标注版本，根据钱先生所引英文，所标注的章节数和页码可以确定钱先生引文来自 1927 年版《洛布丛书》(*Loeb Classical Library*) 的罗伯茨 (Roberts) 译本[8]。钱先生引文标注有误：《管锥编二·太平广记·147》卷 336 第 1261 页应引自《论风格》§293 而不是§294，《谈艺录·谈艺录补订》第 325 页应引自《论风格》§139。

李广田先生引用的是莫克森 (Moxon) 英译本。李先生在论述文学的第二种特质即艺术手段时说："在西洋，最先提出风格问题的是希腊的狄米椎耶斯，他在《论风格》(*On style*) 中把风格分为四种，即平明的风格 (Plain style)，庄严的风格 (Stately style)，精练的风格 (Polished style) 和强力的风格 (Powerful style)。他说，这四种风格中有的是可以互相结合的，就是，精练的风格可以和平明的或庄严的相结合，强力的风格也同样可以和这

（接上页）1261 页。

钱锺书：《全上古三代秦汉三国六朝文 8·卷 10》，《管锥编》（三），2007 年版，第 1404 页。

钱锺书：《全上古三代秦汉三国六朝文 34·全后汉文卷 14》，《管锥编》（三），2007 年版，第 1543 页。

钱锺书：《全上古三代秦汉三国六朝文 189·全齐文卷 25》，《管锥编》（四），2007 年版，第 2119 页。

钱锺书：《补遗 9·篇终余味》，《谈艺录》，中华书局 1993 年补订版，第 309 页。

钱锺书：《谈艺录补订》，《谈艺录》，中华书局 1993 年补订版，第 325 页。

[1] 童庆炳：《文体与文体的创造》，云南人民出版社 1994 年版，第 52、55 页。童先生转引自李广田先生。

[2] 申丹：《西方现代文体学百年发展历程》，《外语教学与研究》2000 年第 1 期。

[3] 刘亚猛：《西方修辞学史》，外语教学与研究出版社 2008 年版，第 75 页。

[4] 李咏吟：《亚里士多德诗学归纳法的内在矛盾》，《国外文学》2005 年第 4 期。

[5] 顾曰国：《西方古典修辞学和西方新修辞学》，《外语教学与研究》1990 年第 2 期。

[6] 张凯：《希腊人的困境与出路：色诺芬〈希腊史〉研究》，博士学位论文，上海师范大学，2012 年，第 1—2、107 页。

[7] 孔晶：《希腊古典时期诉讼制度研究》，博士学位论文，华东政法大学，2010 年，第 186 页。引用的是罗伯茨英译本。

[8] Aristotle. *The Poetics*. Longinus. *On The Sublime*. Demetrius. *On Style*. With an English translation by W. H. Fyfe, W. R. Roberts. London: William Heinemann LTD. & New York: G. P. Putnam's Sons. MCM1927.

绪 论

两种结合。只有平明的和庄严的两种不能结合，因为它们是相对而相反的。因此，就有人主张只有两种风格，其余都是居中的；他们以为精练的和平明的极相近，强力的和庄严的极相近；他们认为精练的风格之中包含着纤巧或漂亮的成分，而强力的风格之中则包含着厚重和伟大的成分。"[1]明显，李先生对《论风格》熟稔，只可惜目前还未发现他对这部著作的看法。

张凯的引述转引自罗素的《古代文学批评》一书[2]，该书用的是英尼斯（Innes）译本。可见《论风格》目前流行的三个英译本在国内都被关注和引用。从引用情况看，国内学界对德米特里著作英译本较熟悉，但至今没有对其著作进行研究。

国外，其著作在希腊—罗马、文艺复兴、19世纪至今三大时期流行，经历了征引、评译、研究三个阶段。"罗马人痴迷于其修辞说服的论述，其著作为昆体良[3]和哈利卡纳苏的狄奥尼修斯[4]等学习、借鉴和引以为据。文艺复兴时期的人们执着于其风格学思想[5]。"这两个时期，评点、征引和对其理论的应用（如作为修辞教育教材）多于研究，评点散见于众多著作之中。17世纪时，弥尔顿在剑桥基督学院研究过它，深受该书的影响，对英国诗歌影响显著[6]。现代学术研究始于19世纪古典学的兴起，从文本批评

---

[1] 李广田：《文学的基本特质》，《文艺研究》1982年第5期。

[2] D. A. Russell and Winterbottom, eds. *Ancient Literary Criticism: the Principle Texts in New Translation*, New York: Oxford University Press, 1972, pp. 171-215.

[3] Quintilian. *Institutio Oratoria*. Grant, M. A., Fiske, G. C., "Cicero's 'Orator' and Horace's 'Ars Poetica'", *Harvard Studies in Classical Philology*, Vol. 35, 1924, pp. 1-74; Goold, G. P., "A Greek Professorial Circle at Rome", *Transactions and Proceedings of the American Philological Association*, Vol. 92, 1961, pp. 168-192.

[4] Dionysius of Halicarnassus. *De Compositione*. Grube, G. M. A., "Thrasymachus, Theophrastus, and Dionysius of Halicarnassus", *The American Journal of Philology*, Vol. 73, No. 3, 1952, pp. 251-267.

[5] Conley, T., "Some Renaissance Polish Commentaries on Aristotle's Rhetoric and Hermogenes' On Ideas", *Rhetorica: A Journal of the History of Rhetoric*, Vol. 12, No. 3, 1994, pp. 265-292.

[6] Roberts, W. R., "Milton and Demetrius De Elocutione", *The Classical Review*, Vol. 15, No. 9, 1901, pp. 453-454.
Elledge, S., "Milton, Sappho(?), and Demetrius", *Modern Language Notes*, Vol. 58, No. 7, 1943, pp. 551-553.

到学科论再到跨学科多维度切入。

20世纪中叶前,考古学新发现、科学主义兴起和实证主义流行,出现大量译注、校勘、考据,以及对钞本、译本的批评等。采用的方法基本是语文学和实证。研究主要有四个方面两种倾向,一是对抄本的重新认定,剔除伪作,确定著作权和成书日期等[1];二是研究其诗学渊源[2];三是研究其诗学影响[3];四是研究其著作引文和典故[4]。有稽古派和尊古派两种倾向或做法。稽古派质疑原作,对原作内容进行删改或重新组合使其所谓系统和整一,代表人物有格鲁比(Grube)、雷德马彻(Radermacher)等[5]。"尊古派"代表人物如罗伯茨(Roberts, W. R.)、英尼斯(Innes, D. C.)、莫克森(Moxon, T. A.)等,认为应尊重现存钞本"凭据",德米特里著作虽然形式上缺乏整一,但有内在的逻辑和系统。尊古派得到学界更多同情,而他们内部为德米特里著作的逻辑和系统到底是什么争执不已。

语言学转向后,文本争执转为学科争夺,不同领域研究者纷纷从其著

---

[1] Rutherford, W. G., "Review: Roberts' Demetrius de Elocutione", *The Classical Review*, Vol. 17, No. 1, 1903, pp. 61-67.

Roberts, W. R., "Roberts' Demetrius de Elocutione. Reply to Dr. Rutherford", *The Classical Review*, Vol. 17, No. 2, 1903, pp. 128-134.

Shorey, P., "Review: [untitled]", *Classical Philology*, Vol. 22, No. 3, 1927, pp. 324-325.

Wooten, C. W., "DEMETRIUS ON STYLE", *The Classical Review*, Vol. 59, No. 2, 2009, pp. 372-373.

[2] Ascani, A., "On an Aristotelian Quotation (Frr. 10-11 Gigon) in the 'ΠΕΡΙ ΕΡΜΗΝΕΙΑΣ' by Demetrius", *Mnemosyne*, Vol. 54, No. 4, 2001, pp. 442-456.

[3] Roberts, W. R., "Milton and Demetrius De Elocutione", *The Classical Review*, Vol. 15, No. 9, 1901, pp. 453-454.

Elledge, S., "Milton, Sappho(?), and Demetrius", *Modern Language Notes*, Vol. 58, No. 7, 1943, pp. 551-553.

[4] Apfel, H. V., *Literary Quotation and Allusion in Demetrius Peri Hermēveias (De Elocutione) and Longinus Peri Huphous (De Sublimate)*, 1935.

Hardie, C. G., "Quotation in Aristotle and Others", *The Classical Review*, Vol. 49, No. 6, 1935, pp.222-223.

[5] Grube, G. M. A., "The Date of Demetrius 'On Style'", *Phoenix*, Vol. 18, No. 4, 1964, pp. 294-302.

Grube, G. M. A., "Greek Historians and Greek Critics", *Phoenix*, Vol. 28, No. 1, 1974, pp. 73-80.

Radermacher, L., *Demetrius. Demetrii Phalerei qui dicitur de elocutione libellus*. Stutgardiae: Teubner, 1967: preface. 12.

作中寻找学科资源。如申科维尔德（Schenkeveld, D. M.）[1]对其辞格论、文体论的研究，罗素（Russell, D. A.）[2]、肯尼迪（Kennedy, G.）[3]对其修辞学的考察等。这些研究大多从语言入手，借助了现代语言学理论和方法，发掘了德米特里著作语言学理论潜能，使其著作成为现代修辞学新宠，文体论、风格论的滥觞，语言学诗学雏形，拓展了德米特里诗学研究视野和领域。

20世纪末至今，从囿于学科内讨论走向跨学科研究。由德米特里诗学审美思想、伦理思想、美学标准、诗学方法、创作学理论等，到从诠释学、法学，甚至如赫根蒙（Hegmon, M.）等从考古学[4]，申科维尔德等从教育学对德米特里诗学展开研究[5]。这些研究相对于前期来说，视野开阔、角度和方法日新。但方法在先，悬置争论，各取所需，没有对其作品进行整体系统研究。

存在的问题主要有以下几点：

（1）国内对德米特里诗学缺乏研究；引用，偶也断章取义。

（2）研究分散，缺乏整体性。没有整体构建出其诗学系统，更没有整体地考察其诗学系统的功能特征，尤其忽略了对德米特里诗学形式与效果之间联系的考察。

（3）研究理念隔膜。无论是文本的考察还是理论的研究逻辑起点都是主客二分，建立在"真值对应论"假设基础之上，以"镜像原则"为保证。"语言转向之后"，语言成为可以任意抽象的符号，"科学化"研究倾向将

---

[1] Schenkeveld, D. M., *Studies in Demetrius: On style*. Argonaut, 1967.
Schenkeveld, D. M., "The Intended Public of Demetrius' On Style: The Place of the Treatise in the Hellenistic Educational System", *Rhetorica: A Journal of the History of Rhetoric*, Vol. 18, No. 1, 2000, pp. 29-48.

[2] Winterbottom, M., Russell, D. A., *Ancient literary criticism: the principal texts in new translations*. Oxford: Clarendon Press, 1972, pp. 171-265.

[3] Kennedy, G., "Review: [untitled]", *The American Journal of Philology*, Vol. 84, No. 3, 1963, pp. 313-317.

[4] Hegmon, M., "Archaeological Research on Style", *Annual Review of Anthropology*, Vol. 21, 1992, pp. 517-536.

[5] Schenkeveld, D. M., "The Intended Public of Demetrius's On Style: The Place of the Treatise in the Hellenistic Educational System", *Rhetorica: A Journal of the History of Rhetoric*, Vol. 18, No. 1, 2000, pp. 29-48.

人从诗学中驱逐，蔽于物而不知人。这种袪身研究的理念与当下诗学的具身研究理念相悖，也与德米特里诗学的感觉主义或体验性隔膜。

第二节　德米特里及其著述争议

一　德米特里身份的论争

Demetrius（德米特里）是一个非常普通的名字，在希腊古籍中约有一百三十多人名为德米特里[①]，因此关于德米特里身份及其著作的认定，一直是学界争论不休的话题。

16世纪法国西塞罗文体研究专家姆莱图斯（Muretus）根据第欧根尼·拉尔修（Diogenes Laërtius）的《名哲言行录》（*Lives of Eminent Philosophers*）论断德米特里是亚历山大（Alexander the Great）时期《修辞学》的作者。20世纪初，英国学者、历史学家森茨伯里（Saintsbury）也认可此观点。[②]还有人根据其修辞学著作的造诣，认为是西塞罗（Cicero）的老师——德米特里·塞勒斯（Demetrius Syros），公元前78年西塞罗在雅典向他学习过修辞学[③]。更多的人认为是法勒隆的德米特里（Demetrius of Phalerum），理由是他创建了亚历山大图书馆，而且是《旧约》七十二贤译者之一，负此盛名，非其莫属。

法勒隆的德米特里(公元前354年—公元前283年)被马其顿国王卡山

---

① Demetrius. *On Style*. Roberts tr. 8 Commentany. Cambridyt University Press., 1902: Introduction 63.

② 姆莱图斯 Muretus is the Latinized name of Marc Antoine Muret（12 April 1526—4 June 1585），a French humanist who was among the revivers of a Ciceronian Latin style and is among the usual candidates for the best Latin prose stylist of the Renaissance, http://en.wikipedia.org/wiki/Muretus.
森茨伯里 George Edward Bateman Saintsbury（23 October 1845—28 January 1933），was an English writer, literary historian, scholar, critic and wine connoisseur, http://en.wikipedia.org/wiki/George_Saintsbury A History of Criticism（3 vols., 1900—1904）i. 89.

③ Cic. Brut. 315. Eodem tamen tempore Athenis apud Demetrium Syrum veterem et non ignobilem dicendi magistrum studiose exerceri solebam.

德(Cassamder)立为雅典摄政者，在雅典进行司法、政治等多项改革，获得良好的声誉。但由于其对政治的限制，雅典下层并不喜欢他。卡山德灭亡之后，他受托勒密（Ptolemy）的邀请去了亚历山大里亚，协助后者修改了王国的法律，在埃及创建了亚历山大图书馆，广泛收集各种著作[①]。他的演讲温和、优美、简练，不像狄摩西尼庄严。第欧根尼·拉尔修传记中列举了他的著作名录，涉及历史、政治、哲学、诗学、修辞等[②]。德米特里本身就是作家、政治家、演说家、修辞学家，而晚年又致力于学术，因此完全可以总结出一套自己的理论来。从德米特里的经历可以看出，他是有成为作者的巨大"嫌疑"，也仅仅是嫌疑。

英国著名的古典学家、剑桥大学和国王大学希腊语教授、亚里士多德和德米特里著作的校勘与译者罗伯茨（William Rhys Roberts）[③]反对这种从外部材料进行断定的做法。他认为德米特里是一个非常普通的名字，可以是任何一个人，任何一个时期的作者，只有从文本内部进行断定才更为可靠。他从文本所使用的术语、词汇、词法和句法断定著作的成书年代都不早于后古典时代[④]，甚至不早于希腊-罗马时代；并根据其中出现的大量希腊共同语和频繁使用的祈使句等，断定那些归于德米特里的著作介于哈利卡纳苏的狄奥尼修斯（Dionysius of Halicarnassus）和赫摩根尼（Hermogenes）之间，即公元1世纪前后。从著作中所提到的人物、所引述的材料、所褒贬推崇模仿的对象，论证是逍遥派的作品[⑤]。因此，他认为德米特里是1世

[①] Strabo. 13.608, 17.793-4 Strabo. ed. A. Meineke, *Geographica*. Leipzig: Teubner. 1877, http://www.perseus.tufts.edu/hopper/text?doc=Perseus%3Atext%3A1999.01.0197.

[②] Diogenes Laertius.*Lives of Eminent Philosophers*.5.5. Diogenes Laertius. *Lives of Eminent Philosophers*. R. D. Hicks. Cambridge：Harvard University Press. 1972（First published 1925）. 关于法勒隆的德米特里有关介绍还可 Cf: John Edwin Sandys. *A History of Classical Scholarship*: 102；[英]桑兹:《西方古典学术史》,张治译,世纪出版集团2010年版,第115页.

[③] William Rhys Roberts（1858—1929）, Professor of Greek in the university college of north Wales, Bangor; late fellow of Kings'college, Cambridge; editor of Longinus on the sublime and of Dionysus of Halicarnassus the three literary letters.

[④] Postclassic Period of Mesoamerican chronology（c. 900–1521 AD）. Sharer, Robert, J., *Loa P. Traxler. The Ancient Maya*（6th, fully revised ed.）. Stanford, California: Stanford University Press, 2006.

[⑤] Demetrius, *On Style*. tr. W. R. Roberts, Cambridge: Cambridge University（转下页）

纪前后的逍遥派弟子。

　　罗伯茨的论证遭到迪拉西耶（Durassier）、列斯（Liers）、罗斯德斯文斯克（Roshdestwenski）、申科维尔德、英尼斯等后人的批评[①]。英尼斯认为罗伯茨的词语、语法及外部证据等，不能完全证明作者就不是法勒隆的德米特里，因为对希腊化时期标准的经典的散文知之甚少，尤其是阿提卡派（Atticism）语言风格有意识模仿古典希腊，许多被认为是希腊后期的作品也发现有早期语言实例和类似结构。英尼斯认为那些归于德米特里的著作内容与逍遥派的亲密关系表明作者是逍遥派的人物，成书日期可能是公元 1 世纪，内容反映公元前 1 世纪早期或公元前 2 世纪的事情。他认为归于法勒隆的德米特里名下是一个错误，是别无选择的结果。英尼斯的论述确定了德米特里著作与逍遥派的关系，至于是逍遥派什么人物，是不确定的。

　　虽然法勒隆的德米特里一直备受质疑，但由于德米特里最重要的诗学著作《论风格》现在一直采信的 P1741 本，标题中有"Δημητρίου Φαληρέως περὶ ἑρμηνείας ὅ ἐστι περὶ φράσεως"字样，而 P 本是目前发现最早的底本。且至今还未有充分的证据证明另有著者，因此自从阿摩尼奥斯（Ammonius）将其归于法勒隆的德米特里以来，基本上所有的版本都还是署名为法勒隆的德米特里。

二　德米特里主要诗学著作底本与译本

　　德米特里著述很多，其数目和字数超过同时代的逍遥派作者。第欧根尼·拉尔修在《名哲言行录》列出了德米特里著作冗长的名单[②]，不过这些

（接上页）Press, 1902, Introduction, p. 64.

[①] Demetrius, *On Style*. tr. W. R. Roberts, Cambridge: Cambridge University Press, 1902, Introduction, p. 62.

Demetrius, *On Style*. tr. D.C. Innes. Cambridge: Havard University Press, 1995, Introduction.

[②] Diogenes Laërtius, *Lives of the Eminent Philosophers*/Book V. 5/*Demetrius*, translated by Robert Drew Hicks（1925）, Loeb Classical Library.

Diogenes Laërtius, *Lives and Opinions of Eminent Philosophers*/Book V. 5/*Demetrius*, translated by Charles Duke Yonge（1853）. 　　　　　　　　（转下页）

著作大部分佚失，而且一些著作的著作权归属争议很大；与诗学有关的主要是《诗论》《修辞论》《论风格》《历史导论》《关于荷马》，流传下来最完整的是《论风格》。

《论风格》（Περι ἑρμηνειας）原著为古希腊文，一般署名为德米特里 Δημητρίου Φαληρέως（Demetrius of Phalerum），曾有多个古希腊语钞本，目前通行本全书共五卷，常有两种基本标识，一标为 304 章，另标识为 331 章。304 章本最为通行，被译为拉丁语、法语、英语、荷兰语、德语、意大利语、西班牙语、俄语等，近年有日、韩等东方语言译本。

罗伯茨译本是第一个英语译本，1902 年剑桥大学出版[①]。罗伯茨译本有序言、较为详细的注释、词语索引、作者索引、附有古希腊语原文并有校勘。作为一个古典学专家和《论风格》的研究专家，罗伯茨的翻译比较可靠[②]，他不仅翻译校订了德米特里《论风格》，还校勘、注释、翻译了多部古典名著，如亚里士多德的《修辞学》《诗学》、朗吉弩斯的《论崇高》、狄奥尼修斯（Dionysius）的《文学信笺》《论文章作法》等，而且著有上百篇古典学专著和论文。他的《论风格》校勘本适用于研究，是后来研究《论风格》比较可靠的底本，为现今最为通用和权威的版本。

古典学虽然经过文艺复兴和 19 世纪的兴盛，但直至 20 世纪初，对德

（接上页）Of Legislation at Athens, five books. Of the Constitutions of Athens, two books. Of Statesmanship, two books. On Politics, two books. Of Laws, one book. On Rhetoric, two books. On Military Matters, two books. On the Iliad, two books. On the Odyssey, four books. And the following works, each in one book: Ptolemy. Concerning Love. Phaedondas. Maedon. Cleon. Socrates. Artaxerxes. Concerning Homer. Aristides. Aristomachus. An Exhortation to Philosophy. Of the Constitution. On the ten years of his own Supremacy. Of the Ionians. Concerning Embassies. Of Belief. Of Favour. Of Fortune.Of Magnanimity. Of Marriage.Of the Beam in the Sky. Of Peace. On Laws. On Customs. Of Opportunity. Dionysius. Concerning Chalcis. A Denunciation of the Athenians. On Antiphanes. Historical Introduction. Letters. A Sworn Assembly. Of Old Age. Rights. Aesop's Fables. Anecdotes.

① Roberts, W. R., *Demetrius On Style: The Greek Text of Demetrius De Elocutione*. Cambridge University Press, 1902.

② Roberts, W. R., "Radermacher's Demetrius de Elocutione", *The Classical Review*, Vol. 17, No. 4, 1903, pp. 10-217.

米特里的研究还不算丰富和深入。经过半个多世纪多国学者的努力,古典学水平的整体提升及对《论风格》研究的深入,需要新的译本来凝聚这些成果。1960 年代,英尼斯在罗伯茨译本基础上,参考了其他钞本,重译了《论风格》[①],并重新对希腊文本做了一些校勘。英尼斯译本和罗伯茨译本同样都是古希腊语和英语双语本,都有较长的前言,对书的内容做了介绍,划分了章节。

莫克森(Moxon)1934 年发表了他的译本[②]。译本没有希腊文对照、没有注释,流畅、通俗,适宜于一般读者。《论风格》与亚里士多德《诗学》《修辞学》、朗吉弩斯《论崇高》、贺拉斯《诗艺》合辑。在序言里,莫克森简略考察了著作之间的继承和联系,叙述了各著作在文学批评以及艺术性表达上的探索和贡献。从序言中能够看出莫克森对罗伯茨的翻译和研究是比较熟悉的,但对其一些观点并不认同,因此翻译也有别于罗伯茨,细节处理比罗伯茨强。不过莫克森翻译主观性太强,谬误太多,与希腊文钞本出入太多[③],所据希腊文底本也与罗伯茨不同。

这些版本都重版或重印多次,收入多种丛书,如"洛布丛书"(Loeb Classical Library)、"企鹅经典"(Penguin Classics)、"人人丛书"(Everyman Library)等,也成为目前世界上通行本,被世界众多图书馆收藏。除了这三个通行英译本外,还有众多的古典学家如格鲁比(G. M. A. Grube)等的译本[④]。

罗伯茨、英尼斯译本的底本基本是巴黎典藏的 P 本。所谓 P 本就是巴黎典藏的古希腊钞本(Codex Parisinus gr.)"巴黎典藏"(The Paris Codex also

---

[①] Innes, D. C., *Introduction and Commentary on the Peri Hermeneias Ascribed to Demetrius of Phaleron*, University of Oxford, 1968.
Fyfe, W. H., Russell, D. A., Demetrius, et al. *Poetics,* Cambridge, Mass.: Harvard University Press, 1995.

[②] Aristotle. *Poetics*. & *Rhetoric,* Longinus. *On the Sublime*. Demetrius. *On Style. Essays in Classical Criticism,* T. A. Moxon. Everyman's Library, London: J. M. Dent & Sons Ltd., 1934.

[③] Denniston, J. D., *The Classical Review,* Vol. 48, No. 5, 1934, pp.192-93.

[④] Grube, G. M. A., *A Greek critic: Demetrius on style,* University of Toronto Press, 1961.

known as the Codex Parisinus and Codex Pérez)是巴黎国家图书馆收藏的世界各地古本。P本是1859年在巴黎一壁橱中发现[1]，后存放于巴黎法国国家图书馆。《论风格》在"巴黎典藏"中被编号为1741，这个编号下的著作还包括亚里士多德的《诗学》。陈中梅先生认为P本（Parisinus garments 1741）"成于11世纪，是目前公认可靠的钞本。P本1427年还在君士坦丁堡，15世纪末，经人转至佛罗伦萨，最后送往巴黎，存放在法国国家图书馆"[2]。目前，国际上一般认为P本成于"后古典时期"[3]，陈先生的说法与此基本吻合。

后来的校勘本（P2）在某些方面已接近成为一个新的文本了。此外还有44个钞本，其中一些是残片，基本都由P本衍化而来，不过没有延续P本的拼写，但作为校勘具有重要的异质参考作用。1508年曼努提乌斯（Aldus Manutius）在威尼斯按P本出版了第一本署名为法勒隆的德米特里文本[4]。维多利在1552年校订了P本，并于1562年用拉丁语进行注释[5]。此后校勘本累出。

除了P本还有马德里本Matriensis4684（H）、那不勒斯本Neapolitanus Ⅱ E2（N）、圣马可本Marcianus gr. 508（M）等14世纪的三个钞本。H本和N本中《论风格》开端的第1—3章拼写与P本不同，这两个钞本都没有引

---

[1] Sharer and Traxler 2006, p. 127. Drew 1999：82.

[2] ［古希腊］亚里士多德：《诗学》，陈中梅译注，商务印书馆1996年版，引言第9页。

[3] Postclassic Period of Mesoamerican chronology（c. 900–1521 AD）. Sharer, Robert J.; with Loa P. Traxler（2006）. *The Ancient Maya*（6th, fully revised ed.）. Stanford, California: Stanford University Press.

[4] Manuzio, A. Rhetores in hoc volumine habentur hi. Aphthonii ... progymnasmata: Hermogenis *ars rhetorica*. Aristotelis *rhetoricorum ad Theodecten* libri tres. Ejusdem *rhetorice ad Alexandrum*. Ejusdem *ars poetica*. Sopatri ... quæstiones de compon~edis declamationibus in causis præcipuæ judicialibus. Cyri ... differentiæ statuum. Dionysii Alicarnasei *ars rhetorica*. Demetrii Phaleri *de interpretatione*. Alexandri Sophistæ *de figuris sensus & dictionis*. Adnotationes innominati *de figuris rhetoricis*. Menandri ... divisio causarum in genere demonstrativo. Aristeidis *de civili oratione*. Ejusdem *de simplici oratione*. Apsini de *arte rhetorica præcepta*.（Minoukianou *peri epicheirēmatōn*.）[Vol. 2.] In Aphthonii progymnasmata commentarii innominati autoris. Syriani, Sopatri, Marcellini commentarii in Hermogenis rhetorica），in ædib. Aldi, 1508.
Aldus Pius Manutius（Bassiano, 1449 – Venice, February 6, 1515）was an Italian humanist who became a printer and publisher when he founded the Aldine Press at Venice.

[5] Demetrius, of Phaleron; Pietro Vettori; Giunta family. Demetriou Phalereos *Peri hermeneias = Demetrij Phalerei De elocutione*. Florentiae : Apud Iuntas, 1552.

起学界多少注意。M 本（藏于威尼斯圣马可国家图书馆）被奇隆（Chiron）、伽特讷（Gartner）、卡瑟尔（Kassel）和英尼斯等认为独立于 P 本。M 本文字更准确（例如§§196 & 298 中 αποκατεστησεν 与 ανεμνησεν 删除了 P 本的两个例证），许多地方 M 本力图改正 P 本中错误，引用的段落更准确更完整（如§§4，21，61，199，250），P 本没有额外的冗长引文。因为比 P 本晚，有许多章节中举例与 P2 本相同，所以也有认为 M 本也是 P 本的衍生。现在通行的法语译本就是根据 M 本校勘和翻译的[①]。

一个完全与 P 本不同谱系，目前同样流行的钞本，是 13 世纪以中古拉丁语翻译的文本[②]，所谓 W 本。"这个匿名译本的绪言介绍了翻译的方法，进行了断句，校正了拼写等，有完整的索引，并对各种风格进行了分析。"[③]英尼斯认为这个拉丁译本意译太多，省略了许多章节，如有关第四种风格的章节、大量的讨论、例证等都被省略。但这个译本也有优点，这些优点使它成为一个独立的钞本[④]。但目前还没有学者考察出此译本所根据的古希腊语钞本。

拉丁语译本是目前最多也是流传时间最长的版本。除了 W 本，1500 年、1504 年出现署名亚里士多德，标题为 *De Elocutione* 的拉丁文译本[⑤]。校勘

[①] Chiron, P. Démétrios. Du Style.tr.by Chiron P.Paris: Les Belles Lettres, 2002.

[②] B. V. Wall, A Medieval Latin Version of Demetrius' De elocutione, Washington 1937.

[③] Maidment K. J. A. Latin Version of Demetrius ΠΕΡΙ ῾ΕΡΜΗΝΕΙΑΣ.- Bernice Virginia Wall: A Medieval Latin Version of Demetrius' *De Elocutione*. pp. ix + 125. Washington, D.C. Catholic University of America, 1937.

[④] Demetrius. *On Style*. tr. D. C. Innes. Cambridge: Havard University Press, 1995: Itroduction, 334.

[⑤] Laurentianus, L. Laurentianus Florentinus in Librum Aristotelis *de Elocutione* [i.e. the *De Interpretatione*. With the Text]. G.L. Venetijs, Die ... 8. Ianuarij, 1500, 1504. Layng, M. Michaelis Layng *De calendis nonis et ydibus epitoma perutile*. Eiusdem Compendium ... in quo ... *artis rethorices instituta a Cicerone excerpta continentur ... De elocutione sive orationis cultu annotamenta ... De coloribus rethoric. de pronunciatione ... De concudendis epistolis precepciuncule ... De conficiendis carminibus* .... 1504.

Colonna, E. Reverendi magistri Egidii Romani In libros priorum analeticorum Aristotelis *expositio et interpretatio...* cum textu. Questiones item Marsilii [Inguen] in eosdem... [Ed. a Hieronymo Genestano] Quaestio [Johannis Antonii Scotii] *de potissima demonstratione*. Laurentianus Florentinus in librum Aristotelis *de elocutione* Die ... 8. Ianuarij1504. 此版本 1516 年重版。

过亚里士多德《诗学》的皮埃尔·维克多利（Piero Vettori）也校译过《论风格》[①]，其校译本也最为出名。当然这时期也有古希腊语单语本，常附拉丁语的注释。16世纪西班牙航海事业发达，西班牙人到处搜索古籍，开始出现西班牙语译本[②]，附拉丁语注释。1779年出现德语译本[③]等。20世纪前以拉丁语和古希腊语为主，虽然有其他语种的翻译，但或者是双语或者有拉丁语的注释，书名基本上都有拉丁语 *De Elocutione* 字样，甚至有更多的拉丁语解释，如1743年拉丁本标题是"德米特里论风格或修辞用语"[④]，常注明其是一本修辞学著作。也常和亚里士多德《诗学》《修辞学》合辑，或者与《诗学》《论崇高》《论诗艺》合本，这种传统一直保持到现在。目前还有俄语[⑤]、日语[⑥]、荷兰语[⑦]、意大利语[⑧]等译本。这些译本，翻译者也往往是研究专家，翻译更注意体现原文，注意细节和用语，译本序言对书的内容做一些介绍和诠释。这些译本大都是双语本，附有D本对照。

从《论风格》译本和底本的梳理和分析可以看出，目前世界主要语言基本都有了译本，这些译本所根据的底本主要有三个不同谱系：P本、M本、

---

① Piero Vettori（1499 – 8 December 1585; Latin: Petrus Victorius） was an Italian writer, philologist and humanist. His other works include the Castigationes（commentaries）of Cicero's family letter, and editions of works by Varro, Cato, Aeschylus, Sallust, Aristotle, Euripides's Electra and others. He also edited the works of his friend Giovanni della Casa after the latter's death, http://en.wikipedia.org/wiki/Piero_Vettori.

② Reggio, Girolamo（1545-1589）.Guerra, Domenico ; imp. Guerra, Giovanni Battista ; imp. Pegolo, Lorenzo ; ed. *Hieronymi Regii patritii panormitani Linguae latinae commentarii tres de emendata elocutione, de figurato sermone, de amplificanda oratione : dilucida, atque perspicua methodo distincti ad copiam latinae linguae facilius, & celerius parandam* Italia; Venecia.: Venetiis apud Dominicum, & Io. Bapt. Guerreos fratres, sumptibus Laurentij Pegoli bibliopolae panormitani，1568.

③ Schneider, J. G., Demetrii *De elocutione liber*, Altenburgi : Ex bibliopolio Richterio, 1779.

④ Phalereus, D., *Demetrii Phalerei De elocutione, sive, dictione rhetorica*, R. Foulis, 1743.

⑤ A A. Takho-Godi; Dionysius, of Halicarnassus; Demetrius of Phaleron; Aristotle; Antichnye ritoriki: Perevody. Universitetskaia biblioteka; Variation: *Universitetskaia biblioteka*. Aristotel'. *Ritorika*. ——Dionisii Galikarnasskii. O soedinenii slov. Pis'mo k Pompeiu. Moskva: Izd-vo MGU.

⑥ ディオニュシオス，デメトリオス.《修辞学論集》，木曽明子、户高弘，渡边浩二，京都大学学術出版会2004年版。这个文集里收录了狄奥尼修斯的《文章作法》（《著文章構成法》）和德米特里的《论风格》（《著文体論》）。根据《洛布丛书》译出的。

⑦ Schenkeveld. *De juiste woorden*. Includes bibliographical references. Historische, 2000.

⑧ Demetrio Falerio *della locuzione*. Cosimo Giunti.1603.

W 本。P 本是最早的希腊语本，也是目前最为流行和可靠的希腊语底本。现存的书名、作者名等也来自这个版本。

目前还未考证出 P 本所根据的底本。11 世纪的希腊著作许多翻译自阿拉伯语本，阿拉伯语希腊著作可能译自更早一些的叙利亚语本，而这些叙利亚语希腊著作可能译自一个更古老的希腊语或拉丁语底本，也就是说 P 本也不是第一钞本或手稿。那么 P 本上的著作权信息和成书年代，乃至 P 本自身内容都需要考察。著作权和成书年代的确定，对文本内容和版本谱系的研究更有利；著作权的归属和出书年代的确定往往联系在一起，两者的确定，关系到文本谱系的最终锚定。

关于《论风格》的著作权归属，学界有多种意见，有归于亚里士多德，有说是德米特里，有说是狄奥尼修斯，等等。对于成书日期，目前共有五种观点。罗伯茨和雷德玛奇尔（Radermacher）认为是公元 1 世纪[1]；格鲁比（Grube）认为是公元前 3 世纪，引用材料集中于公元前 4 世纪—前 3 世纪[2]；塔格里亚布（Tagiabue）和奇隆（Chiron）认为是公元前 2 世纪末或者公元前 1 世纪初[3]；申科维尔德（Schenkeveld）认为是公元 1 世纪改编的，反映公元前早期或公元前 2 世纪的事情[4]；英尼斯（Innes）认为反映了公元前 2 世纪社会状况，文中提及德米特里和索塔季斯（Sotades）都表明此著作日期应是这些人身后的[5]。成书日期影响了著作权的归属，著作权的确定也相应地确定了成书日期，因此这两者的考察联系在一起。

考察一个著作版本、著作权和年代等问题，文献学和版本学上的方法很多，一般有直接和间接的证据、外部和内部的方法等。内部的方法有文本的风格、用语、句式、其所引用的内容等，外部的方法有文本的载体、

---

[1] Demetrius, *On Style,* tr.W.R. Roberts, Cambridge: at the University Press, 1902, Introduction.

[2] Grube, G. M. A., "The Date of Demetrius 'On Style' ", *Phoenix*, Vol. 18, No. 4, 1964, pp. 294-302.

[3] Chiron, P., *Du style,* Belles Lettres, 2002, Introduction.

[4] Schenkeveld, D. M., *Studies in Demetrius: On style*, Argonaut, 1967: chapter vii. The question of date.

[5] Demetrius. *On Style*, tr. D. C. Innes. Cambridge: Havard University Press, 1995, Introduction.

版式、字体等。但外部方法只能确定一个文本这个载体的年代，无法确定一个文本成于何时。例如我们可以测定《尚书》的宋朝刻本，但不能确定《尚书》的著作年代，但通过内部方法可以。测定著作年代还有一个方法就是确定著作权，然后通过确定作者年代大致确定成书日期。直接的证据，例如某朝代某权威直接陈述，或者研究者的证明，或手稿上有直接的书名、时间、版权或版本信息等。间接的证据就是后人的引用、内部或外部的信息来间接确定其年代和著作权等。

13、15世纪的拉丁文译本[①]，可能是译者或誊抄者将其归于亚里士多德名下。理由是关于措辞风格，亚里士多德在《修辞学》第三卷里论述过，所以可能是《修辞学》残篇，而且《论风格》具有鲜明的逍遥派色彩。后来像"洛布丛书"就把它与亚里士多德著作编辑在一起。但《论风格》引述了许多亚里士多德之后时代的作品，其用语、句式都不是古典时代的。更重要的是亚里士多德时代，风格的考察还没有发展到这样的高度，还必须经过亚里士多德的学生特奥夫拉斯特（Theophrastus）的贡献，风格学才能获得从两种到三种再到四种等更为精细的划分，才从词语不同选择的风格到词语不同组合的风格，从词语的风格到句的风格的探讨。在风格这个问题的探讨上，无论是从内容的广度、深度还是问题的高度来看，都不可能是亚里士多德的作品。

亨利·瓦卢瓦（Henri Valois）把《论风格》归于狄奥尼修斯，理由有两条。一条理由是，根据阿里斯托芬《云》的一条注释中有"哈利卡纳苏的

[①] 13世纪的拉丁本（1937年出版），"底本年代和著作权纠葛与文本渊源锚定"一节。

Aristotle, Laurentius.Laurentianus Florentinus in Librum Aristotelis *de Elocutione* [i.e. the *De interpretatione*. With the text]. G. L, Impressus impensis dni Andree Torresani de Asula per Simonem de Luere: Venetijs, Die ... 8. Ianuarij, 1500.

Laurentianus, Florentinus. Laurentianus Florentinus in librum Aristotelis *de elocutione*, Venetiis : Torresani de Asula, 1500. 这三本书可能是一本，因录者不同而不同。这些归于亚里士多德名下的书，到底是德米特里的《论风格》，还是亚里士多德的《解释篇》，因为两本书希腊名都是 περι ερμηνειας，虽然翻译成拉丁文前者为 de elocutione，后者为 de interpretione，但上文题名中用了"ie the de interpretatione"就有可能是后者，但由于没有看到书，因此也可能是录入者所加。

狄奥尼修斯的《论风格》"[1]。但最早对古典作品进行注释的是姆苏鲁斯[2]，这条注释可能是一个简单的记忆错误。另一条理由是，这本书和狄奥尼修斯的《论文章作法》在内容上有许多相似，正如《论风格》与亚里士多德《修辞学》第三卷有许多相似，就被一些人认为是《修辞学》的残篇。如果这样，《论文章作法》也应该归于亚里士多德，但这是完全不可能的。因此把《论风格》归于狄奥尼修斯也是不太可能。

从目前材料来看，最早提及《论风格》的是菲罗德（Philodemus）[3]。他的《修辞学》第四章似乎对《论风格》§303很熟悉，但没有直接的论据证明他说的就是§303；而他提到德米特里也很含糊，没有进一步的信息[4]。菲罗德同时代的西塞罗经常提及德米特里[5]，但却找不到他对《论风格》熟悉的蛛丝马迹。昆体良、普林尼等也多次谈到德米特里，似乎对德米特里的演讲很熟，提到他的理论著作不多[6]。第欧根尼·拉尔修在《名哲言行录》

---

[1] 罗伯茨译本绪言第63页。Henri Valois（September 10, 1603 in Paris – May 7, 1676 in Paris） or in classical circles, Henricus Valesius, was a philologist and a student of classical and ecclesiastical historians. He is the elder brother to Adrien Valois（1607—1692）, http://en.wikipedia.org/wiki/Henri_Valois.

[2] 姆苏鲁斯 Marcus Musurus（Greek: Μάρκος Μουσοῦρος; Italian: Marco Musuro; c. 1470–1517）was a Greek scholar and philosopher born in Retimo, Castello, Venetian Crete （modern Rethymno, Crete）. The son of a rich merchant, he became at an early age a pupil of John Lascaris in Venice, http://en.wikipedia.org/wiki/Marcus_Musurus.

[3] Philodemus of Gadara（Greek: Φιλόδημος ὁ Γαδαρεύς, Philodēmos, "love of the people"; Gadara, Coele-Syria, c. 110 BC – probably Herculaneum, c. 40 or 35 BC） was an Epicurean philosopher and poet.

[4] 罗伯茨译本前言第60页，英尼斯译本绪言第312页注4。
Philodemus Rhetoric iv 16, ποωηρόν γάρ εἰς ὑπόκρισιν αἱ μακραί περίοδοι, καθάπερ καί παρά Δημητρίω κειται περί των Ἰσοκράτους.正如德米特里论伊索克拉的长圆周句一样（似乎菲罗德对德米特里评论熟记在心）。
Demetrius on style 303　καὶ αἱ περίοδοι δὲ αἱ συνεχεῖς καὶ μακραὶ καὶ ἀποπνίγουσαι τοὺς λέγοντας οὐ μόνον κατακορές, ἀλλὰ καὶ ἀτερπές.
And long, continuous periods which run the speaker out of breath cause not only satiety but also disgust.

[5] Cic. *De orator*.27. 92; Cic. *Rab. Post* 9.23; Cic. *de Orat*.2.95; Cic. *Brut*. 37,82.285; Cic. *Leg*. 2.64, Cic. *Leg*. 3.14.

[6] Quint. *Inst*. 2. 4.41; Quint. *Inst*. 10. 1. 33, 80; Quint. *Inst*.9.3.84; Nep. *Milt*. 6, Nep. *Phoc*. 3; Plin. *Nat*. 34.12.

中所列出的德米特里著作长名单里，没有任何有关《论风格》的信息[①]。只有叙利安努斯在评注《赫摩根尼》（1.99-100）中提及《论风格》[②]，但只是表明它是古代著作，没有作者和年代信息。姆莱图斯根据第欧根尼·拉尔修的传记最先推出亚历山大时期《修辞学》的作者，或不为人知的修辞学家或哲学家[③]。

第一次鲜明地把《论风格》归于德米特里的是阿摩尼奥斯[④]。他在亚里士多德《解释篇》的注释里提到了《论风格》并把它归属于德米特里。11世纪保加利亚大主教迪欧费拉克图斯（Theophylact）在他的著作中有一句提到法勒隆人的《论风格》[⑤]。策策斯（Tzetzes）作品的注解者也提到法勒隆的德米特里。维克多利主张作者就是法勒隆的德米特里。这些观点被森茨伯里采纳，认为这本著作产于亚历山大利亚而不是罗马，《论风格》成书日期晚到安东尼时代已不可能[⑥]。

[①] Diogenes Laërtius, *Lives of the Eminent Philosophers*/Book V. 5/Demetrius, translated by Robert Drew Hicks（1925），Loeb Classical Library.
Diogenes Laërtius, *Lives and Opinions of Eminent Philosophers*/Book V. 5/Demetrius, translated by Charles Duke Yonge（1853）.

[②] 英尼斯译本绪言第 312 页，注 4。叙利安努斯（Syrianus）（431—485）新柏拉图主义哲学家，雅典学校校长，还注释过亚里士多德《宇宙篇》和《解释篇》。赫摩根尼著作 19 世纪由胡戈·拉比编辑。The works of Hermogenes appeared in the *Aldine series*. The 19th century Hugo Rabe edition of the *Opera Hermogenis*, with Latin introduction, is based upon various editions, a.o. the Aldine edition, http://en.wikipedia.org/wiki/Hermogenes_of_Tarsus.

[③] 姆莱图斯 Muretus is the Latinized name of Marc Antoine Muret（12 April 1526 – 4 June 1585），a French humanist who was among the revivers of a Ciceronian Latin style and is among the usual candidates for the best Latin prose stylist of the Renaissance, http://en.wikipedia.org/wiki/Muretus.

[④] 罗伯茨译本前言第 60 页；英尼斯译本绪言第 312 页注 4。阿摩尼奥斯 Ammonius Hermiae（Greek: Ἀμμώνιος ὁ Ἑρμείου; c. 440-c. 520） was a Greek philosopher, and the son of the Neoplatonist philosophers Hermias and Aedesia. He was a pupil of Proclus in Athens, and taught at Alexandria for most of his life, writing commentaries on Plato, Aristotle, and other philosophers.http://en.wikipedia.org/wiki/Ammonius_Hermiae。

[⑤] 罗伯茨译本绪言第 61 页。Theophylact of Ohrid（Greek Θεοφύλακτος, surname Ἥφαιστος Bulgarian Теофилакт Охридски, Serbian Теофилакт Охридски, also known as Theophylact of Bulgaria）（1055–1107） was a Greek archbishop of Ohrid and commentator on the Bible.

[⑥] 森茨伯里 George Edward Bateman Saintsbury（23 October 1845 – 28 January 1933），was an English writer, literary historian, scholar, critic and wine connoisseur, http://en.（转下页）

归纳起来，对成书的时间的确定，研究者是从五个方面来界定的。第一，文中的引文，文中提到的作家大部分都是公元前4世纪晚期和公元前3世纪早期的，甚至包括一些后来不著名的人物，如德马德斯（Demades），而丝毫没有提及后来哪怕是很著名的人物。这种观点遭到反对，有人认为早期的材料并不能确定该书写作于早期。第二，语言学证据，文中用的方言和专业术语，表明其写作的日期和作者所处时代。但是这种证据并不具有确定性，因为在古希腊甚至罗马时期，甚至文艺复兴时期，人们常模仿古典主义希腊，尤其是雅典语言表达。第三，就书的内容而言，作者的兴趣在希腊早期而不是晚期，文中没有半字提到修辞的衰落，没有提到模仿、雅典学派、朗吉弩斯等，特别是没有提到三种风格理论，在讨论优美时，不知道狄奥尼修斯写于公元前30年后的《论词语的构成》。反对派的意见认为德米特里就是一个比较传统的人，甚至对社会的发展不能察觉，"身虽在晋，乃不知秦汉"，并不等于桃花源里的人实际还生活在秦前，只是他们的社会文化、生活方式还在秦前。这一点也可以从现在与世隔绝的原始部落或者落后的社群发现，他们的生活仍处在氏族时期或者奴隶时代，他们若有著作肯定不会有新的社会痕迹，但他们实质上却是21世纪的氏族人群。第四，德米特里与早期逍遥派的关系，因为早期逍遥派特别是亚里士多德和特奥弗拉斯特在批评理论发展上影响很大，似乎是逍遥派使作者赞赏优美语言表达，但逍遥派的文献表明德米特里并不是其中一员，还有他对亚里士多德的书籍是直接看到还是间接知晓等。第五，一些直接的证据，如菲罗德在公元1世纪的时候就直接认为，这本书的作者是法勒隆的德米特里，等等①。但这些直接证据本身就需要考证。综合这些研究，目前

（接上页）wikipedia. org/wiki/George_Saintsbury。

A History of Criticism（3 vols., 1900–1904） i. 89.

① 有关作者之争的文章：

Briscoe, J., "Demetrius of Phalerum", *The Classical Review*, Vol. 22, No. 1, 1972, pp. 83-84.

Ehrhardt, C., "Demetrius ὁ Αἰτωλικός, and Antigonid Nicknames", *Hermes*, Vol. 106, No. 1, 1978, pp. 251-253.

Fortenbaugh, W. W., Schütrumpf E. *Demetrius of Phalerum,* Transaction Publishers, 2000.

（转下页）

学界普遍倾向于《论风格》属于希腊化时期的作品，这否定了作者是法勒隆的德米特里的可能。

从学术的进程来说，《论风格》明显是集大成者，具有总结性。不仅总结了风格分类的学问，还从用语的风格发展到词语组合的风格进而到句的风格。若没有从古典到希腊化时期修辞学、诗学、语言学、文学批评等的发展和积累是不可能达到这样的高度的。

综合这些因素来看，《论风格》属于希腊化时期作品，因此属于法勒隆的德米特里的可能性很小。从这样的研究结果来看，若作者不是法勒隆的德米特里，那么目前 P 本的标题和作者就有可能是后来抄写者加上去的，P 本作为第一钞本或手稿的可能性就非常低。第一钞本是怎样的，到底与 P 本是什么样的关系，只有待出土草纸本或找到比 P 本更为早期的钞本才能确定。

这样 P 本的权威性就受到巨大的减损，因此 M 本和 W 本的存在的合法性就大为增加，因为无法证明 P 本比 M 本和 W 本更接近真本。这样《论风格》的文本谱系就发生了改变，至少有三个源头，这三个源头又衍生了不同的版本，这些衍生本又译成了众多语种的译本。这是《论风格》文本谱系的目前状态。这种状态决定了研究的方式和方法，必须互相参校。

同时也锚定了《论风格》在学术史上的地位，即希腊化时期风格学的集大成者、总结者，同时又是开创者的地位，对希腊学术，尤其是对"希腊—罗马之争"中"什么是真正希腊的问题"的解决具有不可替代的作用。

文本系谱示意图：

（接上页）Mejer, J., "Demetrius of Magnesia: On Poets and Authors of the Same Name", *Hermes*, Vol. 109, No. 4, 1981, pp. 447-472.

O'Sullivan L., "Athens, Intellectuals, and Demetrius of Phalerum's 'Socrates'", *Transactions of the American Philological Association*, Vol. 138, No. 2,（1974），2008, pp. 393-410.

Potter, D., "Telesphoros, Cousin of Demetrius: A Note on the Trial of Menander", *Historia: Zeitschrift für Alte Geschichte*, Vol. 36, No. 4, 1987, pp. 491-495.

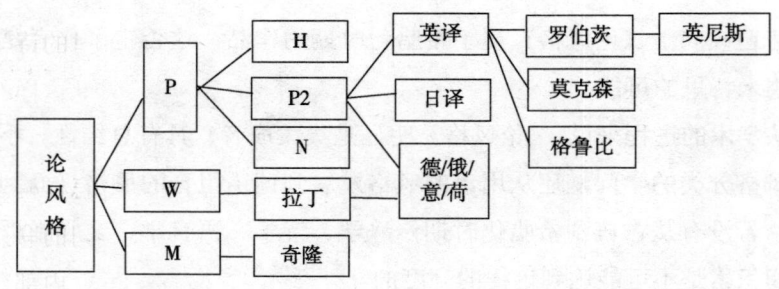

第三节 研究的意义、目标、方法

德米特里诗学研究具有重要的价值和意义。他不仅传承柏拉图和逍遥派理论，而且开创和发展了如信笺、语篇、语效、辞格、形式、风格、文体、写作甚至教育等理论，为后来学科的发展奠定了理论基础。学术上，对其诗学研究是古典诗学重要部分，古典学术国际化使然。对其诗学研究有助于解决诸如文体风格之争，形式与内容之争等一直困扰学界的问题；有助于解决结构主义批评善于发现文本内在秩序和模式却无法阐释效果，印象批评能内省直觉效果却不会建立文本结构和效果之间的联系的矛盾；有助于克服诗学"二元论"与"科技妄想症"，为当下"认知转向"提供理论资源。从现实来说，古希腊是西方文明源头之一，德米特里是希腊化关键人物，对其诗学研究有助于从源头加深对西方诗学乃至西方文明的理解，有助于中西古典诗学比较与交流，有助于中国学者在国际古典学术和诗学交流中知己知彼，建立话语权。

由于德米特里诗学在中国从未有研究，甚至还未翻译，以及现代人对古典著作理解起来的难度，所以本文首要研究目标是"敞开"，把德米特里诗学敞开看——是什么，如何；从材料和语言出发，发现德米特里诗学内在逻辑，并将其呈现出来；基于学术史做适当、合理的批评，完整敞开德米特里诗学的潜能，让读者明白其价值和意义。力争同情之理解，不做过度阐释，但力求充分。这部分主要是对德米特里诗学的内部分析。

绪 论

其次，探究德米特里的诗学所考察的对象、范围，德米特里的诗学产生机缘，德米特里的诗学来源和影响；回答德米特里诗学为何是这样的面貌，以及德米特里诗学可以何为。这部分是对德米特里诗学的外部研究。

研究在内外两个向度上展开，内部解剖、分析其诗学系统怎样构建而成，以及怎样在体验的基础上建立文本肌理与审美反应效果之间的联系；外部论述其诗学产生的机缘、影响，与"彼岸诗学"的异质性。内部分析是外部比较的基础，比较是分析的扩展、补充和凸显。德米特里诗学的已有研究是本书研究的基础，其不足和争论是本书的起点，时代的需要是本书研究的动力，跨文化研究是本书的视野。力争为古典学术、形式主义、语言学诗学及文体学、风格学等的研究添砖加瓦。

德米特里诗学首先构建了一个语言学诗学系统。这个系统是以句为对象，探讨了诗学的语言构成，语音、语义、语汇、语句、语用、语效等。在语言学诗学探讨的基础上，进一步考察了句的风格学诗学，风格的生成及风格学系统的建立。一方面德米特里试图构建科学的言说方式，另一方面神话诗学才是他诗学真正的底蕴，是他诗学的最高级形式，神话与诗学不仅同源而且同构。

德米特里诗学不仅是一种诗学，也是一种哲学，这种哲学深深植根于古希腊。不仅如此，他的诗学资源也来源于古希腊的言说，是古希腊学术发展的结果，所以是古希腊学术的总结者。同时他也是启下者，他的学术和思想开启了一个新的时代，乃至19世纪学科的独立和崛起都受到深刻的影响。

研究共分五部分。第一章到第四章是内部探索。第一、二、三章是德米特里诗学的考察：第一、二章是理性诗学；第三章是神话学诗学，既是与理性诗学相对的一种非理性诗学，又是对诗学的非理性掘进。第四章诗学的哲学，是对其诗学的形而上思考。第五章诗学关系学，是外部考察，探讨其诗学来源和影响，也是对德米特里诗学为何讨论这些问题，为何如此结构，为何以这面貌出现的原因的探索。

结构图如下。

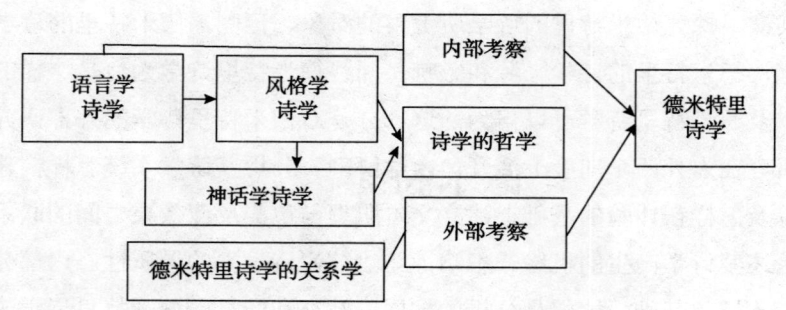

第一章　德米特里语言学诗学

"语言是诗学的生命,是诗学赖以生存的世界与家园。诗学问题的实质就是一个以语言出现的问题,研究诗学就必须建立在语言学模式的基础上。"[①]诗学是语言学的一个分支,语言学的分类是诗学体系,每一种分类服从一定艺术目的就成了诗学手法,语音、语汇、语句、语义等就构成了语言学诗学系统。

要考察德米特里语言学诗学,首先必须确定德米特里的语言场,这个场域的内涵与外延"表达"的始基是"句","表达"不过是句的选择和组合。因此,这个语言学诗学系统的核心是句的构建。句就是词语的选择和组合。德米特里比索绪尔(Ferdinand de Saussure)和雅各布森(Jacobson, R.)更早考察了语言的横轴和纵轴,即联想关系和组合关系。

选择轴和组合轴严格来说不是一个数轴,而是一个场。选择场有标准语、隐喻、生造词、奇异词等选项,组合场有辞格、音声、节律等关系,每个场的横轴是常量,纵轴是相对于常量的偏离。选择场和组合场生成的界面就是句。句本身是一个场,在这个场中纵轴是题材/思想($\pi\rho\tilde{\alpha}\gamma\mu\alpha/\delta\iota\alpha\nuο\acute{\iota}\alpha$),横轴是形式,两者的组合是意义。这就是德米特里言说"装置"($\varepsilon\tilde{\iota}\delta o\varsigma$)。装置=形式(选择场+组合场)+题材(参见附录 1 图 8)。

[①] 方珊:《形式主义文论》,山东教育出版社 1999 年版,第 115 页。

第一节 德米特里诗学的语言场

一 德米特里的诗学研究对象和范围

要考察德米特里语言学诗学,那么首先就要确定德米特里的语言场。而要确定德米特里语言场,就需要确定德米特里诗学的研究对象和范围。

从德米特里诗学引用、评述、探讨的内容可以确定其诗学研究的对象和范围,就是言语本身,言语的如何言说。

所有的文学理论其实都是对作品的考察,"没有可供描述的作品,诗学便不可能产生"[①];反过来,可供描述的作品不一样,所得出的结论或理论也不一样。若亚里士多德《诗学》所描述的对象不是戏剧而是抒情诗(lyrics),《诗学》可能完全不一样。因此,所供描述的作品是考察一部理论作品的一个重要的指标。

德米特里评述的对象和引用的范围很广,差不多古代有名的言说都囊括其中:史诗,引述了"荷马史诗"、赫西俄德《工作与时日》[②];抒情诗,有萨福(Sappho)和阿尔凯奥斯(Alcaeus)的作品;悲剧家,索福克勒斯(Sophocles)和欧里庇得斯(Euripides);喜剧家,阿里斯托芬(Aristophanes)、米南德(Menander)和梭弗隆(Sophron)的语句;散文,多次引用哲学家柏拉图和亚里士多德、甚至医学家希波克拉底(Hippocrates)的语句,最爱以历史学家赫卡忒(Hecataeus)、希罗多德(Herodotus)、修昔底德(Thucydides)、色诺芬(Xenophon)、特奥庞普斯(Theopompus)的作品为例;修辞学家,埃斯奇里斯(Aeschines)、安提丰(Antiphon)、狄摩西尼(Demosthenes)、伊索克拉底(Isocrates)、吕西阿斯(Lysias)、特奥弗拉斯特(Theophrastus)的作品是他主要的考察对象。从引用的涵盖面能够看出,其考察的对象涵盖了历史、哲学、修辞、诗歌等各类作品(见附录1表2)。

---

① [美]厄尔·迈纳:《比较诗学——文学理论的跨文化研究札记》,王宇根、宋伟杰等译,辜正坤、覃学岚等校,中央编译出版社1998年版,第23页。
② Hesid. *Op.* (Opera et Dies)

第一章　德米特里语言学诗学　◆◇◆

德米特里引用最多的是"荷马史诗",《伊利亚特》49次、《奥德赛》30次;其次是萨福的作品,引用了15次;历史著作,引用最多的是色诺芬的作品38次、修昔底德20次、各类历史纪年作品32次;引用修辞学家的作品,狄摩西尼31次、亚里士多德和柏拉图的作品各24次。从引用的频率也能看出他的著作讨论的对象既包括史诗、戏剧、抒情诗,也涵盖了散文。

德米特里其实不仅引用了大量诗歌和散文,还讨论和考察了大量的俗语、俚语和箴言。因此他考察的对象是一切言语表达,既包括诗歌、散文类著作,也包括口语化的表达。因此,德米特里所考察的对象与今天的文学对象大致吻合,甚至范围更大,包括了一些具有文学性的口语。他考察的是整个具有文学性的表达——书面和口语。从这个角度而言,其所得出的结论更具有普遍性。因为"不可能依据对一部或多部作品哪怕是杰出的分析,就可以阐释出普遍的审美规律"[①]。

德米特里引用的实例涉及面很广,涵盖诗歌、修辞、历史、律法等众多学科著作,诗歌、修辞、历史、律法是否都是其考察的范围呢?

亚里士多德修辞学或修辞术以及其他修辞手册都着眼于"说服"而不是"表达",即使顺带考察了"表达",但都从属于"说服"的目的,没有详尽"表达"的考察。德米特里考察诗,与《诗学》着重考察对人的行为的模仿不同,他并不考察歌唱部分,而是其中的言语(λέξις)。另外,此前对历史、律法"表达"的探讨还从未有过,因此德米特里认为有必要考察这些"表达",但不是历史和律法的内容,即不是它们说了什么,而是它们怎么说。所以从德米特里所考察的范围来说,他的"表达"属于散文,而不属于诗歌。他的理想就是要建立一门类似《诗学》那样的科学,这种科学在他看来就是建立在句子基础上的,"正如诗可以分成格律,表达和论辩也可以分成所谓的句"[②](§1)。

---

① [法]茨维坦·托多罗夫:《诗学》,怀宇译,商务印书馆2016年版,第88页。
② οὕτω καὶ τὴν ἑρμηνείαν τὴν λογικὴ διαιρεῖ καὶ διακρίνει τὰ καλούμενα κῶλα.§§1, 41-2, 117. Λογοικος (λογος)有关说话的,说话器官;言语[和μουσικη 音乐相对]散文的,白话的,会说话的,有理性的;论辩的,合乎推论的,逻辑,逻辑、逻辑学(暗含τεχνη);(贬义词)武断的,教条式的(罗念生、水建馥:《古希腊语汉语词典》,商务印书馆2004年版)。

以上是从引用的材料或者说可供描述的作品来探讨德米特里诗学的研究对象。下面将从其所考察的内容来探讨。

德米特里试图从语言所具有的潜能构建具有一定效能的言语。很明显属于言语本身的考察。从亚里士多德《修辞学》所奠立的基本内容，即说服的三个手段分别是诉诸修辞者人格（ἦθος）、受众情感（πάθος）、言说（λόγς）而言，前两者分别是从言说者、听众而言的，第三部分考察的是言语。那么德米特里的考察属于修辞学的言说部分。修辞五个步骤——发明（即提出论题或论点）、谋篇（即言说材料的安排）、文采（指措辞）、记忆（将前三者熟记于心）和发表（用合适的声音、动作和表情将记住的言说表达出来），是修辞者应掌握的五大能力。其中前三者与写作有关，尤其是谋篇和文采这两者探讨的就是文本的组织和安排。修辞学发展到罗马时期，尤其是到了中世纪，完全窄化成对言语本身的考察。德米特里所考察的内容与罗马的演讲术对言语审美的追求上几乎一致。从这个角度而言，德米特里的考察属于演讲术，不是为说服，也不是求真善。德米特里试图找出有意识地创造的路径和方法，让人可以根据这一路径和方法创作出具有某种风格的文学。

不同的词语风格不同，例如北风的冷、南风的热等。因此，为了生产不同风格的言语就可以选择不同的词语。这是亚里士多德和特奥夫拉斯特们的认知。德米特里发现，词语不同的组合也具有不同风格。这就涉及句了，句的长度、形状、节奏等会产生不同的感觉。长句雄伟，短句强劲；圆周句优美，而松散句平易。另外不同的题材风格也不同，有关神或英雄的题材雄伟（壮美），而恐怖的事物强劲（崇高），柔小的事物惹人可怜，普通的事物平易近人。从这个角度而言，德米特里的考察属于风格学。

德米特里对此前所有著名的言说，从荷马、赫西俄德、萨福等的作品到悲剧、修辞、历史、律法乃至医学和自然科学的著作都进行了批评和品鉴，从这个角度来说，他的诗学就是文学批评。

总之，德米特里考察的对象是言语本身，无论这种言语是诗歌、历史、律法还是修辞，他考察这些言语如何创制、风格的生成与种类，对这些言语进行品鉴。从范围上来说，这些言语涉及从"荷马史诗"以来的所有言说。

二 德米特里诗学语言场的构成

德米特里的诗学研究涉及从"荷马史诗"以来的言说，这些言说涵盖了希腊共同语（κοινή）和大多数方言，一定程度上这些研究对象就构成了一部希腊方言演变与共同语形成的历史。这个历史是德米特里诗学语言场的历时轴，而德米特里诗学的范畴是其语言场的共时轴。历时轴构成德米特里诗学语言场的丰富性、多样性和纵深性。质言之，德米特里诗学的语言场是以共同语为主，和英雄时代以来的方言遗留共同构成的。从德米特里语言场也能管窥到希腊共同语的形成。

希腊共同语是希腊在经过多次民族迁徙、融合形成的多利亚语（Doric）、伊奥利斯语（Aeolic）和爱奥尼亚语（Ionic）三大方言基础上形成。希腊共同语的形成，离不开诗人、修辞家等言说者的锤炼、雕琢和经典的书写，及语言学家们的探索、修正、规范和指导，当然也离不开语言之外的政治、经济、商贸，甚至军事等外力的作用。希腊共同语的形成促进了希腊的融合和文化、经济等的发展，也促进了希腊与罗马的沟通、交流和融合。可以说没有共同语的形成，希腊很难作为一个整体与罗马形成竞争。

爱奥尼亚语采用源于埃及的象形文字圣书体腓尼基字母（Phoenician phonetic alphabet），保留了所有符号[1]。由于腓尼基字母没有元音，爱奥尼亚语把其中有些字母用来表示希腊语的元音[2]。爱奥尼亚语主要分布于东希腊：沿着希俄斯岛（Chios）、萨摩斯岛（Samos）和小亚细亚的中西部海岸形成爱奥尼亚的中心地带（Ionia proper），包括横穿爱琴海中部岛屿及雅

---

[1] 卢梭认为是腓尼基人把这种字母带给了希腊人。原因是腓尼基人是亚洲或非洲人中间最早几乎也是唯一与欧洲人进行贸易的民族。（[法]卢梭：《论语言的起源：兼论旋律与音乐的摹仿》，洪涛译，上海人民出版社2003年版，第29页。）

[2] 卢梭认为这是言语在发展中为了表达更精细，语音分解的结果。"当他们发现这一分解工作陷入局限时，便像希腊人一样，把更多的字母加入了字母表。"（[法]卢梭：《论语言的起源：兼论旋律与音乐的摹仿》，洪涛译，上海人民出版社2003年版，第27页。）希腊人有7个元音，罗马人有6个，拉丁人把y当作希腊语而废弃不用，于是有5个元音。

典北最大岛尤卑亚岛（Euboea）及爱奥尼亚人的殖民地：爱琴海北部、黑海、地中海西部[①]。

爱奥尼亚语大体上分为两个主要时期：古爱奥尼亚语和新爱奥尼亚语。古爱奥尼亚语主要流行于公元前8世纪—前6世纪的希腊，这段时期的爱奥尼亚语以小亚细亚希腊语为中心[②]。主要是荷马的著作［《伊利亚特》《奥德赛》《荷马赞美诗》(the Homeric Hymns)］、赫西俄德的著作《神谱》《工作与时日》以及悲歌（elegic）和短长格体（iambic）。诗人如赫西俄德（Hesiod）、帕罗斯的阿奇洛卡斯（Archilochus of Paros）、雅典的梭伦（Solon of Athens）、麦伽拉的泰奥格尼斯（Theognis of Megara）[③]等。

爱奥尼亚语"包含大量的爱奥利斯方言（Aeolic）的用语、变格和语法特征，还有阿尔卡狄亚—塞浦路斯方言（Arcadia-Cyprus）的痕迹。根据荷马研究者的说法，'荷马史诗'总体上使用的，是一种人为雕饰的混合书面语，以适合不同方言人群的需要，根据朗诵起来琅琅上口的气势而有意为之"[④]。更为可能的是爱奥尼亚语本身是阿凯亚语与土著语的融合，而阿尔卡狄亚和塞浦路斯原来是阿凯亚语的范围，这是语言沉淀的结果。而伊奥利亚语则是因为临近的缘故，说伊奥利亚语的波奥提亚（Boeotia）与阿提卡方言区（Attic）毗连。这是语言相互浸染的结果。再者荷马语言的混合性，一方面反映了希腊语还未定型，另一方面是"荷马史诗"口头流传及后来不断被书写留下的痕迹，以致"荷马使用的方言的丰富性，我们难以想象"[⑤]。老爱奥尼亚语由于"荷马史诗"而著名，赫西俄德和荷马的著作都因此而被称为"荷马语"（Homeric Greek）或"史诗语"（Epic Greek）。

[①] Woodard, R. D. ed., *The Ancient Languages of Europe*, Cambridge: Cambridge University Press, 2008, p. 51.

[②] 这段时期又可以分为两个时期，阿凯亚语与其他语言混合期的爱奥尼亚方言如"荷马语"，这反映了爱奥尼亚语形成初期的特色；及小亚细亚爱奥尼亚人方言为主的时期，这是爱奥尼亚方言定型期，如希罗多德语。这种分法和一般有些出入。刘以焕：《古希腊语言文字语法简说》，上海人民出版社2006年版，第56—57页。

[③] 关于泰奥格尼斯的活动时间争议颇大，有认为是公元前7世纪—前6世纪。

[④] 吴素梅：《古希腊民族形成研究》，博士学位论文，华东师范大学，2011年，第71页。

[⑤] [法]卢梭：《论语言的起源：兼论旋律与音乐的摹仿》，洪涛译，上海人民出版社2003年版，第38页。

第一章 德米特里语言学诗学 ◆◇◆

公元前 6 世纪后，以雅典为中心的阿提卡方言(Attic) 跃升为爱奥尼亚语的标准样式。这就是新爱奥尼亚语（New-Ionic）[①]。剧作家、演说家、诗人、散文家争相以阿提卡—爱奥尼亚方言写作和发表演说。希腊演说家中说新爱奥尼亚语的人获得了殊荣。最著名的新爱奥尼亚语的作者除了那些久负盛名的剧作家、诗人、演说家，还有阿那克里翁（Anacreon）、希罗多德（Herodotus）、修昔底德（Thucydides）、希波克拉底（Hippocrates），以及罗马时期的阿雷提乌斯（Aretaeus）、阿里安（Arrian）、卢西恩（Lucian）等。这一方面是由于雅典的地位吸附了众多人才，加上阿提卡方言是古希腊语中最优美与最精练的；另一方面杰出的语言大师们对语言的驾驭与提炼，反过来也促进了语言的精细与雅致，杰出的作品成为语言锤炼和模仿的典范[②]，吸引了更多卓越的人士加入，更加丰富繁荣了雅典的文化。

公元前 403 年，雅典执政官欧几里得（Archon Eucleides）实施写作改革，用米利都（Miletus）爱奥尼亚字母取代古雅典字母[③]，这说明雅典需要更加完善的字母表。新字母表被雅典接受后，它就逐渐扩散到整个希腊及其殖民地，把那里使用的各地方字母表排挤出去，使其成为希腊字母的标准，这大大促进了希腊共同语（ἡ κοινὴ διάλεκτος/Koine）的形成[④]。新字母表也成为《福音书》(Christian Gospels)和《使徒行传》(The Book of Acts)的书写语言。

古希腊西部方言一般认为是多利亚语。广为认可的是，多利亚语源于

[①] 阿提卡方言又分古近两支，悲剧诗人及修昔底德所用的是古的那支；较晚的阿提卡地区著作家所用的是时间较近的那一支。(刘以焕：《古希腊语言文字语法简说》，上海人民出版社 2006 年版，第 57 页。) 这种分法同样与一般分法有些出入。

[②] 这正如乔叟之于英国文学、但丁之于意大利文学、惠特曼之于美国文学、普希金之于俄国文学。他们都是民族文学语言的创建者，他们把文学语言和大众语言区别开来，从语言的混沌中发掘出了最简洁清晰而有力的文字。他们的语篇结构、语法结构及基本词汇，成了各自现代民族语言的基础。

[③] 周有光：《世界文字发展史》，上海教育出版社 2011 年版，第 319 页。
[俄]B. A. 伊斯特林：《文字的产生和发展》，左少兴译，王荣宅校，北京大学出版社 1987 年版，第 344 页。
http://en.wikipedia.org/wiki/403_BC. http://en.wikipedia.org/wiki/Eucleides. http://en.wikipedia.org/wiki/Alphabet.

[④] [俄]B. A. 伊斯特林：《文字的产生和发展》，左少兴译，王荣宅校，北京大学出版社 1987 年版，第 345 页。

埃皮罗斯(Epirus)和马其顿山脉、西北希腊、多利亚人的发源地。在多利亚人侵入（公元前 1150 年）和随之而来的殖民时期，它播散至所有其他的区域①。伯罗奔尼撒(Peloponnese)南部和东部、克里特、罗得岛(Rhodes)、爱琴海南部的一些岛屿，小亚细亚海岸的一些城市、意大利南部、西西里岛（Sicily）、埃皮罗斯以及马其顿（Macedon）等地方的人说的都是这种语言的小方言，与西北希腊一起形成了古典时期希腊方言的"西部群"（Western group)②。到了古希腊时期，在阿凯亚联盟（Achaean League）下，阿凯亚—多利亚共同语（Achaean Doric Koine）呈现出所有多利亚方言常见的诸多特色，它延缓了基于阿提卡语言的共同语（Attic-based Koine）向伯罗奔尼撒的播散，直到公元前 2 世纪③。

多利亚人来势汹汹，武功虽高，文治却是个外行。首先多利亚语不怎么悦耳，其次多利亚人来自北方蛮族，没有很好的文化底蕴，初到南方才安顿下来，可能还不习惯文人雅士的风范，因此没有多少经世之作。一些为公共节庆而写的抒情诗，作者还是外族人，如爱奥尼亚人、伊奥利亚人和其他部族人。诗人，如阿克曼(Alcman)用斯巴达方言拉克得蒙多利亚语（Laconian）写合唱诗④；西蒙尼德斯(Simonides of Ceos)喜欢用复合形容词和修饰性短语，表达清晰、简练。他写爱奥尼亚风味的抒情诗，用多利亚习语写哀歌体诗。他和他的侄子巴克莱德斯（Bacchylides）及品达（Pindar）等一起被称为"希腊九大经典抒情诗人"。品达是个例外，一向以是多利亚人为荣，基本上用多利亚语写作。但是他并不出生于西部语区，而出生于说伊奥利亚语的底比斯（Thebes），所以也用伊奥利亚语和史诗语

---

① 希腊中部、科林斯海湾南部一个多利亚政权的出现（多利亚地区）引发了多利亚语源于希腊西部或可能超越巴尔干半岛地区（the Balkans）的理论。
② Woodard, R. D., *The Ancient Languages of Europe*, Cambridge: Cambridge University Press, 2008, p. 51.
③ Buck, C. D., "The Source of the So-Called Achaean-Doric koinh", *The American Journal of Philology*, Vol. 21, No. 2, 1900, pp. 193-196.
④ 阿克曼本身不是多利亚人，可能是小亚细亚人，被作为奴隶卖到斯巴达。Apollonius Dyscolus 在 *On Pronouns* 里说他也常用伊奥利亚语。英国哲学家 Denys Page 认为是用荷马语写作，不是用多利亚语写作的，只是因为在斯巴达上演，而被翻译成多利亚语。http://alkman.glossa.dk/index_en.html.

第一章 德米特里语言学诗学

写作，偶尔还用尤卑亚（Euboea）词汇。在其他的诗人中也发现多利亚语的片段，如梭弗隆（Sophron）、伊庇卡穆斯（Epicharmus）等。用多利亚语写作的还有阿基米德（Archimedes）以及毕达哥拉斯学派的一些人物。

伊奥利斯语（Aeolic）主要是希腊中部的波奥提亚（Boeotia）、帖撒利平原、爱琴海上的莱斯沃斯岛（Lesbos）和希腊小亚细亚殖民地伊奥利斯（Aeolis）等地方言[①]。伊奥利斯语与其他古希腊方言（阿提卡—爱奥尼亚语 Attic-Ionic，多利亚语 Doric，西北和阿尔卡地亚塞浦路斯 Arcadocypriot）相比，含许多古语和创新。伊奥利亚语因米蒂利尼的萨福（Sappho of Mytilene）和阿尔凯奥斯（Alcaeus）作品而闻名。伊奥利亚语诗最著名的模范就是萨福的作品，大部分使用经典四行诗体，如格莱坎诗体诗（Glyconic）（伊奥利亚诗行最基本的形式）和十一音节诗行（hendecasyllabic）、萨福诗节（Sapphic stanza）和阿尔凯奥斯诗节（Alcaic stanza）（分别因萨福和阿尔凯奥斯得名）。特奥克里图斯（Theocritus）在自己三首田园诗里便仿效了他们的语言，而他们的莱斯沃斯形式又被别的抒情诗人使用，甚至用在多利亚合唱抒情诗里了。在柏拉图《普罗塔戈拉》（Protagoras）里普洛狄柯（Prodicus，文法学家）把米蒂利尼的庇塔库斯（Pittacus of Mytilene）伊奥利亚方言称为野蛮的人的语言[②]，因为它的风格不同于阿提卡文学风格[③]。

三大方言逐渐为希腊共同语（κοινή /koine）所代替。从罗马时代和希腊化时代开始，后古典时代的铭文和羊皮卷都是用共同语书写，其他的如《圣经·旧约》希腊文译本（Septuagint/Greek Old Testament）、《新约》（Ἡ Καινὴ Διαθήκη /New Testament）、出土陶器上留下的文字。现代希腊共同语还保留了一些古希腊共同语的特征。本都语（Pontic）和卡帕的西亚语（Cappadocian）保留了古代把 η 发成 ε 的习惯，如 νύφε, συνέλικος, τίμεσον, πεγάδι 等。希腊南部语区许多单词中 ου 发成 υ，或者古写法和现代拼写并

[①] Woodard, R. D. ed., *The Ancient Languages of Europe,* Cambridge: Cambridge University Press, 2008, p. 51.

[②] Plato, Bartlett, R. C., *Protagoras: And, Meno,* Cornell University Press, 2004, p. 51.

[③] Towle, H. S. J. A. ed., *Commentary on Plato: Protagoras,* Boston and London: Ginn & Company, 1889, p. 309a.

存，如 κρόμμυον—κρεμ-μυον，ράξ—ρώξ 等。

希腊共同语的形成有各种因素。希波战争促进了希腊各族的认同，在战争中，希腊联盟的建立对共同语的发展提出了更现实的要求，加速了共同语的形成。雅典文化高地让希腊仰慕而朝拜。雅典文字改革使更加完善、简便的字母已逐渐为泛希腊所接受。更重要的是，无论多利亚语还是伊奥利亚语、爱奥尼亚语，西部语群、东部语群还是中部语群，都是印欧语系的一支，它们都是西迁的印欧人的后裔，本身就有共同的根源。其最直接的原因是亚历山大（Alexander the Great）横跨欧亚非帝国的建立。亚历山大接受的就是操阿提卡共同语的亚里士多德的教育，阿提卡共同语成为帝国官方语言，所以又称亚历山大方言（Alexandrian dialect），扩展为帝国亚非欧各民族的共同语。希腊共同语在阿提卡—爱奥尼亚语的基础上，也吸收了一些其他的方言，同时阿提卡—爱奥尼亚语也做出了许多改变以适应共同语的形成，如 θάλαττα、άρραν 中双写 ττ、ρρ 等[1]。

希腊共同语在形成和扩展的同时也是雅化、精致化、权威化和正典化的过程。这个过程离不开杰出语言大师的贡献和经典著作的书写。可以说，它是随着杰出的语言大师和经典作品一道成为典范的。公元前3世纪，七十士用希腊共同语翻译希伯来圣经（七十士译本 Septuagint）。这个译本由于直接从希伯来圣经翻译过来或者是因为当时在亚历山大里亚而不是希腊本土，因此其语言还不完全是纯正的希腊语而带有闪语（Semitic）和亚兰语（Aramaic）的特点。七十士甚至直接用希腊文撰写了希伯来圣经中没有的内容，如西拉书（Sirach）。《新约圣经》不是从希腊文翻译而是直接用希腊语撰写的，因而就基本没有闪语和亚兰语的味道了。到4世纪教父们学会了用比较简单和更接近他们那个时代的希腊语来撰写一些作品，所以希腊语又被称为"圣经语""教父语"等。这样，在基督教还未允许以方言传教以前，基督教传到哪里，希腊语就流行到哪里。基督教允许方言传教之后，希腊语仍然具有正典地位。同时由于当时希腊共同语的流行，也大大促进了基督教的传播。再如，许多散文家和诗人都用希腊语来进行创

---

[1] Christidis, A. F., *A History of Ancient Greek: From the Beginnings to Late Antiquity*, Cambridge University Press, 2007, p. 44.

第一章　德米特里语言学诗学　◆◇◆

作和书写，如波里比乌斯（Polybius）、普鲁塔克（Plutarch）、弗拉维奥·约瑟夫斯（Flavius Josephus）、卢西恩（Lucian）[①]等。著作经典化的过程也是语言正典化的过程。当然，反过来，若不是使用如此精妙的语言写作，它们也不会成为经典。

语言正典化除了大师的锤炼、经典的书写，语言的研究也功不可没，或者说正是语言的研究不断推动着语言的精炼和发展。研究得出的理论，其实就是语言发展的抽象、概括和理论化。研究成果修正、规范和指导着语言的运用。

"希腊人走上语言分析道路，是由哲学家们研究思想同词的关系、研究事物同它（希腊）名称的关系而最先推动的。"[②]哲学的发展迫切需要找到适合精确的表达，需要语言的规范化，公元前5世纪语言研究应运而生。

第一个研究用语的是普罗塔戈拉[③]，此外阿尔基达马（Alcidamas）、普洛狄柯（Prodicus）、希庇阿斯（Hippias）、德谟克利特（Democritus）、苏格拉底、柏拉图、亚里士多德、斯多葛学派都对语言有研究，集大成者是狄奥尼修斯·特拉克斯（Dionusios Thrax）。

普罗塔戈拉第一个研究了名词的性，名词与冠词的搭配，动词的时态，以及句子。把名词的性分为阳性、中性、阴性[④]，纠正了当时冠词和名词的

[①] 波里比乌斯，希腊化时期，希腊历史学家，著有《历史》；普鲁塔克，希腊历史学家，传记作家，散文家，著有《对传》《道德论集》；约瑟夫，罗马—犹太人，历史学家，使徒传家 Hagiographier，著有《犹太战争》《犹太圣迹》等；卢西恩，希腊化时期，修辞学家和讽刺作家，西方最早的小说家，著有科幻小说《一个真实的故事》，幻想在月球和金星的旅行；留存最早的异教徒描写基督徒的作品《消失的派尔根努斯》（*The Passing of Peregrinus*）；《骗子的爱人》（*Philopseudes*）是歌德《魔术师的徒弟》的来源；《会饮篇》（*Symposium*）反映了柏拉图的同名著作；《马可罗波尼》（*The Macrobii*）想象丝绸之国人 Seres——Chinese 可活 300 年，这是西方对中国的第一次想象。Seres——Chinese 可参阅 Schoff, Wilfred H., "The Eastern Iron Trade of the Roman Empire", *Journal of the American Oriental Society*, Vol. 35（1915），pp. 224-239（237）。

[②]［丹］威廉·汤姆逊：《十九世纪末以前的语言学史》，黄振华译，世界图书出版公司 2009 年版，第 8 页。

[③] Protagoras（ca.490 BC – ca.420 BC）, a pre-Socratic Greek philosopheris numbered as one of the sophists by Plato.

[④] Aristotle. *DK* 80 A 27.

搭配的错误。后来亚里士多德不仅继承了普罗塔戈拉对名词的划分，"凡是词尾为 ν, ρ, ς 或辅音 φ, ξ 的名词是阳性，凡词尾为长元音 η, α, ω 都是阴性名词，中性名词的词尾仅限于各元音或 ν, ρ, ς"[1]，而且还研究了名词的数、专有和泛称、词义等。普罗塔戈拉认为动词时态非常重要，他区分了动词的时态，推动了动词变位的研究，他还首创了正名研究。在古希腊名词常因为其所指示的事物而分阴性、阳性，特别是与神有关，男性的神相关的就是阳性，否则相反。同样词义在传播中逐渐脱离本义，在社会生活中具有了许多约定俗成的意义。因此他提出正名，要求名称符合现在所指。普罗塔戈拉对词性的区分、词义的正名，其实是把语言的自然属性和语法属性分开，认为语言的性不仅与其自然属性有关，还可凭借语言本身来区分，这样在语言是自然的（φυσις）还是规约的（νόμος）的争论中他站在了规约的一方。语言是规约的，是人为的，是人的尺度的结果，也就是"人是话语的尺度"。普罗塔戈拉的区分使语言获得了自身的独立性，语言依靠自己而不再需要依赖于其所指。这种思想发展的结果是智者们对语言形式的追求。普罗塔戈拉对于词性的区别为后人所继承和重视，成为表达的一种基本技艺。

德谟克利特写过文学和音乐方面的专著，其中涉及语法的有《论动词》《名词论》《史诗用语论》《论声音的和谐与不和谐》《论节奏和韵律》等[2]。此时的名词还是一个涵盖范围很广的概念，包括形容词、代词、甚至副词，有时也包括动词。直到公元 2 世纪，斯多葛学派(Stoicism)才把形容词从名词中区分开来。甚至戏剧中都谈到这个问题，阿里斯托芬《云》中苏格拉底也要求学习论辩技艺之前必须学会区别名词的性[3]，可见这种技艺在当时

---

[1] Arist. *Poet.* 1458a9-17.

[2] Democritus（c. 460 – c. 370 BC），an Ancient Greek philosopher and a pupil of Leucippus, was an influential pre-Socratic philosopher who formulated an atomic theory for the universe.

Diogenes Laertius *Lives of Eminent Philosophers*.9.7.48. *On Verbs. A Vocabulary. Concerning Homer or On Correct Epic Diction. On Rhythms and Harmony. On Euphonious and Cacophonous Letters. On Poetry. On Beauty of Verses. On Glosses. Of Song.*

[3] Aristophanes. *Clouds.* 658. 喜剧中不一定是真实的情况，但能说明词性的划分在当时非常普遍和在写作中的重要地位。Aristophanes c. 446 BC– c. 386 BC.

第一章 德米特里语言学诗学 ◆◇◆

已经相当普及。

正名学为安提丰、普洛狄柯、苏格拉底、柏拉图、亚里士多德、德米特里、狄奥尼修斯等所继承和发扬，也成为表达的基本要求。由于当时的词语已经跟不上社会和人的认识的发展需求，安提丰教人们创造新词表达新的事物和思想，反对用语含糊[①]。普洛狄柯第一个研究同义词的区分和从属，成就斐然，"分辨词义，智者中普洛狄柯是首屈一指的"[②]。他使用词义"切分法"[③]，从相近的词中找出相同的含义，然后分别指出各自的细微差别即属差。

这种切分的方法在古希腊是一种基本的技艺，广为使用，与生成（γίγνομαι）相对。苏格拉底、柏拉图[④]、亚里士多德都使用"切分法"来定义，定义="种"+"属差"。如人是两足动物，两足是属差，动物是种，人即动物的属。在希腊哲学家看来这种切分可以一直分到不能分的基本单元为止（在现代科学看来是一个无穷尽的），这个基本单元或微粒就是构成事物的基本成分。这种方法也应用到诗学上，诗的基本单位是韵律。

"切分法"是词源学的滥觞，柏拉图在《克拉底鲁》中用"切分法"专门探讨名称的来源及正确的使用。《克拉底鲁》是现存最早、最详细的语言学著作。对话中实际上是表达了两种观点，即事物的名称是"按本质"还是"按规定"。所谓"按规定"，因为"属于某个具体事物的名称没有一个是自然赋予的，而是由确定这些用法的人制定规则，用某个

[①] Guthrie, W. K. C., *A History of Greek Philosophy: Volume 3, The Fifth Century Enlightenment,* Cambridge University Press, 1969，p. 204. & note. 1.

[②] Plato. *Laches*. 197d.

[③] Διαίρεσις, division, dividing, distribution；Rhet., division or distribution into heads；Gramm., resolution of a diphthong into two syllables; in Metric, division of a line at the close of a foot, diaeresis; division of troops, of the Roman cohors; in Logic, division of genus into species, "τῶν γενῶν κατ' εἴδη δ", Pl. Sph. 267d. 其现代将来不定式 διαιρεῖται, take apart, cleave in twain, divide. 德米特里在论表达中常使用这个词，§1, 12, 21, 70。在古希腊与切分相对的还有"综合"συναγωγαί , combination（συνθέσεως, composition 结构）。

[④] 柏拉图在《斐德罗》中将切分与综合（συναγωγαί, Pl. Phdr. 266b）联系起来成为辩证法。

名称来称呼这个事物"①。所谓"按本质",因为"事物拥有符合其本性的名称,并非每个人都是制造名称的工匠,他能够用字母和音节来体现事物的形状"②,"名称的作用就是表达本性"③。能否切分是"自然"与"规约"争论的内容之一,柏拉图的"通种论"由此衍生出来,甚至他的理式(ειδος,种)也是从词义切分开始的④。将λέξις分为名词(ὀνομασία)和动词(ῥῆμα)也是柏拉图开始的,他说"有两种对存在的模仿","名词和动词"。"指涉行动的称'动词'","表示行动的实施者叫'名词'","单独一串名词或动词都不是话语","只有当它们组合在一起的时候才是"⑤。这样可发现ὀνομασία仅指名词,是λέξις的一部分;而λέξις是一个集合概念。亚里士多德哲学也是从词义(范畴)切分开始的,因为当时还缺乏概念或观念的思想。

词义"切分法"也是古希腊人论辩的基本技艺,苏格拉底辩证法重要的一环就是词义的切分。亚里士多德认为修辞最基本的就是要使用希腊共同语⑥,主要在五个方面,"第一,联系词⑦必须按照自然顺序安排;第二,要使用本名而不属名;第三,不使用含糊的话(即不要像诗那样使用语言);第四,像普罗塔戈拉那样区分词性;第五,词的数要正确"⑧。亚里士多德最大的贡献是第一次把词法和句法的研究概括为语法(文法)"书写的

---

① Plato. *Cratylus*. 384d. [古希腊]柏拉图:《柏拉图全集》,王晓朝译,人民出版社2018年增订本中卷,第555页。
② Plato. *Cratylus*. 390e. [古希腊]柏拉图:《柏拉图全集》,王晓朝译,人民出版社2018年增订本中卷,第564页。
③ Plato. *Cratylus*. 396a. [古希腊]柏拉图:《柏拉图全集》,王晓朝译,人民出版社2018年增订本中卷,第572页。根据原文概括,并参考了2003年版,第75页。
④ Pl. *Parmenides. and Sophist.*
⑤ Plato. *Theaetetus*.206d. *Symposium*.198b., 199b. *The Republic*. 340e., 462c., 464a., 474a., 562c., *Timaeus*. 49e., *Cratylus*.425a.431b.
⑥ ἑλληνίζειν, hellenizein, 动词 hellenize, 形容词 hellenic, 词根 ἑλλην. speak common Greek, opp. the Attic dialect. speak Greek. make Greek, Hellenize. 英译为纯正 purity, 罗念生译为"正确"。
⑦ συνδέσμοις, connecting particles. 包括小品词、前置词,和今天语法上的连接词。(罗念生注。罗念生:《罗念生全集》第1卷,上海人民出版社2004年版,第321页。)
⑧ Arist. *Rhe*. 5. 1407a18-b10. 罗念生:《罗念生全集》第1卷,上海人民出版社2004年版,第321页。

第一章 德米特里语言学诗学

遣词造句的知识和阅读的知识"①。语法这词在希腊语中是"字母"的意思,源于动词"画或写"。亚里士多德之所以将语法包括阅读的知识,原因之一就是因为当时人们书写不用标点,句读对于当时的人们来说也是一门技艺。从亚里士多德开始,语法的研究就有了一定的自觉性。

亚里士多德对于正名问题继承了普罗塔戈拉和柏拉图关于自然与规约的看法,提出"按法则"(νόμω)、"按协商"(συνθήκην)、"按习惯"(έθει)以及后来的按规定(θεσει)。亚里士多德赞成词是"按协商"(κατα συνθήκην),而不是按本质(Φύσει),为怀疑论者(Skepticism)和伊壁鸠鲁学派(Epicurus)、斯多葛学派(Stoics)所继承。在希腊化时期这种争论被"类比"(语言和思维一致)和"变则"(语言和思维之间缺乏一致)代替。"希腊人研究语言完全是以哲学为转移,尤其是以逻辑学为转移的。"

事实上,语言的经验研究和独立的语言科学还未真正地开始。语法还仅限于词本身,亦即关于字母的学说和读写,实际上这也就是读写的知识,最多不过涉及一些关于语音性质的基本知识(像亚里士多德就是这样的)②。这些研究还限于词法的研究,语法的研究则要迟得多。

第一部系统希腊语法是公元前 2 世纪,亚历山大里亚的弗拉基斯·狄奥尼修斯(Dionysius Thrax)写的《语法术》(Τέχνη Γραμματική /Art of Grammar)。他把语法界定为"诗人和散文家惯用法(general usage)的实用知识(practical knowledge)"。该书系统地介绍了从语音到词法的知识,描述了希腊语的形态,侧重于规律的探求,在说明时都举出了相应的语例。主要目的是帮助说希腊共同语的人理解"荷马史诗"和过去伟大诗人的著作,所以举例主要集中于这些著作。其在综合希腊语言学前期的研究成果的基础上创立了自己的一套分析术语,基本上有了系统性。

希腊最伟大的语法学家之一阿波罗尼·狄斯柯利(Apollonius Dyscolus)

---

① Aristotle. *On Topics*.6.5. 142b31-33. "grammar" as the "knowledge how to write from dictation": for he ought also to say that it is a knowledge how to read as well.
γραμματική τέχνη, "art of letters", Γράμμα, "letter", 来自 γράφειν(graphein), "to draw, to write"。(Harper, Douglas, "Grammar", Online Etymological Dictionary.)

② [丹]威廉·汤姆逊:《十九世纪末以前的语言学史》,黄振华译,世界图书出版公司 2009 年版,第 19 页。

写了《论句法》(περι συντετικοs/on syntax)[①]，建立了语法科学。普里西安(Priscian)《语法原理》(grammaticorum princeps)继承了他的风格。除了《论句法》，他还写了许多其他著作，其中包括《论副词》(on adverbs)、《论连词》(on conjunctions)、《论代词》(on pronouns)等[②]。狄斯柯利和其子艾里厄斯·赫若第阿诺斯（Aelius Herodianus）影响了整个后来的语法学家。其实"作为古代欧洲文明主要担当者的希腊人的'民族语法'，由希腊传到罗马。此后，整个近代语言学就几乎全靠罗马人的语法为生，直到19世纪为止"[③]。

经受锤炼和雕琢的希腊共同语，纤细入奇，极具弹性地表达无数纤微的差异，适合思虑缜密的思想家与灵感泉涌的诗人作为工具昭著于世。与方言并存，使希腊语言表达更加丰富、更富有特色。特别是希腊人对形式敏锐的感知，将特定的方言、特定的格律和特殊的主题与风格联系在一起。公元前2世纪，法勒隆的德米特里（Demetrius of Phalerum）《论风格》(περι ερμηνεία)和卡修斯·朗吉弩斯（Cassius Longinus）《论崇高》(Περὶ ὕψους)都探讨了这个问题[④]。

正是由于希腊语言的特色和辉煌成就，当公元前30年罗马灭亡了埃及托勒密王朝，希腊化时代结束后，希腊语为罗马所承袭。每一个有教养的罗马人都学习希腊语，而每一位罗马作家也都学习希腊的规范来从事写作。

[①] Apollonius Dyscole, *De la construction (syntaxe)*, Vol. 1: Introduction, texte et traduction par Jean Lallot, Paris: Librairie philosophique J. VRIN 1997.

[②] Apollonii Scripta minora a Richardo Schneidero edita, in Grammatici Graeci pars 2 Vol. I fasc. 1, Lipsiae: in aedibus B. G. Teubneri 1878. The *Περὶ ἀντωνυμίας* is found on pp. 3-116; *Περὶ ἐπιρρημάτων* 119-210; and *Περὶ συνδέσμων* 213-258. The previous edition of the last two treatises was by August Immanuel Bekker in his *Anecdota Graeca* Vol. 2（1816）(*Περὶ συνδέσμων* pp. 477-526, and *Περὶ ἐπιρρημάτων* pp. 527-625)，http://en.wikipedia.org/wiki/Apollonius_Dyscolus.

[③] [丹]威廉·汤姆逊：《十九世纪末以前的语言学史》，黄振华译，世界图书出版公司2009年版，第8页。

[④] 关于这两本书的作者和成书年代都有众多不同意见。关于词语、主题、结构与风格的著作很多，如特奥弗拉斯特的《论风格》、无名氏《罗马修辞手册》、西塞罗《修辞学》、昆体良《论言说者教育》、奥古斯丁《论基督教教义》、文索夫的杰弗里《诗艺新论》、威廉·铂金斯《代神发言的艺术，或神圣而又唯一正确的布道之道》等都探讨了这方面的问题。

第一章　德米特里语言学诗学　◆◇◆

拉丁语对希腊语依赖严重，拉丁语许多元素都由希腊语直接进入或转化而来。当然它们都源于印欧语，具有许多共同因素，如它们都保留了原本印欧族语言的上腭音等。罗马帝国灭亡，希腊语仍在东正教里使用，希腊人也在用希腊语，成为一种文学语和非学者的俗语。经历了种种变故之后，希腊语糅进了更多其他民族的语言。1821年，希腊曾经被奥斯曼土耳其所灭，成为土耳其的一部分。独立后，展开了一场希腊语纯化运动，恢复希腊语构词和句法上所丧失的复杂性及多数以前所使用的古典词汇。

希腊语是希腊民族交往、融合的结果，也是凝聚希腊民族的主要纽带和希腊民族形成的标志。在语言的相同中，寻找着同类的根源，想象着同族的形象。在语言的形成中，小方言区形成大方言区，最终走向共同语；新旧、大小方言自然交替，甚至和谐共存，而没被取代和消灭，虽然在语言的差别中，也曾想象、嘲笑和塑造着蛮族的可笑之处[①]。语言规范化、精炼化和正典化中，离不开语言大师们的锤炼、雕琢和经典的书写，及语言学家们的探索、修正、规范和指导。随着希腊文明的式微，希腊语从简炼、铿锵有力的"自由语"演变成缺少灵气的书写语[②]；但希腊语并没死去，而是在传承中成为现代希腊语的源泉，在欧洲乃至世界众多民族语言的血液中流淌，成为打开绚烂的希腊文明宝藏的"阿里阿德涅（Ἀριάδνη）线"。

德米特里不仅在希腊语言及语言学的发展和丰富的语料基础上建构了自己的语言学诗学乃至诗学系统，而且在建构诗学的同时，也发展了希腊的语言学。他将他的语言学应用到他的诗学建构上，使他的诗学具有了深刻性和超越性。他第一次把"切分法"应用到散文的分析，"正如像诗可以分成韵律（半行诗，或六音步等），散文的话语也可以分成句子"（§1），

---

① "只要她用她的外国语讲话，他们就认为她的声音像是一只鸟叫的声音。"（[古希腊]希罗多德：《历史》，王以铸译，商务印书馆2010年版，第136页。）尤利安（Κλαύδιος Ἰουλιανός）皇帝曾将高卢人说话比作青蛙的鼓噪。（[法]卢梭：《论语言的起源：兼论旋律与音乐的摹仿》，洪涛译，上海人民出版社2003年版，第124页。）尤利安，罗马皇帝，用希腊语写作。

② [法]卢梭：《论语言的起源：兼论旋律与音乐的摹仿》，洪涛译，上海人民出版社2003年版，第32页。

认为散文的基本单位是句子。句子可以按照其不同的形式或功能进行划分，不同的句子潜能不同，由不同潜能的句子构成的话语功效不同。句子由思想、用语和结构三个方面构成。德米特里将句从纯粹的功能或节奏观发展到思想观，开启了句的"思想转向"。

第二节 德米特里诗学语言场的结构方式

一 语言的联想与选择

"诗的本质必须通过语言的本质去理解。当诗学使语言的本质得到真正的现实，从而突出了语言自身的性质与功能时，诗的本质才会得以完全的透视。"[①]语言的研究首先是用语的研究。用语的研究包括用语和世界的关系，用语的联想关系。德米特里从词语/用语（λέξις）的纵轴考察词语联想关系和词语规范与偏离。

德米特里认为言说（τοὺς λέγοντας）和世界是可以分开的。在自然哲学家那里，言说和世界是绑定的，一一映射，言说就是感性世界的投影。但德米特里认为，世界和它的影子仍然是两个事物，各自有着自身的特性。影子具有自身的特性，加大了它的能动性。这种能动性的加大还在于，影子呈现世界非一一对应关系。"一些东西本身可怕，即使说法不可怕。"（§240）也就是不管怎么言说都不能改变世界本身的性质，言说和世界都具有相对独立性。

但世界的特性仍会透过影子（言说）而显现出来。"虽然话语（εἶπον）无力，但它所陈述的对象可怕，因而言说还是可怕的。"（§240）例如用平易的话语来言说可怕的事情，虽然用语和结构都很普通，但话语还是给人可怕的感觉。世界还是影响了言说，决定了言说的特性。

世界和言说是两个东西，这当然没错。言说作为符号，作为纯声音本

[①] 方珊：《形式主义文论》，山东教育出版社1999年版，第115页。

第一章 德米特里语言学诗学

身,有动听的,有刺耳的;作为符号形状本身,也有美观的和丑陋的。这是言说本身所具有的特性。这种特性不受世界的影响,是言说本身的自然属性。世界当然也有自身的属性,这种属性也是世界先天具有的,不是言说所能增减的。但是当对世界的认识是通过言说的时候,言说和世界就是统一的了,世界是在言说中展开。言说是认识世界的中介,也是一个阀门。

在德米特里看来有两个层次的言说,一个层次是固定的,不可改变的。在这个层次上言说与世界是一一对应的,不可操控的,言说就是世界,世界的特性就是言说的特性。德米特里用了一个词 ὄνομα(名称、命名、词语、单词)与 ῥῆμα(expression,言语、表达)相对。"言说和命名是可以分开的,不管怎么言说命名的特性不变。"[1]这就能明白为何世界的可怕在言说中能够传递。因为言说不过是词语的选择和组合,并没有改变名称本身。

另一个层次的言说是言语(εἰπὼν)。εἶπον 是 ῥῆμα 的非阿提卡形式。Επω(εἶπον)将来式就使用 ἐρῶ(ῥῆμα 的动词),现在式用 φημί, λέγω[2]。ῥῆμα 意为说出的语言、话语、言辞、言语。公共场所讲话语的技术即ῥητορική(修辞学)。修辞学即是在言语层面,而不是在名称层面。德米特里认为言语是个性的,有着不同的风格,是可操控的。这也就是德米特里为何说最小的言说单位是句的原因。因为句的变化只是通过词的选择与组合而改变的,并不改变词的特性,句的变化可以达到不同的效能。

德米特里把言说(τοὺς λέγοντας)分为命名和言语。命名是"客观的""固定的""共享的",而言语则是个性的、主观的、可操作的,非常了不起。当然,这种划分还是非常粗糙的,也没有理论化和系统化,只是一种直觉。但这种直觉已是巨大的发现,直到19世纪后索绪尔才做出了系统的分析。

索绪尔将前者称作言语(speech),将后者称作语言(language)。"语

---

[1] 这种不变是指词语的本义不变,词语在具体言说中可能会临时赋予一些新的意义,但这些新的意义的赋予不过是通过一些手法将其他的词语的意义加载在这个词上,或者是这个词义位的变化而已。

[2] 汪子嵩等:《希腊哲学史》(第2卷),人民出版社1993年版,第116页。

言以许多储存于人脑子里的印迹的形式存在于集体中，有点像把同样的词典分发给每个人使用。所以，语言是每个人都具有的东西，同时对任何人又都是共同的，而且是在储存人的意志之外的。"[①]德米特里所说不管怎么言说都是强劲的，是在这层面上来说的。虽然人的交流都是通过言说，但是这一层次上的言说是"固定的""客观的"，操这一语言的社会成员所"共有的"。

而言语就不同，言语"以说话人的意志为转移的个人的组合，实现这些组合所必需的同样是与意志有关的发音行为"[②]。言语是与意志相连的临时的联连，所以可以增删损益，添油加醋，像一个变压器，最终使言语呈现出各种不同的风格。世界和言说的相对性是世界与言语（speech）的相对，世界和言说之间的固定关系是指语言的客观性、共享性、固定性。这是两个不同层次的问题，一个是语言层面，另一个是言语层面。

语言作为符号来说，它与世界的联系是偶然的，世界可以用这个符号来指代，也可以用那个符号。理论上说既可以选择优美或动听的符号，也可以选择丑陋或者刺耳的符号。这就是德米特里所说的相对性。但符号的选择总是有着一定的态度，指代丑陋的事物或厌恶的事物，往往选择丑陋的符号或令人厌恶的符号。或者说这种选择总体现着人们对该事物的态度、情感和观察的维度。"百合在德语中是阴性，lilie；在罗语中是阳性，crin。阴性的 lilie 和阳性的 crin 观察的眼光自然是不一样的。人们在德语中和百合女士打交道，在罗语中和百合先生打交道。"[③]这也就是说符号虽然和世界都具有自身的独立性，它们的联系也是偶然的，但并不是完全随意的，世界选择符号还是有着一定的必然。也就是说可怕的事物，往往用恐怖的符号来表示，美的事物也往往与美的符号联系。

---

① [瑞士]索绪尔：《普通语言学教程》，高名凯译，岑麒祥、叶蜚声校注，商务印书馆2008年版，第41页。
② [瑞士]索绪尔：《普通语言学教程》，高名凯译，岑麒祥、叶蜚声校注，商务印书馆2008年版，第42页。
③ [德]赫塔·米勒：《国王鞠躬，国王杀人》，李贻琼译，江苏人民出版社2010年版，第16页。

第一章　德米特里语言学诗学

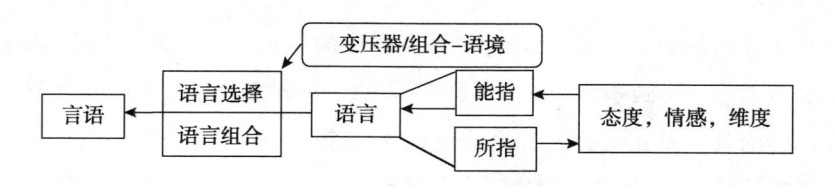

```
                变压器/组合-语境
                      ↓
          ┌─ 语言选择 ─┐      ┌─ 能指 ─┐
  言语 ←──┤           ├─ 语言 ┤       ├→ 态度，情感，维度
          └─ 语言组合 ─┘      └─ 所指 ─┘
```

以上论述的是，言说与世界的关系，言说与世界是相对独立的，但当世界用言说来表述的时候，世界就在言说中展开，言说就可以作用于言说所表述的世界。基于世界和言说这种关系，言说可以分为两种，命名和言语。名称是客观的、固定的，而言语是个性化的。因为名称的客观性、固定性，所以一些名称进入言说就有冷、热、干、湿等的感觉，也就有了雄伟、强劲、平易、优美等的风格。因为言说世界具有这样的关系，以及词语自身的特点，言说的时候就可以在词语场对词语（λέξις）进行选择，选择不同的词语，言说的效果是不同的。

词语（λέξις）的选择是基于词语的联想关系。所谓联想关系就是，"任何一个词都可以在人们记忆里唤起一切可能跟它有这种或那种联系的词"[1]。索绪尔说，"有多少种关系，就造成多少个联想系列"[2]。词与词之间的关系可以是能指上的，也可以是所指上的。能指的联想关系是指音、形的相似、相反、相对等的关系。如 two—too（音同 tu:）—book, took 等（由 oo 联想到）或 tell, town 等（由 t 音联想到）或 how（wo 的反写）—take（took 的现在式）—taking—interesting—interested……没有确定的界限和数目。所指的联想即词义间的关系，词义有"所指义"和"系统义"。"所指义"包括基义[3]和一些边缘或者附属补充义值，即所谓陪义[4]。"系统义""是由义位在系统中纵横坐标的时空位置决定的。义位系统的一个

---

[1] ［瑞士］索绪尔：《普通语言学教程》，高名凯译，岑麒祥、叶蜚声校注，商务印书馆 2008 年版，第 175 页。

[2] ［瑞士］索绪尔：《普通语言学教程》，高名凯译，岑麒祥、叶蜚声校注，商务印书馆 2008 年版，第 174 页。

[3] 张志毅、张庆云：《词汇语义学》，商务印书馆 2005 年版，第 15、17 页。"义位是言语中围绕一个中心的一些具体意义或实际意义在语义系统中的抽象常体。""基义有两个变体，学科义位和普通义位。"

[4] 张志毅、张庆云：《词汇语义学》，商务印书馆 2008 年版，第 33 页。

重要具体表现就是语义场。义位在语义场中的结构位置，就规定了义位的系统价值"①。每个词都形成一个联想网络，也是联想网络中的一个节点。所以，用语其实就是选择一种合适的联想关系。

词的隐喻义和明喻义都是陪义。表达中使用比喻，其实是用喻体词的基义加强本体，使本体获得了额外的附加值。例如"皮托诺言辞傲慢，滔滔不绝"②（§272）。ῥέω，"滔滔不绝"。基义是形容流水不断，如"阿克罗斯河从品都斯山脉流出（ῥέων）"（§45）。此处用来形容言语很多，没个完。语义由指"水"转来指"言语"，突出言语"连续不断"的特征。此处隐喻义让人联想到其基义，水的滔滔不绝。ῥέοντι καθ' ὑμῶν（flood upon you）突出了皮托诺的言语就像扑面而来的流水一样气势汹汹，突出皮托诺的霸道、傲慢。隐喻义让人联想到这个喻体的基义，联想到基义的语义背景。基义和陪义"不是截然二分，而是有梯度的，本义衬托陪义，是陪义的语义背景。因此陪义具有基义的语义背景"③。基义加强了陪义。而直接用本义不用隐喻义就没有这重加强。如"皮托诺话语连续不断没个完"就没有任何联想空间了，显得很平淡；而隐喻的喻体基义加强了陪义，也就是在本义的基础上另加了一重意义。所以隐喻义要比本义④强劲。明喻、比

---

① 张志毅、张庆云：《词汇语义学》，商务印书馆2008年版，第65页。
② Demosthenes, de Cor. 136. Philip had sent to us Pytho of Byzantium in company with an embassy representing all his allies, hoping to bring dishonor upon Athens and convict her of injustice. Pytho was mightily confident, denouncing you with a full spate of eloquence, but I did not shrink from the encounter. I stood up and contradicted him, refusing to surrender the just claims of the commonwealth, and proving that Philip was in the wrong so conclusively that his own allies rose and admitted I was right; but Aeschines took Philip's side throughout, and bore witness, even false witness, against his own country.

　　Dem. 18 136. τότ' ἐγὼ μὲν τῷ Πύθωνι θρασυνομένῳ καὶ πολλῷ ῥέοντι καθ' ὑμῶν οὐχ ὑπεχώρησα.rushing upon you with a flood（of eloquence）. 此处用泛滥的洪水形容皮托诺的雄辩，用了隐喻的手法。

　　皮托诺，雄辩家，菲利普曾派其出使希腊。按狄摩西尼的记载，皮托诺"言辞傲慢，滔滔不绝"，意欲羞辱雅典人，但狄摩西尼战败了他。
Πύθωνα: this eloquent orator was sent to Athens by Philip in 343 B.C., to quiet apprehension and to repeat assurances of the king's friendly spirit.
　　（William Watson Goodwin, Commentary on Demosthenes: On the Crown. 1904. Cambridge University Press）
③ 张志毅、张庆云：《词汇语义学》，商务印书馆2005年版，第37页。
④ 本义是指本体的意义，此处的基义是指喻体的基义，陪义是指喻体的陪义。

第一章 德米特里语言学诗学

较、复合词都具有用基义加强陪义，从而在本义的基础上另加一重意义的功能。

语义场中义位结构有同义、上下义、类义、总分、序列（如时、空、量、次第、习惯）等，这些结构关系使义位具有不同的系统价值，因而使义位具有不同的等级。另外语域的不同（社团语言、行业语言、话语场）也使义位具有不同的等级。当等级改变或者语域改变，词语的潜能也随之改变。

拔高（ἐξαίρω）使用一个词语，就是将低等级义位用于更高等级或者应该用低等级的词语而用了一个高等级的词语。如"受贿"是一个贬义词，而"伸手"是一个中性词，在语义场中"受贿"处于低等级，而"伸手"处于较高序列。如果用"伸手"代替"受贿"，就是用较高等级的词语代替了低等级的词语。如"演讲的时候，艾思奇里斯，没必要不伸手；但作为使者，你不应该伸手"[①]（§278）。演讲者在演说的时候可能伸出手做手势，加强情感的表达；但作为一个使节却不可伸手接受贿赂。这里把一个贬义词"受贿"说成一个中性词"伸手"，是一种抬高。这种拔高的使用方式和上文说的行为词正好相反，行为词是用具体代替抽象或者说是用下位的词代替上位的词，而此处恰是用上位的词代替下位的词。受贿是伸手语义的一种，狄摩西尼用了其一种义位代替了全部，因而将贬义遮盖，而变成中性。表面上是拔高了，实际上在拔高中使"伸手"的两个义位（手势/受贿）相互对立映衬而具有讽刺、揶揄和谴责的意味。因此拔高使用一些词不仅宏大而且强劲（§277）。假如直接说，"演讲的时候，艾思奇里斯，没必要不伸手；但作为使者，你不应该受贿"，就不能形成对比了。"语言的拔高目的不是使风格庄严，而是使它强劲。在演讲高潮斥责对手的时候如前面对艾思奇里斯和下面对菲利普的批评。"（§278）

降低使用一个词语与拔高相反。

---

① Dem. *On the Embassy*. 19. 255. What we require, Aeschines, is not oratory with enfolded hands, but diplomacy with enfolded hands. But in Macedonia you held out your hands, turned them palm upwards, and brought shame upon your countrymen, and then here at home you talk magniloquently.

艾思奇里斯演说时可能使用了手势,但不应该收受贿赂。(Demetrius. On Style.tr. D.C. Innes. Cambridge: Havard University Press, 1995, Innes'notes.）

综上所述，用语是在组合规定的语境中从义场中选择合适的义位或词语。这些不在场的义场正是词语存在的价值，使用语适合当下的语境。或者说词语的纵聚合关系给当下的用语提供了互文性，不在场赋予了在场的潜能。而用语的选择或替换改变的不仅仅是在场，更改变的是一个场——在场或不在场，改变的是这个场的潜能。

如附录1图6所示："我一人徘徊"这句话，整个组合关系X=ＡＢＣ已经确定，但是在每一个方框中都可以选择不同的词语来表达，例如A不用"我"而用"老子"或"老夫"，B不用"一人"而用"一介布衣"或"独自"，C不用"徘徊"而用"踟躅"，等等，则表达不同。说"老子独自盘桓"粗鄙立显，"侬一介布衣踟躅"古朴气息迎面而来。

每一个用语Y都是在一个义场（A或B或C）中，只是这个义场不在场，隐含着而已。如徘徊C义场有"徘徊、彷徨、踯躅、徙倚、踌躇、踌伫、盘桓、盘旋、踅、逡巡、踟躅"11个义位，还有如决绝、决断、径直、果断等相反、相对的义位。对于强劲用语来说，就是将一个单一的义场的词加载上多个义场或复杂的义场，使其价值更多更丰富，或者使一个义位脱离原来的位置，或者是使用另一个义位来代替一个本来的义位，使该义位具有势能。加载的义场更多，或者义位与原义位距离越大，话语越隐晦，潜能也越大，也越有诗意。但这距离也不能太远，太远就成了谜语。

句为用语提供了一个语境，决定了该处要使用的词，也就是一个常值。这个常值本身是一个联想网络中的一个节点，除了常值还有超过或不足常值的词语。而所选用的词语本身也具有一个联想网络。正是这个不在场的联想网络构成了这个用语的潜能和价值。如果没有这个联想网络的存在，这个词价值就非常单一，甚至被虚化了。换句话说，用语其实就是从联想网络中挑选一个节点，同时这个节点自身也带有自己的联想网络。正如索绪尔所说，语言就像下棋，每个棋子都具有一定的潜能，在某一个点上可以选择用不同的棋子，当一个棋子放在某一点上，它就把本身的潜能带到此处。如"春风又绿江南岸"中的"绿"和"僧敲月下门"中的"敲"就是选择的结果。结果是把"绿"和"敲"的潜能"绿色，生机，春天来临"，"清脆的响声，可能和主人关系的陌生"以及音响声韵等带到句中来，而

第一章 德米特里语言学诗学 ◆◇◆

这些潜能都与联想有关①。

用语的选择可分常规（norm）与偏离（deviation）。法国人巴依以不带情感的"零度"词语为参照和量度，将那些产生情感效果或有特定色彩的词看作偏离②。而吉罗（Pierre Guiraud）认为使用频率高的、结构上符合语言规则的就是常规，反之则是偏离，这种对语法规则的偏离也是转换生成语法学的观点③。雅各布森认为偏离是相对于实用而言④，布洛奇（Bloch）认为偏离是语言在文本中出现频率对其在语言系统中的偏离⑤。

德米特里认为偏离是对熟悉的、标准化的用法偏离。这种偏离使用语新奇和陌生化。"卓越、奇异和非同寻常⑥的词具有分量①，而普通的、惯用的

---

① 张德鸿：《"春风又绿江南岸"句质疑》，《云南师范大学学报》（哲学社会科学版）1985年第2期。

张嘉谚：《王安石为什么选用"绿"字？——"春风又绿江南岸"新解》，《安顺师专学报》2001年第4期。

［日］静永健撰：《贾岛"推敲"考》，刘维治译，《南阳师范学院学报》2010年第1期。

常善魁：《千载推敲话优劣》，《文史知识》1997年第12期。

王晓祥：《还是"敲"好——向朱光潜先生请教》，《当代修辞学》1985年第3期。

② Charles Bally. Traité de stylistique française. Charles Bally（1865—1947） was a French linguist from the Geneva School.

③ J. P. Thorne, "Stylistics and generative grammars", *Journal of Linguistics*, Vol.1, 1965, pp. 49-59.

④ Roman Jakobson, *Concluding Statement: Linguistics and Poetics,* In Sebeok, T. A. （ed.）, 1960.

⑤ Leech & Short ed., *Style in Fiction: A Linguistic Introduction to English Fictional Prose,* London, 1981, p. 43.

⑥ Περισσός, singular, striking, extra-ordinary, above the common herd, and the ordinary level;）, but only what tends to（the uses, or the ease and comfort of） their life'. This again is in direct opposition to the character of youth, c. 12. 11.（Arist. Rhe. 2.13.5.1390a5 Commentary on the Rhetoric of Aristotle. Edward Meredith Cope. Cambridge. Cambridge University Press, 1877.）

老年人"不追求任何重大或非凡的事情，但求与生活有关的事情"。（Arist. Rhe. 2.13.5.1390a5. ［古希腊］亚里士多德：《亚里士多德全集》第9卷，颜一译，中国人民大学出版社1994年版，第448页。）

"只要家族优良，就能在一定时期内产生出卓异之人。"（Arist. Rhe. 2.15.3.1390b3. ［古希腊］亚里士多德：《亚里士多德全集》第9卷，颜一译，中国人民大学出版社1994年版，第451页。）

"一个有头脑的人绝不会把子女调教成过分聪明的人。"（Arist. Rhe.2.21.2.1394a2. ［古希腊］亚里士多德：《亚里士多德全集》第9卷，颜一译，中国人民大学出版社1994年版，第461页。） （转下页）

词虽然明晰，但也易被忽视。"（§77）熟悉的、标准化的用语平易，陌生化的用语雄伟和强劲。德米特里的观点与近现代风格学家的观点基本相似。

常规的基本是准确、规范的"标准化"用语。准确规范的用语是表达的基本要求，"标准化"用语使风格平易。德米特里在《平易论》中详细讨论了这个问题。而"陌生化"用语的研究是从亚里士多德开始的。亚里士多德把"词分普通词、外来词、隐喻词、装饰词、创新词、延伸词、缩略词和变体词"②。在《修辞学》中他把词分为"普通"（κοινός）的和"不寻常"（ἐξαλλάσσω）③的。普通的词能使用语显得明晰，"不寻常"的词能够使"风格带上异乡情调"。"所谓普通的词指某一地域的人们共同使用的词"④"普通的词是人人都会的词"⑤，也就是说普通词为大家所熟知，一说出来大家就知道其意义，知道其所指，因此明晰。延伸词、缩略词和变体词"既因和普通词有所不同——它们不具词的正常形态——而能使作品摆脱一般化，又因保留了词的某些正常形态而能为作品提供清晰度"⑥。这就是说延伸词、缩略词、变体词既有为人熟知的部分即正常形态又有不为人

（接上页）奇数或偶数。

Ἀσυνήθης, unaccustomed, of persons, unaccustomed, inexperienced, unfamiliar, of persons, amongst men unknown to them.（Demetrius. De Elocutione. 77, 190, 208, 221.）

① ὄγκος, bulk, size, mass of a body, metaph., bulk, weight, trouble., weight, dignity, pride, and in bad sense, self-importance, pretension., of style, loftiness, majesty., in Philos., particle, mass, body. 大堆、大块。（喻）重大、庄重、尊严、自大、骄傲。（风格的）庄重。夸大。（哲）分子，原子。

② Arist. *Poet.* 21.1457b1.［古希腊］亚里士多德：《诗学》，陈中梅译注，商务印书馆1996年版，第149页。

ἅπαν δὲ ὄνομά ἐστιν ἢ κύριον ἢ γλῶττα ἢ μεταφορὰ ἢ κόσμος ἢ πεποιημένον ἢ ἐπεκτεταμένον ἢ ὑφῃρημένον ἢ ἐξηλλαγμένον. Κοινός, 普通的、权威的，颜一译为规范的。（Arist. Rhe. 3.2.1404b5.［古希腊］亚里士多德：《亚里士多德全集》第9卷，颜一译，第496页。）

③ Arist. *Rhe.* 3.2.1404b5.［古希腊］亚里士多德：《亚里士多德全集》第9卷，颜一译，中国人民大学出版社1994年版，第496页。规范的名词或动词能使用语显得明晰，《诗论》中提到过其他的辞藻可以使用语避免流于粗俗，因为这些词的不同寻常使它们显得更加高贵。正如人们对外邦人的感觉与本邦公民的感觉并不相同。

④ Arist. *Poet.* 21.1457b9.［古希腊］亚里士多德：《诗学》，陈中梅译注，商务印书馆1996年版，第149页。

⑤ Arist. *Rhe.* 3.10.1410b13.［古希腊］亚里士多德：《亚里士多德全集》第9卷，颜一译，中国人民大学出版社1994年版，第517页。

⑥ Arist. *Poet.* 22.1458b15.［古希腊］亚里士多德：《诗学》，陈中梅译注，商务印书馆1996年版，第156页。

第一章　德米特里语言学诗学　◆◇◆

所知的部分即陌生的部分，正因为它们由这种既熟悉又陌生的部分构成，所以它们既明晰又不凡。亚里士多德关于词的这些看法，完全被德米特里继承。

德米特里对言语纵轴的考察，忠实地贯彻了"人是万物的尺度"。语言代表了人的根据，也是人的社会性归属的体现。一个词的发音，也凝聚着情感和态度。语言的联想关系轴的选择本身就内含着情感倾向，当人们把能指和所指联系在一起的时候，人们其实已经将自己的态度、情感、认识也缝合进去了。从这点而言，德米特里的语言学诗学，也是人文诗学。

语言纵聚合关系主要是用语的联想关系，如隐喻义、复合词、生造词、外来词，拔高使用或降低使用，语义的加载与卸减等。无论横聚合还是纵聚合都是对语言的选择、组织安排的形式，是对语言的修饰。

语言的横聚合关系也就是句的结构，德米特里是从句的外部形式和内部形式来进行考察的。外部形式主要是句的音声节律、形状（环形、松散、长度），内部形式主要是位置、顺序和辞格。

二　音的耦合关系及形成

"口语是心灵的符号，文字是口语的符号。"[1]声音作为第一符号与心灵有一种本质的、直接的接近关系，它意指"内心经验"。因此，声音是传情达意的最直接的介质，最接近所指的介质和能指。所以，"最初的语言，其表达方式必定是想象的、情感的、象征的，且其在构造方面，必然也要适应其原初的目标，它必然寻求将其激情传达于他人，既要入耳，又要入心"[2]。人们对声音非常讲究，特别是严肃的场合，如祭祀、巫术等，语音是有着严格的规范，不能有丝毫出入，如同声控命令；若错了，会引起许许多多的问题，乃至杀身之祸。

这种传统在后来的公民社会的司法之中，表现为对法律条文的引用上，外在的形式就是一切，而不是内容，不能改变任何一个词、读法以及词的

---

[1] Arist. *De Interpretione*, 1.16a.4. [古希腊]亚里士多德：《亚里士多德全集》第1卷，秦典华译，中国人民大学出版社1990年版，第49页。
[2] [法]卢梭：《论语言的起源：兼论旋律与音乐的摹仿》，洪涛译，上海人民出版社2003年版，第22页。

位置，否则将失去效力，也是渎神行为。所以，在诉讼中即使有理有据，如果引用法律条文错了，都会输掉官司的。因为城邦的法律来自神①。这种对声音的重视是因为声音的重要作用。声音既是话语的物质载体又是话语本身——传达着意义。声音的发出主要是靠人的发音器官。意义的传达主要是靠器官发出的声音（音位）不同来进行语义的区分。因此语音有着非同一般的潜能和功效。

声音包括节奏、言语和音调。在语调和意义上都完整的语音流，是句子。句子是由一些音段即节拍群构成。节拍群因停顿而成，停顿有逻辑停顿和生理停顿。生理停顿是说话时需要换气，逻辑停顿是由于语法和语义的需要。节拍群的产生使一句话具有一定的节奏，轻重缓急等。节拍群由音节构成，音节是语音的基本单位，是人们在听觉上自然感受到的最小的语音片段。

音节由元音和辅音构成。发音时需要克服阻碍发出来的音是辅音，不需要克服阻碍是元音。没有阻碍，所以发音器官处于均衡状态，因此发出来的音是波形有规律的、听起来和谐悦耳的音，即乐音，元音大都是乐音。阻碍使发音器官紧张，因此发出来的音都是噪音，辅音大都是噪音。但当辅音和元音组成音节，音节组成一定节拍群的时候，音和音之间的相对关系（如长短、轻重、强弱）和组合关系（长长组合、长短组合、长长短组合等）就组成一定的格律（metre）②。具有和谐格律的音是乐音。节奏、韵律丰富着声音，使声音能够满足传情达意的需要。"声音无穷无尽，置入重音（accent），声音数量又倍增；所有音符都有数量丰富的重音。我们的言语有三四种重音，汉语的重音则更多，而辅音则较少。在声音与重音的组合之上，再添上节拍（meter）或者音长（quantity），这样，人类不仅拥

---

① 希腊人将法律称作"歌"（νόμοι），罗马人称作"诗"（carmina）。在古希腊，韵律、节拍、诗歌都是一个词 νόμος，这个词还有区分的意思，动词为 νέμω 分开。所以节拍、韵律本身就是一种区分，正如法律一样。这和中国古代礼辨异，乐和同，似乎不同。当时敬神的歌就是法律（νόμοι καλουνται 'οι εις θεους 'ομνοι）Plutarch, *De Musia*, p.1133; Pindar, *Pyth*. 7.41. fragm. 190（Edit. Heyne）.Scholiast on Aristophanes, *Knights*, 9。

② 音长产生了节奏，正如重音产生了语调：从节奏与语调中产生了旋律。（《音乐词典》音长条）

第一章　德米特里语言学诗学

有丰富的词语，而且拥有千变万化的音节，足以满足任何语言的需要。"[1]

希腊人对语音有着较早完整系统和科学的研究，稍早的是柏拉图、亚里士多德，此后是德米特里、狄奥尼修斯和特拉克斯。柏拉图借助神话把声音分为元音、"默音"（ἄφωνος）和介于它们之间的音（μέσης）。这些中间音柏拉图没有取名，后来狄奥尼修斯称之为半元音（ἡμίφωνα）。柏拉图"以同样的方式，他也处理了元音和居间的语音，直到发现每一个语音，然后把它们统统称为字母。当他明白了，若不理解全部字母，我们中无人能够获得有关单个字母的知识。[d]他就考虑，能有一种东西把它们全部联系起来，称之为关于文字的技艺（γραμματικὴν τέχνην）。"[2]

柏拉图不仅把声音分成响亮的或有声的字母 φωνήεντα（元音）、不发声的字母 ἄφωνα（辅音），辅音分不发声且闭闷 ἄφωνα καὶ ἄφθογγα（哑音）、不发声但不闭闷 φωνήντα μὲν οὔ, οὐ μέντοι γε ἄφθογγα（半元音 ἡμίφωνα）中间音[3]，还区分高音（βαρὺ）、低音（ὀξύ）、音高（ὁμότονον）和音域（ἁρμονίας）[4]。"当你掌握了高音和低音之间的音节的数量（ἀριθμὸν）和性质（ὁποῖα），以及与这些音节相关的音符（ὅρους），以及由此产生的音符系统，这些音符系统是我们学过的，称作'音域'。"[5]

---

[1] [法]卢梭：《论语言的起源：兼论旋律与音乐的摹仿》，洪涛译，上海人民出版社 2003 年版，第 21—22 页。

[2] Plat. *Phileb*. 18b-d.Theuth—observed that sound was infinite, he was the first to notice that the vowel sounds in that infinity were not one, but many, and again that there were other elements which were not vowels but did have a sonant quality, and that these also had a definite number; and he distinguished a third kind of letters which we now call mutes. Then he divided the mutes until he distinguished each individual one, and he treated the vowels and semivowels in the same way, until he knew the number of them and gave to each and all the name of letters. Perceiving, however, that none of us could learn any one of them alone by itself without learning them all, and considering that this was a common bond which made them in a way all one, he assigned to them all a single science and called it grammar. [古希腊]柏拉图：《柏拉图全集》，王晓朝译，人民出版社 2018 年增订本中卷，第 682—683 页。Plato. *Theaetetus*. 203b.

[3] Plato. *Cratylus*. 424c. *Phileb*. 18b-c. *Theaetetus*. 203b.

[4] Plat. *Phileb*. 17c δύο δὲ θῶμεν βαρὺ καὶ ὀξύ, καὶ τρίτον ὁμότονον.

[5] Plat. *Phileb*. 17d τὰ διαστήματα ὁπόσα ἐστὶ τὸν ἀριθμὸν τῆς φωνῆς ὀξύτητός τε πέρι καὶ βαρύτητος, καὶ ὁποῖα, καὶ τοὺς ὅρους τῶν διαστημάτων, καὶ τὰ ἐκ τούτων ὅσα συστήματα γέγονεν—ἃ κατιδόντες οἱ πρόσθεν παρέδοσαν ἡμῖν τοῖς ἑπομένοις ἐκείνοις καλεῖν αὐτὰ ἁρμονίας.

柏拉图为何要对音进行区分呢？柏拉图认为语言对事物的模仿不是通过声音，而是通过字母和音节，字母和音节构成名称，再通过对这些名称的模仿复合出其他的符号。"规则制定者显然也使用其它字母和元素，然后把它们组合成所有其它名称，摹仿它们所指称的事物。"[①]字母 ρ 对名称制定者来说，好像是一个模仿运动的美化工具，ῥεῖν（run/跑），ῥοή（stream/河流），τρόμος（quaver/颤抖），τραχύς（bumpy/崎岖不平）。λ 这个字母发音舌头滑动最多，于是他就用这个字母来制造滑动（ὀλισθάνειν）这个名称本身，以及像在 λεῖος（柔滑），λιπαρόω（油光发亮的）一类名称中[②]。对音进行区分是为了方便模仿和认出模仿的本原。在《克拉底鲁》(Cratylus) 中，柏拉图坚持模仿是有着永恒不变的对象的，而不是"万物皆流"，虽然在此，他没有提出这种永恒不变的对象就是理式。所以在模仿中"即使一个名称没有包括所有恰当的字母，它仍旧描述了事物"[③]。柏拉图对声音做出区分，但并没有指出这种区分的科学根据是什么，只是借助一个埃及的神话来说明了这种区分。

柏拉图的理论在亚里士多德那里细致化、科学化了。亚里士多德从生理的角度对声音进行了科学的区分：他根据动物的构造有无喉咙（λάρυγξ），把声分成声音（φωνή）、噪音（ψόφος/noise）、方音（διάλεκτος）；声音分元音（φωνή）和辅音（αφωνή/voiceless），元音是喉咙发出的声音，辅音是舌（γλῶσσα）唇（χεῖλος）发出的声音，言语是二者共同构成的[④]。又根据动物的舌头能否自如地活动，分清晰的声音和不清晰的声音；能控制舌头自如运动的则可发出言语。声音主要以其音调，分高锐（ὀξύτης/sharpness）、低钝（βαρύτης/low pitch）。在《论声音》(On Things Heard) 中，又根据发声载体不同，空气的撞击和嘴的外形的不同，例如气管的长度，肺的厚薄、硬软、

---

① Plato. Cratylus. 427d. [古希腊]柏拉图：《柏拉图全集》，王晓朝译，人民出版社 2018 年增订本中卷，第 612 页。

② Plato. Cratylus. 426d-427c. [古希腊]柏拉图：《柏拉图全集》，王晓朝译，人民出版社 2018 年增订本中卷，第 611—612 页。

③ Plato. Cratylus. 433a. [古希腊]柏拉图：《柏拉图全集》，王晓朝译，人民出版社 2018 年增订本中卷，第 619 页。

④ Arist. The History of Animal. 4.9.1.535a30. [古希腊]亚里士多德：《亚里士多德全集》第 9 卷，颜一译，中国人民大学出版社 1994 年版，第 135 页。

第一章　德米特里语言学诗学　◆◇◆

大小等，区分不同的音质。厚重有力的载体发出的气息，强烈、有力、纯粹，声音清楚、响亮、纯正，能够传得远。最能刺激听觉的声音是最清晰的，也是最准确的。当发出的气息微弱时，声音就轻柔，如孩子、妇女和太监的声音是轻柔的，由于疾病、劳累或缺乏营养而身体衰弱的人也同样如此，因为由于衰弱他们不可能呼出较多的气息；琴弦发出的声音也是轻柔的、窄小的。

那么是什么促使物体发出声音呢？亚里士多德认为声音的本原是空气撞击。"声音是撞击某一光滑表面时从此表面反弹回去的东西的运动。"[1] 撞击两个物体可以发出声音，但是什么能使生物体发出声音呢？"生物体的叫声是有灵魂的生物发出的。"[2] "是灵魂使吸入的空气撞击气管本身。"[3] 灵魂使空气撞击气管发出叫声的目的是"为了生活美好"，是生存所必需的品尝[4]。

叫声是有灵魂的生物发出的声音。"身体与灵魂之间存在着相互作用"[5]，"若是灵魂的状态发生了变化，身体的外貌也会随之发生变化；反过来，若是身体外貌发生了变化，灵魂状态也发生变化"[6]。声音的本原是空气的撞击，"当一部分空气不断地运动另一部分空气时，就使得整个声音与自身相似"[7]。依据声音可以考察灵魂的属性，"低沉浑厚标示着勇猛，尖细乏力意味着怯懦"[8]。

---

[1] Arist. *On Psyche*. 420a22. [古希腊]亚里士多德：《亚里士多德全集》第3卷，秦典华译，中国人民大学出版社1992年版，第51页。

[2] Arist. *On Psyche*. 420b6. [古希腊]亚里士多德：《亚里士多德全集》第3卷，秦典华译，中国人民大学出版社1992年版，第52页。

[3] Arist.*On Psyche*. 420b24-33. [古希腊]亚里士多德：《亚里士多德全集》第3卷，秦典华译，中国人民大学出版社1992年版，第53页。

[4] Arist. *On Psyche*. 420b20. [古希腊]亚里士多德：《亚里士多德全集》第1卷，秦典华译，中国人民大学出版社1990年版，第53页。

[5] Arist. *Physiognomics*. 805a10. [古希腊]亚里士多德：《亚里士多德全集》第6卷，高小强译，中国人民大学出版社1995年版，第37页。

[6] Arist. *Physiognomics*. 808b14. [古希腊]亚里士多德：《亚里士多德全集》第6卷，高小强译，中国人民大学出版社1990年版，第45页。

[7] Arist. *On. Things Heard*. 803b30. [古希腊]亚里士多德：《亚里士多德全集》第6卷，王成光译，中国人民大学出版社1995年版，第31页。

[8] Arist. *Physiognomics*. 80b26. [古希腊]亚里士多德：《亚里士多德全集》第6卷，高小强译，中国人民大学出版社1995年版，第41页。

虽然柏拉图和亚里士多德研究声音的出发点不同，柏拉图从理式出发，只是认为模仿理式的最基本的元素是字母和音节。亚里士多德从生存出发，认为发出声音是"生存所必需的品尝"，是在灵魂的主导下空气撞击发音器官所致。因此不同的载体声音种类不同，音质不同；相反从声音也可以知晓发声体的状况。但两者都认为声音背后对应着某种东西，或者说声音是某种东西的显现，柏拉图是理式，亚里士多德是灵魂，是"生存的品尝"。亚里士多德将柏拉图空灵的声音理论现象化、具体化、科学化；将声音与人生的体验相连，有着存在主义的人文关怀，让人听到了梵高"鞋"的大地回响。

柏拉图、亚里士多德研究的是声音的产生，真正研究声音本身的潜能的是哈利卡纳苏的狄奥尼修斯，他对每一种音的音响效果进行了考察。希腊语中共有24个字母，其中单元音字母7个：ε、o是短元音，η、ω是长元音，α、ι、υ是中元音。默音字母9个，k、π、τ是平滑音，θ、φ、χ是粗糙音，β、γ、δ是中等音。半元音10个，λ、μ、ν、π、ρ、ς、σ 是单音，ζ、ξ、ψ是双音。由于发音的载体和气流路径不同，因而效果不同。狄奥尼修斯认为元音是声带发音，口型最简单，舌头基本处于休息状态。短元音气息少，对声音有所控制；长元音气延续较长，回响时间长，气流不强。元音分乐音（εὔμορφος/beautiful）和噪音（δυσειδής/ugly），半元音分魅音（χαρι/charming）、爆音（τραχύνω/rough）和中间音三种。默音（ἄφνος/voiceless）分流畅（ψιλά/smooth）、粗粝（δασέα/rough）和中间音（μεταξὺ/intermediate）①三种。最美的音是α，开口最满，气流直向上腭；其次是η，声音在舌根周围，口型中等；λ听起来甜美、愉快；而ρ粗糙，适合庄严的文体，品达喜欢用这个字母；μ、ν是鼻音，声音和号角发出的音相似。狄奥尼修斯考察了每一种音的发音方法、特点、给人感受等②。狄奥尼修斯之后，特拉克斯（Thrax）第一次系统地考察了柏拉图命名的语法学，阿波罗尼（Apollonius Dyscolus）第一个建立了科学的语法学，其子阿琉斯（Aelius Herodianus）是集大成者。罗马时期，西塞罗和昆体良等都有

---

① D.H. *De Comp*. 14.
② Dionysius of Halicarnassus. *On Literary Composition*. 14.

第一章 德米特里语言学诗学 ◆◇◆

所研究。

不管是亚里士多德还是狄奥尼修斯还是其他的人，他们对语音的分类，归纳起来基本上还是噪音（δυσφωνία）和乐音（ευφωνη）两类。德米特里没有考察声音的生成，也没有重新对声音进行分类。他是接着柏拉图和亚里士多德的研究，直接考察声音的效能。

德米特里认为，噪音字母的碰撞听起来很刺耳，但难听的声音凸显了英雄的伟大，言语的强劲；流畅和柔和在雄伟风格中没有地盘，除了偶尔为之。修昔底德处处避免流畅平整的结构，似乎宁愿结结巴巴，像走在坎坷的路上，如他说 ἄνοσον ἐς τὰς ἄλλας ἀσθενείας ἐτύγχανεν ὄν[①]，原本可以更容易更舒适地说'ἄνοσον ἐς τὰς ἄλλας ἀσθενείας ὂν ἐτύγχανεν'，但这拿掉了雄伟（§48）。

声音的美丑不是在声音本身。本身丑的音，若用在需要的地方也是一种"美"。甚至一些普通的词，也没有什么不平凡的意义，"单凭文章的结构和字句的调和，便产生尊严、卓越、不同凡响的印象"[②]。因此，言语的潜能有两个方面，言语本身的自然属性和在结构中的位置。如 κεκραγὼς 代替 βοῶν，ῥηγνύμενον 代替 φερόμενον（§49）。κεκραγὼς 和 βοῶν 虽然都是尖叫的意思，但是前者由多个音节组成，具有拟声性，而后者缺乏具象性。声音的意义与音、结构尽量匹配，这样能够听音见义，也就是亚里士多德所说"把事物呈现在眼前时更加本己"。

元音连续（σύγκρουσις）也是一种噪音。元音可以和辅音组合，也可以与元音组合。因为元音气流较强，声音响亮，元音一般不集中连续，这种连续对于希腊人来说一般是不愉快的。他们把元音连续在一起称为元音碰撞（σύγκρουσις）。Συγ 用来构成复合词等于 συν，意为"一起、共同、一致"，κρουσις，击打、敲打、撞击、弹奏、吹奏、敲击。Σύγκρουσις，（两物的）

[①] Thucyd. 2. 49.1. 第一句以单音节结尾，突然煞住。而第二句却平稳得多。（这句中文意思是：一致认为这年没有其他疾病。）"一般人都承认，那一年没有其他特别的病症；极少数患过其他疾病的人，最终也都染上了这种病。"（[古希腊]修昔底德：《伯罗奔尼撒战争史》，徐松岩译注，上海世纪出版集团 2012 年版，第 158 页。）

[②] Longinus. On Sumblime. 40.2. 缪朗山：《缪朗山文集》第 1 卷，中国人民大学出版社 1998 年版，第 119 页。

碰撞、撞击、相撞。（喻）顶撞、冲突、争吵，音乐中指两个音之间迅速切换或指颤音，（演说中的论点的）冲突、矛盾。其动词是 συγκρούω，敲打、撞击。语法上元音碰撞是指元音连续，但没有形成复合元音，造成碰撞。元音连续可以是相同的元音间，如'μὴ ἤπειρος εἶναι'[①]；也可以是不同元音之间的碰撞，如 ἠώς；还可以是双元音，如 Κερκυραῖοι: οἰκιστὴς。

元音连续拉丁语中叫 hiatus（脱漏），原意为"缝隙、孔"，现代英语中沿用 hiatus。语法中指一个字以元音结尾没有省略元音，而邻近的一个字以元音开头，如果第一个元音是长音可以保持它的长度，也可缩短[②]。元音连续在单词中一般会通过缩写避免，如 φιλεω 缩写成 φιλῶ。两个单词之间可以通过元音融合如 τἀγαθά 代替 τὰ ἀγαθά、省略如 δί ἐμοῦ 代替 διά ἐμοῦ、非重读首音省略如 μὴ γώ 代替 μὴ ἐγώ，或通过一个可移动的辅音[③] 避免连续，如 πᾶσι δίδωσι ταυτα 代 πᾶσιν ἔδωκεν。所以在希腊常用另一个词表述元音连续——διαίρεσις，分离的、分立的、可分的，就是把一个复合元音音节分成两个。一个音节分成两个，中间就有缝隙，因此元音碰撞也称为脱漏。

元音连续产生宏伟、强劲风格。长音节和双元音连续，不同元音连续都能产生宏伟和强劲的风格，而且通过声音的婉转而庄严，如'ἠώς'[④]。至于'οἵην'[⑤]不仅字母不同，声音不同，而且有送气不送气和纯音非纯音的不同，好像有许多不同的音（§73）。在雄伟风格中恰当地使用元音连续应介于长元音之间，如'λᾶαν ἄνω ὤθεσκε'[⑥]，该行因元音连续拉长，模仿舌头向上的运动和努力。修昔底德有个类似的例子'μὴ ἤπειρος εἶναι'。双元音与双

---

① Thucydides, *History of the Peloponnesian* War. 6.1.2. "大陆"，"但它与大陆相距仅有 20 斯塔狄亚的海面"。（[古希腊]修昔底德：《伯罗奔尼撒战争史》，徐松岩译注，上海世纪出版集团 2012 年版，第 413 页。）这一句中 η 与 ἤ 相碰撞。

② Cic. *Or.* 23, 77; Quint. 9, 4, 33.

③ 多数以动词 σι 结尾（包括 ξι、ψι）动词第三人称以 ε 结尾，当下一单词以元音开头，动词结尾都会加 ν，成为移动辅音。

④ "黎明"。长元音 ή 和 ώ 碰撞。

⑤ O 是短元音，ι 是中元音而且为送气音，η 是长元音，且是纯音，ν 是半元音。

⑥ Homer, *Odyssey*. 11.596, "他一直往上推石头"；Dionysius of Halicarnassus. *De Composition*. 20.这一句中 ω 与 ὤ 相碰撞。

第一章 德米特里语言学诗学 ◆◇◆

元音连续如'ταύτην κατῴκησαν μὲν Κερκυραῖοι: οἰκιστὴς δὲ ἐγένετο'[①](§72)。元音本身音长，气流强，响亮，两个响亮的音放在一起，产生共鸣，其气势非凡，所以适宜雄伟和强劲的表达。

德米特里也论述了众多的音声节律的各种不同效能，这些音声节律的效能都是因为其音素的组合不同结构不同而不同。

声音的节奏、韵律传达着心灵的体验。"在一种抑扬顿挫的语言中，是声音、重音及其丰富的变化，构成了语言之灵气（the vigor of the language）中的核心部分。正是由于这些东西，在别的情形下亦可使用的通行的表述，成为此处唯一恰当的一句。为了对口语的这种特质进行补偿，各种方式大大扩充了书面语言，并使其泛滥，当它们从书本再度进入口语时，口语则被削弱了。当说就像写一样，说就是读。"[②]在生活中，人越兴奋、激动、愉快，声音就越大、越响亮、越流畅；越平静、松弛、悲伤，声音就越轻、越低沉；恳求时，声色柔和；愤怒时，声色粗壮；距离由远至近，声音由弱到强；距离由近到远，声音由强到弱。"声音是我们所有器官中最适于用来摹仿的一种功能，诗人们掌握了它们，由此产生了诵读、表演的技艺以及其它各门技艺。"[③]当要表达相应的情感的时候，语言的声音也应该做相应的变化。表达兴奋要用响亮、流畅的声音，表达愤怒要用粗壮的声音，制造恐怖要用尖锐的声音。"音律的和谐不仅是进行说服和引起快感的天然工具，而且是作出壮语和表达感情的奇妙工具。"[④]朗诵就在于声音，即"利用声音来表达一种情感或激情"[⑤]。高尔吉亚追求"绝妙好辞"，这种"绝

---

① Thucyd, 1.24.2, "他的拓殖者是柯尔库拉人，创立者是……""它是柯基拉的一个殖民地，是由赫拉克勒斯的后裔，科林斯人埃拉托克美德斯的儿子法利乌斯建立的"。（[古希腊]修昔底德：《伯罗奔尼撒战争史》，徐松岩译注，上海世纪出版集团 2012 年版，第 52 页。）这一句中，οι 与 οἰ，ε 与 ἐ 相碰撞。

② [法]卢梭：《论语言的起源：兼论旋律与音乐的摹仿》，洪涛译，上海人民出版社 2003 年版，第 32 页。

③ Arist. Rhe. 3.1404a20. [古希腊]亚里士多德：《亚里士多德全集》第 9 卷，颜一译，中国人民大学出版社 1994 年版，第 495 页。

④ Longinus. On Sublime. 39.1. 缪灵珠：《缪灵珠美学译文集》第 1 卷，中国人民大学出版社 1998 年版，第 117 页。

⑤ Arist. Rhe. 3.1403b25. [古希腊]亚里士多德：《亚里士多德全集》第 9 卷，颜一译，中国人民大学出版社 1994 年版，第 494 页。

妙好辞"是语义和语音都要美。不同节律传达不同情意的声音,因此,在很长时间里人们必须按照固定的格律来填词赋诗,"叙事诗和教谕诗是六音步诗,诉歌和箴言诗是双行体,戏剧文本是抑扬格诗行,抒情诗是萨福和阿尔凯厄俄斯的爱奥尼亚诗式,卡巴莱小品的讽刺诗歌用抑扬格写成。同样,材料的选择并不依据作者标新立异的奇思异想,而是以每一体裁奉为经典的模式为基础"①。格律的强制性和传承性使每一种格律形成了独成一脉的风格。

三 句的耦合关系及形成

句,不仅因声音节律不同,结构不同,潜能不同。句的形状、长度、松紧等的不同,句的潜能也不同。德米特里按照表达思想的完整部分或完整思想,把句分成两类,句和分句。然后,按句的长度,分为长句和短句;按句的耦合关系,分为紧凑局和松散句。紧凑句按结合的方式,又分为串联句和圆周句。圆周句,按文体分为历史圆周句、对话圆周句和修辞圆周句;按建构方式分为谐音圆周句和对立圆周句。谐音可分句首、句尾、等长圆周句。对立分内容、形式、用语等。这种分类,是对亚里士多德等前人句论的继承和发展,也为后人所承袭。(见附录1图8)

所谓松散句(διῃρημένη),就是在句中,每个分句都表达了完整的思想,而不是思想的完整部分。这样的句子,分句间相互独立,没有耦合关系,因此联系是松散的,就像简单扔在一起的石块,不成结构(§§2,12)。διῃρημένη 原形是 διαιρέω,其意义为 take apart, divide(分离、分开),cleave in twain(使成双分开、使成对分开)②,松散句"联系不紧凑(διῃρημένη)

---

① [德]克拉夫特:《古典语文学常谈》,丰卫平译,华夏出版社2012年版,第19页。
② 在《修辞学》第三卷中出现了三次(9,13,18)第13,18章做动词和名词 division,"区分、分离、分开"的意思。在第9章中从亚里士多德所举实例和分析及与对立式关系可以发现这个被动完成分词是"使成双分开,使成对分开"的意思,颜一先生译为分立式是非常直观和准确的。在《论表达》一文中共出现了三次(§§1,12,70),§1中用作动词 divide,"分成";§70类似,用作形容词,separate,"分离的、单独的";§12分词做形容词,Roberts 和 Innes 译为 disconnected/disjointed,"不连贯的,松散的即分离的、单独的"。从下文德米特里对从字面上来看是与亚里士多德所说的串连句(continuous)直接相对的。分立圆周句与松散句的区别是:分立句分句之间是拱顶结构,而松散句分句间没有紧密的结构是扔在一起的石块。

第一章 德米特里语言学诗学 ◆◇◆

的分句",不具有圆周句的特点。

如果在一个句子中,分句或短语只是思想的完整部分,和其它分句共同建构起一个整体,才有完整的思想;分句间有彼此支撑合作、耦合、结构,这样的句子,就是圆周句。圆周句就像四肢,虽然有着各自本身的功能,但只能作为躯体的一部分才是手,才有意义;与躯体脱离的手,就没有意义了(§§10-11,34-35)。这样德米特里按照分句间的关系或者分句的联结度,将句分为圆周句和松散句。

德米特里使用了两个有关圆周句的词,περιαγωγάς[1]和 περιόδους。Περιαγωγάς 是 περιαγωγεύς(绞盘、绞车)和 περιαγωγή(旋绕、旋转)复数。Περι 是前缀,在……周围,(构成复合词)向四周,在附近。Περιαγωγή 就是在周围引导,也就是旋转,就像绞盘或绞车(περιαγωγεύς)由人或物从周围引导着绕轴心旋转,περιαγωγή 指圆周句的圆形或环形。Περιόδους,此处是借指圆周句,是强调其圆形或环形。像这样以特征来命名圆周的还有另一个词——καταστρέφω[2]("回转")。Καταστρέφω,turned down,trampled on。Freese 译为 periodic(圆周);Kennedy 译为 turned down(回转)。"像回歌那样前后回转"[3]的句式,有时也借指圆周句(period)[4],强调圆周句的紧凑。亚里士多德说"回转体是圆周句"[5]。在《论表达》中,德米特里用 κατεστραμμένην 指圆周句(period),Roberts 把 καταστρέφω 译为 compacted,Innes 译为 compact(紧凑的,简洁的)。Καταστρέφω,亚里士多德和德米特里所用相同,可见圆周句必须是紧凑简明的是共识。

Περιόδους,περί(around),οδος(road),περιόδους,在周围的道路,环行的路;引申为周期,循环,环形运动;修辞上指环形句,圆周句,与以连接词连接起来的直线式串联体(εἰρομένην)相对。亚里士多德定义为

---

[1] Περιαγωγάς, Demetrius. On style. §§19, 45, 202, 244; Περιόδους, §§10-12, 15-35, 244, 247, 251, 303. 所有节数(§)或(§§)都出自 Demetrius.On style.

[2] §§12, 21, 196; Aristot. Rhe. 3.9.1, 2.1409a25-35.

[3] §§12, 21, 196; Aristot. Rhe. 3.9.1, 2.1409a25-35., 3.9.1409a.25.

[4] Arist. Rhe. 3.9.3.1409a35. ἡ μὲν οὖν εἰρομένη τῆς λέξεώς ἐστιν ἥδε, κατεστραμμένη δὲ ἡ ἐν περιόδοις.

[5] Arist. Rhe. 3.9.1409a.35.

· 59 ·

"本身有头有尾，且长度易于览视的句子"①。圆周句这个希腊名称的意思就是演讲的转捩点②——有开始有结束，就像赛跑手跑向终点一样。在跑道的起点，终点就已在眼前了。圆周句这一名称就取自沿圆形跑道这一意象③。

Ἡροδότου Ἁλικαρνησσέος **ἱστορίης** ἀπόδεξις ἥδε.④
ἡ γὰρ σαφὴς φράσις πολὺ φῶς **παρέχεται** ταῖς τῶν ἀκουόντων διανοίαις⑤

首先从形式上看，ἱστορίης 是一个转捩点，由前面哈利卡纳苏的希罗多德转到 ἱστορίης 有关，双元音 eo 音前后回环，前 9 个音节，后面 9 个音节，正如回歌。再看第二个例句，在 παρέχεται 处由 "σαφὴς φράσις" 转向后面 "διανοίαις"，"φράσις" 与 "διανοίαις" 对立形成一个环形。

西塞罗有一系列不同命名，"希腊人称为圆周句，我们叫 ambitus（圆形句 go round/环行、绕行、巡回、轨道、曲折，综合句、长复合句），circuitus（循环句 circling 循环性、周期性、环行、周转，环形句），comprehensio（尾重句 a seizing，laying hold of 掌握、领会、接受、总结、结合、抓住，总结句，简明扼要地），continuatio（复合句 a continuance，prolongation 连续，复合句），circumscriptio（圆周句 boundary，circle，limit，outline，contour，circuit，compasss 画圆圈、轮廓、范围、综合、简短的，圆周句）"⑥。不管圆周句叫什么名，都有一个基本特征即"环形""紧凑""简明"。

---

① Arist. *Rhe.* 1409a35. κατεστραμμένη δὲ ἡ ἐν περιόδοις: λέγω δὲ περίοδον λέξιν ἔχουσαν ἀρχὴν καὶ τελευτὴν αὐτὴν καθ᾽ αὑτὴν καὶ μέγεθος εὐσύνοπτον. εὐκαταστρόφως, conclude 总结。
② Cic. De Orat. 3.48.
③ 德米特里意指两圈跑道，运动员沿同一条或平行跑道跑回起点。圆周句是一种文学的称呼，通过倒置或对称在句子结尾呼应开头。拉丁语为 ambitus 或 circuitus。
④ This is the display of the inquiry of Herodotus of Halicarnassus.
（Herodotus, with an English translation by A. D. Godley. Cambridge. Harvard University Press. 1920: Hdt. 1.1.0.）在这里发表出来的是，哈利卡纳苏人希罗多德的研究成果。
⑤ Clear expression floods with light the hearer's mind. 清晰表达，启迪听众心灵。
⑥ Cic. Orator.204 "quem Graeci περίοδον, nos tum ambitum, tum circuitum, tum comprehensionem aut continuationem aut circumscriptionem dicimus. 从西塞罗几个术语中可以看出圆周句的属性：圆形的，循环或者周期性出现的，尾重句（结尾有简明扼要总结的分句），连续的，具有一定限度的。

第一章　德米特里语言学诗学

西塞罗除了对圆周句的名称进行了罗列，也对圆周句做了更为详细的规定。他的贡献主要是在圆周句的韵律方面，"必须包括两点：第一是排列，第二是节奏与平衡。把词语放在一起使之形成一个环状结构，没有任何刺耳的辅音碰撞，或元音的连续，而是词语之间平稳地联结。……它能产生一种严密的风格，甚至产生词语之间的平稳和流畅。如果你能把一组词的结尾与后续词的开头很好地结合在一起，避免生硬的辅音碰撞和笨拙的元音连续，那么你就能取得这种效果"①。可见圆周句的发展越来越精致。

把句子分紧凑句和松散句，也并非仅亚里士多德和德米特里。狄奥尼修斯把句子分为三种：第一种，以修昔底德为代表的"朴素体"（αυστηρα λεξις）。狄奥尼修斯《论文章做法》（De Compositone Verborum）第22章有描述。这是一个粗糙的、生硬的、不文雅的、笨拙的文体，不流畅、不整齐，也没有认真建构，就像用粗糙的石头垒成的墙，石头堆砌在一起，不管合适不合适，结构上夸张矫情。第二种，是"简练体"（λιτή και αφελής λεξις）流畅、简单、轻巧，如吕西亚和特拉西马库等。第三种，介于这两者之间的"中间文体"（μεση λεξις）即伊索克拉底的圆周句体。②德米特里按起源把圆周句分成三种文体，也与此有些类似。但那是圆周句的分类，也就是说圆周句本身还有个松紧的问题，并不是所有的圆周句都是同种结构。

怎样才能构建圆周句？德米特里谈了三种方式：文体（§§19-21）、对立（§§22-24）和谐音（§§25-29）。

对话（διαλογική）、修辞（ρητορική）和历史（ιστορική）三种文体圆周句，源于苏格拉底、伊索克拉底和阿尔基达马等的言说。史学的圆周句不得太圆或松散。太圆像修辞圆周句，没有说服力；朴实才庄严和准确，如"大流士有两个儿子，长的叫……幼的叫……"（§19）。圆周句的终止是一个确定、有效的合式的结束。

修辞圆周句是紧凑的圆形，需要简明协调的话语。如"首先为了城邦利益，其次为了夏布利的孩子，我认为应当废止法律，我要遵照我当事人

---

① Cic. De Orat. 43.
② E. M. Cɔpe. *A Introduction to Aristotle Rhetoric with Analysis Notes and Appendices.* London and Cambridge, Macmillan and CO. 1867, p. 306.

的愿望，以我最大的努力为他们申诉"①。从一开始这个句子就显得很紧凑，不会是一个柔弱的结尾了事（§20）。

对话圆周句比历史圆周句更简单和非正式，介于松散（διῃρημένης）和紧凑（κατεστραμμένης）中间。如"昨天我跟阿里斯东的儿子格劳贡一道去比雷埃夫斯港，去朝拜女神，也想同时看看赛会办得怎么样，因为这是初次举行的"。从"昨天我去了比雷埃夫斯港"直到"因为这是初次举行的"②，初读完这一句不觉得是圆周句，这句混合了历史与修辞两种文体（§21）。

这三类圆周句来自不同的文体，因而不同。德米特里从此得出结论，在写作中，不同的文体应该使用不同的圆周句。这为后面考察言说的四种风格奠定了基础。德米特里这结论是从所谓经典著作中总结出来的，然后用这结论指导言说。这种宗经、征圣做法也并不仅德米特里，在古希腊是一种传统的做法，修辞教学的一个基本方法，就是对经典不断地加以模仿。

对立可以生成圆周句。对立可以是内容上，也可以是表达和内容上双重对立，如"在路上行船，在海上过兵"③。还可以仅是用语④上的对立，如海伦和赫拉克勒斯的比较⑤，"男儿的生命为劳作和冒险造就，女人的美貌为欣赏和垂涎而生"⑥。这里冠词与冠词对照，关联词与关联词，喻体和喻体，所有的都是平行的，"生"与"造就"、"欣赏"与"劳作"、"垂

---

① Dem. *Against Leptines*. 20. 1.

② κατέβην χθὲς εἰς Πειραιᾶ μετὰ Γλαύκωνος τοῦ Ἀρίστωνος προσευξόμενός τε τῇ θεῷ καὶ ἅμα τὴν ἑορτὴν βουλόμενος θεάσασθαι τίνα τρόπον ποιήσουσιν ἅτε νῦν πρῶτον ἄγοντες. I went down yesterday to the Peiraeus with Glaucon, the son of Ariston, to pay my devotions to the Goddess, and also because I wished to see how they would conduct the festival since this was its inauguration. 昨天我跟阿里斯东的儿子格劳贡一道去比雷埃夫斯港，去朝拜女神，同时也想看看赛会办得怎么样，因为这是初次举行的（Plat. Rep. 327a）。[古希腊]柏拉图：《柏拉图对话集》，王太庆译，商务印书馆2004年版，第353页。

③ Isoc. *Panegyr*. 89. 希罗多德在《历史》7.22-24中说，薛西斯"在赫勒斯滂架桥，在亚索斯挖河，他们在路上行船，在海上过兵"。（Arist. *Rhe*. 9.1410a.10. [古希腊]亚里士多德：《亚里士多德全集》第9卷，颜一译，中国人民大学出版社1994年版，第514页。）

④ ὀνόματα 还有名称的意思。

⑤ Παραβαλών.

⑥ τοῦ μὲν ἐπίπονον καὶ φιλοκίνδυνον τὸν βίον κατέστησε, τῆς δὲ περίβλεπτον καὶ περιμάχητον τὴν φύσιν ἐποίησεν. 德米特里的引文有所不同。ὅτι τῷ μὲν ἐπίπονον καὶ πολυκίνδυνον τὸν βίον ἐποίησεν, τῆς δὲ περίβλεπτον καὶ περιμάχητον τὴν φύσιν κατέστησεν. He gave his son a life of labors and love of perils, and to Helen he granted the gift of nature which drew the admiration of all beholders and which in all men inspired contention.

第一章 德米特里语言学诗学

涎"与"冒险",对称贯穿每一个细节。德米特里认为,仅仅是形式上的对立而没有比较不算对立圆周句。如"有一回在他们中是我,有一回在他们旁是我"①。这仅是同一内容的重复,没有比较。他认为是埃比卡尔摩斯用一个对立的形式取笑修辞家们的。

德米特里强调对立圆周句要有比较,无论是表达上,内容上还是用语上,都必须有比较,即有不同的东西,提供新的东西;仅仅是形式上相称,不是对立圆周句。柏拉图就曾指责修辞家们都说着一些同义反复的冗长话语。埃比卡尔摩斯生活时期正是修辞学发展的早期,这时修辞学以巧言为能事。所以亚里士多德要建立科学的修辞学,而科学的修辞学是以修辞三段论为主要的②,这不再是巧言,而是知识和德性了。亚里士多德是从修辞来说的,而德米特里考察的是句,不是逻辑。作为修辞,埃比卡尔摩斯这一句是无效的;但作为语句的表达,虽不是对立的形式,这种模仿对立形式的语义重复,具有幽默嘲讽效果。德米特里的论述,标志了句子理论上自觉——句子不是作为工具,其自身就具有艺术性。

谐音也可产生圆周句。谐音可分谐音句③,首尾都可谐音。如 δωρητοί τε πέλοντο, παράρητοί τ' ἐπέεσσιν④,原文句首谐 ρητοί 音⑤。又如 πολλάκις

---

① τόκα μὲν ἐν τήνοις ἐγὼν ἦν, τόκα δὲ παρὰ τήνοις ἐγών. One time in their midst was I, another time beside them I. (Epich. Fragm. 147, G. Kaibel C. G. F.) 罗先生译为"有一回我们在他家里,有一回我和他们在一起"。(罗念生:《罗念生全集》第 1 卷,上海人民出版社 2004 年版,第 337 页。可能是笔误,因为 ἐγών 是主格单数。) 颜一先生译为"有一回我在他们那里做客,有一回他们在我这里做客"。直译可能更体现原话。Epicharmus (Ἐπιχάρμῳ) 埃比卡尔摩斯(公元前 530 年—公元前 440 年)早期一位有造诣的诗人,写过 35 部作品,剧作近似今之"笑剧",对阿里斯托芬(公元前 446 年—公元前 386 年)等阿提卡喜剧诗人有影响。柏拉图认为他是喜剧诗人代表,与荷马伯仲之间。亚里士多德《诗学》3.1448a14, 5.1449b11 说其首创喜剧和喜剧布局。在《诗学》和《修辞学》中 9 次提及此人。

② Arist. Rhe. 1354a15. [古希腊]亚里士多德:《亚里士多德全集》第 9 卷,颜一译,中国人民大学出版社 1994 年版,第 333 页。

③ παρόμοια, similar, 相似;Roberts 译为 symmetrical, 对称;Innes 译为 assonance, 谐音;Moxon 译为 similar, 直译。这一节德米特里是讲句子音相似的。所以特译为谐音句。颜一和罗念生先生也译为谐音句。

④ Yet might they by presents be won, and by pleadings be pacified (Iliad, 9.526). "送礼物能赢得他们,允诺能感动他们。"

⑤ 亚里士多德认为句首谐音总是两个字的发音完全相似,句尾只需最末的音节相似,或同一字的变格,或同一字重复。

ἐθαύμασα τῶν τὰς πανηγύρεις συναγαγόντων, καὶ τοὺς γυμνικοὺς ἀγῶνας καταστησάντων'①，原文句尾谐 όντων/άντων 音。还有一种谐音节②的，即音节数目相等，如 'ὡς οὔτε ὧν πυνθάνονται ἀπαξιούντων τὸ ἔργον, οἷς τε ἐπιμελὲς εἴη εἰδέναι οὐκ ὀνειδιζόντων'③。原文前后两个分句都是 10 个音节，即等长的。亚里士多德也说"子句等长的句子叫做平衡句"④，但没有说是音节等长，德米特里进一步明确化了。句尾谐音⑤就是句子以同一个词结尾，如 'σὺ δ᾽ αὐτὸν καὶ ζῶντα ἔλεγες κακῶς, καὶ νῦν θανόντα γράφεις κακῶς'⑥，重复 κακῶς 结尾。或以相同的音节结尾，如上所引伊索克拉底《泛希腊集会辞》句子都是以"όντων/άντων"音结尾（§26）。

德米特里认为分句句长要适度。这种适度是以人的器官常规功能为标准的，在常规内，就让人愉悦；超过常规，就会引起人的不适，无论是太长还是太短。他认为，构成圆周句的分句不能超过 4 个，否则就破坏了圆周句的对称性（§16）。这个数字为古修辞学家所认同。西塞罗固定为四个 senarii⑦或一个节奏的呼吸，必须包含一个完整的意思，明白易懂，不能太

---

① I have often wondered at the conduct of the men who convened the assemblies and instituted the gymnastic contests' (Isocrates, Panegyricus 1). 伊索克拉底《泛希腊集会辞》开头一段。"我时常对那些召开集会和创办竞赛的人感到惊奇。"

② 德米特里用了一个词 ἰσόκωλον（数目上相等），ἐπὰν ἴσας ἔχῃ τὰ κῶλα τὰς συλλαβάς，音节数目相等的。

③ 被询问者从不打算否认其行为，即便如此，询问者也不会因此而谴责他们。As a thing neither scorned by such as were asked nor upbraided by those that were desirous to know. (Thucyd.1. 1.5.2. 古代诗人诗中的航海者常常被询问："你们是海盗吗"）被询问者从不打算否认其行为，即便如此，询问者也不会因此而谴责他们。（[古希腊]修昔底德：《伯罗奔尼撒战争史》，徐松岩译注，上海世纪出版集团 2012 年版，第 38 页。）

④ παρίσωσις，罗念生和颜一两位都译为平衡句。παρίσωσις δ᾽ ἐὰν ἴσα τὰ κῶλα, equality of clauses is parisosis.

⑤ Ὁμοιοτέλευτα, ending alike. 亚里士多德没有分句尾谐音，都是用一个词谐音句（παρομοίωσις）。

⑥ You are the man who, when he was alive, spoke to his discredit, and now that he is dead write to his discredit'. "他活着的时候，你把他说得很坏；现在（他死了），你把他写得很坏。"

⑦ 西塞罗认为诗人和散文家都必须遵守节奏，听觉标定它们的界限。他谈到四个六音步体，德米特里用扬抑抑六音步作为长度单位。昆体良用 senarius（六个韵脚组成的诗，多为抑扬格）可能想作为六音步（hexameter）的同义词。因此他用自己的方式解释西塞罗：一个抑扬格的 senarius 大概比抑扬格六音步短三分之一（Quin. 9.4.125）。

第一章　德米特里语言学诗学

长——太长，难以记住①。昆体良认为可更长一点，但他又说太长就难以记住且笨拙②。德米特里对圆周句长度规定比亚里士多德要具体得多，亚里士多德只是认为不能太长，太长了就成为第茜郎布诗的前引，成为串连句了。不过亚里士多德这句话也说明圆周句和串连句是可以转化的，圆周句超过一定的长度就不再是圆周句了。德米特里补充了一句，"正如一只野兽攒起身子才有力量，拉长的话语就只剩下苍白和无力了"（§8），强弩之末不能穿鲁缟。

同时圆周句也不能太短，必须具有一定的长度，这主要是针对由一个分句构成的简单圆周句。单句也要具有自足性和完整性，而且还必须屈向结尾（§17）。亚里士多德认为，太短了常常会造成听众向前倾跌，因为听众是按着节奏的。③西塞罗说句子太短就会破坏环形结构。④昆体良认为太短缺乏稳定性。⑤从上面的分析可以看出，长度与节奏和潜能密切相关。这是整个圆周句的长度。

在复合圆周句内，分句间长度也有要求，最后一个分句的长度应比其它分句更长，而且应该涵盖其他的分句。因为长句壮丽雄伟，所以以它结尾，就会有崇高感，令人印象深刻；否则，突然中止，就松沓，如这句"并不是说得漂亮就漂亮，说完之后要按照说过的去做"（§18）。

"结构"，德米特里使用了四个词：λέγω（安置），τάξις（安排），κόσμος（修饰），σύνθεσις（结构）。Κόσμος，侧重于井井有条的样子，强调的是结果，所以还有宇宙的意思，宇宙是一个安排有序的结果。Λέγω，是动词，强调安排的过程。Σύνθεσις, συν, together, θεσις 动词 θιθεναι, put, place；σύνθεσις, putting together, composition, combination, 组合；配合, 混成, 合成等, 强调组合方法。σύνθεσις 在语法上指音节或单词如 ἀλλὰ συνθέσει, ὥσπερ συλλαβή⑥，或者句子如 σύνθεσις ἔκ τε ῥημάτων γιγνομένη καὶ

---

① Cic. *Orator* 222.
② Quin. 9.4.130-131.
③ Arist. *Rhe.* 1409b20.
④ Cic.de. *Orat.* 3. 48.
⑤ Quin. 9.4.130-131.
⑥ Arist. *Met.* 14.1092a26.

ὀνομάτων[①]，或者指复合词，如 ὀνομάτων εἰσὶ τρεις, ἁπλους, ἢ σύνθετος ἢ μεταφέρων[②]，或者指作者作品（χαλεπωτέραν ἔχουσι τὴν σύνθεσιν[③]），或者指格律文的合成（μέτρων σύνθεσιν）[④]等。

　　Τάξις，侧重词序。德米特里使用 τάξει 来表明词的安排和位置。τάξει 本指军事上队伍的安排、布置、排列；战阵、阵势；战阵中的位置、岗位。用在作文里指词语位置的安排，词语的安排就像行兵布阵一样，"犹行阵之有次，阶梯之有依也"（《文镜秘府论·定位》），位置与相互间的配合就能产生潜能。"诗有极寻常语，以作发句无味，倒用作结方妙者。如郑谷《淮上别故人》'扬子江头杨柳春，杨花愁杀渡江人。数声羌笛离亭晚，君向潇湘我向秦'。盖题中正意，只'君向潇湘我向秦'，若开头便说则浅直无味；此却倒用作结，悠然情深，令读者低回流连，觉尚有数十句在后未竟者。"（贺子翼《诗筏》）钱锺书先生说："安排，安稳，则难不尽在于字面之选择新警，而复在于句中位置之贴适，俾此一字与句中乃至篇中他字相处无间，相得益彰。"[⑤]

　　选择与组合是不可分开的。正如索绪尔说言语如下棋，棋子和棋子的位置不同，功效是不一样的。作文归结到底就是词句的位置与配合，如行兵布阵，如围棋。罗马人论文讲究部署或配置。这种部署或配置"可以使一句通俗的话变得雄伟"[⑥]或者优美，或强劲，或平易。恰当的位置可以形成合力，合力产生功效，也就是位置本身具有势能。德米特里对结构的考察也就是考察其存在的势能；部署或安排，其实就是一种结构的势能。

---

① Plat. *Soph*. 263d.
② Words are of three kinds, simple, composite, and metaphorical.
③ Isoc. 10.11.
④ Arist. *Poet*. 1449b35. "the metrical arrangement of the words"，［古希腊］亚里士多德：《诗学》，陈中梅译注，商务印书馆 1996 年版，第 20 页。
⑤ 钱锺书：《谈艺录》，中华书局 1993 年补订版，第 326 页。
⑥ Longinus. 40.3.

第一章　德米特里语言学诗学　◆◇◆

第三节　句理论的思想转向及作用

一　句理论的思想转向

德米特里的句理论，不仅接受了普罗塔戈拉的功能和亚里士多德节奏观；而且发展了他们的理论，将句从纯粹的功能或节奏观发展到思想观。这是希腊句理论的"思想转向"。这种转向不仅发展了希腊句法、语法，更是帮助德米特里构建了自己的语言学诗学乃至整个诗学系统。

德米特里之前，语言研究基本是语音和词语，涉及句的很少。音律方面，德谟克利特著有《论声音的和谐与不和谐》《论节奏和韵律》等①。用语问题的讨论也已经很充分了，"诗人们首先推动了用语的艺术。……他们靠在用语方面的功夫赢得了好名声"②。不仅诗人对用语的问题已经探讨的很充分，其他的人包括修辞学家和哲学家们也热衷于研究词语，普罗塔戈拉和特奥弗拉斯特都写过《论措辞》③。智者们对词的多义性非常痴迷，"因为他们靠这些变花样"④。

最早论述句的是普罗塔戈拉，他认为话语（λόγος）有基本的句式，而且第一个把话语分为：祈使式、疑问式、答复式、命令式或陈述式、疑问式、答复式、命令式、朗诵式、祈使式和呼叫式等基本句式。⑤普罗塔戈拉的话语划分方式为阿尔基达马所继承，他将语句分为四种，即肯定式、否定式、疑问式和申述式等基本句式。⑥这是第一次从功能上对句进行区别考察。

---

① Diogenes Laertius *Lives of Eminent Philosophers*. 9.7.48. *On Verbs. A Vocabulary. Concerning Homer or On Correct Epic Diction. On Rhythms and Harmony. On Euphonious and Cacophonous Letters. On Poetry. On Beauty of Verses. On Glosses. Of Song.*

② Arist. *Rhe*. 1404a15-40. [古希腊]亚里士多德：《亚里士多德全集》第9卷，颜一译，中国人民大学出版社1994年版，第495—196页。

③ Plato. *Phaedrus*. 267c. Protagras. *Correct Diction*. Theophrastus. *On Diction*.

④ Arist.*Rhe*. 1405a1-9. [古希腊]亚里士多德：《亚里士多德全集》第9卷，颜一译，中国人民大学出版社1994年版，第497—498页。

⑤ Diogenes *Laertius Lives of Eminent Philosophers*. 9.8.52, 53-54.

⑥ Alcidamas, Greek sophist and rhetorician, flourished in the 4th century BC, was a pupil and successor of Gorgias and Isocrates'rival and opponent he was. We possess （转下页）

此后伊索克拉底虽然发现了圆周句的潜能，但是他没有进行研究，只是主张要用圆周句而已。柏拉图《克拉底鲁》《斐莱布》，亚里士多德《诗学》《修辞学》等对用语进行了较为详细的考察，但有关句的研究不多。

亚里士多德继承了句的功能研究，区分祈求、命令、陈述、恐吓、提问、回答等。不过将其归为修辞学，"这门学问与演说技巧（ὑποκριτικός）有关"[1]，而且认为这些技艺诗人是"不值得认真对待的"，因为"属于别的艺术"[2]。可见他对普罗塔戈拉句论比较熟悉，另外一方面觉得言语有关方面的问题都属于修辞学，不是诗学所应该讨论的。

在《解释篇》中虽然也说"句子（λόγος）是一连串有意义的声音，它的每个部分都有其独立的意思，但只是作为表达，而不是作为命题"[3]。也就是说，亚里士多德在这里只考察了句的一类即作为命题的句，也只是从逻辑的真假上来考察，而没有考察其作为表达的属性，他认为那是"属于诗学或修辞学的范围"[4]。亚里士多德虽然在《诗学》和《修辞学》中对表达做了一些探讨，但重点是用语和一些辞格的运用，也考察了句子，但并没有从学科体系的角度进行考察，相反是从词语的角度进行考察的。

可见德米特里之前，对句的研究，或着眼于功能（普罗塔戈拉），或逻辑上（亚里士多德），或考察聚焦于词语。德米特里继承了这些研究，并在此基础上考察了句与思想之间的关系。

（接上页）two declamations under his name: On Sophists and Odysseus. Fragments: a Techne or instruction-book in the art of rhetoric; and a Phusikos logos.According to Alcidamas, the highest aim of the orator was the power of speaking extempore on every conceivable subject. Aristotle（Rhet. iii. 3） criticizes his writings as characterized by pomposity of style and an extravagant use of poetical epithets and compounds and far-fetched metaphors, http://en.wikipedia.org/wiki/Alcidamas.

[1] Arist. *Poet*. 19.1456b10-20. [古希腊]亚里士多德：《诗学》，陈中梅译注，商务印书馆1996年版，第140页。

[2] Arist. *Poet*. 19.1456b10-20. [古希腊]亚里士多德：《诗学》，陈中梅译注，商务印书馆1996年版，第140页。

[3] Arist. *Interpretation*. 4.16b27. [古希腊]亚里士多德：《亚里士多德全集》第1卷，秦典华译，中国人民大学出版社1990年版，第51页。

[4] Arist. *Interpretation*. 4.17a6. [古希腊]亚里士多德：《亚里士多德全集》第1卷，秦典华译，中国人民大学出版社1990年版，第52页。

第一章　德米特里语言学诗学　◆◇◆

　　Ὥσπερ ἡ ποίησις διαιρεῖται τοῖς μέτροις, οἷον ἡμιμέτροις ἢ ἑξαμέτροις ἢ τοῖς ἄλλοις, οὕτω καὶ τὴν ἑρμηνείαν τὴν λογικὴν διαιρεῖ καὶ διακρίνει τὰ καλούμενα κῶλα, καθάπερ ἀναπαύοντα τὸν λέγοντά τε καὶ τὰ λεγόμενα αὐτά, καὶ ἐν πολλοῖς ὅροις ὁρίζοντα τὸν λόγον, ἐπεί τοι μακρὸς ἂν εἴη καὶ ἄπειρος καὶ ἀτεχνῶς πνίγων τὸν λέγοντα.

　　德米特里用 Ὥσπερ 和 οὕτω 连接了一个句子。Ὥσπερ 意思是 like as、even as，οὕτω 意思是 in this way。这里两个词连用，罗伯茨译成 as…so also，英尼斯译成 just as…so too，都有如或者像……一样的意思。[1]可见 Ὥσπερ…οὕτω 所引导的两个部分是对应的，句 κῶλα 和格律 μέτροις 对应。这里德米特里通过比较把句和格律界定为同一个属级，也就是说，句在散文中的位置相当于格律在诗中的地位和作用。

　　格律（μέτρον）[2]在古希腊语中原意为度量，也指格律文，格律是从诗的语流节奏中切分出来的最小的独立单位[3]，"诗是通过格律来模仿

----

[1] Arist.Rhe.1.1.8.1354b12.［古希腊］亚里士多德：《亚里士多德全集》第9卷，颜一译，中国人民大学出版社1994年版，第334页。"περὶ μὲν οὖν τῶν ἄλλων, ὥσπερ λέγομεν" "关于其它方面，照我们所说。" Hdt. 1.24.［古希腊］希罗多德：《历史》，王以铸译，商务印书馆2010年版，第11页。ἐπιφανῆναί σφι τὸν Ἀρίονα ὥσπερ ἔχων ἐξεπήδησε: καὶ τοὺς ἐκπλαγέντας οὐκ ἔχειν ἔτι ἐλεγχομένους ἀρνέεσθαι. 可是这时候阿里昂在他们面前出现了，就和他们从船上跳下去一模一样。

[2]［美］艾布拉姆斯：《文学术语词典》，吴松江等译，北京大学出版社2009年版，第319—323页。格律就是一种语言里一系列语音中的主要特征以有规律的单元复现。音步由组成诗行里重复的韵律单元的强重音和相连的弱读音组合而成。如一个短长格为一个音步，一个短长长格也为一个音步，一个长短格也为一个音步等。由短长格或短长长格等音步组成诗行，一个诗行可以是四音步、六音步、七音步等称为四音步长格等。节奏是连续发音时形成的富于变化又可辨析的长音节拍。

[3] μέτροις，μέτρον 的复数，意为度量 that by which anything is measured.（Arist. poet.1447b）陈中梅注为格律或诗格即切分成音步的节奏群。不分音步的节奏流属节奏的范畴。（［古希腊］亚里士多德：《诗学》，陈中梅译注，商务印书馆1996年版，第33页。）"由于模仿及音调感和节奏感的产生是出于我们的天性（格律文显然是节奏的部分）。"（［古希腊］亚里士多德：《诗学》，陈中梅译注，商务印书馆1996年版，第47页。）"一种节奏可以千百次地重复，直至无限。诗人从某一种节奏中取出若干个音步，形成诗格。例如六音步长短短格是从长短短格这一节奏流中切分出来的'部分'作者认为节奏和语言及音调一样，是模仿的媒介。"（［古希腊］亚里士多德：《诗学》，陈中梅译注，商务印书馆1996年版，第55页。）metron 亦作诗格或诗解。（［古希腊］亚里士多德：《诗学》，陈中梅译注，商务印书馆1996年版，第160页。）（转下页）

的"①,也就是说,格律是诗歌的"始基"。虽然亚里士多德在《诗学》里认为并不是有格律都是诗,如恩培多克勒的作品只是用格律写成的自然哲学,这种说法如同后来维柯(Vico)认为,诗的本质是思维的诗性一样反对把格律文当作诗。但这些都是从内容上或思维上来说的,从形式上来说,诗必定是格律的,没有格律不是诗,格律决定了诗的"种"。格律是诗的"种",而句在表达中和诗的格律一样,因此,句是表达的"种"。句(κῶλον)是"表达"的"种",是"表达"无法再分之处,是"表达"的生长点和认识点,所以句是表达的起点。

德米特里句的划分准则有三个,节奏、思想和语法。节奏是自然的原因,是生理的需要,是感知的需要,太长或太短的节奏都不利于感知。"表达"从"种"上来说是一连串有意义的声音,这一连串的声音如果没有边界或停顿,说话者和听话者都得不到休息,"直会赶得说话者上气不接下气"(§1)。因此有必要对语流进行切分。这是从一个自然的角度来解释的,正如亚里士多德对于诗所做的解释一样,"模仿及音调感和节奏感的产生是出于我们的天性(格律文显然是节奏的部分)"②,即话语和诗的节奏都来自自然的节奏。

句子不从属于任何一个句子,这是从语法上来说的。德米特里突出句的完整性也就是强调其不可切分,就是句对言语"种"的保持性,如果再把句分成词,则不具有语法的独立性(词充当了句的语法功能)。这就是说句是言语的生长点和认识点,是言语的"始基",也就是表达的"始基",即是散文的"始基"。

句不仅是一个自然的节奏,还得保留言语的"种",即"完结思想"

(接上页)μέρη δὲ τιμῆς θυσίαι, μνῆμαι ἐν μέτροις καὶ ἄνευ μέτρων, γέρα, τεμένη, προεδρίαι, τφοι, εἰκόνες, τροφαὶ δημόσιαι, τὰ βαρβαρικά, οἷον προσκυνήσεις καὶ ἐκστάσεις, δῶρα τὰ παρ' ἑκάστοις τίμια. (Arist. Rhe. 1.5.9) The components of honor are sacrifices, memorials in verse and prose, privileges, grants of land, front seats, public burial, State maintenance, and among the barbarians, prostration and giving place, and all gifts which are highly prized in each country.荣誉的组成部分还在于牺牲、文章和诗歌中的追忆、特权、领地、公共典礼上的前排座位……(苗力田译)此指诗歌。

① Arist. *Poet.*
② Arist. *Poet.* 1448b14.

第一章 德米特里语言学诗学 ◆◇◆

（συμπεραιοῖ διάνοιαν）。这是从思维角度定义的，德米特里说，"或者句本身就是一完整的思想，如赫卡泰在他的著作《历史》开头说'米利都的赫卡泰说了如下的话'"（§2）。德米特里认为这是"一个完整的句对应了一个完整的思维，两者同时结束"，也就是表达和思想的统一。"或者不是一个完整的思想，而是一个整体的部分（μέρος）①（§2），如色诺芬《远征记》开头'大流士和帕丽萨提生有二子，长名阿尔塔泽西斯，幼名居鲁士'"②。德米特里认为，从"大流士和帕丽萨提"到"居鲁士"是一个完整的思想（διάνοιά），包含两个分句，"大流士和帕丽萨提生有二子""长名阿尔塔泽西斯，幼名居鲁士"，每一分句都是它的一部分，每一部分的思想在各自的阈限里都是完整的（§3）。

这里德米特里其实说了两种句，一种虽然也具有自身的完整性，但这种完整性只有在整体中才有意义，从语法上来说是一个整体的一部分，如手本身具有完整性，但只有从属于躯体才有意义，离开躯体的手不再是人的手了。另一种本身完整且具有独立的意义，语法上来说不从属于一个整体。只能在整体中有意义具有从属性的就是分句，自身完整且具有独立意义的不从属于整体的分句或分句组合体就是句子。前者其实就是由一个分句构成的简单句，后者是由两个或两个以上分句构成的即复合句。在英语中 sentence③ 和 clause④ 不同。Sentence 相当于汉语中的句子，clause 相当于分句。⑤ 德米特里的句是一个思想和语法完整的独立单位即 sentence/

---

① μέρος 种类部分或成分（eidos, moros, idea）常可互换。
② Δαρείου καὶ Παρυσάτιδος γίγνονται παῖδες δύο, πρεσβύτερος μὲν Ἀρταξέρξης, νεώτερος δὲ Κῦρος（§3）.
③ 陈国强、陈善伟：《朗文当代英语大辞典英英·英汉双解》，商务印书馆 2004 年版。"Sentence, in grammar, a group of words that forms a statement, command, exclamation, or question, usually contains a subject and a verb, and begins with a capital letter and ends with any of the marks.如 Sing the song! Birds sing. She came home when she was tired.都是句子。"
④ 陈国强、陈善伟：《朗文当代英语大辞典英英·英汉双解》，商务印书馆 2004 年版。"clause 是语法中从句、分句、子句，如 She came home when she was tired. She came home 和 She was tired.是两个不同的分句。"
⑤ 中国社会科学院语言研究所编辑室：《现代汉语词典》，商务印书馆 2005 年版，第 740、399、429 页。"句子，用词和词组构成的，能够表达完整意思的语言单位。在连续说话时，句子和句子中间有一个较大的停顿。在书面上每个句子的末尾用句（转下页）

comprehensive①，而不是分句 clause/colon，但德米特里没有分开对其进行命名，两者都称为 κῶλον，即 κῶλον 既指 clause 又指 sentence。κῶλον 字面的意思是躯体的肢体，四肢、手脚；也指植物的枝干；跑道的半圈（和圈 period 相对）；指圆周句中的分句。②罗伯茨译为 member/members，英尼斯译为 clause/clauses，从字面来说指的是分句。但在德米特里看来，只要句的数目是一就是 κῶλον，不止一个的就是 κῶλα。圆周句（περίοδος）只是 κῶλα 的一种。

在古代没有标点，特别是书写工具不发达的年代，人们主要靠听觉。因此一个自然的停顿一定要表达一个完整的思想或思想完整的部分，否则就会引起误解。分句的思想已经具有完整性，所以分句可以作为基本的节奏，而不是句子。句子和分句不同的是分句的思想虽有完整性，但只有独立性的分句或分句结合体才是句子。句子标志一个更长的停顿、更为完整且有独立性思想。

句是表达的种，即"表达一个完整的思想或思想的一个完整部分"，句是一个最小单位的完整思维或叙事单元。根据这个定义，就可以将句分成圆周句和松散句。圆周句分句共同表达一个完整的思想，松散句分句没有共同的思想。

这是德米特里与亚里士多德圆周句理论区别的关键。亚里士多德从节奏出发，将圆周句定义为"有头有尾且长度易于监视的句子"③。从节奏着眼，圆周句可以是一个分句，最多只能两个④。德米特里从思想出发将圆周句定义为"分句或短语的组合，有一个漂亮的结尾，表达一个完整的思想"（§10）。两个分句才能表达一个完整的思想，因此最少

（接上页）号、问号、或叹号。分句，语法上指复句里划分出来的相当于单句的部分。分句和分句之间有停顿，在书面上用逗号或者分号表述。分句和分句在意义上有一定的联系，常用关联词连接。分句的上位概念是复句，所谓复句是指能分成两个或两个以上相当于单句的分段的句子……同一复句里的分句，说的是有关系的事。一个复句只有一个句终语调，不同于连续的几个单句。复句和单句都属于句子。"
① 在拉丁语中 comprehensive 又指综合句或圆周句。
② 罗念生、水建馥：《古希腊语汉语词典》，商务印书馆 2004 年版，第 492 页。
③ Arist. *Rhe*. 3.9.1409a35-b3.
④ Arist. *Rhe*. 3.9.1409b15-35.

第一章 德米特里语言学诗学 ■◇◆

也必须是两个,最多可以是四个。德米特里的句理论,不仅接受了亚里士多德节奏观,而且发展了他的理论,将句从纯粹的节奏观发展到思想观,也使句从普罗塔戈拉的功能观转向思想观。这是句理论的"思想转向",这种转向一直延续至今。

二 思想在句的表达中的作用

德米特里开启了句论的思想转向,那么什么是思想呢?

所谓思想(διάνοια)是指句中除词语和词语组合之外的成分,包括思维、事情、题材、主题、对象等多种含义。[1]有时也用 πρᾶγμα 来专指题材、主题等。[2]

Διάνοια,thought,思想。在亚里士多德那里,"思想""包括一切必须通过话语产生的效果,其种类包括求证和反驳,情感的激发(如怜悯、恐惧、愤怒等)以及说明事物重要或不重要"[3]。亚里士多德把用语和结构之外的一切都归于思想,"我们对例证、格言和推理论证以及总的说来与思想有关的东西""就讲到这里,还包括我们提供论证和进行反驳的途径和方式"[4]。这样在亚里士多德那里,"思想"是除了能指和能指的安排组合之外的东西,既包括观点、想法、见解,还指"得体地、恰如其分地表述见解的能力"[5]。因为承继了亚里士多德的理论,德米特里的"思

---

[1] διάνοια §§1.2-3, 9-10, 17, 30; 2.38, 44, 115; 3.173, 175, 184, 187; 4.236; 5.263, 265, 267.

[2] πρᾶγμα §§1.11, 22, 30; 2.56, 61, 75-76, 94, 114, 116, 119-120, 127; 3.132-136, 138, 156, 158; 4.190, 217, 230-231, 236-239; 5. 240.

[3] Arist. *Poet*. 19.1456ba34-35. [古希腊]亚里士多德:《诗学》,陈中梅译注,商务印书馆 1996 年版,第 140 页。περὶ μὲν οὖν τῶν ἄλλων εἰδῶν εἴρηται, λοιπὸν δὲ περὶ λέξεως καὶ διανοίας εἰπεῖν. τὰ μὲν οὖν περὶ τὴν διάνοιαν ἐν [35] τοῖς περὶ ῥητορικῆς κείσθω: τοῦτο γὰρ ἴδιον μᾶλλον ἐκείνης τῆς μεθόδου. ἔστι δὲ κατὰ τὴν διάνοιαν ταῦτα, ὅσα ὑπὸ τοῦ λόγου δεῖ παρασκευασθῆναι. μέρη δὲ τούτων τό τε ἀποδεικνύναι καὶ τὸ λύειν καὶ τὸ πάθη παρασκευάζειν.

[4] Arist. *Rhe*. 2.26.5. [古希腊]亚里士多德:《亚里士多德全集》第 9 卷,颜一译,中国人民大学出版社 1994 年版,第 492 页。ὑπὲρ μὲν παραδειγμάτων καὶ γνωμῶν καὶ ἐνθυμημάτων καὶ ὅλως τῶν περὶ τὴν διάνοιαν.

[5] Arist. Poet. 6.1450b5. [古希腊]亚里士多德:《诗学》,陈中梅译注,商务印书馆 1996 年版,第 65 页。

想"同样有"看法、想法、观点、见解、道理"[①], 情感[②], 或前两者皆有[③], 以及思维[④]等内涵, 既包括表达的主题或对象, 也包括用来表达的题材、素材、事情。

πρᾶγμα, "事情"; 复数 πράγματα, "境况"。亚里士多德认为悲剧六要素之一的情节 μῦθος 就是"事件的组合"[⑤], 诗中的事件就是题材。德米特里认为, 表达的题材或素材是像结构、用语一样是表达方式的一部分, "这些题材本身是画家技巧的一部分, 正如情节是诗的一部分"(§76)。这样德米特里的"思想"就有"思维"和"事情"两种含义。而 πρᾶγμα 专指题材、主题、事情等。

这样对于德米特里而言, 思想就有三种:一是作为自然的题材(本体), 二是作为表达的主题(喻的), 三是作为表达的题材(喻体)。

(一)作为自然的题材(本体), 有自身的天然属性, 无论怎么表达都无法改变其自有的属性。例如"海战或陆战""天空或大地"这类题材先天雄伟(§75)。"女神的头部和前额非其他神女可媲美, 很容易辨认, 尽管神女们也俊美无比, 这位未婚少女也这样超过众侍女。"[⑥](§129)这些题材本身就有魅力[⑦]。再如"神女的花园、婚礼曲、爱情故事或者萨福的诗",

---

① §§2, 3, 9, 10, 17, 30, 44, 115, 173, 187.

② §§236.

③ §§175, 184.

④ §§263, 265, 267.

⑤ Arist. *Poet*. 6.1450a4. [古希腊]亚里士多德:《诗学》, 陈中梅译注, 商务印书馆1996年版, 第63页。

⑥ Hom. *Od*. 6.105. [古希腊]荷马:《荷马史诗·奥德赛》, 王焕生译, 人民文学出版社1997年版, 第107—108页。

⑦ Πράγμασι: deed, act, the concrete of πρᾶξις; occurrence, matter, affair; contemptuously, thing, creature; it concerns me; a man of consequence; used of a battle, action, affair; matter in hand, question; pl., πράγματα state-affairs; fortunes, cause, circumstances; business, esp. law business; n bad sense, trouble, annoyance 这个词可译成, 题材、主题、行动、情节, 事件。在不同的文章中, 或者不同的译者, 有不同的翻译。Cf. §§11, 22, 30, 56, 61, 75, 76, 94, 114, 116, 119, 120, 127, 132, 133-136, 138, 156, 158, 190, 217, 230, 231, 236-240, 248, 255, 276, 280, 288, 296, 297, 302, 304.
πρᾶξις: doing, transaction, business; result or issue of a business, esp. good result, success; doing, τῶν ἀγαθῶν (of persons); action, exercise; euphem. for sexual intercourse; action, exercise; military action, battle; magical operation, spell; action, act; military action, battle; military action, battle; doing, faring well or ill, fortune, state, condition; (转下页)

第一章 德米特里语言学诗学 ◆◇◆

这些题材本身的自然属性就是明快的。不管怎样表达都改变不了其天然的属性,"即使出自希朋那克斯①之口也有魅力",就像"没人能在生气的时候唱婚礼曲,没有表达可以把爱神变成复仇女神或巨人族,也不可能把笑变成泪"(§132)。"一些东西本身可怕,即使说法不可怕。""虽然话语无力,但它所陈述的对象可怕,因而表达还是可怕的。"(§240)这些都表明题材有自身的属性,这些属性并不会因为表达而改变。

德米特里这种自然思想是继承了亚里士多德,没有什么能改变事物的自然属性,创制技艺所能做的只是澄明和遮蔽,就像把"热变冷,或冷变热",变的只是其外在的属性,或相对于人感觉的属性;逻各斯是不变的,理式也是不变的。这正是亚里士多德的科学思想。虽然这种逻各斯,亚里士多德说是"类的经验中的普遍判断",但这种普遍判断只是人从事物中认识到的,而逻各斯已经存在事物之中了,从这一点来说,德米特里是继承了柏拉图以来的先验的逻各斯。

作为一个自然存在的题材,一方面话语并不能影响它的自然属性;另外一方面,不管其本身的自然属性如何,也不会影响话语的特性。"所以话语中即使包含了雄伟风格的题材,也并不等于话语就是雄伟的。"(§75)反过来,话语可以将可怕的东西说成滑稽,优美的说成平易的,阴郁的说成明快的,雄伟说成琐碎的,或者相反。"言语可以将阴郁的事情说得明快。"(§134)这种作为自然的题材,并不是德米特里考察的对象,只有进入表达,成为言说对象的时候,才是德米特里所关注的。

(二)作为表达的主题(喻的)。德米特里在其论著中经常使用 πρᾶγμα 这个词,在不同的语境中所指并不相同。作为表达对象的时候,πρᾶγμα 就是主题的意思。作为主题,要得体。如果是雄伟的主题,则必须庄严和堂皇;如果是优美的主题则一定要明快和有魅力。例如,要写神的人性,荷马就写神的争风吃醋,把神写得跟人一样。这样对于一个自然的题材,可以根据表达主题的需要,"小题大做"或"大题小做"。这里的"小题""大

(接上页)exaction of vengeance, retribution; public office; discourse, lecture of a rhetorician or philosopher. 德米特里没用这个词。

① §301. 希朋那克斯为了羞辱他人改变节奏,使之变得不完整。

题"是自然的题材即本体，而"大做""小做"是表达的目标即（喻的）。那么如何"小题大做"或"大题小做"呢？

德米特里说，"小题大做不是不得体，有时是必须的。对于拉喀达蒙执政官的好管闲事，如果说'他鞭挞不用本地方式打球的人'，违规听起来微不足道；但若说'恶无大小'或'小恶在前，大恶在后'（§122）。如此'上纲上线'自然把'小'抬高成'大'，这样做不是不合适的。正如大主题贬低常常是有用的，小主题提高也有用"（§123）。"不用本地方式打球"本是件很小的事情，若"上纲上线"，就把一件很小的事情表述成一个大问题了。这也就是说在表达中，根据表达的主题（喻的）需要，可以通过喻体的选择，影响本体的表达风格。而喻体其实也是自然的题材，这样自然的题材就作为表达的题材了。

（三）作为表达的题材（喻体），也就是用一种自然题材作为喻体去形容另一种自然题材（本体）。表达的风格则因喻体的风格不同而不同。例如寓言、比喻、夸张、比较等。

这里所说的比喻、夸张等并不是指手法，而是指它们的喻体。同一个本体由于喻体不同，效果不一样，因为喻体本身就有雄伟、优美、平易等的不同。类比的技艺也是这样。如"萨福描写一位优秀的男人'杰出的，像莱斯博斯岛的游吟诗人在外邦人中间'，这儿类比产生魅力而不是雄伟。如果说'杰出得像星中明月'或更亮的太阳，或其它更有诗意的类比，那就是雄伟了"（§146）。因为星月、太阳本身就是雄伟的。再如萨福说一个新郎"比高个子还高"，而没有用"比得上阿瑞斯"（§148）。因为阿瑞斯是战神，是雄伟的。同样，假如说"比得上阿瑞斯"那就是史诗或悲剧的风格，而不是萨福的抒情诗的风格了，甚至，因过于庄严而成为矫揉了。

像这样一类关系中，到底该用什么样的喻体有魅力，要看在这样一个关系的对比中要澄明的是什么，本体和喻体的对比能否很好地揭示出要表达的客体。本体和喻体不对称，往往就显得很滑稽，有嘲讽的味道。如"把公鸡比作波斯人，因为他有高耸的羽冠；比作波斯王，因为它紫色的斗篷，或因为鸡打鸣的时候，我们跳起，以为是国王叫嚷，我们害怕"。这句话似乎在说公鸡，实际上却嘲讽了喻体，波斯国王的颐指气使。若把本体与

第一章 德米特里语言学诗学 ◆◇◆

喻体对换，就只是一个简单的比喻，意义单一，就显得很平淡了。所以喻体的使用很重要，喻体和本体构成的对比，可以把某种状况非常鲜明的凸显出来（§160）。

通过夸张把某种特征放大，一眼就能看出来。而夸张的构成往往依靠喻体。如阿里斯托芬说波斯人贪婪，"他们在平板锅里烤全牛而不是面包"。另一位作者说到色雷斯人"他们的国王梅德赛斯用他的下巴搬来了整头牛"（§161）。这样的形式还有，如"比南瓜健康"、"比蓝天还秃"和萨福的"远比竖琴悦耳，比黄金还黄"（§162）。夸张源于本体与喻体的对比，对比突出了本体与喻体之间联系的不可能，正是这不可能突出了某种荒谬的本质。

德米特里这里其实给出了两种夸张的形式，移置和比较。比较，"a 比 b 还 c"的形式，ὑγιέστερος κολοκύντης，前一个是形容词比较级 healthier，后一个是名词原级 pumpkin，healthier than pumpkin，希腊语中没有用比较词 than，通过形容词比较级完成。夸张的构成在于名词，不同的名词就会有不同的效果，两个词放在一起触发联想，化虚为实，主观情意自然地流露。例如比狐狸还聪明或比雅典娜还聪明，名词不同，情感不同，能"传难言之意"。移置，是把用于 a 的用于 c，如"在面包平板锅里烤全牛"（ὅτι ὤπτουν βοῦς κριβανίτας），平板锅（κριβανίτας）烤（ὤπτουν）的只能是面包（ἄρτων），却烤了全牛（βοῦς）。用不可能的喻体代替可能的喻体，这是一种可能性上的夸张。夸张的构成，也主要在于喻体，如果喻体是面包就不是夸张了。所以德米特里把它放在题材里讨论，实际上他想说的，是夸张的构成在于喻体，喻体不同，表达的情感不同。

这种移置用于感觉就是恐怖错觉，"如一个人常毫无根据的害怕麻绳，把它当做蛇，或把平底锅误做地上的洞"（§159）。这种生理性错觉源于心理上的恐惧惊惶，逐渐发展至出现躯体上的功能失调，表现出一些神经官能症的症状。这种神经官能症的出现，使本来应该灵活应对，变成某种机械性的反应。这就是滑稽。这种形式常用于刻画过敏性气质性格，小说中常有的堂·吉诃德式人物，如陀思妥耶夫斯基《白痴》中梅什金公爵等。恐怖错觉（φόβου ἀλλασσομένου），不管当时的心理学是否已经弄清了这种神经官能的问题，但人们已经观察到这一类现象并写入文学。ἀλλασσομένου，是"转换、转化、交换，换到某地去"的意思，也就是说它实际上是一种移置。可见当时对这一类现象已经有了一定的认识。

神话题材的运用，其实也是一种移置，用于一种文体的表达用于另一种文体。"如亚里士多德关于鹭，'它死于饥饿，它的喙越长越弯。它遭受如此命运，因为从前他是人的时候委屈了客人'，这是一个传统的熟悉的神话。"（§157）这是一个移置，创制科学的题材用于物理科学，使物理学带有"异体风情"。不仅如此，神话本身有时就非常美妙，"如在猫随月盈亏（兴衰）神话上创作'这就是月亮生了猫的神话起源'。魅力不仅在于创造的艺术，而且神话把猫说做月亮的孩子本身就美妙。"（§158）

移置属于隐喻的一种，谚语也属于隐喻。例如梭弗隆把"噩梦"说成"扼杀了自己的父亲"。另外，把"一个从脆弱的前提得出一堆结论"说成"他从爪画狮"，浪费劳动说成"磨光了一把勺子"，吝啬说成"剖开了坚果"，一连用了两三个谚语，使作品充满了魅力。几乎现存所有谚语都能从他的笑剧中找到（§156）。这些谚语的使用让一个抽象的概念变得具体生动，"使物活现在眼前"。

在这里寓言（§151）是指一种言说方式，如庄子寓言、重言、卮言三种言说方式。寓言因为意在言外，另有寄托，机智风趣，给人快感。所以，"寓言也是会说话方式。如'德尔菲，你的母狗在生孩子'，及梭弗隆关于老人的段落，'我也在这里和你们一起等，你们的头发像我的一样白，在港湾里，等待出海航行：对于我们这么大年纪男人来说，锚像黄花姑娘一样重了'；当他说到鱼的时候，他关于女人的寓言，'筒子鱼，鲜美的牡蛎，寡妇的美餐'。这类玩笑丑陋，仅适合低劣的喜剧"。亚里士多德说，寓言这种言说方式援用方便，可信手拈来，适合于对平民演讲。寓言是希腊人特别是下层民众常用的言说方式，伊索寓言在当时很流行，法勒隆的德米特里编订了古希腊第一本寓言集。

德米特里推崇的是作者的创造性，由于这种创造性，伧俗的词，可以

第一章 德米特里语言学诗学

铸成伟词，使质直的题材变得明快。所以德米特里所列举的这些方式，不应该视作局限于用语或题材中，而应该是一种互文——使话语产生魅力的方法基本也能使题材有魅力，使题材增添魅力的往往也可以使词语有魅力，如寓言、比喻、隐喻等。从一定程度上说这两者很难分开，往往形式有魅力了，题材也有魅力。如：

> 尼柔斯，从叙墨带来三只船
> 尼柔斯，国王阿格拉伊雅和卡洛颇之子
> 尼柔斯，最英俊的男人

德米特里说，"尼柔斯就其个人而言，孱弱无能；他的队伍更小气，区区三条船和几个人。但荷马成就了他，通过首语重复和省略连接词成倍夸大了他的队伍，给人留下了深刻的印象。如果改成'尼柔斯——国王阿格莱亚和卡洛颇的儿子从叙墨带来了三只船'，就等于一声不响地忽略了他。语言像宴会，几道菜也能安排得似乎很多"（§§61-62）。这就是形式的改变，使题材增添魅力的典型。"在荷马史诗中，尼柔斯仅提到一次，但我们记住他不比阿基琉斯和奥德修斯弱。"（§62）甚至，伪普鲁塔克认为尼柔斯的名声就来自这三个连续行。[①]不同形式表达的题材，潜能是不一样的。亚里士多德说，形式才是事物的本原和原因。[②]

思想对于表达的影响，除了题材的选择之外，思想本身的运用也能影响表达的风格。例如把众多的思想揉进一个短句的时候，潜能就很强，句就很强劲。如简洁、跳脱、隐晦、隐喻、"点缀之笔"等都与思想有关，不是纯粹形式。句容越大，理解越困难，句越强劲。当然作为题材的思想本身也能生成风格，虽然德米特里认为重要的是"用语和结构"，但思想图式（διανοίας σχημάτων）是表达方式之一。

思想不仅是言说的对象，也可以是言说的手段，作为言说的题材或主

[①] Hom. *Il*. 2.671. 亚里士多德《修辞学》在论述连接词的省略和重复时也使用了这个例子。Arist. Rhe. 3.12.1414a2-7.
[②] Arist. *Meta*. 1029a10-25.

题。当众多的思想压缩到短句之中，句不仅简洁，而且具有了潜能。思想的潜能不仅在简洁，省略三段论也使句具有潜能。此外，句型、句长、节奏都具有潜能。

　　潜能，"潜能 δυναμις 的意思是运动和变化的本原，存在于它物之中或作为自身中它物"①，就是使事物成为该事物的能力。"一切事物均从其功能与能力而得名，事物一旦不再具有自身特有的性质，我们就不能说它仍然是同一事物。"② "正如种子包含了整个树木的潜能，使其长成树木"③，同样，言说也具有使人产生某种感觉的潜能。言说之所以具有潜能，是因为言说本身的特征。

　　首先，众多思想压缩而具有的势能，正如压缩的弹簧一样。所以箴言和格言强劲有力，"简洁是谚语和箴言的特征，把众多的思想压缩到一小的空间，需要更高的智慧（σοφός）④和技艺。如果把它们延长，就成了修辞而不是箴言了"（§9），"冗长，稀释强度"（§241）。简洁因其意味无穷而有力，如一只攒起身体的野兽。有力而不嚣张就是强劲，敏捷而不干瘪就是优美。《吴越春秋·弹歌》"断竹，续竹，飞土，逐肉"，简短的几个字却描写出

---

　　① Arist. Meta. 5.12.1019a15. [古希腊]亚里士多德：《亚里士多德全集》第6卷，苗力田译，中国人民大学出版社1995年版，第127页。
　　② Arist. Politics. 1.1253a. [古希腊]亚里士多德：《亚里士多德全集》第9卷，颜一译，中国人民大学出版社1994年版，第7页。 πάντα δὲ τῷ ἔργῳ ὥρισται καὶ τῇ δυνάμει, ὥστε μηκέτι τοιαῦτα ὄντα οὐ λεκτέον τὰ αὐτὰ εἶναι ἀλλ' ὁμώνυμα.
　　③ §§9, 30, 62, 120, 283, 284.
　　④ 此处，德米特里用了 σοφός 这个词，在古希腊有着非一般的意义。sophites（σοφίστης 有智慧的人，贤人，智者或哲人），是 sophia（σοφία，智慧、知识）和 sophos（σοφός，聪明的、有智慧的、灵巧的）的派生词。因为神是聪明、灵巧、有才能、有智慧的，所以把某一方面特别聪明、灵巧、有才能的人叫作 sophistes。在"荷马史诗"中造船工、战车弩手、舵手、雕刻家、占卜者、预言家等，凡是在各自领域内有别人所没有的禀赋和技能的人都称 sophistes。后来范围扩大了，也指诗人、画家、医生、政治家、哲学家（包括从事自然科学研究的人），所以荷马、索福克勒斯、梭伦都被称为 sophistes。Sophia 最初指某种技艺，发展为一般实践和政治方面的智慧，后泛指理论和科学方面的智慧。Sophos 指真正的智慧，也做名词，现译哲学家。在柏拉图对话集里苏格拉底将那些有假智慧、小聪明的人称为 sophistes，从而与具有真知识的 sophos 区别开。总之，当哲学成为独立学科之前，聪明智慧、心灵手巧、深谋远虑、思维敏捷等才能都叫 sophistes，都是有幸得到神恩的人。当哲学成为一门独立学科的时候，真正的智慧的人知道自己无知的，才称呼哲学家，爱智慧的人（philosophos）。从苏格拉底开始，sophistes 智者就成了一个带有讽刺意味的词。

第一章 德米特里语言学诗学

了整个狩猎的过程,突出狩猎技艺的熟练与高超。恺撒写给元老院的战报仅三个字"veni, vidi, vici"(我来,我看,我赢),但却传达了恺撒势不可当的气势,以及对元老院中支持庞培的人的蔑视。这些简短的词句都因为包含了丰富的信息,简洁有力,一直为人所称道。

箴言和谚语的潜能不仅是因为把许多思想压缩到很短的句子中而具有了势能,而且因为箴言和谚语本身是一个修辞三段论或论辩三段论。这三段论只是省略了前提或结论,引而不发,所以具有势能,更雄辩①。如"狄奥尼修斯在科林斯"②,这个省略的三段论,比"狄奥尼修斯是一个有力的僭主,他现在作为一个普通的平民居住在科林斯;如果你像他一样是一个有力的僭主,你也会像他一样被驱逐;如果你不是他那样一个有力的僭主,那你的下场可能更惨"这样一个三段论有力得多,"就像一只野兽攒起身体才更具有势能一样"(§8)。卢梭甚至认为,"最活泼有力的言语莫过于未启口时"③。"省略三段论因为思想而具有潜能和凝聚力。"(§30)朗吉弩斯也认为这是崇高的来源之一。

把思想压缩入短句而具有势能,如没有丰富的思想,就不能给人留下深刻的印象,只会索然无味,产生呆板风格。

不仅思想具有潜能,形式也具有潜能,如句的规模、节奏、形状以及辞格或图式等都具有潜能。

辞格的潜能,例如"高高隆起,泡沫翻腾"④比"高高隆起和泡沫翻腾"更有气势(§64)。荷马通过使用首语重复和连接词的省略,两重修辞格夸大了尼柔斯这支小队伍,使其变得宏伟(§64)。虽然在这场战争中,尼柔斯名字仅提到一次,但读者像记住阿基琉斯和奥德修斯一样记住了他,其原因就是辞格的潜能。辞格具有潜能是因为图式,是图式的潜能的转移。

---

① [伊朗]艾布·卡希姆·帕杨德:《雄辩之道》,白志所译,线装书局2009年版。其实所有这类书籍都有这样的特点。雄辩之道就在于断语是三段论的一环。
② §§8, 9, 102, 241.
③ [法]卢梭:《论语言的起源:兼论旋律与音乐的摹仿》,洪涛译,上海人民出版社2003年版,第3页。
④ Homer. Il. 13.799(cf. §81)'κυρτά, φαληριόωντα', 'κυρτὰ καὶ φαληριόωντα.' "狂澜咆哮着隆起脊背,飞溅起无数白色的泡沫层层翻腾。"[古希腊]荷马:《荷马史诗·伊利亚特》,罗念生译,人民文学出版社1994年版,第341页。

不仅辞格、句型、节奏具有潜能，最终都是因为图式的潜能。

短句的节奏细而碎，如色诺芬描述希腊人到达帖列柏阿斯河畔，"这条河不大，然而很美"（οὗτος δὲ ποταμὸς ἦν μέγας μὲν οὔ, καλὸς δέ）①，短而碎的节奏解除了河的小，接济了它的魅力。如果色诺芬把言语延展成，"这条河在规模上小于大多数的河流，但在美丽上超过它们"，他可能失于正确，可能成为所谓索然无味的作者（§6）。所以斯巴达人话语都很简洁。命令也总是精练简要，每一个奴隶主对于他的奴隶都是单音节的（§7）。再如"拿水来，拿酒来，孩子"②，细而碎，明显是一个年老的醉汉的节奏，不能用于一个战斗中的英雄（§5）。"上帝亲自帮助护送和旋转这整个宇宙在它圆形的轨道上"③（τὸ γὰρ δὴ πᾶν τόδε τοτὲ μὲν αὐτὸς ὁ θεὸς πορευόμενον συμποδηγεῖ καὶ συγκυκλεῖ.），语言的崇高最终和分句的规模相当。这就是为何六音步称为英雄体，因为它的长度适合英雄主题（§5）。

长句因自身的规模而具有潜能，正如金字塔、长城、喜马拉雅山和亚马孙河一样。长句因其规模而雄伟庄严，所以适合于英雄主题和崇高风格（§44），而不适合于平易风格（§§202, 204, 228）。长句的节奏慢而缓，因此产生优美风格（§§183-185）。但缓慢无力，不适合强劲风格。

松散句自然，圆周句紧凑，圆周句与松散句的搭配有节奏。而"堆砌圆周句的演说者，像醉酒的人晕头一样让人厌烦"，"所以圆周句和松散句应该结合"（§15），这样才有节奏感。

圆周句环形程度不同，潜能也不同。对话圆周句宽松、简单显随意，修辞圆周句紧密、回环，常因技巧而缺乏说服力，历史圆周句介于二者之间，庄严稳妥（§§19-21）。随意，所以适合于信笺（§§229）。但松散句就像荒凉的旅途一样（§47），因松散自然而成无知的表现（§244）。圆周句令人印象深刻，威严（§§45-46）、强劲（§§244, 251-252），谐音有助于优美（§§29, 154）。钱锺书先生认为古代有许多圆周言说，"此节文法④，起结呼应衔接，如圆之周而

---

① Xenophon. *Anabasis*. 4.4.3. "到了底格里斯河。此河虽然不大，确是一条美丽的河流。"[古希腊]色诺芬：《长征记》，崔金戎译，商务印书馆1985年版，第59页。

② Anacreon. 51.1. φέρ ὕδωρ, φέρ οἶνον, ὦ παῖ.

③ Plato. *Pol.* 269c.（Cf. §204）

④ 《左传正义49·昭公五年》："可！苟有其备，何故不可？……未有其（转下页）

第一章 德米特里语言学诗学

复始"①等。他列举了众多此类章法，并认为："古文家所胝沫摹拟，亦只圆而未兼义也。包世臣《艺舟双楫》卷一《文谱》似忽此制。"② 在说中国古人文论忽略此制之后，钱先生指出，"古希腊人言修辞，早谓句法当具圆相（in an orb Or circle）"③。在此，钱先生就直接引用了德米特里《论表达》§11 话语，并指出德米特里之局限，"然限于句(period)，不过似《庄子·在宥》篇之'意（噫）甚矣哉！其无愧而不知耻也甚矣！'《公孙龙子·名实论》之'至矣哉，古之明王：审其名实，慎其所谓，至矣哉，古之明王！'或《列子·杨朱》篇之'其唯圣人乎，公天下之身，公天下之物，其唯至人矣'，未扩而及于一章、一节、一篇以至全书也"④。止于句，未扩至篇章结构。钱先生指出，这种首尾呼应的篇章结构在中国古代有，在欧洲"浪漫主义时期作者谓诗歌结构必作圆势(Der Gang der mo.dern Poesie muss cyklisch d. h. cyklisierend sein)，其形如环，自身回转(die Form des Kreises, die unendlich in sich selbst zuriicklauft)。近人论小说、散文之善于谋篇者，线索皆近圆形(a circle or ellipse)，结局与开场复合(the conclusion reuniting with the beginning)。或以端末钩按，类蛇之自街其尾(1e serpent qui se remord la queue)，名之曰'蟠蛇章法(1a composition serpent)'"⑤。

八卦阵势不独兵法亦是文章法⑥。德米特里说，圆周句关键在于圆形，圆形破坏了，也就不是圆周句了。正如八卦阵，如没有阵形，也就不是这

（接上页）备，使群臣往遗之禽，以逞君心，何不可之有。"
① 钱锺书：《管锥编》第 1 卷，生活·读书·新知三联书店 2007 年第二版，第 378 页。
② 钱锺书：《管锥编》第 1 卷，生活·读书·新知三联书店 2007 年第二版，第 379 页。
③ 钱锺书：《管锥编》第 1 卷，生活·读书·新知三联书店 2007 年第二版，第 379 页。
④ 钱锺书：《管锥编》第 1 卷，生活·读书·新知三联书店 2007 年第二版，第 379 页。
⑤ 钱锺书：《管锥编》第 1 卷，生活·读书·新知三联书店 2007 年第二版，第 379—380 页。
⑥ "陈善《扪虱新话》卷二亦云：'桓温见八阵图，曰：此常山蛇势也。击其首则尾应；击其尾则首应，击其中则首尾俱应。'予谓此非特兵法，亦文章法也。文章亦应宛转回复，首尾俱应，乃为尽善。《左传》《孟子》《中庸》《穀梁传》诸节，殆如腾蛇之欲化龙者矣。"钱锺书：《管锥编》第 1 卷，生活·读书·新知三联书店 2007 年版，第 380 页。

个阵势了，更不会发生阵势的作用了。

　　句的潜能是风格生成的直接原因。如果说风格是句给人的感觉，属于美感的一部分，那么这种美感不仅在于人的体验，句本身就具有某种潜能，有使人产生感觉的能力。人的感觉正是对这种潜能作用的体验。因此对于德米特里的风格生成来说就有一个公式："装置"（εἶδος）——潜能（δύναμις）——风格（ἑρμηνεία）。

第二章 德米特里风格学诗学

德米特里在句的语言学诗学考察基础上，探讨了句的风格学、诗学：句的风格种类、四种基本风格及其赝品（διαμαρτάνω）的三种生成方式等，构建了一套风格学系统。德米特里的风格学诗学是希腊风格学发展的结果，德米特里诗学也发展了风格学，为风格学的体系化和科学化做出了自己的贡献。

第一节 风格学史中的德米特里理论

一 德米特里风格学与希腊修辞风格原理的演变

风格是研究美感进化的"活化石"，是美感发展的产物。风格类型是美感的理性总结，与人的美感能力同步，随着美感能力的发展总是由疏到密，由简到繁。在古希腊风格的讨论始于修辞教学和批评。修辞的丰富和发展形成了多种多样的风格，为风格的考察提供了可能。修辞教学和艺术模仿形成一定的风格流派，修辞教学和修辞批评，促进了风格分类和功能的研究。

根据亚里士多德的表述，阿格里根顿的恩培多克勒发明了修辞[1]。第一个有成体系的修辞术著作的是叙拉古的考拉克斯（Corax），不过他还

---

[1] Empedocles of Agrigentum. *Diongenes. Laert.* 8.57.

没有论及风格。他的学生提希厄斯（Tisias）在自己的一篇论文里发展了"理当如此"的话题。提希厄斯的学生高尔吉亚（Gorgias）被认为是第一个把修辞从庭辩扩展到哲学和文学领域的人[1]，也是希腊散文艺术风格的奠立者。高尔吉亚也是第一个使用诸如奇特、技巧化的语言，言说辞格如分句对立、对称、平行结构、结尾相似等的修辞家。亚里士多德认为，高尔吉亚用语带有诗的风格因而不妥[2]。斯特拉玻（Strabo）认为，散文一开始是模仿诗的，所以带有诗的特色是难免的[3]。怎么评价本身不重要，但可看出高尔吉亚的修辞具有诗歌风格，有一定节奏、色彩、情感。高尔吉亚精细的风格不仅影响了修辞家们，还影响了当时的诗人如阿伽同（Agathon），也大大影响了自修昔底德以来的散文家们。他使散文写作重形式细节的习惯扩散到修辞家如波鲁斯（Polus）、柏热科斯努斯（Proxennus）、里斯恩纽斯（Licymnius）、阿勒斯达马斯（Alcidamas）、伊索克拉底以外更大的作者圈[4]。高尔吉亚的影响事实上形成了高尔吉亚风格流派。

　　高尔吉亚教希腊人学会了语言的美，而智者学派教会了希腊人语言的准确。普罗塔戈拉（Protagoras）建立了语法学，著有《论措辞》[5]；普洛狄柯（Prodicus）忙于词源学和同义词的区别；伊利斯的希庇阿斯（Hippias）讲授韵律学和语法学要点；拜占庭的特奥多鲁斯（Theodorus）介绍了言语进一步分类的新术语。与高尔吉亚齐名的特拉西马库（Thrasymachus）奠立了艺术散文的创作，最重要的是，他把圆周句作为散文节奏的基本构成。狄奥尼修斯说，特奥弗拉斯特相信特拉西马库是圆周句的发明者[6]，狄奥尼修斯还说，特拉西马库设计了一个中等风格，介于极端精致和平易之间，

---

[1] Richard Bradford. *Stylistics*. London and New York: Routledge, 1997, p.3.
[2] Arist. *Rhe*. 3.1.1404a25.
[3] Strabo. 1.2.6.
[4] Demetrius. *On Style*. tr. W. R. Roberts, Cambridge: at the University Press, 1902, Introduction, p. 5.
[5] 据苏格拉底所说，普罗塔戈拉著有《论正确的用语》。Plato. Phaedrus. 267c.
[6] D. H. Lys. 6. Dionysii Halicarnasei *Quae Exstant, Volumen Quintum. Opsuculorum, Volumen Prius*. Dionysius of Halicarnassus. Hermann Usener. In Aedibus B. G. Teubneri. Leipzig. 1899. Keyboarding.

第二章 德米特里风格学诗学

是伊索克拉底和柏拉图的先行[①]。

高尔吉亚的学生伊索克拉底（Isocrates）著有《修辞的艺术》。他追随他的老师注重形式，但避免诗化用语，使用日常生活和有韵律的语言、语言和思想表达一样丰富多彩。"伊索克拉底的宏伟目标是用语美，与其说他培植了平易风格不如说是优美风格。他避免使用元音连续，因为损坏声音和谐及发音的顺畅。他竭力把自己的思想包含在一个圆形句或句子中，这些句子相当有节奏感且从诗歌韵律中迁移不远。他的作品更适合阅读而不是用于庭辩。因此他的演讲可以在公共集会上朗诵或者被学生翻阅，而不能承受议会或者法庭的考验，这些地方基本上不注意完整的句子。而且他作品中充斥着大量声音相似，分句对称、对偶、相似辞格等，冲撞着耳鼓，损害了整体布局效果。"[②]

这个时期希腊出现了十大著名演说家，安提丰、吕西亚、艾思奇里斯、希佩里德斯、伊索克拉底等[③]。十大演说家是修辞教育与发展的成果，他们的出现也使希腊修辞出现了五彩缤纷的局面。十大演说家风格各异，安提丰是典型的宏伟风格，吕西亚是平易风格的杰出代表，伊索克拉底修辞是优美的典型，狄摩西尼风格则变化多端。各种风格的产生为风格的划分和批评提供了可能，也成为希腊化时期阿提卡派复兴的肇因。

正是因为修辞的发展，在社会中所起作用越来越大，因而遭到的诟病也越来越多，甚至被认为是哗众取宠，只是谄媚的技术，而不是技艺。

对修辞批评肇始于柏拉图。柏拉图对修辞的反感源于苏格拉底被宣判

[①] D. H. *Dem.* 3.
[②] D. H. *Isoc.* 2. ὁ γὰρ ἀνὴρ οὗτος τὴν εὐέπειαν ἐκ παντὸς διώκει καὶ τοῦ γλαφυρῶς λέγειν στοχάζεται μᾶλλον ἢ τοῦ ἀφελῶς, τῶν τε γὰρ φωνηέντων τὰς παραλλήλους θέσεις ὡς ἐκλυούσας τὰς ἁρμονίας τῶν ἤχων καὶ τὴν λειότητα τῶν φθόγγων λυμαινομένας περιίσταται, περιόδῳ τε καὶ κύκλῳ περιλαμβάνειν τὰ νοήματα πειρᾶται ῥυθμοειδεῖ πάνυ καὶ οὐ πολὺ ἀπέχοντι τοῦ ποιητικοῦ μέτρου, ἀναγνώσεώς τε μᾶλλον οἰκειότερός ἐστιν ἢ χρήσεως. τοιγάρτοι τὰς μὲν ἐπιδείξεις τὰς ἐν ταῖς πανηγύρεσι καὶ τὴν ἐκ χειρὸς θεωρίαν φέρουσιν αὐτοῦ οἱ λόγοι, τοὺς δὲ ἐν ἐκκλησίαις καὶ δικαστηρίοις ἀγῶνας οὐχ ὑπομένουσι. τούτου δὲ αἴτιον, ὅτι πολὺ τὸ παθητικὸν ἐν ἐκείνοις εἶναι δεῖ· τοῦτο δὲ ἥκιστα δέχεται περίοδος. αἵ τε παρομοιώσεις καὶ παρισώσεις καὶ τὰ ἀντίθετα καὶ πᾶς ὁ τῶν τοιούτων [p.σχημάτων κόσμος πολύς ἐστι παρ' αὐτῷ καὶ λυπεῖ πολλάκις τὴν ἄλλην κατασκευὴν προσιστάμενος ταῖς ἀκοαῖς.
[③] The ten Attic orators: Antiphon, Lysias, Aeschines, Hypereides, Isocrates, Andocides, Demosthenes, Dinarchus, Isaeus, Lycurgus.

死刑。柏拉图对修辞的批评，从考察修辞何以能够影响人开始。柏拉图认为，"修辞是一种用话语影响灵魂的技艺"[①]，灵魂引导人的行为。这就找出了修辞的工作原理，修辞是通过灵魂来起作用的。但并不是所有的言说都能影响灵魂，也不是所有的灵魂都能被另一种灵魂影响。"某种类型的听众容易被一种类型的话语所说服，而采取行动，而另一种类型的听众却对这类型话语无动于衷。"[②]因此就要对话语和灵魂的本性进行研究。

柏拉图的理论可以用一个简单的形式来揭示他修辞工作原理：对象——话语——灵魂——行为，话语作用于灵魂，灵魂影响行为，不同的灵魂需要不同形式的话语。他的修辞观也成为风格类型的根据。因为灵魂的种类不同，所以就需要有不同风格的话语模式。实际上也解答了这一时期人们对修辞风格五花八门的疑惑，特别是对十大演说家修辞风格的莫衷一是。

柏拉图的修辞原理完全是从其理式哲学出发。柏拉图认为事物是对理式的模仿，话语是对事物的模仿（或表述）。这样话语（能指）和事物及理式（所指）之间并不是一一映射的，而是有着参差。修辞学家正是利用这种参差的似是而非来迷惑民众的。柏拉图和现代修辞的不同在于，在柏拉图那里，能指和所指的差是修辞得以作用的肇因，因此修辞不是真理，也不是技艺。现代修辞承认能指和所指的参差，并认同这个分歧存在的合法性，而修辞的必要正在于消除分歧，达到共识。所以在现代修辞看来，知

---

① Plato. *Phaedrus*. 261a. ἆρ' οὖν οὐ τὸ μὲν ὅλον ἡ ῥητορικὴ ἂν εἴη τέχνη ψυχαγωγία τις διὰ λόγων.
[古希腊]柏拉图：《柏拉图全集》，王晓朝译，人民出版社 2018 年增订本中卷，第 670 页。

② Plato. *Phaedrus*. 271d. ἐπειδὴ λόγου δύναμις τυγχάνει ψυχαγωγία οὖσα, τὸν μέλλοντα ῥητορικὸν ἔσεσθαι ἀνάγκη εἰδέναι ψυχὴ ὅσα εἴδη ἔχει. ἔστιν οὖν τόσα καὶ τόσα, καὶ τοῖα καὶ τοῖα, ὅθεν οἱ μὲν τοιοίδε, οἱ δὲ τοιοίδε γίγνονται· τούτων δὲ δὴ οὕτω διῃρημένων, λόγων αὖ τόσα καὶ τόσα ἔστιν εἴδη, τοιόνδε ἕκαστον. οἱ μὲν οὖν τοιοίδε ὑπὸ τῶν τοιῶνδε λόγων διὰ τήνδε τὴν αἰτίαν ἐς τὰ τοιάδε εὐπειθεῖς, οἱ δὲ τοιοίδε διὰ τάδε δυσπειθεῖς· δεῖ δὴ ταῦτα ἱκανῶς νοήσαντα, μετὰ ταῦτα θεώμενον αὐτὰ ἐν ταῖς πράξεσιν ὄντα τε καὶ πραττόμενα
[古希腊]柏拉图：《柏拉图全集》，王晓朝译，人民出版社 2018 年增订本中卷，第 684 页。
由于修辞的功能实际上在于影响人的灵魂，因此想要做修辞学家的人必须知道灵魂有哪些类型。经过辨别，对不同类型的灵魂就要有相应不同类型的对话。

第二章 德米特里风格学诗学 ◆◇◆

识不是外在的，而是"言语交际双方共同建构的结果，是双方的共识"[①]。人的生活离不开修辞，人是修辞的动物。这样把修辞从一个谄媚或说服的手段提高为一种存在。从某一种意义上来说现代修辞并没有提升修辞的地位，只是恢复了被柏拉图打翻的王位，修辞在古希腊社会已经是人们的一种生存状态或生存方式了。这样一来作为修辞的风格其实就是一种风格的存在或者说是一种生活风格了（life style）。

从亚里士多德《修辞学》的内容很明显可以看出其修辞原理和柏拉图如出一辙，或者可以说是柏拉图的修辞原理的应用。不同的是，柏拉图认为修辞不是技艺、真理和科学，而亚里士多德则从柏拉图出发得出了相反的结论。修辞存在的必要是因为能指和所指的差，但修辞不是要利用这个差进行诱惑和欺骗。恰相反，修辞要重新回归所指和能指的统一。这为现代修辞开启了大门，现代修辞认为知识就是通过修辞而达到的共识，人类存在就是通过修辞沟通寻求共识共存。但亚里士多德没有走得这么远，他认为修辞的本原和原因是人，是人的灵魂，虽不是像自然科学建立在永恒的存在之上，也不像数学建立在永恒不变的存在之上。但任何一种科学都应该是通过三段论建立的，修辞也一样，是通过修辞三段论建立起来的，因此修辞也是科学、技艺。修辞作为一种科学，作为一种推理论证，亚里士多德要求修辞风格明晰、得当。这是第一次从品质（virtue）上对风格进行区分。亚里士多德的修辞理论和风格论后来为西塞罗所发展，建立起了真正的风格体系。

柏拉图和亚里士多德也点评了不同修辞家的不同风格。例如柏拉图认为特拉西马库哀婉动人、阿德拉图甜言蜜语[②]。亚里士多德自己虽然并没有提出风格的体系，但他的修辞学理论，特别是对话语潜能的考察，为后来风格体系的出现提供了理论基础。

[①] 邓志勇：《西方修辞哲学的几个核心问题》，《四川外语学院学报》2007 年第 2 期。

[②] Plato. *Phaedrus*. 267c, 269a.
[古希腊]柏拉图：《柏拉图全集》，王晓朝译，人民出版社 2018 年增订本中卷，第 679（此处王译塞拉西马柯，本文统一为特拉西马库）、681 页。

"修辞是用话语影响灵魂的技艺"[①],不同的灵魂需要不同的话语才能起作用,因此要研究修辞的本性就要研究话语的本性、灵魂的本性。亚里士多德的学生特奥弗拉斯特专门考察了人的性格或者说灵魂的不同,他一直疑惑的是"希腊人在同一个天空下,相似的教育,为何品行各异"[②]。他描述了30种性格,但并没有回答为何性格各异。根据第欧根尼·拉尔修的记载,在他另一部失传的著作《论风格》[③]中,他把亚里士多德明晰、得体两种风格品质进一步发展为四种:明晰、得体、准确、装饰。后来在德米特里和赫摩根尼的风格系统中得到进一步发展。在《论风格》中,还可能对风格进行了等级区分,高低中即雄伟、平易、中等风格。这大概是第一次对风格进行等级分类。三种风格的划分在古典时代一直是主流,所有风格等级的划分最终都可以归为高低中三类。德米特里的四种分类中,优美和强劲属于中等风格。

质而言之,风格的兴起是希腊言说发展的结果,而风格学则是修辞批评的产物。那么希腊风格有哪些种类,这些种类是如何发展演变的,德米特里在这风格学系谱中处于什么位置,他对风格学的发展有何贡献?

二 风格分类的演变与德米特里的风格类型

德米特里的风格思想并不是独创的,而是继承了希腊风格学。风格学的兴盛是希腊化时期的事情。随着希腊化时期的开始,希腊文化在其他民族或文化面前展现了其非凡的魅力。罗马征服希腊之后,罗马人面对希腊辉煌灿烂琳琅满目的文化相形见绌,拜倒在希腊文化脚下,希腊人成了罗

---

① Plato. *Phaedrus*. 261a. ἆρ' οὖν οὐ τὸ μὲν ὅλον ἡ ῥητορικὴ ἂν εἴη τέχνη ψυχαγωγία τις διὰ λόγων.

② Theophrastus, *Characters*. Proem. 特奥弗拉斯特考察了30种不同性格:Irony, flattery, garrulity, boorishness, complaisance, recklessness, chattiness, gossip, shamelessness, penuriousness, grossness, unreasonableness, officiousness, stupidity, surliness, superstition, grumbling, distrustfulness, offensiveness, unpleasantness, petty ambition, meanness, boastfulness, arrogance, cowardice, oligarchical temper, late-learning, evil-speaking, patronising of Rascals, avarice.

③ περι λεξεως, On Style/On Diction《论风格》或译《论措辞》。
Diogenes Laërtius, *Lives of the Eminent Philosophers*.tr. Robert Drew Hicks: 5.2.47.

第二章 德米特里风格学诗学 ◆◇◆

马帝国雇用的教师。罗马文化的粗俗不堪受到了希腊文化的洗礼、陶冶和教养。在向希腊学习过程中有一个问题日益凸显出来了，希腊文化如繁星满天，这样就有一个选择"最上乘、具正法眼，悟第一义"的问题。那么到底什么是希腊的文化的最上乘，"第一义"呢，一时也是众说纷纭。

公元前1世纪罗马掀起了新阿提卡学派论战，这是一场有关风格的论战，中心是合适的演讲模式的选择。从公元前1世纪到公元2世纪，出现了大量的风格学家和著作，流传下来著名的有《罗马修辞手册》，以及西塞罗、狄奥尼修斯、昆体良、赫摩根尼等人的著作。《论风格》就是这一时期的产物。[1]从其内容和风格研究的水平来说，出现于这一时期可能性比较大。

新阿提卡学派的领导者卡尔乌斯，主张吕西亚率直，没有修饰的风格是演讲者可以模仿的唯一合适的风格。[2]这种主张是针对西塞罗修辞风格的繁复丰满。所以西塞罗写了《演说家》（*Orator*）作为回复。当时还有一种思想，认为有"最优秀、最完美、没有任何缺陷的风格"[3]。西塞罗认为这是不可能的，"不仅杰出的人物不会妨碍人们的自由追求，甚至连那些工匠也不会因为不能画出和我们在罗德岛上看到的雅律苏斯，或者被缚的维纳斯同样的画像，而放弃他们的技艺"[4]。因此没有绝对唯一的理想风格，真正理想的演说家也不是用一种风格，而是存在着多种风格。在《演说家》中，西塞罗把风格分为三种，平易、中间、雄伟。

三种风格划分并不是西塞罗的独创。前面已经论述过特奥弗拉斯特可能已做过这类划分。现存最早的是写于公元前2世纪的《罗马修辞手册》（*Rhetoric to Hernnius*）。该书认为有三种风格，"第一种，称作雄伟；第

---

[1] 学者们大都倾向德米特里《论风格》出现于公元前1世纪到公元1世纪。英尼斯译本绪言。

[2] Son of Licinius Macer and thus a member of the gens Licinia, he was a friend of the poet Catullus, whose style and subject matter he shared. Calvus' oratical style opposed the "Asian" school in favor of a simpler Attic model: he characterized Cicero as wordy and artificial. Twenty-one speeches are mentioned, including several against Publius Vatinius, http://en.wikipedia.org/wiki/Gaius_Licinius_Macer_Calvus.

[3] Cicero. *Orator*. 3.

[4] Cicero. *Orator*. 5.

二种，中等；第三种，平易"①。雄伟风格，由令人印象深刻的词语组成的流畅华丽的篇章而产生的。除了词语的华丽流畅外，思想的非凡，辞格的高贵庄重都是产生雄伟的方法。中等风格，用语层次稍低，但不是最通俗和口语化的。平易风格，是当下最通用的规范话语。每一种风格都有相应的赝品，雄伟风格的赝品是浮华②。当思想用新奇或古奥的词语，或者蹩脚的隐喻，或超过主题的大词表达，就陷入浮华。想达到中等风格而未成功，迷失了路线，往往就会走向其毗连的没有筋骨、关节的松怠风格③。松怠风格抓不住思想，也不能将其用圆周句表达出来，就显得松散，不能吸引听众注意力。失之平易，就会平庸琐碎，成为枯燥的风格。④枯燥的风格，是因为不能熟练使用文雅朴素的词语所致。《罗马修辞手册》认为文章不能固执于一种风格，这样就会让人厌烦。风格得当的标准是，得体（taste）、整体（artistic composition）、卓越（distinction）。《罗马修辞手册》一度被认为是西塞罗的著作⑤，不管其作者是谁，可见其与西塞罗理论的相近。

西塞罗继承和发展了这些思想，对三种风格进行了描述。平易风格基于对话，避免韵律、圆周句、精雕细琢，不避免元音连续。中等风格流畅、装饰，使用隐喻和大多数语言修辞，如并列和对立。雄伟风格有力、强劲、热切，使用思想图式如修辞疑问和惊叹。西塞罗还结合亚里士多德修辞理论，认为每一种风格都有一种功能，这些功能与亚里士多德所分的逻辑修辞、伦理修辞、情感修辞相应，分别作用于人的逻辑、道德、情感。平易风格用于证明或指导，中等风格用于喜悦或魅力，雄伟风格用于支配或情感。狄摩西尼风格的秘密就在于，他知晓何时何处使用这三种风格中的任何一种。

西塞罗要回到柏拉图的理式，他"不是寻找一个雄辩的人，也不是任

---

① 雄伟 άδρός（thick）/μεγαλοπρεπές（magnificent）/περισσός（beyond the regular number），中等 μέσος（middle）/μικτός（mixed），平易 ισχνός（dry）/λιτός（simple）。

② 浮华 οἰδέω（swollen）/ἐπηρμένον（lift up）/ὑπερβάλλον（beyond a mark）/φυσώδης（flatulent）。

③ 松怠 ἐκλελυμένον（slack）/διαλελυμένον（loose one from another）。

④ 枯燥 ταπεινός（low）/ξηρός（dry）。

⑤ 洛布丛书也将其归于西塞罗名下。

第二章 德米特里风格学诗学

何会死亡或腐朽的东西,而是绝对的本质,一旦拥有就能使人雄辩的东西。它是抽象的雄辩而不是别的什么;要看到它,只能用心灵的眼睛。雄辩的演讲者能用朴素的风格讨论小事,以中等风格讨论意义适中的事情,以宏大的方式讨论大事"[①]。也就是说理想的雄辩家是能够得体的使用各种风格,而不是拘泥于某一种风格。西塞罗认为,吕西亚不是希腊风格的唯一,狄摩西尼比他更多样化,因此更适合作为模仿的范式。西塞罗的理论实际为自己的修辞实践找到了合法性,有力地回击了当时批评其修辞没有单纯风格的观点。

西塞罗对风格的贡献不在于他划分和描述了三种风格类型,这种工作许多人都做过。他的贡献在于把三种风格类型的划分和柏拉图、亚里士多德的修辞理论结合,使风格不是单纯的一种特征,而成为一种具有潜能和功效的东西,分别作用于人的灵魂情、意、智的不同部分;不仅如此,风格还与被表达的题材相适合,不同的题材需要不同的风格来表述。这样风格就成为一个具有体系的理论,而不是仅仅对作者和作品的一种特征描述。

西塞罗的理论对罗马修辞理论的发展影响很大,"他的学说享有的巨大权威使得在他身后的一百多年间,罗马修辞学家基本上都只能在这位巨人投下的长长身影下思考问题,无法越雷池一步"[②],一直到昆体良的出现,罗马修辞学才跃上了另一座高峰。

昆体良继承了三种风格理论,认为单一的风格只有三种:平易(ἰσχνός)[③]、雄伟或强劲(ἁδρός)、中间体或华丽的(ἀνθηρός)。他论述了每一种单一风格的特征和适用范围并列举了典型的人物。平易适合命令、教导、指示等,需要聪明才智;雄伟或强劲适合鼓动,需要强烈的情感;中间风格是有魅力的,适合安抚听众,需要和善。平易风格仅仅陈述事实,提供证据,具有自足性,不需借助其他两种风格。中间风格常需求助于隐喻和更有魅力

[①] Cic. *Orator.* 29.101. Qui poterit parva summisse, modica temperate, magna graviter dicere.

[古希腊]西塞罗:《西塞罗全集·修辞学卷》,王晓朝译,人民出版社 2007 年版,第 802 页。

[②] 刘亚猛:《西方修辞学史》,外语教学与研究出版社 2008 年版,第 112 页。

[③] 有三层意思,refine, precise, plain.

地使用辞格，韵律工整，话语文雅，给人快乐，就像掩映在绿岸成荫中的溪流，落英缤纷。强劲风格像从崖上翻滚而下的激流切开崖岸，从根本上驳倒法官，迫使法官随其所思，常使用放大甚至夸张。在人物的风格类型上，昆体良借用了荷马的观点。荷马认为，墨涅拉奥斯属于平易风格类型，发言雄辩、简洁、清楚，不是长篇大论说话无边际的人；涅斯托尔话语蜜甜，超出想象地令人愉快，属于中间风格；奥德修斯属于强劲风格，拥有最顶尖的雄辩才能，从他的胸中发出洪亮的声音，他的言辞像冬日的雪花纷纷飘下，没有凡人能同他相比，阿里斯托芬将其比作雷鸣，强劲而狂烈。

这三种单一风格并不能囊括风格的所有类型，除了这三种单一风格外，还有许多介于它们中间的风格。和德米特里一样，认为雄伟和平易处于风格的两端，在其中有无数的层级，甚至雄伟和平易仅仅是代表风格直线的两个方向，在雄伟风格之上还有更雄伟的，在平易之下还有更平易的。而雄伟和平易之间的风格也可划分为无数的层级，处于其中的就是中间风格（άνθηρός）。这些无数层级的风格可以看作是中间风格和处于两端的雄伟或平易复合而成。复合的风格都带有参与复合的风格的特征。每一种风格与邻近的风格区别细微。

风格的这种特征与风和音乐类似，昆体良说，一般都认为地球上有四种风，东南西北风，但这些风中间有许多风，因地区或河谷不同，可以叫不同的名字。音乐中也有相同的情况，七弦琴有宫、商、角、徵、羽五种音，介于它们中间还有一些音，区分是一系列等级的。昆体良对风格的认识就比德米特里更深入了一步。德米特里虽然也认为可以复合出许多的风格，但基本上还是可数的，正如中国古人对风格的区分一样，无论是24品还是48品，都是有一个数目的，而昆体良认为这是一个无穷的等级。昆体良的认识是言说丰富多样的结果，也是思维发展的结果，特别是数学发展的结果，昆体良的思维其实是一种微积分的思维。

因此，雄辩有众多不同的方面，要求演说家使用哪一种作为模板，是愚蠢的。每一种都有自己的用处，境况需要，可能使用任何风格。风格的选择不仅是整体需要，也是每一部分的需要。因此不同的情况不可能用一

第二章 德米特里风格学诗学

种风格言说,作为被告的代理人和在低等法院讨论遗产,他会保持不同的言说方式。他也会用不同的言说风格以适应不同的人和情境,他会用一种风格言说以激起听众的情感,会用另外一种风格安抚听众。甚至在同一个演讲里,也会有不同的风格,作为整体有一种风格,整体中每一部分又可能有不同的风格。

很明显,昆体良的风格论中有众多的西塞罗元素。三种单一风格的划分和适用范围、风格多样性、风格既指整体又可指部分,都是西塞罗的。但突破了西塞罗的阈限,指出风格的无限性,这是风格学史上的重要突破,比德米特里论风格更前进了一步。他从风来论述风格,与中国古典风格论不谋而合,但各自的风格论原理却有天壤之别。无论是西塞罗还是昆体良,他们的风格论基本原理还是柏拉图和亚里士多德的。

对什么是希腊典范的孜孜以求的,不仅是拉丁语学者的疑惑,也是希腊语学者的疑惑。希腊文化经过古典时期和希腊化的发展,希腊化时期的文明是希腊"经典理论对马其顿帝国这一新的政治文化大环境的适应"①,因此到底什么是希腊的典范对罗马时期的希腊学者来说,也是一个需要探讨的问题。这一时期希腊学者有哈利卡纳苏的狄奥尼修斯、德米特里、赫摩根尼等。

新阿提卡学派的滥觞是艾思奇里斯。他在雅典失败后来到罗德岛创办修辞学校,这位失败的修辞家却在罗德岛风生水起,成为阿提卡运动的始祖。罗马人通过他们接触了雅典文化,而这种雅典文化是希腊化的产物,罗马人对希腊古典文化的认识却是通过狄奥尼修斯和其后来者的努力。

狄奥尼修斯是现在能确定的修辞学家,是古典理论最全面的代表,德米特里的《论表达》和朗吉弩斯的《论崇高》常被认为是他的作品。他搜集整理了前人的著作,对前人的作品没有偏见。他的作品充满感染力,摆脱了修辞学家们为技巧而技巧的嗜好。在《论狄摩西尼》中,他区别了三种类型的风格②:崇高(ὑψηλός)、平易(ἰσχνός)、中等(μέσος)。崇高风

---

① 刘亚猛:《西方修辞学史》,外语教学与研究出版社2008年版,第80页。
② D.H. *Dem.*

格的特征是高度精巧、非凡的、深思熟虑的、庄严而又有艺术,崇高风格代表人物是修昔底德。平易风格,素朴而不做作,由普通话语构成,这种风格在历史学家、哲学家和许多演说家中都有成功的代表人物。实际上它是研究当地历史的系谱学家、自然哲学家和用对话写作的伦理学家,包括柏拉图之外的苏格拉底学派,以及所有政治和法庭言说所选择的风格,典型代表是吕西亚。中等风格,是两者的结合体,代表人物是伊索克拉底、柏拉图,而狄摩西尼兼具所有风格。因此在狄奥尼修斯看来,这些人都要次于狄摩西尼,他们都夸大了他们所擅长的风格,用这些风格来表达思想能够增强他们话语的弹性和吸引力,而排除了其他风格。狄摩西尼避免了这些不足,在狄摩西尼手中,平易风格仍具有吕西亚的品质,但要强劲和紧凑得多;保持了崇高风格的奇异基本特征,却避免了崇高风格代表人物修昔底德的迂回曲折和不自然的隐晦。

狄奥尼修斯划分了三种风格,在对三种风格的划分上基本上和前人相似,崇高是奇异的、精妙的,平易是朴素的普通话语,而中等风格是两者的结合。从他对狄摩西尼的推崇可以看出,他对中等风格的偏爱,以及和西塞罗一样主张对各种风格的兼收并蓄,而不是像新阿提卡派那样固于一端。

三种风格理论到了赫摩根尼被其更为精细的体系取代。他区分了 7 种风格,对其中四种类型进行了进一步区分,共有 20 种[①]。虽然这些种类分别可以归于平易、中等、雄伟风格,但是赫摩根尼的系统更为精细,并概念化了。而这些在西塞罗和狄奥尼修斯那里根本不存在,只有在德米特里《论风格》中才有,但和德米特里的风格体系还是有着区别。德米特里的风格划分从一定意义上也可以归为三种,优美和强劲是中等风格,但是德

---

① Hermogenes' *Types and Subtypes of Style*. Hermogenes. *On Types of Style*. Cecil W. Wooten. Chapel Hill and London, the University of North Carolina Press, 1987: Introduction, p. xii.

Αφελεια/Simplicity, γλυκυτης/Sweetness, δριμυτης/Subtlety, επιεικεια/Modesty, εθος/Character; ευκρινεια/Distinctness, καθαροτης/Purity, σαφηνεια/Clarity; σεμνοτης/dignity, τραχυτης/roughness, σφοδροτης/Vehemence, λαμπροτης/Briliance, ακμη/Florescence, περιβολη/Abundance, μεγεθος/Grandeur; βαρυτης/Indignation, αληθεια/Sincerity; καλλος/Beauty, γοργοτης/Rapidity, δεινοτης/Force.

第二章 德米特里风格学诗学 ◆◇◆

米特里是从灵魂的感觉来进行风格的划分，在每一种风格下，论述了这种风格的品质。而赫摩根尼三种风格的划分还是继承了柏拉图、亚里士多德一贯体系，更准确地说，赫摩根尼讨论的仅仅是风格的品质，而不是风格的类型。

其次，虽然西塞罗也主张每一次演讲的不同部分可以用不同的风格，但是当他举例的时候，主要还是从整体考虑。而赫摩根尼在论述风格的种类的时候使用了更小的单位——句，而不是整个言说或言说的大部分。以句为单位研究散文，应该是从德米特里《论表达》开始的，不同的句子具有不同的风格，也是德米特里的思想，虽然词语、声韵、思想都对风格的形成有影响，但这些都是以句子为单位起作用的。

赫摩根尼和德米特里同样强调思想。他认为，风格不是一个纯粹的形式或装置。在这点上，西塞罗主张不同的话题需要特定的风格，如罗马人的荣耀不能用平易的风格表达。这是风格与思想的适合，而不是思想产生的风格效果，思想是风格效果的基础，所以无论他分析哪种类型的风格，首先讨论思想。赫摩根尼和德米特里超过西塞罗、狄奥尼修斯和其他古代批评家之处在于，不仅讨论言说的特定形式，也考察这种形式的功能和效果，即形式如何能更好地反映思想。

赫摩根尼研究风格，与其对修辞能力的获取认识有关。与西塞罗等对每个人天然禀赋的强调不同，他更强调后天的教育，认为所有的言说都具有一些共同的元素，没有这些元素，言说就不存在。这些元素包括：思想、思想的方式、适合思想和思想方式表达的风格。所有的风格都是通过思想、方式、用语、辞格、句子、词序、韵律和节奏这些因素产生的。演讲者最需要懂得的就是风格的类型、风格的特征和怎样产生。如果想成为演说家，像古人一样言说，获取这种理论就是必需的。模仿或者仿效古人不能依靠纯粹的经验，即使一个人具有很好的天然禀赋，若没有教育和引导会走向坏的方向。有了这种知识，仿效古人就不可能失败，即使他只是中智之人，如果有天赋，那会取得很大的成功。没有天赋的人，通过不断的正确练习和培训，很快会胜过有天赋的人。这一点和德米特里相左。德米特里也强调人为的重要性，如对魅力的强调，但是最高的技艺还是要近于自然或者像自然一样,"羚羊挂角无迹可寻"。

此外,风格学在文学批评中非常重要。有了风格的知识可以正确地评价古代作家,或者最近的作家的风格,以及什么是优秀的。这解决了前人简单按风格区分作者的抽象、武断、粗疏和偏颇,使文学批评具有一定的科学性。这使风格的讨论不再局限于修辞学狭窄的范围,而成为散文评论的一部分了。从这一点上说,赫摩根尼《论风格》类型和德米特里《论表达》异曲同工。

赫摩根尼的风格理论一直到拜占庭时期都是最有影响力的,成为修辞学校标准教科书。1426年被引进西方,1614年最终译成拉丁语。可能因为赫摩根尼《风格类型》的存在,德米特里《论表达》几近默默无闻,直到文艺复兴时期。

平易、中等、雄伟三种风格的划分是根据人的情智的不同。柏拉图说,不同的灵魂需要不同风格的话语,或者不同的风格的话语对灵魂的作用是不同的。因此要研究灵魂的本性。亚里士多德把人的灵魂(情智)分为逻辑的、伦理的和情感的,修辞要想起作用,就必须针对人的不同情智。推理论证是一种三段论,言说者通过例证或推理进行说服论证,这是通过逻辑起作用,平易风格作用于逻辑。言说者的品格是通过伦理起作用,因为在所有事情上人们更愿意信赖好人,这是中等风格作用的领域,因为中等风格让人惬意和愉快。听众在不同心情如友爱或憎恨、忧愁或愉快的情况下做出的判断是不同的。因此,雄伟风格对情感具有强烈的感染力,修辞家明白每一种激情是什么、有什么性质、产生于什么和产生的方式是什么,通过激起情感就能起到作用。质而言之,平易是说服人,雄伟是感染人,而中等风格是引导人。

这就是亚里士多德一直主张的科学建立于本原和原因之上,修辞说服是通过人的不同情智来起作用的,或者说人的情智是修辞术的本原和原因,这也是亚里士多德把修辞学归属为创制科学的原因。灵魂是一种形式因($ειδος$,形或相),而不是质料因。事物的本原和原因在于形式,形式作为事物的本原和原因的思想,也并不是亚里士多德所创,而源于柏拉图。柏拉图认为形(也有译为理式)是万物的最后因。所以赫摩根尼使用了一个

第二章　德米特里风格学诗学

柏拉图式的概念。[①]

复合的风格无数，而单一或基本的风格是有限的。这种对单一体或始基的探讨，是希腊人一直的追求。从最初的神话把宇宙万物乃至神的形成归于唯一的神——卡俄斯（χάος/"空"），神无所不在，又无所在。当人们从蒙昧中走出的时候，就想找到一个确实可靠的始基或单一体，人们把这一切归于火、水、气等可见的自然物质。随着思维再向前发展，人们把这些可感觉到的"根"换成了"数""原子"。这一段时期就是古希腊自然哲学时期。自然哲学蔽于物而不知人，人们需要理解的不仅是物质，还有人本身。随着人的抽象思维的进一步发展和语言的发达，人们开始使用比"数""原子"更为抽象的概念了——努斯、逻各斯、理式、形式、质料、实体等，人们发现这些概念比"数""原子"等更为始基、更为第一因。可以说希腊哲学史就是一部不断寻找始基、寻找第一因的历史。

这样一种思维不仅体现在自然科学上、在哲学上，也体现在历史学以及修辞学、文学上。无论是柏拉图对事物本因的寻求，还是亚里士多德科学要建立在事物的本原和原因上，德米特里、西塞罗、昆体良、赫摩根尼的著作都贯穿了这样一种基本思维。德米特里《论风格》第一任务就是确定表达的始基或单一体："正如诗由格律构成，散文由被称作分句的东西构成"（§1），在他看来，构成散文的最小单位是句子。《论表达》整个理论的大厦就是建立在"句子"这个始基之上的。所以德米特里的风格不仅是对文章整体而言，而且是对句子而言的，每一个句子都有不同的风格。长句、短句、松散句、圆周句，它们的风格不同。就风格的种类而言，他从三种单一风格发展为四种单一风格。每一种正的风格都有一种负的风格，或称赝品。四种单一风格，除了雄伟和平易两相对立不能复合外，其他的单一风格都可以复合组成新的风格，而新的风格可以再复合。切分是研究事物寻找单一体的过程，而复合是事物由单一体到复合体或者说是事物生成过程，这是一个完整的正反合的过程。

简而言之，古希腊风格论是一种哲学论，风格的划分源于哲学，但不

[①] Hermogenes. *On Types of Style*. Cecil W. Wooten. Chapel Hill and London, the University of North Carolina Press, 1987, p. 131. Appendix 1.

是现在意义的哲学，而是包括了心理学（灵魂学 psychology）、感觉学（aesthetics）的哲学。从文本的角度来论述不同的风格是怎样产生的，这为新批评、俄国形式主义等，提供了远古的资源，也为风格语言学现代转向提供了可能。或者可以说风格的现代语言学转向，是风格基因中的一种发展。当斯皮策、巴依试图从文本中捕捉与灵魂相关的独特性格，同时惦记着从一种文字的独特运动中，捕捉精神表达的标志或变化先兆的时候，他们的背后除了有洪堡特和索绪尔依托，还有着古希腊罗马人高大而遥远的背影，时刻闪烁着德米特里的魅影。

第二节 风格的生成及风格学系统的建立

一 风格学的起点和对象

德米特里风格学的起点是句（κόλον），对风格生成的考察，无论是思想、结构还是用语，都建立在句上，以句为平台。思想，是句用来表达的题材或表达的对象；结构，是词语的组合关系；用语，是词语的选择即词语的联想关系，无论哪一种，都是基于句来考察的。

从德米特里使用的例证也能看出，《论风格》引用最多的是《荷马史诗》（附录1表2、表3），这些引用分布在不同的风格类型的讨论中，§§48-124雄伟、§§129-133优美、§§200-220平易、§§255-262强劲。从对荷马的引用分布可以看出，四种风格都涉及了，是否《荷马史诗》兼有四种风格呢，四种风格都有的风格，又是一种什么样的风格？而且德米特里说过，雄伟风格和平易风格处于风格的两端是不能复合的，那么能超越雄伟和平易的是一种什么样的风格呢？从上表可看出，引用频率最多的是雄伟，最少的是优美，是否意味着"荷马史诗"最具雄伟而不太优美呢？所以，若德米特里讨论的是篇章的风格，那么他的论述就完全是混乱的，不符合逻辑的。但若指的是句，以上的矛盾可迎刃而解。何况他所引用的都是句，所谈论的也是句。

第二章 德米特里风格学诗学 ◆◇◆

问题是，为何德米特里只论述句的风格呢？因为在他看来，一部作品的风格是多种风格的合力，正如句由思想、用语、结构三者组合而成，而每一方面都可能有自己的风格，也就是说句的风格是思想的风格、用语的风格、结构的风格的合力。正如德米特里说"听到宏大的事情就认为表达雄伟是错误的"（§75），"小事情可用伟词"（§122），"一个短句突然陷入无声，减弱了段落的庄严，不管思想或用语有多雄伟"（§44）。所以一篇文章或一篇作品的风格是综合的结果，而其基本单位就是句。因此，比较单纯的作品，作品整体风格可能和它的句风格相近。

作品的风格多样如"荷马史诗"，与集体创作和流传甚广有关。正如一条流出高山，流过沙漠，穿过城市，流经温带、热带的源远流长的河流一样，复合了多种风格，这种复合多种单一的风格，正是它的风格。长江的风格是"惊涛拍岸，卷起千堆雪"的雄浑，还是"长江春水绿堪染，莲叶出水大如钱"的清奇；是"江流宛转绕芳甸，月照花林皆似霰"的绮丽，还是"晴川历历汉阳树，芳草萋萋鹦鹉洲"的自然；或者"长江千里，烟淡水云阔"的冲淡。都是，都不是，只能是某个支流，某个段落，某个场景的风格。时空不同，风格不同。而作为长江的风格则是多变，或者复合多种风格后的合力所显现出的风格。

风格是可以复合的，最基本的单一风格是四种，这种最基本的风格只能在某个单位。句是最小的言说单位，也是风格可考察的最基本的单位。比句更大的单位，就可能产生复合的风格了。另外，德米特里从本原和原因来考察事物，而句是言说的本原。这也就是为何德米特里将他的风格论建立在句论的基础上。

那么德米特里是如何从句来论述风格的生成的？

德米特里认为，风格由三个方面生成：

雄伟由三个方面生成：思想、用语、有效的组合（结构）（§38）。

（ἐν τρισὶ δὴ τὸ μεγαλοπρεπές, διανοίᾳ, λέξει, τῷ συγκεῖσθαι προσφόρως）

像雄伟一样呆板也由三个方面生成，思想方面如……（§115）

（Γίνεται μέντοι καὶ τὸ ψυχρὸν ἐν τρισίν, ὥσπερ καὶ τὸ μεγαλοπρεπές. ἢ γὰρ ἐν διανοίᾳ）

已经论述了优美风格靠什么产生和怎样产生的。下文将要论述优美的赝品——矫揉。矫揉同样源于三个方面（§186）。

（εἴρηται δὲ καὶ περὶ τοῦ χαρακτῆρος τοῦ γλαφυροῦ, ἐν ὅσοις καὶ ὅπως γίνεται...γίνοιτο δ᾽ ἂν καὶ οὗτος ἐν τρισίν, ὥσπερ καὶ οἱ λοιποὶ πάντες）

思想方面（§187）（Ἐν διανοίᾳ μέν）

用语也会产生矫揉（§188）（Ἐν δὲ ὀνόμασιν γίγνοιτ᾽ ἂν οὕτως）

节奏方面（§189）（Σύνθεσις δὲ ἀναπαιστικὴ καὶ μάλιστα ἐοικυῖα）

邻近平易风格赝品称作枯燥，也由三个方面产生。思想方面如……

（γίνεται δὲ καὶ οὗτος ἐν τρισίν: ἐν διανοίᾳ μέν）（§236）

用语方面（Περὶ δὲ τὴν λέξιν γίνεται τὸ ξηρόν）（§237）

结构方面（Ἐν δὲ συνθέσει γίνεται τὸ ξηρόν）（§238）

强劲风格像其它风格一样也由三个方面生成（§240）

（ὅτι καὶ αὐτὴ γένοιτ᾽ ἂν ἐν τρισίν）

结构方面（§241）（Κατὰ δὲ τὴν σύνθεσιν）

用语（§272）（Λέξις δὲ λαμβανέσθω πᾶσα）

题材产生质直风格（§302）（γίνεται δὲ ἐν τοῖς πράγμασιν）

结构破碎质直（§303）（Ἡ σύνθεσις δὲ φαίνεται ἄχαρις）

错误的用语常使魅力的题材令人不快（§304）

（Τῇ δὲ ὀνομασίᾳ πολλάκις χαρίεντα πράγματα ὄντα ἀτερπέστερα φαίνεται）

从德米特里的这些论述，很明显可以看出，他是从思想、结构、用语三个方面来论述的。那么德米特里为何要从这三个方面论述，这三个方面如何能够生成不同的风格呢？

德米特里从三方面来考察句风格的生成，是建立在亚里士多德相关研究的基础上的。"关于演说有三个问题需要详研究：第一是说服论证的依

第二章　德米特里风格学诗学

据，第二是用语问题，第三是应当如何安排演说的各个部分。"① "依据"在表达中是思想，"各部分安排"即结构，德米特里不仅承继了三方面的划分，也承继了其一些方式和观点，如他同样认为"如何说，更重要"②。德米特里说，"听到宏伟的事情，就认定这个话语也雄伟，这是错误的。我们考查的不是说什么而是怎么说……"（§75）。而怎么说主要是词语的选择和组合，即句的用语和结构。这完全是在句的领域来讨论风格的。

德米特里的风格是句的风格，这是德米特里《论风格》的起点和对象。那么风格到底有哪些类型呢？

德米特里认为句的风格有四种基本类型（χαρακτήρ），但并非仅有四种，"还有这些单一风格的复合风格"，除了"雄伟与平易处于对立的两极不能结合"，这样有 11 种风格（§36）。把风格分成 11 种，并不是德米特里真正的意指。因为除了四种正值的风格，各自还有相应的赝品，单一的赝品同样也会有相应的复合体。这样风格至少有 22 种。

其实德米特里并没有要把风格的类型定于多少种的意思，他只是强调单一的类型只有 4 种，加它们相应的赝品即 8 种，而风格的类型是不能确定的。"任何一种风格都可以与其它的复合"，这样复合并不限于 4 种基本风格的复合。它们的复合体及复合体与单一风格之间都可以复合，"例如在荷马史诗、柏拉图、色诺芬、希罗多德和其他许多作者的文章中，雄伟与强劲和魅力大量结合"（§37），这样下去风格的种类就是无限的。因为大量风格类型是复合的，随着其复合体的增加，风格之间的差别就越来越细微，区分就越精微了。这样风格的类型似乎是一种微积分，不断累积，接近于雄伟或平易。如一条数轴上的点，处于两个方向分别是雄伟和平易，由无数风格类型的小点构成这条数轴。

这样很容易得出风格的基本类型就雄伟和平易两种的结论，但德米特

---

① Arist. *Rhe.* 3.1.1 1403b5. [古希腊]亚里士多德：《亚里士多德全集》第 9 卷，颜一译，中国人民大学出版社 1994 年版，第 493 页。ἐπειδὴ τρία ἐστιν ἃ δεῖ πραγματευθῆναι περὶ τὸν λόγον, ἓν μὲν ἐκ τίνων αἱ πίστεις ἔσονται, δεύτερον δὲ περὶ τὴν λέξιν, τρίτον δὲ πῶς χρὴ τάξαι τὰ μέρη τοῦ λόγου.

② Arist. *Rhe.* 3.1.1 1403b5. [古希腊]亚里士多德：《亚里士多德全集》第 9 卷，颜一译，中国人民大学出版社 1994 年版，第 493 页。

里明确表明"这种理论可笑"（§37）。因为这种理论的根据是，"优美近于平易，强劲近于雄伟；优美包含小巧雅致，强劲包含庄重和崇高"。除了雄伟和平易，其他都是复合的。"许多作品风格都是复合的，如荷马、柏拉图、色诺芬、希罗多德等人的著作"（§37）。这其实提出了两个问题，风格的种类及其划分根据，作品的风格类型是就作品整体而言，还是就部分而言。

德米特里认为作品的风格是复合的，那么单质的风格就只能是句了。基于古希腊人对世界万事万物始基的刨根究底，因此对风格的研究，首先研究的是单质的风格生产，也就是句的风格，因为篇章的风格不过是这些单质风格的复合。从这点而言，也可得出德米特里的风格起点是句。

二 风格的生成及其三种方式

句的风格有四种基本类型，雄伟、强劲、优美、平易。每一种基本类型都有一种赝品与其相对，这样构成八种基本风格类型。每一种风格都可以从三个方面生成，主题、用语和结构。德米特里在《论风格》里详细地探讨了八种风格是如何生成的。下面以平易为例，阐述德米特里风格生成的理论。

平易与雄伟处于表达的两个极端，两者不能结合，但平易可以与优美、强劲等结合生成新的风格（§§36-37）。平易是明晰的、生动的、有说服力的，与所有风格一样，由用语、结构、主题三个方面构成。题材上，信笺是最宜于平易的；用语上，规范字和拟声词等能构成平易风格；结构上，对话体圆周句、重复、延宕、细节描写、背景描写、"阅读体"，都能使表达平易。

平易再往前一步就成了枯燥。枯燥和平易一样都从三个方面生成，用琐碎的语言表达宏伟的事物，短而碎的结构表现重大的题材，主题本身呆板或矫揉都会产生枯燥。枯燥可能和矫揉结合生成所谓"枯燥矫揉"的表达。

（一）平易风格中主题的明晰与生动

平易风格，典型的主题是信笺。希腊许多著名的人物，都专门研究过信笺（ἐπιστολαῖ），如法勒隆的德米特里就写过《信笺写作范式》，特奥弗

第二章 德米特里风格学诗学 ◆◇◆

拉斯特、第欧根尼等都研究过信笺。[1]根据第欧根尼的《著名哲学家传记》，还有克里托、西米亚斯等都写过《论信笺》[2]。信笺的研究在当时，是一门显学、热门话题。

从现有的文献来看，古希腊的信笺（ἐπιστολαῖ）至少可以分成三类。一是普通的或者传情达意的信笺。这类信笺有明确的收信人和寄信人，如官方信笺和私人信笺。二是具有论辩性质的，如讨论问题或规谏等。主要是讨论知识或表达某种立场。常是哲学学院或修辞学校的教授或学员们发表有关技艺和哲学问题的见解。常被称为书信体论文，即德米特里所说"有问候语的论文"（§228）。如亚里士多德给亚历山大的信《亚历山大修辞学》[3]，尼西阿斯写给雅典人的信[4]，柏拉图写给朋友狄翁的信等[5]。三是没有收信人和寄信人的虚拟信笺。这类是以他人名义写的，或写给一个虚拟的人，主要是修辞学校的练习之作，后发展成书信体小说。流传到现在的许多古希腊信笺都是假托名人，如亚里士多德、狄摩西尼、柏拉图、伊索克拉底等之作。德米特里推崇第一种即传情信笺，非常排斥第二种即论辩类信笺，认为知识的探讨或真理宣讲的媒介，不应该是书信，而是讲坛。

> 如果有人在一封信里讨论智术[6]或者自然哲学，他是在写，但不是写信。信笺的目的是简明地表达友谊，用简单的词语讨论简单的主题。（§231）

---

[1] Diogenes Laërtius. *Lives of the Eminent Philosophers* Book 2.
[2] Crito. *On Letters*; Simmias. *On Letters*.
[3] 这封信是阿那克西米尼写的，而不是亚里士多德，不管谁写的，都是一篇论文，而不是传情达意的。
[4] Thucydides.7.11-15. 尼西阿斯告诉雅典人他们的战况和现在面临的困境。
[5]《柏拉图信笺集》7 和 8 为《致狄翁的朋友和同仁》，第七封基本是自传。
[6] σοφίσματα，巧计、妙法、妙方、舞台技巧、导演技术、逗笑的伎俩、噱头、计谋、诡计、诡辩，和 σοφία（智慧、哲理、技艺）同词干，σοφιστής 就是懂得技艺的人，称为智者。英译都译为 tricks of logic 也有一定道理，因为在当时逻辑被看作是一种精妙的技艺。当时已经有 λογος 这个词，但文中并没有出现，所以英译就比较远。若 σοφίσματα 译为 tricks 则逻辑一语就没有着落。拉丁文译为"尖锐的争论"acutas disputationes。φυσιολογίας 自然哲学，有译为自然历史，拉丁本译为"自然理性"naturae rationes。

友谊和所包含的谚语,这是它唯一允许的技艺。因为谚语是普通的、公共的。说教和布道需要的不是唠叨的信笺,而是讲坛。(§232)

在两者情况下,可以有所变通。一是偶尔谈到智术,是信笺允许的,但也必须是适合信笺的,且观点和证明本身适合信笺。如亚里士多德想证明,城邦无论大小,都具有友好相待的同等权利,"神之间是平等的,美惠女神是神,你应该同等的供奉她们"①。这一类德米特里认为是允许的。二是"给城邦或国王写信的时候,此类信笺可提升一点,针对要写给的人,但也不必提升得像论文而不是信笺了。像亚里士多德写给亚历山大或者柏拉图写给迪奥恩的朋友们的信"(§234)。总之信笺的主题应该是简单的、传达友谊的,而不是论文或布道。

在当时的境况下,信笺的往来,除了私人传情达意、哲学家或修辞学家讨论学问、城邦间的交往外,重要的就是军中的情报的交递、命令的传达、战况的汇报等。当时甚至发明了众多军事信笺传递的保密措施:把皮带螺旋状缠在木棍上,然后在皮带上写上文字,松开皮带,字母错位了,无法识别。将领出征前都会被授予一根同样大小的木棍,他收到皮带信笺后,重新缠在木棍上,于是就可以阅读信息(这成为权力的一部分,所谓"权杖")。德米特里并不排斥这种传达信息的信笺,只是这些都有一个度,如果超出一定的规模,那就不是信笺了。

德米特里的信笺分类,把信笺限定在传情达意上。这样的区分是因为其自始至终的"得体"思想,简易的主题、简单的表达。既然信笺是传情达意的,所以主题必须平易近人,不应该太拘谨或过于严肃,"谁曾与朋友交谈,像亚里士多德以一个被放逐的老人的身份写给安提帕特的信那样?他说,'如果他流亡在这个世界上,没有召回故乡的希望,没有人会责备那些希望去哈德斯王国的人们'②。如果对话像这样,那是演说而不

---

① Arist. fr, 656Rose=T4(c), F 17 Plezia. ἀποκείσονταί, "贮存",此译为"供奉"。这里亚里士多德用了三段论。

② Aristotle's student and chief executor, who was a Macedonian general and a supporter of kings Philip 2 of Macedon and Alexander the Great. In 320 BC, he became regent of all of Alexander's Empire.

(转下页)

第二章 德米特里风格学诗学 ◆◇◆

是交谈"（§225）。所以平易的主题不适合雄伟、强劲和优美。

除了对信笺主题种类规定之外，信笺还"应最大程度体现道德品质"（§227）。首先是能体现出一个人的道德品质。对话能体现一个人的品质，信笺是潜在的对话，所以信笺能体现出一个人的品质。其次"每个人都用自己心中的形象写信"[①]。信笺中有一个叙述者，这个叙述者是作者可以创造出的，要呈现在阅读者面前的，或者要让阅读者感知到的一种形象。这个叙述者应该最大程度体现道德品质。这两个方面，前者是从可能性上说的，后者是从需要上说的。

主题应该具有善恶伦理道德，这不是德米特里的创见。柏拉图在《理想国》里就对荷马和赫西俄德等诗人提出严厉的批评，因为神在他们的笔下拥有七情六欲，为所欲为，没有伦理，没有道德。柏拉图提出了一个问题就是叙事的伦理和道德。但柏拉图把作品的伦理和真实的作者的伦理混合在一起，并没有区分叙述者的伦理和真正作者的伦理，混而为一。由于柏拉图的影响，这种文如其人的思想在希腊非常流行。善的人才能有善的作品，正义的人话才是正义的。所以品德高尚的人的话往往比一般人的话更可靠。所以修辞说服一个重要的方法，就是让一个被认为高尚的人去言说。

信笺比其他的言说更能体现作者性情。信笺的叙述者都是作者心目中的形象，这样就把叙述者和现实的作者区分开来，德米特里之前都没有人区分。γράφοντος，意思是"作者、书写者、叙述者"，包含了三者，可见都未做区分。德米特里将两者区别开来，解放了表达和阅读，影响深远。即使在今天人们也常把作者与叙述者混而为一，极力从作品中去寻找作者的蛛丝马迹或者用作者的生活状况、经历等图解作品。德米特里作者和叙事者的区别的声明仍然回响于罗兰·巴特和福柯"作者死了"的断言中。

德米特里认为信笺是对话，但不是模仿即兴的对话，而是用对话圆周句书写的一种潜在的对话。这种理论成为书信体小说理论的前身，也成为巴赫金"双声语"的源头。巴赫金说，"陀思妥耶夫斯基开始创作，用的

（接上页）亚里士多德。Fr 665 Rose=F 8 Plezia 因雅典反马其顿，公元前 322 年，亚里士多德逃出雅典，流亡，并于数月后去世（有说因绝望饮鸩自杀）。

① 罗伯茨译为，每个人在信笺里都展示了自己真正的灵魂。（所谓信如其人）

是一种折射性质的话语，亦即书信的形式"[1]。"书信体话语是一种双声语"[2]，而德米特里把这种对话关系已经建立在句子之上了。德米特里虽然还不知小说，更不知复调小说为何物，但他已经敏锐地观察到，散文表达存在一种对话关系。从这一点来说，他具有惊人的观察力和前瞻性。

信笺因为传情达意，只能是简单的主题，简单的表述，而不能讨论复杂的问题，更不适宜于论辩。但这并不等于平易的主题都必须一览无余。恰相反，他认为细节才能生动。"不遗漏和阉割任何一个细节，如荷马的隐喻，'那个开渠引水的男人'"[3]（§209）和"为了纪念帕特罗克的赛马，荷马描述到，'热气喷在欧墨洛斯的背上''因为它们好像就要跳进战车'。整个段落生动，因为已发生和可能发生的事件毫无遗漏。"[4]（§210）德米特里对细节的要求是从"实"的方面来论述的；而在§§221-222 强调"要给听众留下想象的空间"，是从"虚"的方面来论述。"实"与"虚"是艺术的基本问题。一直以来有一种误解，以为西方艺术求真，因此都是求实而不务虚的。虚实是艺术的基本原理，古希腊艺术也善虚实配合。然而虚不是凭空而来，虚向实中求。

生动是不诉诸理性的直观。首先，这就要求"实景清"，"真境逼"，

---

[1]［苏］巴赫金：《巴赫金全集》第5卷，白春仁、顾亚铃译，河北教育出版社2009年版，第268页。

[2]［苏］巴赫金：《巴赫金全集》第5卷，白春仁、顾亚铃译，河北教育出版社2009年版，第268页。

[3] Hom. Il. 21.257.［古希腊］荷马：《荷马史诗·伊利亚特》，罗念生译，人民文学出版社1994年版，第502页。
  有如园丁从色泽深暗的井里汲水
  灌溉自己的禾苗和果园，手握鹤嘴锄，
  给水流开道，清除水道里各种杂污
  清水顺沟流淌，冲走沟底石砾，
  欢乐的歌唱着顺着缓坡迅速流下，
  一会儿便赶过开道人走在他前面

[4] Hom. Il. 23.377-381.［古希腊］荷马：《荷马史诗·伊利亚特》，罗念生译，人民文学出版社1994年版，第549页。
  紧挨它们的是狄奥墨得斯的两匹公马，
  特洛亚良种，紧紧追随，咫尺距离，
  好像就要跳进欧墨洛斯的战车，
  把头直伸在他的脑袋上狂奔，
  喷出的热气喷向他的颈脖和双肩。

第二章 德米特里风格学诗学

否则无从直观。其次，表达是人工生成的技艺，就是把对应原则从选择轴心反射到组合轴心。读者从组合轴心领略其对应的深层结构。表象是"实"，而其深层结构是"虚"。表象越精细，越容易窥见其对应的深层结构。再次，从其所举实例来看，荷马用农人汲水灌田的情景来隐喻阿克琉斯被河神克珊托斯追赶，只有本体描写得越具体，读者才清晰地感受到阿克琉斯被水流追逐的情景。从艺术本身来说，"艺术怀着对具体性的渴望"[①]，细节越完备，就越具体，越易于直观。当然细节的完备也并不是要把所有的东西都表达出来。恰相反，是需要的地方要详细，该省略的地方要简洁，"密处不可插针，疏处可以跑马"。

明晰也并不等于将谜底一下子揭开，恰相反，不把发生的事情直接说出来，而是慢慢展开，让读者始终有一个悬念，使读者在情节的逐步展开中体验了艺术中人物的情感，这样主题的展开就显得非常生动。"克特西亚斯就是这样一位'生动'的制造者[②]，他所有的作品都非常生动。"(§215)克特西亚斯在叙述居鲁士的死时[③]，信使到了，但没有立即在帕里萨蒂面前说出居鲁士的死，那是广为所知的斯基台人的直言不讳[④]，而是先讲述了胜利的消息，帕里萨蒂感到高兴和激动。然后她问道：

"国王怎样？"

"跑了，"他回答道，"他归功于提沙费尔尼斯"。

接着她又问，"居鲁士现在哪？"

---

① [苏]维·什克洛夫斯基：《散文理论》，刘宗次译，百花洲文艺出版社 2010 年版，第 34 页。

② δημιουργός，为众人做工的，工匠，制造者，世界的创造者，执政官。括号中是德米特里所加，虽然克特西亚斯是医生和历史学家，但德米特里认为他有理由称作诗人，因为他善于"生动"的技艺。Ctesias of Cnidus（Κτησίας，5th.c.BC.-） was a Greek physician and historian, the author of treatises on rivers, and on the Persian revenues, of an account of India entitled Indica (which is of value as recording the beliefs of the Persians about India), and of a history of Assyria and Persia in 23 books, called Persica, written in opposition to Herodotus in the Ionic dialect, and professedly founded on the Persian royal archives.

③ §24. 国王是阿尔塔薛西斯，帕里萨蒂的长子（Cf. §3）。

④ Paroem. *Gr*.ii. 438.

信使回答道,"那些勇敢的人应该休息的地方"。

一点一滴,一步一步透露信息,合乎伦理而又生动地展现了信使不愿宣布这个灾难,让听众和这位母亲一起承担忧虑(§216)。

这种延宕的艺术手法为形式主义所尊崇,甚至认为是"整个艺术的模式和奥秘",艺术就是要写戏,至于是否现实,并不关心,"艺术意旨在创造出可感受的作品"①。所以,有人认为艺术中的时间与生活中的时间恰好相反。生活中时间在不断流失,而艺术中的时间却在不断延宕。一部《伊利亚特》始终围绕阿克琉斯的愤怒来写,愤怒的起因、后果和消解。作品却一再使这时间延宕了,阻缓最终结果的到来,在其中穿插了特洛伊战争的起因、发展和结果,从普罗米修斯的预言到赫克托耳和阿克琉斯战死,特洛伊城毁灭。如果要叙述特洛伊战争这件事本身,大概十分钟就可以说清,但荷马一再延宕了整个故事,目的就是要写戏,就是要"创造出可感受的作品"。

作品的可感受性,不仅在于情节的延宕,与题材相关的背景描写也能生动。如描写一位农夫行走,"嘚嘚脚步声很远就能听见,好像走过来了"②,似乎不是行走而是在踩踏地面(§217)。和这类似的是柏拉图描写希波克拉底,"他脸上绯红的回答说——此时,天色已亮,可以看到他的脸红"③(§218)。

生动感的目的就是对物的知觉,知觉过程就是艺术,知觉过程本身的快感就是艺术的目的。这些思想的光辉点燃了千年之后康德纯粹艺术思想的火炬,也透过遥远深厚的历史幕帐推进了形式主义和结构主义。当然把艺术作为一种快感主义,本身说明不了问题,相反还需要艺术和心理学的

---

① [苏]维·什克洛夫斯基:《散文理论》,刘宗次译,百花洲文艺出版社2010年版,第48、59页。

② Hom. *Od.* 16.6 [古希腊]荷马:《荷马史诗·奥德赛》,王焕生译,人民文学出版社1997年版,第303页。περι τε κτυπος ηλθεποδοιιν "神样的奥德修斯看见牧犬摇摆尾巴,又传来脚步声"。

③ Plato. *Protag.* 312a. [古希腊]柏拉图:《柏拉图全集》,王晓朝译,人民出版社2018年增订本中卷,第401页。

解释。

生动，也"不要把每件事都一一道来说得很长，而应该留一些让听众自己理解和推断出。当他明白你省略的，他不仅是你的听众，而且是你的见证人、崇拜者。因为通过你，他们意识到自己的才能，你给了他们聪明的机会。喋喋不休，是把他们当傻瓜，是他们的耻辱"[①]。亚里士多德说，"言说者所论述的道理，若部分吻合听众的观点，他们就大为高兴"[②]，"结论不应该从很远的地方推出来，也没有必要一步步地推理，喋喋不休让人厌烦"[③]，"公众演说的用语风格完全像一幅风景画，景群越庞大，景观也就越远。所以这种演说与这种图画里，过于精确，纯属多余，而且很糟"[④]。德米特里以亚里士多德为前提推出表达的说服力的原理，并进一步揭示了其中的心理原因——言尽意无穷，使听众成为言说者的拥趸。

（二）用语的明晰、生动

德米特里生活在一个散文时代，散文的发达是理性思维发展的结果，诗歌已经无法适应人们日益精密的思想表达的需求。自从自然哲学开始，就追求科学知识理性，这就要求言语来表达这种理性，λογος（逻各斯）就是理性的言说。理性话语要求精密、准确、易懂。平易的用语就是"人人都使用的"、纯净的（Ελληνισμος 纯希腊语的）、简洁的（συντομια）语言。平易的用语要明晰、生动、有说服力，必须用规范字、杂音词和拟声词，不用隐喻词、复合词、奇异字等，也就是要使用规范的希腊共同语。在亚里士多德看来，这种纯净的人人都使用的语言更准确，特别是更易于理解和交流。

字的规范包括字的格、性、时态、搭配、名实相符等，这些都是语言学研究的结果。语言学研究区分词的性、格、数，区分同义词，给词正名，

[①] Theophr Περι λεξεις. F696 Fortenbaugh.
[②] Arist. Rhe. 2.21. 1395b5. [古希腊]亚里士多德：《亚里士多德全集》第9卷，颜一译，中国人民大学出版社1994年版，第465页。
[③] Arist. Rhe. 2.22.1395b25-1396a5. [古希腊]亚里士多德：《亚里士多德全集》第9卷，颜一译，中国人民大学出版社1994年版，第466页。
[④] Arist. Rhe. 3.12.1414a10. [古希腊]亚里士多德：《亚里士多德全集》第9卷，颜一译，中国人民大学出版社1994年版，第529页。

把词分类,使词语的使用变得精准和确定,这就是明晰。亚里士多德认为规范字和习惯用语流于平庸[1]。德米特里从语言风格的角度把亚里士多德理论向前推进了一步,认为"习惯语朴素,非习惯语和隐喻适合雄伟风格"(§190),"复合词、新词产生富丽堂皇"(§191)。这是他对亚里士多德的发展,没有局限于一隅。在诗中,规范字可能过于中规中矩,当用于散文就由平庸变成了平易。尤其当共同语形成后,规范字成为共同语的必然要求,也成为共同语的一部分。

Κύριος(规范)意为"成为……的主人、成为……的主宰,有权力、权威性的、决定性的,本义的,与隐喻相对"。在社会文化变化中,许多词义发生了变化,原来的词义很少用或不用,被新的广泛使用的词义代替。规范字(κύριος)是当时通用的本义,即具有规范性和"某一地域的人民共同使用的词"[2]。这就是共同语,共同语不仅通用,更在于其权威性。

明晰(σαφήνεια)也可以写为 σαφηνής 或 σαφής[3]。σᾱ 是 σως 的阴性,单数形式。Σως,"平平安安的、完整无缺的、十拿九稳的"。Φής=φημι=φησι=ἔφην,"说、讲、写道、承认、命令"。Φημοσύνη,"神说出的话、神示、预言"。Σαφής 本义是"完完整整的说、十拿九稳的说,to tell

---

[1] Arist. *Poet.* 21-22. 1457b-1459a. [古希腊]亚里士多德:《亚里士多德全集》第9卷,颜一译,中国人民大学出版社1994年版,第673页。

[2] Arist. *Poet.* 21.1457b10. κύριος,罗念生、陈中梅译为"普通字"。罗念生:《罗念生全集》第1卷,上海人民出版社2004年版,第87页。[古希腊]亚里士多德:《诗学》,陈中梅译注,商务印书馆1996年版,第149页。颜一译为"规范字"。Arist. *Rhe.* [古希腊]亚里士多德:《亚里士多德全集》第9卷,颜一译,中国人民大学出版社1994年版,第496、517页。

[3] 颜一在《修辞学》中译为"明晰"([古希腊]亚里士多德:《亚里士多德全集》第9卷,颜一译,中国人民大学出版社1994年版,第496—497、502、529页),Rhe. 2.23.1400b18 译为"真、确实、明显是"([古希腊]亚里士多德:《亚里士多德全集》第9卷,颜一译,中国人民大学出版社1994年版,第529页);Aristot. *Rhe.* 1.2.20.1458a.10 译为"清楚"([古希腊]亚里士多德:《亚里士多德全集》第9卷,颜一译,中国人民大学出版社1994年版,第345页)。陈中梅在《诗学》中译为"明晰"(罗念生:《罗念生全集》第1卷,上海人民出版社2004年版,第91页;[古希腊]亚里士多德:《诗学》,陈中梅译注,商务印书馆1996年版,第156页)。1743年拉丁本译为 perspicuam,perspicuam 是 perspicuus(光亮的、光明的、透明的、清澈的、明显的、显然的,动词为 perspicio,per+specio 视线透过、目光透过、理解、了解、看清、凝神细看、注意观察、仔细地瞧)形容词单数宾格。Per 前缀,表示加强、完成、完结、通过、穿过某一样东西、在……上面的动作。

第二章　德米特里风格学诗学

the whole fact",因为说得完整所以就是真相,事物本来的样子;也就是"清楚的、明白的、真实的、真实"。Σαφηνής,"清楚的、明显的、真实的",名词是 σαφήνεια。

明晰就是完完整整的、本来的样子、九拿十稳的、清楚、真实、真相。确定无疑,就像神迹或者与很准的预言者一样,有权威,"事物本来的样子"也就是自然的。规范字不仅通用,而且具有权威性,因此规范字生成明晰。

除了使用规范字,还要求用语准确(ἀκριβολογίας)。准确能使言语生动(ἐναργής)。ἐναργής=ἐν+ἀργός. Ἐν,复合词前缀,"在……面前,有些,略微";ἀργός "白亮亮的,闪亮的"与 ἀργής "白亮,闪亮,鲜明"相同;ἐναργής 即"在白亮亮中"等,意思为"可见的,清楚的,现形的;明亮的,耀眼的",尤其指神现身,如"神明原形显现非常可怕"[①],常指梦境清楚如"僭主希庇阿斯的兄弟做了一个非常清楚的梦"[②]。ἐναργής 是从视觉上来说的,视觉上鲜明,明亮,清晰可见,所以也可指明白、清晰的;指语言,明白清楚的。

如果说明晰（σαφής）是完完本本说出而清晰,指言语上、听觉上,真实、准确、完整而清晰。那么生动（ἐναργής）是视觉上鲜明、明亮。"诗人应尽可能地把要描写的情景想象就在眼前,犹如身临其境,及其清晰地看到（ἐναργήστατα）要描绘的情景,从而知道如何恰当地表现情景。"[③] "悲剧能以极其生动（ἐναργέστατα）的方式提供快感,无论是通过阅读还是通过观看演出,悲剧能给人留下鲜明（ἐναργὲς）的印象。"[④]这些都是从视觉上形象的生动和鲜明来说的。德米特里也正是从视觉形象的鲜明、生动这个角度来使用生动（ἐναργής）这个概念的。也就是不需要诉诸理性,不需

---

① Hom. *Il.* 20.131 Χαλεποὶ δὲ θεοὶ φαίνεσθαι ἐναργεῖς; Hom. Od.16.161 "雅典娜曾亲临我们祭神会饮" "οὐ γάρ πως πάντεσσι θεοὶ φαίνονται ἐναργεῖς", cf. Od. 3.420, 7.201.

② Hdt. 5.55, cf. 7.47.

③ Arist. *Poet.* 17. 1455a.24. [古希腊]亚里士多德:《诗学》,陈中梅译注,商务印书馆1996年版,第125页。

④ Arist. *Poet.* 26. 1462a15. [古希腊]亚里士多德:《诗学》,陈中梅译注,商务印书馆1996年版,第191页。

要思索，就能直观感觉的共时存在，即亚里士多德所说的"使事物活现在眼前"。使物活现在眼前也就是对现实活动的描绘。"尽可能的把要描写的情景想象成就在眼前，犹如身临其境。"①"状溢目前曰秀"，"秀"正是亚里士多德和德米特里所说的生动。

德米特里认为声音也可以生动，如杂音和拟声词。"杂音通常是生动的，如 ʹκόπτʹ, ἐκ δ ἐγκέφαλος 和 ʹπολλὰ δ ἄναντα, κάταντα②。刺耳的声音摹仿高低不平。摹仿总是生动的。"（§219）仿声词，生动。如"舔吮"（ʹλάπτοντες）③。如果是"饮"（πίνοντες），就没有模仿狗饮水，就不生动了。"舌头（γλώσσῃσι）"和"舔吮"并用，使该文更加生动"（§220）。无论是杂音还是仿声词，生动都是因为模仿，模仿再现了行为的情境。

用语生动，但"不能雕琢、累赘，要明晰"④，实质上给生动用语立了界限。明晰是用语的德性，是德米特里首要强调的，"繁琐和过简都会失去明晰"⑤。明晰的功效是平易，另外明晰的话语也具有说服力。

"用语的明晰，不雕琢堆砌"滥觞于亚里士多德《修辞学》。亚里士多德说，"对大可不了了之的事情不能一板一眼，对普通的字眼不能刻意雕饰""用语贴切可信，让人相信言说者的话是真的"⑥。德米特里把这种用语可信的理论直接应用于表达，明晰的用语是表达说服力的来源。人们总是对熟悉的东西有信任感，而合乎习惯的用语是规范的用语，所以熟悉的用语也是表达说服力的来源。另外熟悉的东西是大家共有的，对大多数人来说是明白易懂的。

---

① Arist. *Poet.* 17. 1454a24. [古希腊]亚里士多德：《诗学》，陈中梅译注，商务印书馆1996年版，第125页。
② Κακοφωνία，杂音，刺耳的声音。Hom. *Od.* 9. 289-90. [古希腊]荷马：《荷马史诗·奥德赛》，王焕生译，人民文学出版社1997年版，第166页。（关于库克洛普斯）κόπτʹ εκ δʹ εγκεφαλoς χαμαδις ρεε δενε δε γαιαν。撞得他们脑浆迸流。Hom. *Il.* 23. 116. [古希腊]荷马：《荷马史诗·伊利亚特》，罗念生、王焕生译，人民文学出版社1994年版，第540页。顺着高低不平的坡道和曲折的山径。ἀνωμαλίαν，不相等的、不平坦的、不规则的、反复无常的。
③ πεποιημένα，生造词。Hom. *Il.* 16. 161. [古希腊]荷马：《荷马史诗·伊利亚特》，罗念生、王焕生译，人民文学出版社1994年版，第379页。（有如一群性情凶猛的食肉恶狼……）用狭长的舌头舔吮灰暗泉流的水面。
④ Arist. *Rhe.* 3.12. 1414a25.
⑤ Arist. *Rhe.* 3.12. 1414a25.
⑥ Arist. *Rhe.* 3.7. 1408a20.

第二章 德米特里风格学诗学 ◆◇◆

德米特里和亚里士多德都强调用语要生动,"状溢目前"。但亚里士多德侧重于"活现",认为生动的生成方法是隐喻,赋予无生命的事物以生命,使事物动起来。如"那枪尖迫不及待地钻进了他的胸膛"[1]。德米特里强调的是直观、整体呈现和体验,因此他认为生动的生成方式是精准的细节、延宕、背景、声韵等。亚里士多德是从动态来论述的,德米特里是从静态来阐发的,他们的论述具有互文关系,构成生动的全景,都强调"状溢目前",强调"秀"。这仍然是现代演讲的重要修辞,通过指示词的使用,使演讲"状溢目前"[2]。

生动生成有许多方式。南北朝谢赫提出"气韵生动",既有亚里士多德生命运动的内容,也有德米特里的静态形象的描写,更有元气、风姿神貌、个性、情调的意思[3],因此远远超出亚里士多德和德米特里生动的含义。亚里士多德或德米特里都只是探讨了生动一个或几个方面。

(三)结构明晰、生动、有说服力

结构上同样要求明晰、生动和有说服力。如何做到这点呢?反复、类比隐喻辞格的运用,格的区分,避免长音步、长音节、长音、长句。

反复可增强明晰。反复有三种形式,回旋、重提、重述。德米特里在《优美》中论述过回旋(ἀναδίπλωσις)。ἀναδίπλωσις, convolution, 源于古诗中的回歌 ἀντιστρόφοις/ ἀναδίπλωσις/ ἐπαναδίπλωσις/ ἀναστροφή。"萨福作品中最常见,如回旋的使用。新娘告别她的童贞时代"(§140):

"少女,少女,为何丢下我独自离开?"
"我再也不会回到你,再也不回。"

"比没使用辞格或只说一次有魅力得多。确实,回旋(ἀναδίπλωσις)尤其被认为充满了强劲,但萨福把强劲变成了魅力。"(§140)

---

[1] Arist. *Rhe.* 3.11. 1411b22-29.
[2] Prasch, Allison M., "The Persuasive Power of 'Bringing Before the Eyes.'" *Rhetoric and Public Affairs*, Vol. 18, No. 2, Michigan State University Press, 2015, pp. 247-276.
[3] 叶朗:《中国美学史大纲》,上海人民出版社 1985 年版,第 220 页。

德米特里还论述了回环中的一种首语重复,如在《太白星》中,

太白星,你把所有的东西带回家;你带回了绵羊,你带回了山羊,你把孩子带给了母亲。

"这儿魅力就在于相同的位置重复'你带回'。"(§140)回环侧重形式的反复,相同的位置曲调或内容相同,《诗经》中最常用,如《关雎》中反复出现"参差荇菜"。回旋的效能是一咏三叹,抒情性强。

重提 ἐπανάληψις,是再一次,重新开始,"重提是在一长句中再次使用相同的连接词"和回旋都有反复的意思,但回旋侧重的是诗歌曲调上的往复,而重提是修辞上为了唤醒听众的技艺,重复前面的连接词。如"一方面菲利普的所有行为,征服色雷斯,夺取凯尔索涅索斯,围困拜占庭,拒绝归还安菲玻里,一方面搁下这些不说"[①],重提连接词"一方面"(μεν)[②],让我们想起句子的开头,回到句首(§196)。在长句中一般至少重提两次。在简洁的语言中也需重提,因为语言节奏太快常听不清,就像有人跑过身旁常看不清一样,所以在简洁中重提可以使表达明晰,增加快乐(§197),因为容易把握的东西让人快乐。

亚里士多德也论述过修辞中重述 πᾱλίλλογέω。πᾱλί,向后、倒退、退回、相反、反过来、再、再次、重新。"重述是一种简短提示听众的方法,它必须用于每一部分和整个言说的结尾处。在论辩、建议、诘难和陈述时,对言说内容进行扼要重述。"[③]重述只能在句尾或文字结束,是 summary 而不是 abstract。

回旋、重提、重述三者领域不同,功能不同。重提是重复相同的连接词,属于句子的连接,只是起一种提示作用。重述和回旋都是一种表达方

---

① Dem. 11.1.
② 此处理解不同,莫克森没有说明连接词是 καὶ 还是 μεν,而英尼斯、罗伯茨和1743年拉丁译本都认为是 μεν,暂以拉丁本为准。对于 μεν 英尼斯译为 on the one hand 一面,罗伯茨译为 indeed。此处采用了英尼斯译本。因为若译为 indeed 则是副词。
③ Aristotle. *Rhetorica. ad Alexandrum*. 20. 1433b. 30. [古希腊]亚里士多德:《亚里士多德全集》第 9 卷,崔延强译,中国人民大学出版社 1994 年版,第 595 页。

第二章　德米特里风格学诗学

式，涉及内容。同样重复内容，回旋和重述也不同。回旋源于诗歌，其功能主要是抒发情感，重复的是相同的内容和旋律，可在句首、句中、句尾，而重述则只能在句尾，且重述不是重复前文，而是对前文的概要，其功能不是抒情，而是重新唤起记忆。德米特里的论述补充了亚里士多德的理论，是言说研究的进一步发展，也有助于语言的精确和表达的精致。

重复，一方面通过能指的反复引用，直指所指；另一反面又阻缓对所指的觉知，让读者在体验中感知，如临其境，这就是生动。生动是对所指的直观，所谓的直观是感性的，不诉诸理性。重复之所以生动就是让人在感性的体验中觉知。这就是德米特里为何说重复的手法生成生动。这种手法的发明直接成为20世纪形式主义和结构主义的远古父本。

词的不同格的使用也有助于明晰。古希腊语实词，除了性、数之分还有格的变化[①]。πτῶσις，原义是"坠下"，一个词坠到另一个词上，表示两者间的关系。格有主格、呼格、斜格。主格表述句子的主语（人或事物），也可作联系动词的表语。《论表达》中表述主格的词有两个，εὐθείας 直的、直率的、不转弯抹角的、（语）主格。主格，与呼格、斜格相对。主格是与被动（ὕπτια）和中动（οὐδέτερα）相对，即主动态。呼格，是对人或事物的称呼。斜格包括属格、与格（间接格）和宾格（αἰτιατικῆς）。属格（γένικη）表示类属，吸收了原印欧语离格功能。宾格是动词直接宾语。与格是动词间接宾语，包括已消失的方位格和工具格。

斜格可能使句子变得简短，但也产生晦涩。如§198：

καὶ ὅτι τριήρεις ἤκουεν περιπλεούσας ἀπ' Ἰωνίας εἰς Κιλικίαν Τάμον ἔχοντα τὰς Λακεδαιμονίων καὶ αὐτοῦ Κύρου.[②]

τριήρεις προσεδοκῶντο εἰς Κιλικίαν πολλαὶ μὲν Λάκαιναι, πολλαὶ δὲ

---

① πτῶσις，格，不仅指名词、形容词等的变格，也指各种派生形式和动词的曲折变化，甚至包括语调引起的意思变化，还包括三段论中的态。（[古希腊]亚里士多德：《诗学》，陈中梅译注，商务印书馆1996年版，第148页。Arist. *Poet.* 20. 注 29. 《希英词典》，πτῶσις 条）

② 得到消息重装战舰航行在爱奥尼亚到卡利卡亚塔摩斯率领拉塞达埃蒙（即斯巴达人的）和居鲁士本人的。

Περσίδες, Κύρῳ ναυπηγηθεῖσαι ἐπ' αὐτῷ τούτῳ. ἔπλεον δ' ἀπ' Ἰωνίας: ναύαρχος δ' αὐταῖς ἐπεστάτει Τάμος Αἰγύπτιος.①

第一句是斜格体，用了宾格、属格、表述方位的与格，意思含糊，且让人感觉没有结束。所谓斜格（πλαγιότητας）本义是斜着的、歪到一边的、横的、横跨的、歪到一边去、斜行、引入歧途，（喻）变来变去的（想法）。所以斜格体先天晦涩。第二句是主格，意义清晰，且 ναύαρχος δ' αὐταῖς ἐπεστάτει Τάμος Αἰγύπτιος 谐 ος 音，属于圆周句，句子有明确的终点标识。

因此，叙述中应以主格（如"艾比达姆诺斯是一座城市" Epidamnus is a town）或者宾格开始（如有座城艾比达姆诺斯 it is said that the town Epidamnus②）。以主格开始，首先提及名称，然后说它是座城，接着是其他的事项，是词语的自然组织顺序。按自然顺序组织词语，既符合事物自然的运动，又符合人对事物的感知，因此句义明晰。用其他格会产生一定的费解，使说话者和听话者捉摸不透。（§201）

句义的明晰不仅在于其所用的格，还在于其有始有终，是一个完整的意义单元和形式单元，也就是说是一个圆周句。在《句论》中，德米特里已经论述过圆周句是具有完整的意义和形式的单元，给人完整的思想，且能给说话者和听众一个休息。但如果圆周句被延长，环形就会被破坏。如：

ὁ γὰρ Ἀχελῷος ῥεῖ μὲν ἐκ Πίνδου ὄρους, ἔξεισιν δὲ εἰς θάλασσαν.

ὁ γὰρ Ἀχελῷος ῥέων ἐκ Πίνδου ὄρους ἄνωθεν μὲν παρὰ Στράτον πόλιν ἐπὶ θάλασσαν διέξεισιν.

阿克罗斯从品都斯山脉流出，注入海洋。

"河流阿克罗斯高从品都斯山经斯特拉城旁向大海流去"

---

① 重装战舰预计到达卡利卡亚，其中有许多是拉塞达埃蒙人的，也有许多是波斯人的，居鲁士为此行建造的。它们正从爱奥尼亚起航，舰队司令是埃及人塔摩斯。

② διηγήμασιν, 叙述。Thucydides. 1. 24.1（参阅§199） Ἐπίδαμνός ἐστι πόλις.主格 ὀρθῆς . active verbs, opp. ὕπτια（passive） and οὐδέτερα（neuter）; εὐθείας 主格，与属格等相对。λέγεται Ἐπίδαμνον τὴν πόλιν，不定式被动态，"艾比达姆诺斯""城"都是宾格 αἰτιατικῆς，用汉语很难表达出来。

第二章　德米特里风格学诗学

Thucydides.2.102.2（cf.§§45-47，206）。小旅馆成为路标（"路标"罗马人改为"里程碑"。cf. Quint.4.5.22）。这句，徐松岩译为："阿奇劳斯河自品都斯山流出，流经多洛皮亚、阿格赖亚、安菲洛奇亚地区和阿卡纳尼亚平原，在河流的上游途经雅特拉图斯城，在奥尼阿代附近入海，在奥尼阿代周围形成一些湖泊"。谢德风译为："阿基洛斯河从宾都斯山流出，通过多罗比亚和阿格里人及安非罗基亚人居住的地区，以及阿凯纳尼亚平原，其上游经斯特拉托斯，在伊尼亚第城附近流入海中，在伊尼亚第城四周形成许多湖泊。"

这两句都是围绕一个中心词 Ἀχελῶος 来展开的，第一句是圆周句（环绕句），第二句是串联体。第一句以主格 Ἀχελῶος 开始，属于自然顺序，有两个主格动词 ῥεῖ 和 ἔξεισιν，形成两个分句，且每一个分句都谐尾音 ος(ους) 和 σιν(σαν)，形成一个小的完整单元。这样中间有一个停顿，给说话者和听话者一个休息。

第二句中心词阿克罗斯后有一个属格名词河流（ῥέων.把第一句动词流动变成了属格名词做阿克罗斯定语），这是以斜格开始的，斜格是非自然顺序。有一长长的状语（高从品都斯山经斯特拉城旁向大海），直到句子结尾才出现动词流入（διέξεισιν）①，通过属格和一串连接词（从高处 ἄνωθεν，从 ἐκ，在旁边 παρὰ）引导的状语，句子的连接发生改变，"圆周句是词的安排，如果圆形被破坏，安排改变，即使主题不变，也已经不是圆周句了"（§11），圆周句被延长变成串联体。一口气下来，中间没有休息，让人喘不过气来，就像旅途没有亭子或旅馆让人休息一样，造成的结果是句子变得滞重、不流畅、意思含混。

对圆周句的强调，是针对修辞的，因为言说者和听众都需要一个有始有终的句子，利于传达和把握思想，中止也给双方一个休息。在书写中，

---

① 名词 ῥέον 是属格，动词 ῥεῖ 是主格，ἔξεισιν，从……走出去、从……走出来、随军出征、演员出场、退出、退职、结束。διεξίημι，δια εξειμι，出去、走过、越过、仔细检查、审视让……通过、不及物、流入大海。ἐπὶ θάλασσαν διέξεισιν 通过介词连接，句子本身不能构成一个完整体，似乎未完。

古希腊文是没有标点和句读的，这也需要一个明确的标识，利于人们阅读。连接词和圆周句都充当了这种功能。但连接词多了或者省略，也会造成理解的困难，因此圆周句是合适的表达方式，圆周句"就像旅途有许多标记（σημεῖα）和终点（ἀναπαύειν）一样，标记就是向导。一条没有标记的单调的路，即使很短也望不见尽头"（§202）。人们能把握的都是在自己范围内，超过一定长度的东西把握起来就困难了，也就谈不上清晰了。

圆周句，"由分句或短语构成的，有开头有结尾，句尾总结出句子暗含的思想，使句子完整并保持平衡形成一个圆形。如果圆形被破坏，结构改变，即使思想不变，已经不是圆周句了"（§§10-11）。如例句2，就成为被连接词连接的串联体，而不是圆周体了，形式变化，其潜能也会发生变化，由明晰变得含混晦涩。

德米特里认为，首先要避免长音步，因为长音步总是宏伟的，如六音步称作英雄体。在第§5中，德米特里论述了长句的潜能，长句适合崇高的文体，六音步抑扬格适合模仿英雄的行为，如果荷马用像阿尔基洛科斯或阿那克里翁那样的格律写《伊利亚特》就非常不合适。与史诗或悲剧用长音步相反，喜剧使用三音步，因为喜剧模仿的是普通人的行为，三音步不像六音步那样宏伟。当表述小题材的时候，短音步或短句就是适合的，如果用长句或长音步则是赝品。所以要使表达平易就必须"大部分用三音步[①]分句，或三音步短语"。如下面三句话：

  κατέβην χθὲς εἰς Πειραιᾶ μετὰ Γλαύκωνος τοῦ Ἀρίστωνος προσευξόμενός τε τῇ θεῷ καὶ ἅμα τὴν ἑορτὴν βουλόμενος θεάσασθαι τίνα τρόπον ποιήσουσιν ἅτε νῦν πρῶτον ἄγοντες.[②]

  ἐκαθήμεθα μέν ἐπὶ τῶν θάκων ἐν Λυκείῳ, οὗ οἱ ἀθλοθέται τὸν ἀγῶνα

---

① 也就是长度在15—16音节。

② Plato. *Republic*. 327a. "昨天我跟阿里斯东的儿子格劳贡一道下到贝莱坞，去朝拜女神，也想同时看看赛会办得怎么样，因为这是初次举行的。"（[古希腊]柏拉图：《柏拉图对话集》，王太庆译，商务印书馆2004年版，第353页。）在21章，德米特里说这是对话圆周句，对话圆周句分句似乎堆在一起,看不出是一个圆周句。因为很松散，所以德米特里说，有许多停顿和终止。

第二章 德米特里风格学诗学 ◆◇◆

διατιθέασιν.①

ὁ γὰρ Ἀχελῷος ποταμὸς ῥέων ἐκ Πίνδου ὄρους διὰ Δολοπίας καὶ Ἀγραίων καὶ Ἀμφιλόχων καὶ διὰ τοῦ Ἀκαρνανικοῦ πεδίου, ἄνωθεν μὲν παρὰ Στράτον πόλιν, ἐς θάλασσαν δ᾽ ἐξιεὶς παρ᾽ Οἰνιάδας καὶ τὴν πόλιν αὐτοῖς περιλιμνάζων, ἄπορον ποιεῖ ὑπὸ τοῦ ὕδατος ἐν χειμῶνι στρατεύειν.②

第一句话源自柏拉图《理想国》，是苏格拉底和波雷马尔柯、格劳贡等人的对话。苏格拉底总是谆谆善诱，从日常生活小事说起，亲和平易。这一句的平易就在于其对话体。"对话体是圆周句中最松散和简单的一种，几乎看不出是圆周句，分句像随意扔在一起。"（§21）按照希腊文体高低分类，对话体比历史体和修辞体都要低。在德米特里的分类中，雄伟与平易处于对立的两端，对话体是低端体，即平易的。

苏格拉底这句话由五个分句组成：

κατέβην χθὲς εἰς Πειραιᾶ μετὰ Γλαύκωνος τοῦ Ἀρίστωνος, προσευξόμενός τε τῇ θεῷ, καὶ ἅμα τὴν ἑορτὴν βουλόμενος θεάσασθαι, τίνα τρόπον ποιήσουσιν, ἅτε νῦν πρῶτον ἄγοντες.

前两个分句的主题分别是"去比雷埃夫斯""拜神"，后三个主题相同，都是庆典（τὴν ἑορτὴν），五个分句有三个不同主题，这与圆周句围绕同一个主题的要求相悖，分句关系松散。古希腊文像古汉语一样，文章没有标点段落的划分，后人阅读的时候根据自己的想法来理解句读。但古文一般都有标识性的话语或词句，如文章中过渡段、总结性或起始性话语，一些特殊具有标识性的词语、特殊的句式、韵律等都是句读分段的依据。句

---

① Aeschines. *Soc.* 2 Dittmar. 大概是 Alcibiades 的开头，比较他的 Miltiades（in P. Oxy2889）开头："碰巧是伟大的泛雅典娜庆典，我们坐在吕克昂学园的长凳上，运动会的管事组织了竞赛。"（英尼斯注）

艾思奇里斯 Aeschines（Αἰσχίνης, Aischínēs; 389-314 BC）希腊政治家和阿提卡十大演说家之一。

② Thucydides. 2.102.2（Cf. §§45, 202）.

· 121 ·

式如圆周句，特别是分立式的圆周句，其对称和谐音等往往是句读的标识。词语如连接词、冠词、系动词等，它们或成对出现，或有固定的位置，如 δε 一般都应放在句子的第二字位置上，若前面的几个字意思结合极紧密，则放在第三或第四字位置上回应前面 μέν，δε...μέν 意思是"一方面……另一方面"。再如 καὶ 作为连接词连接字或句子，散文中常与 τε 连用。冠词一般用在名词前如 τοῦ Ἀρίστωνος、τῇ θεῷ、τὴν ἑορτὴν 中的 τοῦ、τῇ、τὴν 等，一般不会将冠词和它的名词分开。

  希腊语词序比较随意，但词的格可以有助于判断两个词之间的关系。如 τὴν ἑορτὴν 是宾格，做 θεάσασθαι、ποιήσουσιν、ἄγοντες 的宾语。谐音如第二个分句谐 o 音，第三个分句谐 ai 音，第五个分句谐 te 音，构成谐音圆周句。这些谐音圆周句，"语句连贯的时候韵律不能明显，只有当它不连贯，一部分一部分分析的时候，也仅这时，我们才可以发觉韵律"（§180）。苏格拉底这一句由三音步的五个分句组成，艾思奇里斯的话语由三个分句组成，三个分句三个主题，"雅典娜庆典""我们""运动会"，三个主题互不相干，"相互扔在一起"。分句间或者主题转换，或者谐音构成圆周句，分句的结尾都是"稳妥可辨"（§206），即每一个分句都是一个停顿和休止。所以，德米特里说"停顿和休止很多[①]"（§205）。这种清晰可辨的结尾一方面使话语明晰，话语停顿和休止多，句子没有宏伟的气势，变得平易。这与优美表达句子结尾自由不同（§183），在优美表达中，分句结尾不明显，分句间隙很小，使整个句子光滑流畅。

  修昔底德的句子，分句结尾都是长音节，在希腊文中，可以通过词序的变换或词格的变化来改变音值。πεδίου 是复合元音结尾的长音节，通过属格变成长音节的，πόλιν 为普通音长，περιλιμνάζων 为长音加流音的长音节，属于分词不定式；στρατεύειν 为复合音加流音的长音节，属于主动动词不定式。尾音被延长，属于雄伟风格。当然这个句子，雄伟还在于其圆周句式及句长（§45），但这是一个被延长的圆周句，而且是斜格开始，不够明晰（§202）。

---

  ① 古希腊句子的停顿依赖几种方式：圆周句、冠词、语音本身。

第二章　德米特里风格学诗学　◆◇◆

长音或长音节或长句都能生成雄伟表达，那么平易表达中如何避免长音呢？在希腊语中，长元音 η、ω，或双元音，缩略词与异词元音结合，us 词尾，第三变格法单音节名词复数属格，两个辅音或双声辅音结尾，长元音后的哑音或流音等都读长音。要避免尾音延长或元音连续的方法是，"使它处于短元音间，如 πάντα μὲν τὰ νέα καλά ἐστιν，或介于一短一长间，如 ἡέλιος[①]，或至少用短元音表达"（§207）。除了长音、谐音等，"任何显眼的东西都是不熟悉的和超出平常的"，所以要避免显眼的样式（§208）。

德米特里以句为单位论述了音韵如何生成明晰的表达。谐音、音长、音步长度都是因为其在句中才发挥了其潜能，若不是在句中就无所谓柏拉图的对话体和修昔底德历史体，就更无所谓雄伟与平易了。以句为单位来分析文章，使思想和话语达到统一，在茫茫的一片文字中，切分出一个思想和语言的完整体来，这是德米特里的创举。

结构的平易还在于"阅读体"和"朗诵体"的不同运用。"因为松散句利于朗诵，所以分开的句子更适合演说，称朗诵体[②]，如米南德诗作。串联句适合于阅读，如菲勒蒙作品[③]。"（§193）

首先"朗诵体"蕴含着丰富的情感，如果用连接词串[④]联起来，情感就会流失。如"（我）怀（了你），（我）生（了你），（我）养（了你），亲爱的"[⑤]。如果写成，"（我）怀（了你），（我）也生（了你），（我）还

[①] 年轻就是美（Cf. §70）。本来句式是 πάντα μὲν τὰ νέα ἐστιν καλά，这样就会出现 εα，ὲ 元音连续，以及尾音 ά 延长，ά 音延长显得比较张扬。ἡέλιος，太阳。

[②] Arist. *Rhe.* 3.1.7.1404a.15, 3.12.2. 1413b8. 朗诵与扮演都是同一个词，ὑπόκρισιν。

[③] Philemon（Greek: Φιλήμων）；(ca. 362 BC – ca. 262 BC) was an Athenian poet and playwright of the New Comedy. He must have enjoyed remarkable popularity, for he repeatedly won victories over his younger contemporary and rival Menander.

[④] 连接词，συξευξίς，分两类，一，既不妨碍也不促成一个按自然属性应有若干个音组成的表义音的产生，且不宜出现在一个独立存在的语段之首；二，非表义音，根据本身的属性，可将若干个表义音连接成一个表义音。（Arist. *Poet.* 20. 1457a.［古希腊］亚里士多德：《诗学》，陈中梅译注，商务印书馆 1996 年版，第 143 页。）

[⑤] Menander fr 685 Koerte. 希腊文都是第一人称，所以前面加我，但如果翻译成汉语前面加我，就不是松散体了，成了谐首句，即圆周句，而德米特里在这里讨论的是不连贯的句子，圆周句是连贯的。汉语没有格，没有时态，所以这里容易混淆。比较这两句，第一句是没有连接词（και）的：

ἐδεξάμην, ἔτικτον, ἐκτρέφω, φίλε（我）怀（了你），（我）生（了你），（我）养（了你），亲爱的。

（转下页）

养（了你），亲爱的"（§194），就没有前一句情感的强烈。

其次，"朗诵体"动作性强，如欧里庇得斯《伊翁》，"他拉开了弓，警告落在神像上休憩的天鹅离去"①。向演员提示了许多动作：他奔向弓，望向天空，对天鹅陈述（§195）。因为感情浓，动作强，也就富于表演性，所以"朗诵体"受到表演者们（如修辞家和戏剧演员）的欢迎。"朗诵"与"扮演"在希腊语中都是同一个词 ὑπόκρισις，可见朗诵本身就是一种表演，或者表演本身就有朗诵。

再次，"'朗诵体'难以句读。连接词省略或分开，句读不明晰。因为松散总看不清哪是分句的开始，如赫拉克利特（Heraclitus），他的晦涩主要是由于松散"（§192）。德米特里是承亚里士多德而来，亚里士多德认为，连接词应当对应使用，"必须在听者尚能记住上一个连接词之前给出相应的连接词，而且它们不能相距太远，也不应在所要求的连接词前给出另一个"②。德米特里补充了亚里士多德这句话，如果连接词省略或不对应使用将难以句读，造成句的不明晰。不过，亚里士多德倒是明确说了连接词过多也难以断句，"书面的东西既应易懂，也应易读，这两者是一回事。要是连接词过多，或者难以断句，就达不到上述要求，赫拉克利特的著作就是这样"③。连接词过多或过少，都会造成不明晰。但两人考察的角度不一样，亚里士多德着重考察的是用语以及朗诵技巧④，是从修辞角度。德米特里探讨的是句结构的潜能，是从风格角度，弥补了亚里士多德考察的缺失。

不过，对于赫拉克利特的晦涩，两人观点不同。德米特里认为是连接词省略或分开造成的，而亚里士多德认为是连接词过多。这两种观点，反

（接上页）ἐδεξάμην καὶ ἔτικτον καὶ ἐκτρέφω（我）怀（了你），（我）也生（了你），（我）还养（了你），亲爱的。

① Euripides. *Ion.* 161. 台阶前又飞来了一只鸟，一只天鹅，你不能挪动你红色的脚到别处去吗？你的呦声虽然和福波斯竖琴音调相同，却不能救你免遭我的弓箭。你飞走吧，到提洛岛的湖泊里去！若不听劝，你将流血，虽然你的嗓子好，唱得好听。（《古希腊悲剧喜剧全集》，张竹明译，译林出版社 2015 年版，第 325 页。）

② Arist. *Rhe.* 5.1407a20-30. [古希腊]亚里士多德：《亚里士多德全集》第 9 卷，颜一译，中国人民大学出版社 1994 年版，第 505 页。

③ Arist. *Rhe.* 3.5.1407b10-15. [古希腊]亚里士多德：《亚里士多德全集》第 9 卷，颜一译，中国人民大学出版社 1994 年版，第 506 页。

④ Arist. *Rhe.* 3.12.1413b.-1414a30.

第二章　德米特里风格学诗学　◆◇◆

映了赫拉克利特的文章中，可能这两种问题都存在。晦涩有时是因连接词省略或分开造成的，有时是因连接词过多造成的。赫拉克利特的晦涩有多种原因，两人都只是看到了一个方面。除了他的文字令人难懂以外，更重要的可能还是因为他所提出的一些思想深度已经远远超出当时一般哲学家的水平[①]，"主要还不是因为他思想深奥、表述古怪和性格奇特，而是由于正在形成中的哲学思维当时找不到适当的语言和语法来表达"[②]。"他（赫拉克利特）的表述是清晰的，甚至连最愚蠢的人也容易把握和体验这种精神的崇高，因为他的表达方式的简洁有力是无与伦比的"[③]。现代人也有类似的看法，"赫拉克利特是一位伟大的散文作者，不仅在古代希腊，而且是世界文学中最有力的风格的作家之一"[④]。

这些观点从不同的侧面探究了赫拉克利特的晦涩，有些观点之间甚至相反。造成这种现象的可能不是赫拉克利特的问题，而是赫拉克利特的文本流传中"朗诵体"和"阅读体"掺和造成的。这种掺和可能因当时书写材料有限，许多思想都是口口相传。这些口口相传的作品被学生记录流传下来成为"阅读体"。也就是说一开始是"朗诵体"的，如《柏拉图对话录》《论语》等。这些"朗诵体"作品和作者本人的写作都被归为其名下，所以"朗诵体"和"阅读体"就掺和在一起了，也可能是当时就被掺和了。"朗诵体"和"阅读体"潜能不同，如果用非所当，就会出现不明晰。

德米特里和亚里士多德所谓"朗诵体"和"阅读体"，其实就是松散句和串联句。亚里士多德曾把句分串联句和圆周句。德米特里把句分为松散句、紧凑句，紧凑句分成串联句和圆周句，圆周句又分对话的、历史的和修辞的。在二人看来，串联句是"阅读体"的，而松散句是"朗诵体"的。"书面语（'阅读体'）是最为精确的"[⑤]，但即使这种最为精确的串联句，如果用在"朗诵体"中也可能变得不明晰。如果连接词过多同样也会不明

[①] 汪子嵩等：《希腊哲学史》第1卷，人民出版社1997年版，第408页。
[②] 汪子嵩等：《希腊哲学史》第2卷，人民出版社1993年版，第137页。
[③] Diogenes Laertius. *Lives of Eminent Philosophers*. 9.7；中文转引自汪子嵩等《希腊哲学史》第1卷，人民出版社1997年版，第408页。
[④] 转引自汪子嵩等《希腊哲学史》第1卷，人民出版社1997年版，第409页。
[⑤] Aristotle. *Rhe*. 3.12.1413b9.

晰。德米特里从亚里士多德修辞学的特殊引申到风格的普遍考察,已经将亚里士多德向前推进了一步。他就像扳道工一样,悄悄的就把亚里士多德的列车引到自己的轨道上继续前进。

德米特里把表达分成"朗诵体"和"阅读体",这一分类在当时应该具有解放性的作用。古人的写作多用松散句,因为适合表演,所以言说一开始都是"朗诵体"。但思维的发展要求精密、准确的时候,这一种语言很难传达希腊先哲们精密的哲学思想,如果继续要求言说用古体,那么造成的结果是晦涩难懂,正如赫拉克利特的文章一样。所以就需要把哲学的表达与其他的表达区别开来,德米特里应和了这种需求,提供了理论的支持,认为朗诵体适合表演,而阅读体适合精密思维的传达。这样就把哲学的言说从朗诵体的桎梏中解放出来,也解放了哲学。此后,再也没有人用"朗诵体"来传达精密的思维。散文的表达走上了明晰的轨道。

但这一区分却使千年之后的卢梭,一直耿耿于怀。"人们指望文字使语言固定(具有稳定性),但文字恰恰阉割了语言,文字不仅改变了语言的语词,而且改变了语言的灵魂。文字以精确性取代了表现力。言语传达情意,文字传达观念。"[1]传达观念的文字再也没有了"灵气",不能让广场上的民众听清,"一种语言不能让集会的民众听清楚,就是一种奴隶语言;一个民族不可能既维持其自由,又说着这种语言"[2]。语言的分化虽并不肇始于德米特里,但这种理论滥觞于德米特里此处的区分。

德米特里的明晰、生动、说服力三个概念之间从三个方面如拱形结构共同构成平易。明晰是生动和说服力的基础;而"生动"与"说服力"是一对互生的概念。如果说生动是从"实"的方面展开论述的,那么说服力则有些"虚"。生动强调的是"秀",而说服力侧重的是"隐"。

钱锺书认为,"此'有尽无穷'之旨""古希腊人特奥弗拉斯特早拈此义,尔后继响寥寥"[3]。钱先生所引特奥弗拉斯特话语其实出自德米特里

---

[1] [法]卢梭:《论语言的起源:兼论旋律与音乐的摹仿》,洪涛译,上海人民出版社2003年版,第32页。
[2] [法]卢梭:《论语言的起源:兼论旋律与音乐的摹仿》,洪涛译,上海人民出版社2003年版,第133页。
[3] 钱锺书:《谈艺录》,中华书局1993年补订版,第199、309页。

第二章 德米特里风格学诗学 ◆◇◆

《论风格》。在钱先生看来"隐""秀"与德米特里所强调的明晰、生动、说服力是同构的。钱先生既有欣赏又语带遗憾。钱先生还补充了莎士比亚、卡莱尔、佩特、马拉美等 "须留与读者思量"的思想。中国古人书、画、音乐等艺术也讲究留白。这种虚实、隐秀的思想直接成为"象外之象","境外之境"的意境思想的一部分。而在西方,正如钱先生所论希腊之后"继响寥寥"。这大概与西方艺术此后所走的路有关。

如果说优美是形式与心灵契合产生快感,能激起人的形式冲动,使人的理性和感性处于游戏状态。那么平易表达则是一种理性处于"休眠"状态或"无意识"状态的表达,是一种"状溢目前"的表达,无须借助理性就完全能直观的表达。处于风格另一极的雄伟和强劲则是一种需要借助理性来把握的表达。因为其毫不费力就显得平淡,甚至乏味,因为理性的削减而无法气势如虹。

"隐"和"秀"作为平易的一体两面,正是平易内在的张力。既要"状溢目前",又要"言尽而意无穷"。其实德米特里给出的是一个"度",这个"度"的标准就是"得体"。与"得体"相关理论,请参阅哲学诗学。

平易成为一种基本风格类型是修辞家、诗人和批评家们互动的结果,是语言本身发展的结果,是社会风气的结果,更与听众群体有关。

雅典时代,民众的趣味成为万事的尺度。戏剧赛场上的成败往往是社会生活在台上的折射。埃斯库罗斯的英雄式言说日渐显得生疏、矫揉造作,没有了昔日崇高的光辉。戏剧的桂冠被书写世态人情的欧里庇得斯攫获。尽管悲剧纡尊降贵,还是挡不住平民喜闻乐见的喜剧攻势,只好拱手相让。阿里斯托芬认为顶峰的旧喜剧是"讽刺性的、政治性的、文学性的"[①],仍戴着韵体文的面具上演,和民众的趣味还是隔着一层。[②]

到了新喜剧时期,语言完全是实际生活中的语言,观众所看到的是他们的生活,聆听的是他们隔壁邻居在交谈。新喜剧模仿即兴的对话,语言的通俗易懂,词汇的简明,重复和短句的使用,都使新喜剧的话语完全生

---

① [英]凯瑟琳·勒维:《古希腊喜剧艺术》,北京大学出版社 1988 年版,第 189 页。
② [英]凯瑟琳·勒维:《古希腊喜剧艺术》,北京大学出版社 1988 年版,第 192 页。
"中期喜剧诗人煞费苦心的构思情节,却并未着手创造诗的形式。"

活化。到公元前 120 年，喜剧竞赛完全停止[①]，让位于喜剧性散文，语言更趋日常化。

在新喜剧大师米南德的戏剧上演前三年，他的老师即亚里士多德的学生特奥弗拉斯特发表了《论措辞》和《性格论》两部著作。《性格论》（Περὶ Χαρακτήρ）说明当时有教养的希腊人对普通人的生活细节具有浓厚的兴趣。《论措辞》把风格按高低分为三类：崇高的、中和的、平易的。这样平易就从一种特征成为一种风格。但特奥弗拉斯特是仅就用语而言的，用语不同，风格不同。德米特里从用语、结构、思想三个方面进行考察，把平易用于整个言说，这样使平易成为一种真正的文体或风格。[②]德米特里认为，平易有三个特征：明晰、生动和说服力。上文已经论述了仅仅注重感染力量的诗语，已经无法适应逻辑表达的需要；逻辑的表达需要明晰、规范和生动的语言。这也是言说从神话到诗到散文化的必然，思维从神话到诗到理性化的必然。

当然平易风格的形成，与修辞学家和诗学家们的提倡也有关。伊索克拉底竞争者柏拉图提出言说的平易，认为绝妙好辞不过是谄媚术。正如狄奥尼修斯所说，柏拉图的言说是崇高和平易的结合。柏拉图的言说基本是模仿即兴的对话，松散自由；但在言说宏伟事物如神的时候，柏拉图的言说往往庄严神圣。柏拉图虽然提出言说的平易，但在实际的言说中他还是忘不了贵族话语的庄严和雄伟。

和柏拉图比较起来，吕西亚能够避免所有诗性的修饰，只使用最普通的词，赋予一个主题以庄严。他被认为是摹写普通生活话语的平易风格最杰出代表。但吕西亚的平易是有讲究的平易，是一种看不出平淡的平易。

总之，社会风气的更易，听众趣味的变化，修辞家、诗人和批评家们的互动等合力导致平易风格的形成和演变。

[①] Pickard-Cambridge A.W., Gould J., Lewis D.M., *The dramatic festivals of Athens*, Clarendon Press: Oxford, 1953, pp.125-126.

[②] 米南德的同窗法勒隆的德米特里如果是《论表达》的作者，可能是在特奥弗拉斯特的启发下发明从三个方面考察文体或风格的。

三 风格学系统的构建

德米特里诗学由两套系统统一构成,一是形式系统,一是心理学系统。形式系统即"装置",其核心范畴是"创制","创制"就是"赋形于质料"。形式来源于创制者的灵魂(心灵),是灵魂回忆到的理式,但理式是不可认识的,创制者回忆到的只是理式的降格——图式。图式是先验的理式与经验的图像的中介,是心灵的图景。对于创制者而言,灵魂获得图式只能通过模仿——模仿自然和行动。也就是说图式有两个来源,自然和人为(行动)。那么人为的图式又来自哪里呢,只能是自然。这就是德米特里绕来绕去摆脱不了的宿命。这种纠结只有到了索绪尔,到了结构主义才做了一个暂时的了结。

创制者将图式从心灵迁移到对象就是创制,其结果就是"装置"(εἶδος),过程就是"装置"的建构过程,也就是赋形的过程。用来构建"装置"的形式(结构)有了,材料(语言/事件)有了,那么"装置"建构的基点是什么?这个基点就是"装置"的本原或始基,事物不同始基不同。言说的始基是"句",言说不过是句的选择和组合。句的始基是词,句就是词的选择和组合。

在这个语言诗学系统中,德米特里着重考察的是句的建构,即如何通过词语的选择和组合来构建不同特征的句。或者说,德米特里考察的是"装置"的建构,这个"装置"就是句。这里的系统是一个纯粹的形式系统,不涉及思想和情感,是外在的,是语言诗学的,是技术性的(τεχνικός),是亚里士多德式的。不过德米特里认为,构建"装置"除了语言还有"事件"(πρᾶγμα 题材),这就涉及德米特里的另外一个系统——风格学心理学系统。德米特里是基于"句"来考察风格的,至于什么样的句是什么样的风格,也涉及心理学系统。

心理学系统考察的是形式如何生成风格,即形式与心理感觉(情感)之间的关系,核心范畴是"德性"(ἀρετή)。"在希腊人看来,德性是每种事物固有的天然本性。"[①]当德米特里通过题材、用语、结构的选择与组合

---

① 汪子嵩等:《希腊哲学史》第2卷,人民出版社1993年版,第168页。

创制不同的"句",这不同的句就具有不同的"德性",这些不同"德性"的句对灵魂的作用不同,激发的情感不同,给人的感觉（αἴσθησις）不同,或雄伟或优美或平易或强劲,即风格不同。这些感觉给人的最终都是快感。当形式超过一定的"度",给人的就是令人厌恶的感觉,如呆板、矫揉、枯燥、质直。所以"装置"（句）的创建不仅要在与"常规"的关系上适"度",而且在引起的心理感觉上要适"度",不然就引起心理的不适。"度"就是"那种在感觉上不可减少的最初的东西"①,就是保证事物本性的东西,也就是说"度"是"德性"的要求,是"德性"的保证。这种要求与保证的外在显现即"得体"。"得体"是德米特里风格正品与赝品的界限,也是德米特里对作家作品批评的标准,是其"雅典中心主义"的理据。德米特里在论述句的构成时说,连接词（包括冠词）是句构成的枢纽。可以说"得体"是他两套系统的枢纽。这是德米特里的另外一套系统:心理学系统或者说是风格生成的心理学原理。

心理学:德性（柏拉图）——得体——度（快乐,对作家作品的批评,雅典主义,批评的方法和标准,效果）——风格——对待（正品、赝品）

心理学系统不像形式系统那样是外在的、显现的,有一个外在的"装置",它是内在的,是德性系统。很明显,这套系统是建立在柏拉图和亚里士多德心理学基础上的。如果说亚里士多德艺术心理学继承了柏拉图,那么这种内在的系统更是柏拉图式的。②

当然,这两套系统在德米特里是融合在一起的,并不是泾渭分明。而且这两套系统本身就通过"得体"而连接在一起,成为一个完整的系统。

风格是心灵体验到的"装置"（表达）的特征。这样风格和"装置"（表达）,形式和心灵,德米特里的第一系统和第二系统就联系在一起了。"装置"或表达的特征成为风格来源,或者说特征是风格在"装置"或表达的

---

① Arist. *Metaphysics*. 10.1.1053a7. [古希腊]亚里士多德:《亚里士多德全集》第7卷,苗力田译,中国人民大学出版社1993年版,第222页。

② 诗和修辞激起情感,这主要是柏拉图的思想。亚里士多德为诗和修辞辩护,只是认为情感并不一定都是恶的。如诗可以净化,至于修辞通过情感起作用是向善还是向恶,这不是行为本身的错误。也就是说,亚里士多德并没有对原理本身做修改,只是为理论增添了一些合法性,对柏拉图的批评做了一些辩护。

第二章　德米特里风格学诗学　◆◇◆

形式中的"存在"。可以说，风格即形式，即特征，也就能理解"风格即人"了。这就是德米特里为何一再强调表达的形式的决定性，也就是德米特里风格的论述为何一直在讨论"装置"如何构建的原因了。从这里可以看出德米特里在形式主义史上的地位了。

"装置"的构建主要是通过语言的选择与组合，而"装置"的特征就在于语言选择与组合对常规的偏离。风格即语言的偏离。这样，风格问题就转变成一个语言学诗学的问题了。德米特里就已经发现语言与风格的关系了。从这里，我们也能发现德米特里在语言学诗学或者说在当代诗学语言学转向中的地位了。

既然风格即形式、即特征、即语言的偏离可以成立，那么当然风格即文体也可以成立。从上面两个系统的图示中可以看出，如果不考虑心理效果或者心灵的体验，即不考虑第二系统，仅就第一系统而言，那么"装置"完全可以看作文体。这也就是为何后代学者将《论表达》作为文体学滥觞的原因了。这样风格与文体这两个一直在学术界争论不休的问题在此可以迎刃而解了。我们可以非常清楚明白地看出，文体是仅就第一系统即形式而言的；而风格是心灵对形式的体验或感觉，涉及心灵和形式两个方面。所以"风格即文体"只在形式决定风格这层次上有效，并没有涉及心灵层面，所以它又是无效的。

风格可以说是文体，但文体不能说是风格。例如小说、诗词、书信、诔、表、疏、策、铭等是文体，但不是风格。一种风格可成为一种文体，其实就是一种"装置"范式，如德米特里说信笺平易，平易可以作为文体，但信笺不是风格。风格是感觉，感觉就有判断和鉴赏（taste 趣味）。一种表达在一部分人看来是雄伟的，而在另一部分人看来是强劲的，甚至是优美的，也完全有可能，因为心灵的体验不一样。那么德米特里一直谈论"装置"如何建构，何以见得他是在考察风格，而不是文体呢？

说是文体肯定没错，因为风格即文体。之所以说他考察的是风格，因为他考察的八种类型，都是感觉，"冷""热""干""湿"，这都是心灵对对象体验的结果（具体请查阅附录 1 表 1）。从这点来说，风格即感觉。也就是说风格属于审美，而文体属于形式。

这样风格成了文体的形式，而文体成了风格的内容。文体本身也是形式，文体是"怎样说"，是能指；而"说什么"是内容，是所指。这实质上是古老的内容与形式二分。这种二分法源于修辞中事物和言说的对立——话题所能说的（事物）靠发明，而言说靠表达（事物到言语形式）。这样就得到一个二项式（见附录1图7）。

在这二项式中，言说者是联系的建立者或者保证者。问题是，言说者如何保证二者之间的联系，言说者有没有偏爱内容或形式。若倾向内容，表达有什么价值，能表达内容吗；若偏向形式，形式会不会遮蔽了内容？

德米特里没有回答，也还没能回答。但他做了一个选择，他选择了表达，"说什么不重要，怎样说才是有意义的"。从这里能够看出文的自觉，"为艺术而艺术"的端倪，形式主义的萌芽。

德米特里诗学自觉地从措辞、结构和思想三个方面总结出构成文体的方法、路径和规则，并指出了相反的行为会形成什么样的结果，回答了是什么和怎样的问题。而为何这样，则没有解决，似乎也无法解决，因为相近学科的科学研究水平还不足以支撑文体学研究的进一步的发展，无法回答这个问题。只有等到了近代以来，科学主义的兴起，整个科研水平的提升，才有可能回答这个问题。

无法弄明白的事情往往就会产生神秘感，而人们往往想对这一神秘的现象做出解释，没有科学逻辑的解释往往就会做出神秘的解释。文体学的发展也这样，当文体学的研究无法回答为何的问题的时候，人们就对其进行神秘化、仪式化、固定化。不同的文体实际上成了相关活动的仪式固化和沉淀，成了所谓的"有意味的形式"，展开了对这形式的膜拜和自觉遵守。这一形式就成为不可逾越的雷池戒律，成为社会文化风俗习惯的载体，而对文体的遵从也意味着对社会成规的尊重，即所谓"得体"。这样文体从形而上的系统降格为社会的，从社会的降格为常态，而这里正是社会话语开始的地方。

而一种新的文体的产生，往往是对既有规则的偏离。这样文体就带有一种最终为道德的视觉，在众人逻辑之外，倨立于社会话语之外，不"得体"。诗学最终指向伦理，美又回到了善那里，与希腊人将善化成美连接上，

第二章 德米特里风格学诗学

构成了一个闭环。美与善的结合构成了希腊美的典型。"希腊人将千姿万态的活生生的人体综合,从中寻找一种理想的美,肉体与灵魂圆谐的美。形态之美与灵魂之善合一是最高理想,希腊文称之为 καλοκἀγαθία(高贵优秀的品格),其最高的代表可见于萨福的诗,普拉克西提勒斯的雕塑。"[1]

同样,在德米特里的风格学中,每一种风格都有典型的代表,例如雄伟美的代表修昔底德,优美的代表伊索克拉底,平易的代表吕西亚,强劲的代表狄摩西尼等,即使赝品也有其代表。可见,风格的设定是希腊人对美的一种理想,对艺术的一种理想。但是,美会变化的,风格也会变化;另一方面,风格是按照艺术给人的感受来划分的,人的感觉是会变的,风格也会变,这就会出现一个风格的谱系。风格的谱系也是希腊人趣味(taste)的变迁史,是希腊美的典型的谱系。从这而言,风格是审美的化石。

因此,对风格的考察可以反观人类审美趣味的演变。在言说风格的发展中,到底什么风格"最上乘、具正法眼,悟第一义"是风格学一直争论的问题。通过对风格"第一义"之争的机缘、焦点、实质的剖析,考察古希腊风格学发展的系谱及其对罗马风格学的影响,能从另一个角度窥见希腊罗马之争的缘起与演变。

---

[1] [意]艾柯:《美的历史》,彭淮栋译,中央编译出版社2007年版,第45页。

第三章　德米特里神话学诗学

神话（myth）源于拉丁语 mythus 撰写的希腊语 μῦθος。μῦθος 词根是 μυ，"紧闭，引申为紧闭双唇"，表示"司仪场合的寂静"；在司仪的特殊语境，表示"用特殊的方式说话"，与日常言说相异。《荷马史诗》里 μυθος 与 επος（词，话语，史诗 epic[①]）常通用，也就是诗（επος）与神话（μυθος）是通用的；荷马并不在乎故事的真假，更注重语言的魅力，μυθος 意为任何讲出口的言辞。[②]

在古希腊，祭司、先知和诗人都被认为是能通神的[③]。柏拉图在《伊安篇》里也提到了三者的特性：诗引导想象，神是尺度，人按神的意志行为。[④] 这样诗歌成为神话的温床，"神话是诗歌世界最高级的初型"[⑤]；想象代替求索，虚假代替真知，并让人沉迷于虚幻的诗情画意。

到了自然哲学家那里，世界可以从自然研究找到符合理性（λογος）原则的答案，世界的起源归于物质、元素、数或存在等，所有的事物都可以找到科学的解释，而不是神的意志。μυθος 成为一个与 λογος 对立的，对宇

[①] epic-1589, from L. epicus, from Gk. epikos, from epos "word, story, poem", Extended sense of "grand, heroic" first recorded in Eng. 1731. (Ernest Weekley and John Murray, eds., *An Etymological Dictionary of Modern English,* Dover Publications, 1921, Vol. 2.)

[②] Hom. Od. 4.214-215, 4.595-597. [古希腊]荷马：《荷马史诗·奥德赛》，王焕生译，人民文学出版社 1997 年版，第 62、76 页。

[③] Plato. *Meno.* 99c-d.

[④] Plato. *Ion.* 5.34.

[⑤] [苏联]叶·莫·梅列金斯基：《神话的诗学》，魏庆征译，商务印书馆 1990 年版，第 15 页。

第三章 德米特里神话学诗学

宙和生命的不同的理解。其内容是虚构的,氛围是假设的,表达是诗意的,接收的方式是想象和宗教的热情,而不是分析、判断和抽象。所以赛诺芬尼对荷马的批评,其实是 λογος 对 μυθος 的责难,是理性对非理性的批评,是科学对诗的非议,是一次思维的革命,不啻但丁与哥白尼,从此西方走入理性的历史。德米特里的诗学正是这种理性化的结果,甚至是此时言语科学的高峰,是话语构建的集大成。

自理性开启,修辞学家采取所谓"科学"的言说方式,历史学家采取调查、求真和写实的治学取向。希罗多德称自己的作品是 λογος,试图提供理性的解释[1]。而把具有虚构性和想象性的主题都归入 μυθος[2],而不是 λογος。可见,散文(λογος)与神话(μυθος)和诗(ποίησις)的不同。散文提供理性的解释,而神话和诗多想象和虚构,也可见诗和神话具有亲缘性。如果说诗、神话、散文既是一种言说方式,也是一种思维方式,或者说对生命和世界的理解方式。那么散文就是一种理性的"科学"的言说方式和理解方式,而诗和神话是虚构的,是人化或物化的叙事。

德米特里沿着理性的路径,采用散文的方式,试图构建科学的言说方式。这并不等于德米特里与神话一刀两断。首先,他考察了所有的言说方式,包括诗、神话以及散文,试图用理性的方式来探究不同的言说方式的效能。其次,他自己的言说方式也不仅仅是散文的,常暗度陈仓地借用神话题材、神话思维、神话的言说方式,甚至词汇的使用都常是神话式的。这不仅仅是德米特里,即使高举理性言说的希罗多德,也是喝着荷马的乳汁长大的。同样,理性主义者也承认诗包含真理。地理学家斯特拉玻(Strabo)也认为"荷马史诗"包含真实的叙述(ίστορία)和虚构的故事(μυθος),历史有助于阐述真理,而神话给人快感。[3]所以神话并没有离希腊罗马人而去,也没有被理性招安,而是理性时代的底蕴。

---

[1] ίστορία(历史)本身就有考察、判断、探究、询索的意思。
[2] Herodotus. *History*. 2.23.
[3] Strabo. *Geography*. 1.2.17.

第一节　德米特里诗学神话学的同构性

一　"魅力论"与"美惠女神"（χάριτες）

德米特里强调言说需要有魅力（χάρις），而言说的魅力来自言说者（Αὕτη δέ ἐστι καὶ ἡ δυνατωτάτη χάρις, καὶ μάλιστα ἐν τῷ λέγοντι.）(§135)。那么什么是魅力，言说者何以能够使言说具有魅力呢？

魅力（Χάρις）复数是 χάριτες. Χάριτες 是希腊美惠三女神，是宙斯和大洋女神欧律诺墨（Εὐρυνομη）的女儿[①]。Εὐρυ, 宽广的；νομη, 秩序；Εὐρυνομη, 广泛的秩序，美惠三女神是这"广泛秩序"的一部分。美惠三女神 Χάριτες 拉丁语为 Gratiae，是 Gratia 的复数，罗马人认为美惠女神是"感恩和仁慈"神灵[②]。Gratia 在英语中为 grace，所以美惠三女神英语为 the Graces。根据赫西俄德《神谱》[③]，美惠三女神为阿格莱亚（Ἀγλαία, splendour, beauty, adornment）、欧佛洛绪涅（Εὐφρόσυνος, cheery, merry）、塔利亚（Θαλία, abundance, good cheer）。Αγλαία，a 前缀，加强词义，很，非常；ια 抽象名词后缀。Γλα，"光芒、光辉"，英语中 glory、gleam、glim、glace、glad、glamor、glare、glass、glaze、glebe、glint、glisten、glitter、glow 等都源于此词根。阿格莱亚的意思是"荣耀的、美丽的、光辉"。Ἀγλαία（"非常荣耀"）亦即掌管运动会上的胜利，运动之协调和肉体之美是荣耀的。Εὐφρόσυνη，由 ευ/good 与 φρεν/mind 组成，συνη 形容词的名词词缀，表示概念。Εὐφρόσυνη, goodmind, merriment，是"快乐、仁慈"女神。Θαλία, ια 抽象名词后缀，θαλ 表示"绿枝、嫩叶"，希腊时令三女神之一 θαλλο 是春神，

[①] Homer. *Il.* 18. 382; Pasithea, Il. 14. 269-276. Od. 18. 194. Hesiod. Theog. 910, 945; Works and Days. 70-80.

[②] Senec. *De Benef.* 1. 3.

[③] τρεῖς δέ οἱ Εὐρυνομη Χάριτας τέκε καλλιπαρῄους, Ὠκεανοῦ κούρη, πολυήρατον εἶδος ἔχουσα, Ἀγλαῒην τε καὶ Εὐφροσύνην Θαλίην. [古希腊]赫西俄德：《工作与时日　神谱》，张竹明、蒋平译，商务印书馆1991年版，第52页。

第三章 德米特里神话学诗学 ◆◇◆

掌管万物生长萌芽的，有萌芽、本原的意思，智慧就是对万物的本原和原因的认识，因此 Θαλία 有"本真、智慧"的意思。她们掌管着社会交往中的优雅、美和智慧，但只赐予那些为了别人快乐的人快乐。美惠女神是美、善、真、乐的隐喻。

她们与缪斯为友[①]，一起掌管着艺术。缪斯给予诗人灵感，但用诗美化生活和节日的是美惠女神。她们喜爱诗歌，被称作喜爱歌曲的（ἐρāσίμολποι），或喜欢歌舞的（φῑλομολπος）。她们帮助赫尔墨斯和珮托（Peitho）使雄辩优雅有说服力[②]。在希腊，最伟大的艺术家是她们的宠儿，最完美的艺术称作 χὰρις（有魅力的），即美惠女神（美、善、真、乐）的。美惠女神就是魅力，就是魅力的源泉，是直观作品中澄明的生气、本真、善感受到的快乐。

很明显，在德米特里看来，言说的魅力（χὰρις）是与美惠女神有关，与神话有关，魅力是先验的。德米特里这一观点，并不是其首创，而不过是在重复着一个古老的缪斯传说。

在荷马的《伊利亚特》开篇即请求缪斯歌唱佩琉斯之子阿基琉斯的愤怒，"女神啊，请歌唱佩琉斯之子阿基琉斯的愤怒"[③]。赫西俄德的《工作与时日》也是从呼唤女神开始，"皮埃里亚善唱赞歌的缪斯神女，请你们来这里，向你们的父神宙斯倾吐心曲，向你们的父神歌颂"[④]。《神谱》第一句就是向缪斯呼吁，"让我们从赫利孔的圣山开始吧，他们是这圣山的主人"[⑤]。

如果说荷马是希腊史诗之父，那么萨福就是抒情诗之母。残缺的遗诗构成了她经久不息的魅力，留给后人无限的想象空间，成了欧美文学抒情文学传统。虽然自萨福开始，从以诸神和缪斯的名义写诗转向以个人的声

---

① Hesiod. *Theog.* 64; Eurip. *Herc.* fur. 673; Theocrit. xvi. in fin.
② Hesiod. *Op.* 63.
③ [古希腊]荷马：《荷马史诗·伊利亚特》，罗念生、王焕生译，人民文学出版社1994年版，第1页。
④ Hesiod. *Op.*1. [古希腊]赫西俄德：《工作与时日 神谱》，张竹明、蒋平译，商务印书馆1991年版，第1页。
⑤ Hesiod. *Theog.* 1. [古希腊]赫西俄德：《工作与时日 神谱》，张竹明、蒋平译，商务印书馆1991年版，第26页。

音吟唱,但萨福还是认为自己的诗歌的成功是缪斯赐予的。①

缪斯是一切魅力的源泉,缪斯赐予心灵潜能,知道如何把许多虚构的故事说得像真的,也知道如何述说真事。这些神话,说明魅力是缪斯赋予心灵的结果,是外在的,不是每个心灵天生就有的,有魅力的表达,是一部分心灵的专利②。文学成为天才的创造,而其他人只能模仿。

身处理性主义时代的智者学派如高尔吉亚、普罗塔戈拉等认为言说属于 λογος,是一种技艺,这种技艺是可以传授和模仿的,他们一个个都办学收费授徒。柏拉图也竭力从理性解释创造力的构成,但对智者的反感使他最终落入了神话的窠臼。他的神灵附体,他的理式都具有先验性,具有不可言说性,都具有神话的属性。诗是神灵的技艺③,是直接对神的模仿、是神的影子,对神的话语的解释。他的诗可以分成两类:一类是完全凭灵感的,另一类是写实的。写实的是对现实的模仿,是影子的影子,遭到贬斥、驱赶。凭灵感创造的是神的话语,只是借诗人之口说出而已,更具有永恒性。柏拉图加载了浓厚的神话属性。

亚里士多德不满柏拉图神话式的解释,极力从理性的角度给予科学的说明,从实体的生成的角度论述了人工生成与自然生成的区别,明确指出创制的本原与自然科学知识的不同。"在生成的东西当中,有些因自然生成,有些因人工生成,有些因自发生成。"④自然生成的事物本原和原因在自然,在事物之中。"自发生成是因为生成由之开始的质料,就存在于某物因技术的制作和生成中,这种质料中含有事物的部分,有的可以做出于自身的运动,有的则不能"⑤,自发生成只是人工生成的偶性。

人工生成又可分为创制的和实践的:创制的本原或者是心灵与理智

---

① [古希腊]萨福:《萨福抒情诗集》,罗洛译,百花文艺出版社1989年版,第124页。
② 《荀子·性恶》"故圣人化性而起伪,伪起而生礼义,礼义生而制法度",因此文章必须征圣、宗经。
③ Plato. *Ion*. 533e-535e.
④ Arist. *Meta*. 1032a14. [古希腊]亚里士多德:《亚里士多德全集》第7卷,苗力田译,中国人民大学出版社1993年版,第163页。
⑤ Arist. *Meta*. 1034a10-15. [古希腊]亚里士多德:《亚里士多德全集》第7卷,苗力田译,中国人民大学出版社1993年版,第168页。

第三章 德米特里神话学诗学

（νοῦς），或者是技术（τέχνη），或者是某种潜能（δύναμις）[①]。"当一个对同类事物的普遍判断从经验的众多观念生成的时候，技艺也就出现了。"[②]技艺是在经验中把握普遍、把握真。他把有技艺的人和只懂得经验的匠人区别开来，"有技艺的人比有经验的人更加智慧，因为智慧总是伴随着认识"，有技艺的人是懂其所以然的，所以更智慧。智慧在这里是一个修饰语，就是更接近于对技艺本原和原因，即逻各斯的认识。他继承了柏拉图诗的"真"，认为诗比历史真，历史仅仅是事实的堆砌，而诗是近情近理的真。亚里士多德所说的"真"是普遍性，是种，是理式。

亚里士多德用理性的方式论述了魅力的生成，但仍给 μυθος 自留地，首先自然生成和自发生成都是先验的，而人工生成源于在经验中把握一般。经验中如何把握一般，仍然有回到柏拉图的神灵附体的可能。他折中了 μυθος 与 λογος，将神置换为柏拉图的理式，将理式置换为普遍性和永恒性，置换为真，置换为科学的普遍规律，使真蒙上了理式的神秘。因此，即使他用理性的方式来解析魅力，但仍然摆脱不了神话的法门。

德米特里一方面重复了言说魅力来自神话的传统。认为题材具有先验的魅力。这些题材本身就有魅力。这些先验的魅力就有神话的属性或者本身就属于神话。

νῦν καὶ τοὺς τόπους παραδείξομεν, ἀφ' ὧν αἱ χάριτες. ἦσαν δὲ ἡμῖν αἱ μὲν ἐν τῇ λέξει, αἱ δὲ ἐν τοῖς πράγμασιν. （§136）

Τὸ δὲ τῇ δέ θ' ἅμα Νύμφαι παίζουσι: γέγηθε δέ τε φρένα Λητώ: καὶ ῥεῖα δ' ἀριγνώτη πέλεται: καλαὶ δέ τε πᾶσαι: καὶ αὐταί εἰσιν αἱ λεγόμεναι σεμναὶ χάριτες καὶ μεγάλαι. （§129）

"提大盾的宙斯生活于林野的神女们，和她一起游乐，勒托见了心欢喜"和"女神的头部和前额非其他神女可媲美，很容易辨认，尽

[①] Arist. Meta. 1025b22-26. [古希腊]亚里士多德：《亚里士多德全集》第7卷，苗力田译，中国人民大学出版社1993年版，第146页。

[②] Arist. Meta. 981a6. [古希腊]亚里士多德：《亚里士多德全集》第7卷，苗力田译，中国人民大学出版社1993年版，第27页。

管神女们也俊美无比。这位未婚少女也这样超过众侍女。"①

另一方面,强调魅力是言说者所赋予的(Αὕτη δέ ἐστι καὶ ἡ δυνατωτάτη χάρις, καὶ μάλιστα ἐν τῷ λέγοντι.)(§135)。并继承逍遥派关于创造力的"科学解释",认为魅力由三个方面构成,题材、用语和结构。

首先,是使用漂亮的词语。"按照特奥弗拉斯特的定义,词语的漂亮是动听、中看、高贵的思想。"(§173)特奥弗拉斯特的定义源自亚里士多德《修辞学》"字的美,正如利铿尼俄斯所说的,在于它的声音和意义,字的丑亦如此"和"所以隐喻字应当从具有声音之美或意义之美的,或者能引起视觉或其它感官美感的事物中取来"②。音、义的研究是希腊语法研究传统对象。根据第欧根尼·拉尔修的记载,亚里士多德有两卷本《论措辞》,特奥弗拉斯特曾写过一卷本《论措辞》,在这些论著中可能对词语的音、义、色进行过研究。③从其提到特奥弗拉斯特的著作来说,德米特里可能受到逍遥学派影响。德米特里也认为词语的"悦耳、悦目、悦心"既能让人直观到美与善,也让人快乐,因而使用漂亮的词是言说者赋予言说魅力的技艺之一。

其次,"美也来自结构"。这方面以前少有人探讨过,且不太容易描述(§179)。德米特里使用过四个有"结构"意思的词:λέγω(安置),τάξις(安排),κόσμος(修饰),σύνθεσις(结构)。τάξις 侧重词序;κόσμος 侧重于井井有条的样子,强调的是结果,所以还有宇宙的意思,宇宙是一个安排有序的结果;λέγω 是动词,强调安排的过程;σύνθεσις, synthesis, συν, together, θεσις 动词 θιθεναι, put, place, synthesis, putting together, composition, combination, 组合,配合、混成、合成等。那么他所说的结构是什么结构呢?德米特里在《句论》中就已经很清楚地论述了,他的结

---

① Hom. Od. 6.105. [古希腊]荷马:《荷马史诗·奥德赛》,王焕生译,人民文学出版社 1997 年版,第 111 页。

② Theophrastus. F 687 Fortenbaugh, Arist. Rhe. 1405b17-8. 罗念生:《罗念生全集》第 1 卷,上海人民出版社 2004 年版,第 310 页。

③ Diogen. *Lives of the Eminent Philosophers*. 5.1.24, 5.2.47.

第三章 德米特里神话学诗学 ◆◇◆

构是句子的结构。以句为单位研究散文，是从德米特里开始。

《句论》中已经论述了两种结构，圆周句（κατεστραμμένη/περιόδους）和松散句（διηρημένη）。松散句就像随意扔在一起的石块，没有结构，更谈不上美。圆周句可由谐音构成。谐音如谐尾、谐首、等长（§§25-29）。这类结构，技巧削弱了力量，不适合强劲表达（§27），也不适合情感和性格的描绘。因为情感和性格是简单和非规范的（§28），若受到规范或修饰那就不是本性了。谐音圆周句则是圆滑、柔和、文质彬彬的，这正是优美的本义。优美（γλαφυρὸς），光滑的（polished）、雅致的（neat）、巧妙的（skillful）、流畅的（smooth）、文雅的（elegant）。如果去掉谐音，也就没有魅力了（§29）。创制技艺的优美就是魅力。

德米特里规范了谐音句的使用。"谐音不能太露，当语句连贯的时候察觉不到韵律，只有不连贯时，一部分一部分分析的时候，也仅这时，我们才可以发觉韵律。"[①]（§180）魅力这种装置应该是圆滑顺畅的，韵律必须适度、自然，"羚羊挂角无处可寻"，亚里士多德说"机智的话语就是适度"[②]。痕迹明显，就成"矫揉"了。

圆周句除了谐音，还有近似韵（μετροειδῆ）（§§180-182）、节奏（ῥυθμός）（§§183-184）等众多的技艺。柏拉图许多文章的魅力来自节奏。近似韵，韵律不明显，被连续、流畅的话语掩盖，不露痕迹（§182），更具有自然性，"这种令人愉悦的装置的魅力在我们意识到前，就逐渐控制了我们"（§182），因此被许多人使用。韵律和节奏都是魅力的源泉。

最后，题材的运用。题材本身具有先天的魅力，使用神话能够直接产生魅力：

Καὶ μῦθος δὲ λαμβανόμενος καιρίως εὔχαρίς ἐστιν, ἤτοι ὁ κείμενος,

---

[①] Λόγων，语句，这种用法见 Aris. Poet. 1461b.16.（[古希腊]亚里士多德：《诗学》，陈中梅译注，商务印书馆1996年版，第180、200页。）συνειρμῷ, Connection/join 这个词仅德米特里在此用过一次，他人很少用，可能这些词是德米特里自己造出来的。这句话是说韵律（μέτρα）不能很明显。不连贯 διακρίνοι。

[②] Arist. Nic. Eth. 4.8. 1128a-1128b.5. [古希腊]亚里士多德：《亚里士多德全集》第8卷，苗力田译，中国人民大学出版社1994年版，第91页。

ὡς ὁ Ἀριστοτέλης ἐπὶ τοῦ ἀετοῦ φησιν, ὅτι λιμῷ θνήσκει ἐπικάμπτων τὸ ῥάμφος: πάσχει δὲ αὐτό, ὅτι ἄνθρωπος ὢν ποτε ἠδίκησεν ξένον.[①]ὁ μὲν οὖν τῷ κειμένῳ[②] μύθῳ κέχρηται καὶ κοινῷ. (§157)

不仅引用神话，引用众人熟悉的神话，会使表达具有魅力，甚至可以创作神话使言说具有魅力：

Πολλοὺς δὲ καὶ προσπλάσσομεν προσφόρους καὶ οἰκείους τοῖς πράγμασιν, ὥσπερ τις περὶ αἰλούρου λέγων, ὅτι συμφθίνει τῇ σελήνῃ καὶ ὁ αἴλουρος καὶ συμπαχύνεται, προσέπλασεν, ὅτι ˊἔνθεν καὶ ὁ μῦθός ἐστιν, ὡς ἡ σελήνη ἔτεκεν τὸν αἴλουρον:'[③] οὐ γὰρ μόνον κατ᾽ αὐτὴν τὴν πλάσιν ἔσται ἡ χάρις, ἀλλὰ καὶ ὁ μῦθος ἐμφαίνει χάριέν τι, αἴλουρον ποιῶν σελήνης παῖδα. (§158)

神话本身分享了神的魅力，神话题材无论怎么使用，都改变不了其先天的魅力。人工生成虽然来自创制者，但创制者只能按照逻各斯来生成。普遍判断是人从事物中认识到的，而逻各斯已经存在于事物之中了。德米特里继承了柏拉图以来的先验的逻各斯。

作为理性主义者，德米特里"科学"构建的言说是回到美惠女神的"装置"。无论是词语的"悦目、悦耳、悦心"，结构的"顺畅、雅致"，还是神话本身的迷人，无非都是为了使言说"美、善、真、乐"，回到美惠女神的境界。

在使人回到本真的方式中，诉诸逻各斯让人明白"真"，这是思辨科学；让人在选择中明白善，这是实践科学；让人在直观"真、善、美"

---

① [古希腊]亚里士多德：《亚里士多德全集》第 4 卷，颜一译，中国人民大学出版社 1996 年版，第 341—342 页。鹫衰老时，上喙渐渐长得更长，越来越弯曲，最终他们将死于饥饿。有那么一个神话讲它遭受这一厄运是由于当它曾是一个人时，错待了一位客人。（Aris. Hist. Anim. 619a16.）

② κειμένῳ, Well-established. 已创造好的，与下文即§158 προσπλάσσομεν, making 创造，相对。

③ Plu. *Mor*. 376f. 埃及神话，猫的眼睛随月盈亏。（Innes'notes）

第三章　德米特里神话学诗学　◆◇◆

的澄明中愉悦，这是创制科学。创制科学也有不同的方式，或通过激起相互冲突的情感，让人在情感的净化中体道；或让人在心平气静中灵魂恢复自然本性，"迅速的和可以感觉到的，使灵魂恢复其自然本性的运动就是快乐，而痛苦就是其反面"①。无论哪一种，最终都回到美惠女神那里。而神话则直通魅力，在神话的叙事中直接体验到真、善和美，直接体验到快乐。

理性的德米特里试图通过科学的方式回到这里。即使如此，他所回到的福地仍然是神话所在（科学构建的言说——χαρις 魅力），而且他还不忘使用神话的"快车"直通美惠女神的境界。像柏拉图、亚里士多德一样情愿或不情愿地承认和接受了神话（μυθος）的言说方式，而不仅仅是理性（λογος），带有对神话（μυθος）和理性（λογος）两种言说方式的总结。而无论是柏拉图、亚里士多德还是德米特里，在他们的诗学原理中都暗含着一个神话世界与诗学的同构性。诗学可以通过神话直接分享魅力，诗学的魅力来自美惠女神，诗学灵感的源泉是美惠女神和缪斯。甚或可以说，神话是诗学魅力的隐喻，喻体是美惠女神和缪斯，本体是诗的"美、善、真、乐"和灵感。不过，在古希腊，这个喻体和本体可能相反，神才是本原，而技艺不过是神的显现或神的澄明。但不管如何，都暗含着一个同构的映射。

二　诗学的整一性与神话世界的秩序

德米特里对神话言说的认可和接受，不仅在于魅力论，还在于对神话所具有的秩序的认可与接受，神话秩序成为诗学的"整一性"。神话秩序与诗学的整一也具有同构性，具有喻体与本体的映射。

整一性与切分性相对。从自然哲学家开始，就试图从理性发现生命和宇宙生成的秘密。他们认为，世界的混沌（Χαος）只有"分开"才能有规定性。Χαος 本身就有"混沌"和"裂口"双重含义。"分开"有了万物的规定性，因此就产生了对万物规定性的知识。所以"分"（διαιρέω）而后"通"，

---

① Aristotle. *Rhe.* 1.11.1370a. [古希腊]亚里士多德：《亚里士多德全集》第 9 卷，颜一译，中国人民大学出版社 1994 年版，第 382 页。

人才有"理路"可走，才能去理解万物的本质、"存在"，即永恒连续、没有动变、不生不灭的"一"。这个"一"在柏拉图看来就是"理式"，在亚里士多德那里就是普遍的永恒，就是形式因。这样就找到了世界存在的本原。

在这种对世界万物本原的探究中，本原不仅从具体的物质演变成抽象的存在；思维方式也从经验性的思维方式，即"对象性思维方式"演变成科学的思维方式。靠感官经验的"意见之路"只能认识现象，即万物的生灭变动，这是瞬息变化的，所得到的并不是真实的知识。只有在"理路"上得到论证的知识，才是可靠的，才是真知识。

德米特里也接受了这种"分"的思维，《句论》开篇第一句就是，"诗分（διαιρέω）韵律，散文分句"，句分长短、松散句、圆周句，圆周句分谐音、对立句等（参见附录1图4）。

Ὥσπερ ἡ ποίησις διαιρεῖται τοῖς μέτροις, οἷον ἡμιμέτροις ἢ ἑξαμέτροις ἢ τοῖς ἄλλοις, οὕτω καὶ τὴν ἑρμηνείαν τὴν λογικὴν διαιρεῖ καὶ διακρίνει τὰ καλούμενα κῶλα.

在《论风格》中，风格分雄伟、平易、优美、强劲等四种基本类型，每一种类型又分正品、赝品等（参阅附录1图1、图2、表1）。可见德米特里诗学就是一个不断切分的思维，一种理性思维。

但这并不等于德米特里就完全只有切分，没有整一。恰恰相反，分的目的是为了认识最终的"一"，认识整体性，认识理式，认识本原。无论是"原子论"（ἄτομος）还是"四根"（ῥίζα），柏拉图的理式（εἶδος）还是亚里士多德"形式"（εἶδος），都是以"宇宙整一观念"为基础，德米特里也不例外。只是各自达到"整一"的理路不同。

德米特里也试图找到一条科学的路径。在通过"分"找到句、分句、词语、题材、结构、风格等，及不同的结构、词语、题材的规定性之后，开始"合"。在言说的基石——句的基础上，按照各种规定性构建了诗学形式系统和心理学系统，再而构成诗学系统（参见附录1图3），以此来达到"整一"。不仅如此，对"整一"的追求更在于德米特里身体力行之中。

第三章 德米特里神话学诗学

在具体语句表达上，正如德米特里推崇圆周句一样，他也常使用圆周句。一个句子常直到结尾才出现中心词，这样使句子一下子煞住，整个句子紧凑，无论句中如何分歧、繁杂，都成为一个完整体，特别是没有标点的年代。常用的句型就是系动词"是"置尾。如：

ὁ δὲ Θουκυδίδης ὁμονοεῖν τοὺς Σικελιώτας καλὸν οἴεται **εἶναι**（§113）[①]

Πᾶσα μὲν οὖν ὑπερβολὴ ἀδύνατός **ἐστιν**.（§125）[②]

动词"认为 οἴεται"和系动词"是 εἶναι"后置。再如：

ἢ ἀμφοτέροις, τῇ τε λέξει καὶ τοῖς πράγμασιν, ὥσπερ ἡ αὐτὴ περίοδος ὧδε **ἔχει**.（§22）[③]

τῶν δὲ εἰρημένων ὀνομάτων τὰ λεῖα μόνα ληπτέον ὡς γλαφυρόν τι **ἔχοντα**.（§178）[④]

动词 ἔχω 后置，完结全句。

他的作品结构上，也常是"蟠蛇"式的。从《句论》开始，到《论风格》结束，可以看作一个大圆周句。《句论》，他从定义开始，然后按照句的定义将句分为句和分句，定义是句论第一个层次。句按长度不同，分长句和短句（短语）；按分句间的关系不同，分松散句和圆周句（不同于修辞三段论）；圆周句再按其松紧分为对话体、历史体和修辞体；按构成分为对立、谐音；按长度分为长、短。这是第二个层次。不同长度和联结的分句具有不同的潜能，适于不同的表达对象和风格。这是句论的第三个层次。最后论述了与亚里士多德和阿赫曼德圆周句定义的区别。整个论述在四个

[①] Thucydides, for his part, thinks it right that the Sicilias should act in unity.（Inines）Thucydides, however, thinks it a fine ideal for the Sicilian Greeks to live in harmony.（Moxon），直译为 Thucydides think it is right that the Sicilian Greeks to live in harmony。

[②] Indeed, every hyperbole transcends the possible.（Roberts）

[③] Or it may be twofold, of thought and of expression, as in this same period.（Roberts）

[④] Of all the words indicated, the smooth alone must be employed as possessing any elegance.（Roberts）

层次上展开，从定义开始，在对各个属差分析界定之后再回到定义，构成了一个大的环形结构，紧凑、有序、明晰，共同构成一个有机整体。

《论风格》采取了总分结构，先总说风格的种类，然后分别论述各种风格。总分结构是一种圆周句式结构。在各风格内部论述，逻辑结构也有圆周特点。《论强劲》在论述圆周句简洁易产生强劲的时候，顺势说到跳脱法（§253）和隐晦（§254），但跳脱和隐晦不是环形所产生的强劲，而是思想图式所产生的强劲，这就为后面论述思想图式（§§263-264）埋下一个伏笔。而在思想图式论述到跳脱法的时候承前省略，没有再详细分析它是怎样产生强劲的，"跳脱法，我已提到过的一种辞格，具有（和假省笔法）相同的品质，也能增加话语的强劲"（§264）。但却能够推出跳脱是怎样产生强劲的，因为前面已经说了跳脱法是隐晦笔法，而假省笔法和跳脱形式相同，都是省略。也就是说，省略可以使文章隐晦，隐晦产生强劲。前面埋下伏笔，顺笔一提，开启了一个新话题，但却没有继续下去，后文的论述填补了前文的空缺，也省略了前面已经论述过的，这样前后呼应，具有互文性。施耐庵笔法与此极为相似。在《水浒传》中描述林冲的时候，顺手一笔写鲁智深，但又不详述，只有描述鲁智深的时候才详写。前后呼应，形成互文。所谓"蟠蛇章法"是"击其首则尾应，击其尾则首应，击其中则首尾皆应"[①]。即文章之中处处有呼应，往复回环，形成一体。这正是德米特里论述的特点。

德米特里通过身体力行，循"科学"之路实践自己诗学的"整一"。但这只是言说"整一"，是此岸的"整一"，只是为更高的"整一"——言说与世界的"整一"准备。如何实现言说与世界的"整一"呢？

在德米特里的诗学系统里，喜剧—悲剧，笑话—魅力，松散句—圆周句，赝品—正品，有着严格的等级秩序。要求在不同的文体中使用不同的词语、结构、题材，规定了词语、结构、题材的层级，确立了它们的秩序。德米特里诗学核心是"得体"，"得体"一方面是让事物成为自己的样子，另一方面就是不越位，否则就是赝品，甚至因越位带来谴责、灾祸或惩罚。

[①] 钱锺书：《管锥编》第 1 卷，生活·读书·新知三联书店 2007 年版，第 380 页。

第三章　德米特里神话学诗学　◆◇◆

"得体""度""德性"都是秩序的反映。这是一个理性的言说秩序系统。

言语秩序是宇宙秩序的一部分，而宇宙秩序的确立却是通过言语来确立的。言语对宇宙秩序的确立是通过神话来实现的。自荷马以来，人类就努力通过神话来确立秩序。"荷马和赫西俄德创造了希腊的神谱，并且决定了希腊信仰的诸神的形态和属性。"[①]赫西俄德神话使无序（ἀταξία）的混沌（χάος）变成有序（τάξις）的宇宙（κόσμος），大地、天空、冥府、白昼黑夜、山河湖海、日月星辰。他改造种族神话具有双重目的[②]：一方面阐明神和人在起源上相似（他把前几个种族和三类除神外的受人崇敬的超自然物联系在一起），另一方面又希望人们吸取神话中的劝告，以提醒他们尊重正义——只有这样，这些卑微的生命才能同神保持联系，而不至于完全受暴力和邪恶的支配。[③]

世界的生成实质上就是秩序的诞生，"智慧的人称事物的全体为科斯摩斯——有秩序的宇宙"[④]。"天地以合，日月以明，四时为序，星辰以行。"（《荀子·乐论篇》）"礼者，天地之序。"（《礼记·乐记》）人类社会如果要保持正常运行，就必须满足一些源自人性深处的最基本的需求，而"秩序是人类的第一需要"。[⑤]因秩序的缺失或忽视，人类从黄金时代堕落到黑铁时代。

言语通过神话不仅给世界提供了秩序，也给自己提供了框架，一种关系，一种意义。索绪尔认为语言是一种符号系统（semiology），符号连接的是概念和音响形象。能指是音响形象，所指是概念，能指与所指连接的整体就是符号。语言符号的特征既是任意的（arbitrary）又是差异的（differentiared）。语言的符号性决定了语言学应该去研究符号与符号间的

[①] [英]鲍桑葵：《美学史》，张今译，广西师范大学出版社 2001 年版，第 8 页。

[②] Jean-Pierre Vernant ed., *Myths and Thought Among the Greeks,* trans. Janet Lloyd and Jeff Fort, New York: Zone Books, 2006, p. 410.

[③] [法]维尔南：《希腊人的神话和思想：历史心理分析研究》，黄艳红译，中国人民大学出版社 2007 年版，第 90 页。

[④] Plato. Gorgias. 506c-e. 中文转引自叶秀山、王树人《西方哲学史》第 2 卷，江苏人民出版社 2004 年版，第 505 页。

[⑤] [美]拉塞尔·柯克：《美国秩序的根基》，张大军译，江苏凤凰文艺出版社 2018 年版，第 2 页。

关系。关系就是秩序。意义就在这秩序之中。譬如乾坤的关系原是相互平等的,引申到君臣、父子、夫妻之序时,意义便变了。这样言语通过神话不仅给能指确立了秩序,也给所指确立了秩序;使能指和所指的秩序对应、相通。乃至一些人相信"声音之道与政通",言说失序和混乱是社会变革的先兆和显现。

自然哲学家也想通过言说确立世界的秩序,但是他们是想通过理性的路径实现。他们想用"原子""四根""元素"等概念,将世界统一在他们单纯的所指里。但在现实中似乎无法实现这种整一,因为现实世界都是混乱的、有限的。自然哲学家还不能用物质或元素来实现物质与精神的统一,他们统一的只是物质,而精神世界只有等到智者们发现"逻各斯"(λόγος)、"存在"(εστιν)和"努斯"(νοῦς)等这些范畴,才能一窥宇宙的"整一"。他们走的是一条纯粹的理性之道,但却没有智者们这类"脚手架"可以攀登。

到了智者时代,智者们(σοφιστής)比自然哲学家们粗糙的宇宙哲学观要精进得多。智者最大的贡献是相对主义和怀疑主义,把自然哲学和此前的神话哲学钉死在物或神上的思想解放出来,从机械的绑定中解放出来,正如被困于物质的普罗米修斯,从山崖上解放出来,获得了自由一样。宙斯把普罗米修斯绑在山崖上,其实就是把人束缚于物质,人屈从于物质,这是自然哲学家们所干的活,"蔽于天而不知人"。

普罗塔戈拉"人是万物的尺度""人创造神而不是神创造人",将原来颠倒的世界再次颠倒过来。人成了世界的主体,成为一切思考的出发点和目的。"巴门尼德用一个最普遍、最常用、最抽象的词'存在'(ειμι)去代替神""舍弃掉量的共性,以及同数有关的多,可分性,流动性等,得出一个最抽象的——既无质的差异,又无量的区分的范畴'存在'"[①]。赫拉克利特提出万事万物运动变化背后的基本规律"逻各斯",阿那克萨戈拉提出事物运动的根本动力"努斯"等这些非常抽象的概念,试图统一世界。这既是希腊语言和语言学发展的结果,也是思维发展的结果,是思维不断发展、精进、攀升的结果。

---

① 汪子嵩、范明生、陈村富、姚介厚:《希腊哲学史》第 1 卷,人民出版社 1997 年版,第 617—618 页。

第三章　德米特里神话学诗学　■◇◆

　　柏拉图将理式论推至天上，通过完全抹杀感性的存在，来完成理式对世界的统一。但当感性不过是理式的影子的时候，理式也变得不可捉摸，无法把握，理式与现实有着不可逾越的鸿沟，世界分裂成了理式和现实。为了理式与现实发生联系，就必须"分有"。现实"分有"理式。如何"分有"呢？柏拉图通过灵魂的回忆来窥见理式的光辉，或者通过模仿来分有。"回忆"和"模仿"是柏拉图达到理式统一的两种方法和路径。前者是非理性的、神话式的；后者是实践的。

　　亚里士多德将对"整一"的把握变得比柏拉图可操作多了。亚里士多德建立了一座"巴别塔"，从物质到精神、从感性到理性、从物理学——数学——形而上学一级级攀升，最后达到一个"永恒的整一"。这是一个形而上的升华之道。

　　亚里士多德还发现了一条蹊径，就是诗学的"净化"之路。悲剧通过对行动的模仿，呈现好人受难，引起怜悯和恐惧，使心灵静观默想到"永恒整一"。这就是悲剧的慰藉和意义——在最高境界中凝神静观，实现生命、思想和神的"永恒整一"。叔本华将这种境界描述成一种平安静坐的精神，"喧腾的大海横无际涯，翻卷着咆哮的巨浪，舟子坐在船上，托身于一叶扁舟；孤独的人平静地置身于苦难世界之中，信赖个性化原理"[1]。维果茨基将其发展成"体道"[2]，就是诗通过"净化"而达到宇宙的"永恒整一"。这是诗学之道，而不是科学的理路。亚里士多德认为"诗比历史更真，更有哲学意味""诗是近情近理的真"，更有"普遍性"。"普遍性"也就是符合"永恒整一的宇宙秩序"。可见，他更倾向于这种非理性的"净化"之路。

　　德米特里诗学努力建立言说的秩序。通过语言的横轴和纵轴建立起言说的"装置"，建立言说的形式系统、心理学系统、风格学系统，从而构建起他的诗学系统。系统就是秩序，是元素构成的有序、有机的"整一"。这种此岸的"整一"并没有遗忘世界的统一，而正是基于言语通过神话确立宇宙秩序的泰古事迹。

---

[1] [德]尼采：《悲剧的诞生》，周国平译，生活·读书·新知三联书店1986年版，第5页。
[2] 李葛送：《维果茨基净化理论的超越与陷阱》，《俄罗斯文艺》2014年第2期。

三 共感与话语权力的形成

德米特里追求诗学的神话整一性,还在其中发现语言与神话的同节律性。"神话与诗还共有另一种重要的语言特性即节律。神话中所追求的宇宙一体感依靠的并非推理或说明,而是共感或共鸣。因此,他也依存于引起情绪波动节律、反复语法等方式。我们可以将诗之韵律发生论原义同这种神话旨趣相对照而加以理解。在此应该关注于这种语言节律所具有的巫术力量。正是借助于这种力量,神话与诗才得以参与彼岸的世界即想象世界,并产生影响。正所谓'动天地,感鬼神,莫近于诗'。因此对死者或神明的祭文必须押韵,将起到避邪进庆之效的铜镜上的铭文,也必须采取韵文的形式。"①这就是神话与诗在节律上的同构与共感。例如派安格②。

派安格(παιωνικός),παιω 有"敲、击、打、拍、互撞;赶走,驱逐;用言语打击,痛骂"的意思。Παιάν 字面意义就是"敲、打、痛骂";αναπαιάν 就是"回敲"(struck back),αναπαιάν 的名词是 ἀνάπαιστος,形容词为 ἀνάπαιστικ,意为"抑抑扬格",与扬抑抑格(δάκτυλος)相反。派安格有两种形式:句首派安格,以一个长音节开始三个短音节结尾,例如"ἤρξατο δε③","Δαλογενὲς εἴτε Λυκίαν"④;句尾派安格,与前者相反,三个短音开头一个长音结尾,如"Ἀραβια"(38),"μετὰ δὲ γᾶν ὕδατά τ' ὠκεανὸν ἠφάνισε νύξ"⑤。

派安格是英雄格和抑扬格的结合。英雄格(heroic hexameter)又名六音步抑扬格(dactylic hexameter),是"荷马史诗"、维吉尔《埃涅阿斯纪》、奥维德、奥古斯都等常用英雄颂歌体。抑扬格(iambic)源于得墨忒耳女神祭仪 ἴαμβος 颂歌⑥,后成为一种诗体。"相比较而言,抑扬格是弱节奏,像

---

① [韩]郑在书:《山海经的文化寻踪——想象地理学与东西文化碰触》,叶舒宪、萧兵译,湖北人民出版社 2004 年版,第 275 页。
② §38. σύνθεσις δὲ μεγαλοπρεπής, ὥς φησιν Ἀριστοτέλης, ἡ παιωνική. 德米特里援引了亚里士多德的话。Arist. Rhe. 3.8.1408b32. [古希腊]亚里士多德:《亚里士多德全集》第 9 卷,颜一译,中国人民大学出版社 1994 年版,第 511 页。
③ Thucyd. 2.48.1. 意思为 it originated,起源。
④ Arist. Rhe. 3.8.6.
⑤ Arist. Rhe. 3.8.6.
⑥ 得墨忒耳女神 Demeter,农业、婚姻、丰饶女神,文明之母。

第三章 德米特里神话学诗学 ◆◇◆

普通的谈话，至少是下意识的用抑扬格交谈①。"（§43）"英雄体过于雄壮，节奏不强，甚至没有节奏……②如下列引文所示，'ἥκων ἡμῶν εἰς τὴν χώραν'③。密集的长音节超出了散文的限度，不适合散文。"（§42）而抑扬格又太平易，太随意，太像日常的谈话，没有庄严感。

派安格结合了两者，"是一个混合的可靠的节奏，长音节庄严，短音节平易。庄严而不随意，适合散文。散文（λογος）应该引入派安格。"（§41）"这在修昔底德那里可清楚地看到。庄严几乎都是由于节奏中长音节产生的。可以说在他的作品中，这种结构如果不是唯一的因素，也是产生庄严的主要因素。"（§40）

派安格庄严、节奏感强，常用于仪式之中。因为派安格本身就是一个自然而然的格律，源于古老的萨满教。德尔斐的神谕由大地神该亚之子地龙派松（Πύθων④）掌管。后来阿波罗杀了派松成为德尔斐主神，这样派安曲就与阿波罗有关了。一方面，阿波罗继承派松赐予人们健康幸福的功能，派安成为阿波罗的绰号，意为"能够带来抚慰和疾病之神"⑤，"派安"又有"医师"的意思。在《伊利亚特》中，人们祈祷瘟疫离开阿凯奥人（Achaeans）唱派安曲，赫克托死后人们吟诵派安曲。⑥赫西俄德将其作为健康之神，派安成为医术之祖阿斯克勒庇俄斯（Asclepiu）的称号。

另一方面，阿波罗杀死了派松，成为战争和胜利的象征，这样派安曲就成为行军和战前歌曲，舰队离港或胜利归来都会唱派安曲。作为军旅曲，派安用吉他和奥勒斯（aulos）⑦伴奏。埃斯库罗斯描写希腊和波斯的"萨拉

---

① Arist. *Rhe.* 1408b33, Politics. 1449a24, 此后常出现, 如 Quint. 9.4.88。
② 既然史诗规定了六音步英雄体（§§5, 204）习惯上包括扬抑抑格, 如 Arist. *Rhe.* 1408b32。和德米特里观点非常接近。如果它整体上是扬扬格, 此处把它规定为扬扬格是一个缺漏, 如 R. Kassel 就对此做了补充。
③ Cf. §117. 意为: 这块陆地, 我们的陆地, 现在被我到达了。
④ In Greek mythology, Python（Greek: Πύθων, gen.: Πύθωνος）was the earth-dragon of Delphi, always represented in Greek sculpture and vase-paintings as a serpent. He presided at the Delphic oracle, which existed in the cult center for his mother, Gaia.
⑤ Paean, Henry George Liddell and Robert Scott, *A Greek-English Lexicon*, at Perseus.
⑥ Hom. *Il.* 5.401, 899. Od. 4.232. Il. 10.391.
⑦ 古希腊一种管乐器。

米之战",希腊人因为唱着雄壮的派安曲而勇往直前,无所畏惧[1]。在伯罗奔尼撒战争中,开战之前也唱派安曲[2],派安成为阿波罗颂歌。派安曲从歌颂医药神阿斯克勒庇俄斯(Asclepiu)、阿波罗,后来也歌颂酒神狄奥尼索斯(Dionysus),太阳神赫利俄斯(Ἥλιος/Helios)。

在世系社会里,人们崇拜神,同时又要控制神,不然,神会肆无忌惮。控制神主要是靠咒语。咒语的形式通常是派安格的。这些咒语与其说是靠内容,不如说是靠读法,即节律。赫拉克利特延续了伊洛西斯仪式中的口述心法(legomena)和俄耳浦斯仪式中神话的语言(hieroi logoi)[3]。古代法律在成文以前都是诗歌[4],都像诗歌一样被人传诵、铭记和引用。法律的条文如同咒语一样,外在的形式与文字就是一切,而不是内容,不能改变任何一个词、读法以及词的位置,否则将失去效力,也是渎神行为[5]。外在的形式与文字就是一切,而不必寻求其用意或精神是什么。法的价值不在于其所包含的道德原则,而在于文字所形成的格式,其力量在于组成古法的神圣文字形式。

公元前4世纪,派安曲成为纯粹的颂歌(formula of adulation),一开始是轮流吟唱,领唱的人用单声调,其他人用非正式的简单段落应答;后来发展成完全合唱的形式。典型派安曲是多利亚调,用吉他伴奏。派安就成为一种固定的诗歌格律乃至文学体裁和风格,最有名的派安格作家是巴克莱德斯和品达[6]。散文也有用,如修昔底德就使用了这种文体,狄奥尼

---

[1] Barry Strauss, *The Battle of Salamis: The Naval Encounter That Saved Greece—and Western Civilization,* New York: Simon and Schuster, 2004: All the barbarians felt fear because they had been deprived of what they expected. The Greeks were singing the stately paean at that time not for flight, but because they were hastening into battle and were stout of heart.

[2] Thucydides ed., *History of the Peloponnesian War,* Trans. Rex Warner, Penguin Books LTD, 1954, p. 65.

[3] [法]维尔南:《希腊人的神话和思想:历史心理分析研究》,黄艳红译,中国人民大学出版社2007年版,第403页。

[4] Aristotle, *Probl,* 19.28.

[5] Plutarch, *De Musia,* p. 1133; Pindar, *Pyth,* 12. 41. fragm. 190(Edit. Heyne). Scholiast on Aristophanes, Knights, 9. νόμοι καλουνται 'οι εις θεους' ομνοι. 颂歌就是法律。

[6] Βακχυλίδης, Bacchylides(5th century BC) was a Greek lyric poet. Ian Rutherford eds., *Pindar's Paeans,* Oxford University Press, 2001, pp. 321-322.

修斯说狄摩西尼使用这种文体，而使他的演讲成为最好的演讲[1]。

源于宗教派安格，在历史的演变中逐渐褪去宗教的神秘和仪式的香火味，留下了单纯的形式，成为言说的文体，使这种文体先天遗留了派安格的庄严，使言说的节律与神话的节律同构。所以德米特里要求雄伟风格中使用这种文体。

"要想生成雄伟话语，分句应该以一个句首派安格开始，以句尾派安格结束。长音节本身堂皇（μεγαλειον），用在开头醒目，作为结尾能留给听众强烈（μεγαλω）的感觉；至少能记住开头和结尾的话，并被它打动，而中间的话很少影响我们，似乎它们被遮蔽和藏在其它的话中。"（§39）

自然节律进入言说，变成纯粹的文体，不仅是源于宗教仪式的，是纯粹的自然节律——春夏秋冬、热冷干湿、悲欢离合、潮涨潮落，都是节奏，都可进入生活、进入言说、进入艺术，成为言说的节奏，成为艺术的节奏，"天地氤氲，万物化醇""文变染乎世情，兴废系乎时序"。

这些自然的节律进入言说，进入艺术，使艺术先天地具有这些节律中保留的基因。这种基因，先天地沟通了言说、艺术与世界，因而更易于言说者与世界交感共鸣。"任何东西都不及节律和声音与我们的心智相接近，他们能激励我们，使我们充满热情，也能制服我们，使我们平静，并且还常能使我们陷入愉快和忧伤。""了解人的耳朵要求什么：要求他们说出的话是匀称的，使用相等的呼吸间隔。"[2]正如派安格用于军旅、祭祀、颂歌、修辞。语言中有一种最微小的肉眼看不到的东西，通过这种东西对灵魂产生作用。[3]现代心理学和认知学发现，其实是节律对心灵的作用，而心灵在发展中将世界的节律内化成内在的节奏，因而世界的节律与心灵的节律同构，从而能互兴、共感。节律的共感，是言说与世界，诗与神话、现实人

---

[1] Cf. D. H. *Comp.* 18, 25.

[2] Cic. *De Orat.* 3.51. [古罗马]西塞罗：《论演说家》，王焕生译，中国政法大学出版社 2003 年版，第 657—659 页。

[3] 汪子嵩、范明生、陈村富等：《希腊哲学史》第 2 卷，人民出版社 1993 年版，第 125 页。

间与奥林匹斯，此岸与彼岸的桥梁、渠道和保障。

而实质上，不仅是言语的节律保留了神话的功能使言语与世界共感，言语的力量其实就是这种共感的作用。

在罗马，法的观念与某些神圣的文字密不可分。如定契约时，一个人问，"你与我立誓吗（Dari spondes）？"另一个人回答，"我立誓（spondeo）"。如果没有说这些话，契约则无效。一个人并不因良心或公正之心而遵守法律，乃是神圣的话语使然。当说了那神圣的话语后，两人间便有了法律的义务。若不说，则无义务。"原告想以法告人（agit lege），引证法律条文以毁对手，如果他说错了一个字，法律便不再帮他，也不能保护他了。"①罗马将军相信，最重要的不是勇敢，也不是纪律，而是合乎礼仪地正确诵读某些咒语。②可见话语的权力。话语使修辞成为权力的工具，而且也能提供一条通往权力和影响力的途径③。

话语能将伟大描绘成低贱，使渺小显得高大，将古老的事物讲述得新意盎然，使新近的事件听起来好像发生在从前。阿里斯托芬在《骑士》里，把著名的人物克里昂刻画成帕弗格拉尼亚（Paphlagonia）的奴隶，在《马蜂》里，把他刻画成库达忒奈翁（kydthenaion）村社的一只狗（kyon）。无论是这两部作品的描绘，还是其他地方一些不经意的暗示，使用的语气都十分尖刻轻蔑，使一个大人物变得如此微不足道。再看普鲁塔克对伯里克利的描写，"在山门上劳动的一个最为积极和精力充沛的匠人不慎失足，从高处跌下来，跌成重伤，医生都束手无策。伯里克利很发愁，但雅典娜出现在他的梦中，给了一个药方，很容易就把那个匠人治好了"④。普鲁塔克完全将伯里克利描写成一个受神恩宠的爱民如子的领袖。《水浒传》中遇到难处，无人能解的时候，宋江都会受到九天玄女传授的天机、天书。语言

---

① [法]菲斯泰尔·德·古朗士：《古代城市—希腊罗马宗教、法律及制度研究》，吴晓群译，上海世纪出版集团 2006 年版，第 219—220 页。
② [法]菲斯泰尔·德·古朗士：《古代城市—希腊罗马宗教、法律及制度研究》，吴晓群译，上海世界出版集团 2006 年版，第 242 页。
③ [英]J. K. 戴维斯：《民主政治与古典希腊》，黄洋、宋可即译，上海人民出版社 2010 年版，第 185 页。
④ Plutarch, Pericles. 13.8. [古希腊]普鲁塔克：《希腊罗马名人传》，陆永庭、吴彭鹏等译，商务印书馆 1990 年版，第 476 页。

在不知不觉中就赋予了对象权力、合法性和地位崇高。语言伟大得如宙斯，随时可以让人变成伟大的英雄，也可以把人变成卑贱的奴隶甚至是禽兽。正如宙斯变化多端的能力，是话语赋予了他神通广大的法力，是话语塑造了众神之王，赋予了奥林匹斯主神地位，"上帝说有光便有了光"，这是言语的力量，上帝"说"有才有。

德米特里诗学系统的构建，正是对于话语权力神话的崇拜。他一再强调"不在于说什么，而在于怎么说""语言就像蜡，可铸成任何形状""话语既能将一个微贱的事物拔高成宏伟的，也能将一个伟大的事物说成渺小的"。对言语的权力认同和遵从，正是德米特里创建言说的"装置"，创建诗学系统的初衷。

第二节 诗学神话学同构性的根基与应用

一 话语图式的神话原型

德米特里一再强调，"不在于说什么，而在于怎么说"，"怎么说"是言语的权力所在，这也是德米特里试图为言说找到普遍语法的初衷。这语法之所以带有普遍性，不仅因为它决定着世上一切语言，而且因为它和世界有着同构性。而世界的结构（εἶδος）之所以能够移置到言说中，是因为图式（σχῆμα）的功能。

德米特里共使用了 21 次 σχημα（图式）[①]，26 次 εἶδος（结构/装置/形式/模式）[②]。两个词都是德米特里常用的概念。在《论强劲》中德米特里具体地论述到两种图式，思想图式（διανοίας σχημάτων/figures of thought）（§§263-267）和话语图式（λέξεως σχήματα/figures of speech）（§§267-271）。

[①] §§1.24, 30; 2.59, 61, 62, 65, 67, 76; 3.140; 4.196, 208; 5.263, 267, 268, 271, 287-290.

[②] §§1.20, 21, 25; 2.38, 59, 93, 98, 109, 127; 3.131, 132, 136, 147, 149, 162, 181, 4.200, 5.261, 267, 284, 286, 290, 291, 294, 296, 297.

思想图式如"假省笔法"、跳脱法、"假扮法"等,话语图式如回环、"首语重复"、散珠格、尾语重复、层递等。质言之,思想图式着眼于意义,话语图式着眼于句法。

而话语修饰(Σχηματίζω)则着眼于逻辑推理。Σχηματίζω 意思是采取某种形式,ἐσχηματισμένον 是分词完成式,意思是采取过了某种形式,用了一定形式的话语就是修饰过的话语。修饰话语有两种——动听和稳妥。动听如将情感藏于"零度"之中,或者将负的情感用正的情感表达或相反,或模棱两可(ἐπαμφοτερίζω)。稳妥的办法是指东说西,或赞扬别人的优点来反衬,或类比。言说的时候,只说彼而不说此,省略大前提和结论;要发现其真正的意图,就必须将三段论的推理补全,因隐蔽而安全,这就是言说的秘密。动听是主动的锦上添花,稳妥是无奈求全。动听和稳妥的区别在于,动听的话语即使直接说出也没什么不妥,真实的含义也是稳妥的;稳妥是,话不能直接说,否则就不安全。

德米特里所描述和论述的这些图式,现在许多成为固定的辞格。艾布拉姆斯《文学术语词典》将 figures of thought or tropes 译为概念性比喻或称比喻(意为变换、转换),这类比喻中的词或短语的用法明显不同于其标准意义。与语词的标准意义相对立的标准意义称为字面意义。figures of speech 称修辞手段,这类比喻中,对语言使用标准的偏离主要不体现在词义上,而是体现在词序或句法上。[①]可见,这些图式在近现代言说中司空见惯。

德米特里不仅论述了三类话语图式,还论述了三类言说文体(εἶδος):阿瑞斯提普体(εἶδος Ἀριστίππειον)、色诺芬体(εἶδος Ξενοφῶντος)、苏格拉底体(εἶδος Σωκρατικόν)。阿瑞斯提普体是意见或断言式;色诺芬体(εἶδος Ξενοφῶντος)是忠告式;苏格拉底体(εἶδος Σωκρατικόν)是将主题转换成问题,在一问一答中让对方悟出主题,从而达到言说的目的。三种文体是从言说的功能着眼的。

---

① [美]艾布拉姆斯:《文学术语词典》,吴松江等译,北京大学出版社 2009 年版,第 193—195 页。

第三章　德米特里神话学诗学　◆◇◆

εἶδος：阿瑞斯提普体①εἶδος Ἀριστίππειον，意见/声明（ἀποφαινόμενος）和论断/控告（κατηγορῶν）

色诺芬体②εἶδοςΞενοφῶντος，忠告（ὑποθετικῶς προοίσεται）

苏格拉底体③εἶδος Σωκρατικόν，问答启发（διαλογος）

σχῆμα：思想图式 διανοίας σχημάτων："假省笔法"④、跳脱法⑤、"假扮法"⑥

话语图式 λέξεως σχήματα：回环⑦、"首语重复"⑧、散珠格⑨、尾语重复⑩、层递⑪

---

① Aristippus（Greek: Ἀρίστιππος） of Cyrene,（c. 435 – c. 356 BCE）, was the founder of the Cyrenaic school of Philosophy.He was a pupil of Socrates, but adopted a very different philosophical outlook, teaching that the goal of life was to seek pleasure by adapting circumstances to oneself and by maintaining proper control over both adversity and prosperity. Among his pupils was his daughter Arete.（http://en.wikipedia.org/wiki/Aristippus）

② 色诺芬式忠告体，一种假设 ὑποθετικῶς προοίσεται。

③ 苏格拉底式助产体，循循善诱。

④ τῆς παραλείψεως, paraleipsis,（语）假省笔法（故意省略重要部分而引人注意）。

⑤ ἀποσιωπῆσαι, aposiopesis，停止发言，沉默下来，保持秘密，缄口不说。跳脱法（或译顿绝法）是一种修辞格，句子突然中断，没有完结，或者在假设从句中，结果从句不出现。（陈望道：《修辞学发凡》，复旦大学出版社 2010 年版，第 221—228 页。）如 Virgil. Aeneid 2.97-100：
　　in uulgum ambiguas et quaerere conscius arma.
　　nec requieuit enim, donec Calchante ministro—
　　kept spreading ambiguous rumors among the people,
　　and kept looking for quarrel.
　　Nor did he in fact ever stop, until with the help of Calchas—
在众人之中散播风言风语，他做贼心虚，竟想杀害我。但是他并没有到此为止，他拉上卡尔卡斯——哎，为什么我尽说这些你们不爱听没用的话呢？（[古罗马]维吉尔：《埃涅阿斯纪》，杨周翰译，译林出版社 1999 年版，第 30 页。）

⑥ προσωποποιΐα，这个词由词根 προσωπον（脸、面容、面貌、面目、模样、面具、外貌、外表、人物、人称）和 ποιειν（做、制作）发展而来。拟人是写作、演讲或交流中扮演他人说话。拉丁语和英语同形 prosopopoeia. I. Personification, cf. Quint. 6, 1, 25; 1, 8, 3; 4, 1, 69; 11, 1, 41; Isid. 2, 13, 1; 2, 21, 45.—2. A dramatizing: "ad prosopopoeias irrumpunt", Quint. 2, 1, 2; 3, 8, 49.

⑦ ἀναδιπλώσεως，回旋。

⑧ τῆς ἀναφορᾶς καλουμένης

⑨ ἀσύνδετον，散珠格，无连接词的。

⑩ ὁμοιοτέλευτον，尾语重复法。

⑪ ἡ κλῖμαξ，递进。钱锺书：《管锥编》第 3 卷，生活·读书·新知三联书店 2007 年第二版，第 1404 页。宋玉《登徒子好色赋》："天下之佳人，莫若楚国，楚（转下页）

"话语修饰"①：动听的和稳妥②（287-295）

从以上论述可以看出，εἶδος 是体，而 σχῆμα 是用；前者是整体而言，后者是就词义、句法和语句的逻辑关系而言。在德米特里众多的使用中，有两处在同一语句中同时使用了这两个词，这更能看出两者之间的关系。"Τὰ μὲν εἴδη τῆς διανοίας καὶ σχήματα λαμβάνοιτ' ἄν"（5.267），这句使用了并列此 καὶ，似乎两个词是并列的，实际上德米特里既指思想的模式也指思想的图式，前者更根本。而另一句中"Τοῦ αὐτοῦ **εἴδους** ἐστὶ καὶ τὸ Πλάτωνος πρὸς Διονύσιον ψευσάμενον καὶ ἀρνησάμενον, ὅτι 'ἐγώ σοι Πλάτων οὐδὲν ὡμολόγησα, σὺ μέντοι, νὴ τοὺς θεούς.' καὶ γὰρ ἐλήλεγκται ἐψευσμένος, καὶ ἔχει τι ὁ λόγος **σχῆμα** μεγαλεῖον ἅμα καὶ ἀσφαλές"（5.290），εἴδους 明显指前面的言说"模式"，而 σχῆμα 指柏拉图这句话"ἐγώ σοι Πλάτων οὐδὲν ὡμολόγησα, σὺ μέντοι, νὴ τοὺς θεούς"的"样式"。可以说两者具有上下位关系，εἶδος 是 σχῆμα 的种。

在柏拉图那里，εἶδος 其实有两种，一种是不可认识的，这种 εἶδος 是事物最后因，是超验的。如果都是不可认识和模仿的，那么创制者何以能够

（接上页）国之丽者，莫若臣里，臣里之美者，莫若臣东家之子。"按"佳""丽""美"三变其文，造句相同而选字各异，岂非避复去板欤，此类句法如拾级增高，仿佛李商隐《楚吟》之"山上离宫宫上楼"或唐彦谦《寄同上人》之"高高山顶寺，更有最高人"，窃欲取陆佃《埤雅》卷三论《麟趾》所谓"每况愈上"名之。西方词学命为"阶进"（gradation）或"造极"（climax）、语法［Demetrius, On Style, V·270, "Loeb", 465; H·Lausberg. handbuch der literarischen Rhetorik, I. 315: "Die gratio ist eine fortschreitende Anadiplose（redupljcatio）］。

《管子·权修》一篇中屡用不一用，"地之守在城"云云凡四进级，"故地不辟"云云凡五进级，"天下者国之本也"云云凡六进级，则钝置滞相，犹填匡格，有"动人嫌处只缘多"之叹。古罗马修辞家诫学者少用"阶进"法（esse rarior debet）（Quintilian, Institutio oratoria, 9. 3. 54, "Loeb", 3·476.），是已。后世诗文运用善巧者，所睹莫逾陆机《文赋》中一大节："含清唱而靡应。……故虽应而不和。……故虽和而不悲。……又虽悲而不雅。……固既雅而不艳"；五层升进，一气贯串，章法紧密而姿致舒闲，读之猝不觉其累叠。

① ἐσχηματισμένον ἐν λόγῳ 辞格话语，figured language. §§287-294. 钱锺书：《管锥编》第 3 卷，生活·读书·新知三联书店 2007 年版，第 1543 页。"特强挟贵，而苛察雄猜，懔然严周身之防，了焉极十目之视，盖众所畏之人，其所畏亦必众耳。"

② εὐπρεπείας καὶ ἀσφαλείας 圆滑的和审慎的 tact and care。

第三章 德米特里神话学诗学 ◆◇◆

创制事物呢，所以柏拉图还有一种 εἶδος，是可以认识和模仿的。将那种不可认识的译为理式或理念，将可认识和模仿的译为"相"或"型"。不可认识和模仿的是指最终因，理式最终是如何起源的，类似康德的物自体，是神[①]，只能是先验存在的，是相或型的来源，为相或型提供最终的根据和合法性。相或型，是理式在世界的显现，是理式的降格。理式内在于相，虽不可认识但是存在的。柏拉图说诗人是对 εἶδος 的模仿，模仿的只能是"相"或"型"，通过模仿"相"或"型"来间接地达到对理式的模仿。

亚里士多德同样认为，只有形式（εἶδος）才能使事物存在。他将事物分为质料（ὕλη）和形式（εἶδος）。形式将潜能变为现实；形式不同，现实存在不同，形式是存在的"种"差。这是亚里士多德的形式和柏拉图理式相同的一面。

但亚里士多德所考察的形式都是经验世界事物的形式，无论是自然物还是人工生成的，都是可认识的，可把握的。因此亚里士多德的形式是在"相"或"型"的层面来讨论的。也就是说，亚里士多德的 εἶδος 是"相"。

创制物的形式源于创制者，但创制者的形式又源于哪里呢？只能有两个来源，先天的和经验的。先天的就是柏拉图的理式，这种先天的理式又是如何应用到经验感性的事物上呢？柏拉图说是模仿。但理式是不可认识的。对一个不可认识、不可捉摸、不存在于经验世界、不可接近的东西如何模仿？柏拉图无奈只好借助梦。理式是人在梦中或者迷狂状态中灵魂的回忆。这缺乏操作性和普遍性。

亚里士多德对经验世界的模仿，正如诗是对行动的模仿[②]。而经验世界的形式又何来呢？亚里士多德没有回答，只能回到柏拉图那里，经验世界的形式来源于理式，这样又回到了上面的问题，先验的理式是如何应用到

[①] 神、物自体都是不可知的。有意思的是，有人认为康德的物自体给神"保留下一个位置或一定的地盘"。其实是神给物自体留下了位置或地盘，神就是物自体，神不过是物自体的诗性名字而已。高清海：《传统哲学到现代哲学》，吉林人民出版社1997年版，第9页；王岩、关锋：《论康德"物自体"的调和性及其哲学意蕴》，《宁波大学学报》（人文科学版）2005年第2期；单波：《心通九境：唐君毅哲学的精神空间》，北京大学出版社2011年版，第189页。

[②] Arist. *Poet.* 2.1448a. [古希腊]亚里士多德：《诗学》，陈中梅译注，商务印书馆1996年版，第38页。

经验世界的。只有到了康德,他才将这个问题基本说清。

康德认为,知识的形成就是人用先验的形式去统摄知觉的印象或经验的材料,使知觉符合先天的形式。①但经验的材料是感性的,是后天的;而形式是先天的。"必须有一个第三者,一方面与形式同质,另一方面与现象同质,并使前者应用于后者之上成为可能。这个中介的表象必须是纯粹的(没有任何经验性的东西),另一方面是感性的,这种表象就是先验的图式。"②"一方面是外在的客观对象作用于我们感官所形成的可能性条件;另一方面是把任何范畴应用于一切可能对象所必须具备的普遍条件。"③这样,图式就有两个功能:一是收,一是予。外在的对象要想能够被认识必须通过图式,先天的形式要想赋予对象也必须通过图式。图式就是一个转换器。

康德的图式理论解决了先验的形式与经验材料的联系,先验的形式何以能够赋予经验的材料。但康德的图式既不来源于知性,因为它不是纯粹抽象的范畴或概念;也不来自感性,因为它不是经验的。康德认为它是想象力先验的产物,即在没有任何经验材料的情况下生产出某种东西来。至于为何能够和如何能够,康德认为这像物自体一样不可知。这其实像柏拉图一样推给了先验的存在,并没有说明图式的来源。这个问题留给了心理学家皮亚杰。

皮亚杰从心理学上解决了图式的来源问题。皮亚杰说,"在一个活动中,我们把其中的那个能被从一个情景传递到另一个情景,因而能加以普遍化和分化的东西称作动作图式。换言之,图式就是同一活动在多次重复和运用中共同具有的那个东西。举例来说,我们把幼儿堆积木的行为,或较大的儿童搜集物品加以分类的行为,称为'聚集图式'。像这样的图式

---

① 在康德看来,时间、空间、概念、范畴等都是先天的形式。[德]康德:《判断力批判》,邓晓芒释义,生活·读书·新知三联书店2008年版,第11页。

② [德]康德:《纯粹理性批判》,邓晓芒译,杨祖陶校,人民出版社2004年版,第139页。

Kant. A138/B177. Schema,蓝公武、邓晓芒、韦卓民皆译为"图型",本文按schema一般通用译为"图式"。

③ 江怡:《康德的"图式"概念及其在当代英美哲学中的演变》,《哲学研究》2004年第6期。

第三章 德米特里神话学诗学

形式我们可以发现很多，甚至把两类事物联系起来的逻辑运算也是一种图式"①。这从心理学上解决了图式的来源，图式就是一种能够迁移或概括的结构或组织。迁移包括同化和顺应，同化也就是归化，将外物纳入我的结构；顺应就是结构调节顺应外物，也就是异化。②

皮亚杰找到了图式的心理根源，"图式（Scheme/Schema）是指动作的结构或组织，这些动作在同样或类似的环境中由于重复而引起迁移或概括"③。但这种心理机能与语言有什么关系呢？唐纳德·戴维森认为，图式就是说话方式或形式本身。"戴维森不是把语言分析看作揭示语言背后的概念图式或范畴，而是直接把这样的图式或范畴看作语言形式本身。因为只有分析语言，才能够知道所谓的概念图式是什么；进一步说，所谓的图式只能是我们所听到的语言本身，语言之外没有独立的图式或范畴。"④图式就是话语本身，就是话语的形式，这并非戴维森一家之言，巴特的符号结构、乔姆斯基的深层结构等都是图式理论的不同表述而已。这似乎将图式（σχημα）等同于形式（ειδος）了。其实是形式的降格（相）的降格而已。

总之，图式是心灵的内部景观，是观察世界的方式和心态⑤。人不仅各自生活世界不同，各自心理体验不同，这种特性的心理体验形成了固定的观察世界的方式和心态，即图式。图式一旦形成，反过来就成为对世界刺激做出反应的程式，决定了人们的行事方式，性格是图式的外在固定化的表现。不仅辞格是一种图式，分句的联结、音韵节奏终归都遵守一种图式，或者说都是某种图式的外显。

从图式的发展可见德米特里的先见之明，当然他是站在柏拉图、亚里士多德巨人的肩膀上。虽然德米特里并没有明确的理论意识，但是无论怎

---

① [瑞]皮亚杰：《生物学与认识》，袁晖、郑卫民译，生活·读书·新知三联书店1989年版，第7页。
② 张国福：《皮亚杰的"图式"学说浅探》，《北京师范大学学报》1986年第5期。
③ [瑞]皮亚杰、英海尔德：《儿童心理学》，吴福元译，商务印书馆1980年版，第5页。
④ 江怡：《康德的"图式"概念及其在当代英美哲学中的演变》，《哲学研究》2004年第6期。
⑤ 李艳华：《心理图式——心灵与世界沟通的桥梁》，《大众心理学》2003年第2期。

么说，他直觉到图式的存在和作用，并将语言的形式命名为图式（σχημα/schema），而且探讨了不同图式的潜能不同，这确实是了不起的贡献。在德米特里看来，图式这种可迁移的结构或组织，就是思想或表达的语法、程式、模式、框框或槽道。极而言之，就是生产的"装置"，只要往"装置"中填"材料"，就会生成同样的产品。这样似乎德米特里的"装置（εἶδος）"与图式（σχημα）相同，都是语法、程式、规则等。

但实质上是不同的，"装置（εἶδος）"指更根本的形式或相；而图式（σχημα）则与经验相联系，更具有操作性、模仿性的样式。

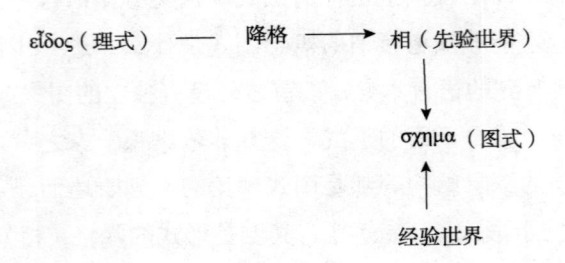

$$\begin{array}{c} \varepsilon\tilde{\iota}\delta o\varsigma(\text{理式}) \xrightarrow{\text{降格}} \text{相（先验世界）} \\ \downarrow \\ \sigma\chi\eta\mu\alpha(\text{图式}) \\ \uparrow \\ \text{经验世界} \end{array}$$

图式就是一种能够迁移的结构和组织或话语形式，那么心理如何获得这种结构或组织呢，或者说语言的形式何来呢？其实对此有两类回答，柏拉图、康德认为就是理式、物自体。这是以神的存在为前提的，或者说以神的存在为保证的。如果神不存在了，这一切都不存在了，神提供最后的根据。另外一类是经验中寻找的答案，以亚里士多德、维果茨基、乔姆斯基等为代表，认为图式是在经验中习得的，是社会文化历史的内化，是对行为的模仿。

但是经验派，只是将图式的来源向前推进了一步，这种想法也不过是柏拉图艺术对世界的模仿翻版。图式源于社会文化历史的内化、源于行动，那么文化历史的图式何来，为何行为具有一定的模式，或者说行为的图式何来？如果说图式是对行为的模仿，现代心理学认为，行为不过是心理的一种反应，也就是说，行为是思维的外在形式或者说是思维的结果，行为是思维的执行者而已，即行为源于思维。那么行为图式不过是思维图式的迁移，或者行为图式就是思维的图式。而思维图式何来呢，又不得不回到

第三章 德米特里神话学诗学

柏拉图的理式。

柏拉图的理式说不清，道不明，具有很强的神话色彩。上文也已经论述过，作为理性的提倡者和践行者，柏拉图却具有很强的神话意识，柏拉图的言说也带有很强的神话性。图式从经验终究回到先验，实际上是从理性回到了神话，使图式带上了神话的色谱，神话成为图式的彼岸原型。这是从 εἶδος 与 σχημα 的关系而言，也是从理论而言的。

从文学的研究现实而言，原型研究认为文学的结构具有一定的原型，这个原型来源于神话或巫术，来源于人类的意识。弗莱把文学的各种体裁（genres）称作原型（archetypes），并把这些原型归结为自然春夏秋冬的节奏，将文学的结构归结为世界的结构。普洛普将破译自俄罗斯民间故事的共同的情节线索称作结构。杜梅齐尔认为这些结构反映的是社会秩序，列维—斯特劳斯认为反映的是心灵的秩序。他们不仅将文学的结构归结为世界的秩序、社会的秩序、心灵的秩序，同时将神话也归结为这些秩序，这样实际上将文学的结构等价为神话。

哈里森（Jane Harrison）认为一切艺术都起源于仪式。人们不再相信模仿某一行动能够引发那个行动的发生，但是他们并没有抛弃仪式，而是将实行仪式本身就作为目的。为其本身而实行的仪式就变成了艺术，最明显的就是戏剧。[1]当神话割裂了与仪式的联系之后，它就变成了文学。与仪式（ritual）相关联的神话是宗教文学，与仪式相分离的神话便是世俗文学，或者说普通文学。[2]神话赋予仪式原型意义，又赋予神谕叙事的原型，因而神话就是原型[3]。

"原型说是针对模板说的不足而提出来的。其突出特点是：认为在记忆中贮存的不是与外部模式有一对一关系的模板，而是原型（prototype）。原型不是某一个特定模式的内部复本。它被看作一类客体的内部表征，即一

---

[1] Segal, R. A., *Myth: A Very Short Introduction*，刘象愚译，外语教学与研究出版社2008年版，第241页。

[2] Segal, R.A., *Myth: A Very Short Introduction*，刘象愚译，外语教学与研究出版社2008年版，第242页。

[3] [加]诺斯·弗莱：《文学的原型》，转引自程正民《文艺心理学新编》，北京师范大学出版社2011年版，第126页。

个类别或范畴的所有个体的概括表征。这种原型反映一类客体具有的基本特征。"[1]神话原型理论实质上是将言说的基本特征概括为神话，或者说将言说的基本特征表述为神话。

"神话不是对世界的描述，而是人类对世界的体验。神话不是解释，而是对生活在世界上的'感觉'表达。神话不再是原始的，而变成了普遍的；不再是虚假的，而是真实的。"[2]言说的基本特征是人类对世界的体验，是对世界感觉的移置。这回到了图式（σχημα）的功能。言说的图式是心灵愿景的投射。这样，德米特里诗学的图式原型是神话，是生活的体验，是对行为的模仿，对生活的模仿，是真实的、普遍的心灵愿景。这恰好回到了德米特里话语图式和思想图式，语体的本来意义。无论是跳脱法、"假扮法"、回环或层递都是一种行为，无论是阿瑞斯提普体、色诺芬体还是苏格拉底体都着眼于话语的功能。德米特里的话语图式与神话与世界同构。

二　隐喻：神话与逻各斯的移置

世界总有不可言说，在理性的世界中，对不可言说的神秘之物总有一种挥之不去的理论幻灭感："现象之中心，源始的统治力量，派生的能量与幻象，最终都还是被笼罩在一派神秘之中，未被触及，也未被发现"[3]，但人类的意识当中总会有某种东西非说不可，这种"非说不可的东西"，或许就是对于"不可言说的神秘"的一种权宜的解答，对幻灭感的超克和消化。那么"非说不可的东西"如何言说"从未被触及，也未被发现"的神秘之物呢？

人们只好绕道或者通过否定的方式谨慎地接近。其中，最重要的方式之一就是隐喻。柏拉图将世界归结为理式，理式是世界的真实，而现实世界不过是理式投在墙上的影子。理式是抽象的精神世界，影子是感性，是世界。且不说感性世界的模糊性/虚假性。但何以保证感性世界就是理式世界的影子，而不是别的影子。简单说何以保证柏拉图理论能够成立，即理

---

[1] 徐献军：《具身认知论》，博士学位论文，浙江大学，2007年，第45页。
[2] Segal, R. A., *Myth: A Very Short Introduction*，刘象愚译，外语教学与研究出版社2008年版，第215—216页。
[3] [德]汉斯·布鲁门伯格：《神话研究》（下），胡继华译，上海人民出版社2014年版，第240页。

第三章 德米特里神话学诗学

式世界和感性世界的映射何以成立？柏拉图没有论证，没有提出科学的证明，他提供了说明，这个说明就是隐喻。

隐喻是"非概念性的"，与"生活世界"的主题唇齿相依。通过一定的虚构重新描述现实，通过违反语词日常用法创造意义，以非逻辑的方式表述出自本源的真实，以一种复杂的语言结构暗示思想和现实的深层结构；建构一个象征的宇宙，镶嵌于他们自己与任性的实在之间，以破解人类生物构成的模糊性让人类长期以来无法协调自己同周围世界的关系的困境，缓解偶然性的压力。

神话诗学脱胎于隐喻这一母体之中，"神话诗学则将思想意象放回源流之中，以非概念的方式观照它们在历史之中被接受、被利用、被颠转、被消耗和被更新的状态。于是，隐喻由原型到变体的脱胎换骨、生死转型，本身就是一则神话，在经受时间检验和观众选择的过程之中，获得了不朽的生机""隐喻在抵制理论化而构成了思维以至生存的极限，构成极限的绝对隐喻，当然就是神话诗学所处理的范畴"。"神话在荒渺无稽的泰古致力确定一个起点，以神话的方式来解读逻各斯、解读哲学、解读理性、解读科学"。[1]神话不再是纯粹想象的产物，不再是蒙昧时代的陈迹，而是一种思维方式、一种观察世界的方式、一种世界呈现的方式；是生活世界的神性提升，主体意识的极度伸张，以及人类意志向未来的投射。神话将我们置于其所确立的世界之前，向这个世界敞开，借此扩大我们自己对世界的理解；凭借着原型的模糊踪迹，逼近那"不可言说的奥秘"，进而理解世界，去言说那"不可言说"的秘密。所以启蒙之后，神话并没有被逻各斯取代，神话（μυθος/Muthos）与逻各斯（λογος/logos）都是言说，只是神话（μῦθος）是另一种言说，不同于逻各斯（λόγος）的言说，无法用一种替代另一种。

德米特里论述到隐喻的共有三处，论述了三个问题，效果、准则、区别。隐喻产生的效果——宏大（§78）、清晰权威（§82）、魅力（§142）、强劲（§272），隐喻欠妥产生前面各种效果的赝品——呆板（§§116，120）、矫揉（§188）。隐喻的准则：生动（§81）、稳妥（§78）。使隐喻稳妥的方法

---

[1] 胡继华：《神话诗学的诞生》，《中外文论》2017年第1期。

有近取类似、不频繁（§78）、添加附加语（§85）、转明喻（§§79-80）、惯用法（§§86-87）。隐喻和酒神颂及"相似"的关系（§§88-90）。

很明显，德米特里描述了隐喻的功效（ἔργον），并没有论述这种功效产生的原因，隐喻功效的前提；论述了隐喻构成的准则，但并没有论述隐喻如何构成，甚至也没有对什么是隐喻下定义。而按照亚里士多德传统，这是不科学的，德米特里有关隐喻的论述多半已经被亚里士多德论述过[1]。亚里士多德之前有柏拉图[2]、伊索克拉底[3]等谈到隐喻；德米特里之后论述隐喻的主要有狄奥尼修斯[4]、普鲁塔克[5]、朗吉弩斯[1]等。

---

[1] 亚里士多德对隐喻的论述主要集中在《修辞学》Arist. *Rhe*. 2, 3, 4, 6, 10, 11；《诗学》Arist. *Poetics*. 21. 1457b25-1461a.

[2] 柏拉图有四大隐喻，洞喻、线喻、日喻等。他用四种隐喻来保证他的理论的成立。

[3] Iso.9.9. καὶ γὰρ πλησιάζοντας τοὺς θεοὺς τοῖς ἀνθρώποις οἷόν τ᾽ αὐτοῖς ποιῆσαι καὶ διαλεγομένους καὶ συναγωνιζομένους οἷς ἂν βουληθῶσι, καὶ περὶ τούτων δηλῶσαι μὴ μόνον τοῖς τεταγμένοις ὀνόμασιν, ἀλλὰ τὰ μὲν ξένοις, τὰ δὲ καινοῖς, τὰ δὲ μεταφοραῖς, καὶ μηδὲν παραλιπεῖν, ἀλλὰ πᾶσι τοῖς εἴδεσι διαποικῖλαι τὴν ποίησιν. since they can represent the gods as associating with men, conversing with and aiding in battle whomsoever they please, and they can treat of these subjects not only in conventional expressions, but in words now exotic, now newly coined, and now in figures of speech, neglecting none, but using every kind with which to embroider their poesy. (*Isocrates with an English Translation in three volumes*, by George Norlin, Ph. D., LL. D. Cambridge, MA, Harvard University Press; London, William Heinemann Ltd. 1980.)

[4] D. H. De Comp. 3. 11. Dionysius of Halicarnassus, *the Classical Essays in Two Volumes,* trans. Stephen Usher, M. A., Ph. D., Cambridge Massachusetts Harvard University Press, 1985, p. 28. λυθέντος γοῦν τοῦ μέτρου φαῦλα φανήσεται τὰ αὐτὰ ταῦτα καὶ ἄζηλα: οὔτε γὰρ μεταφοραί τινες ἔνεισιν εὐγενεῖς οὔτε ὑπαλλαγαὶ οὔτε καταχρήσεις οὔτ᾽ ἄλλη τροπικὴ διάλεκτος οὐδεμία, οὐδὲ δὴ γλῶτται παλαιαί τινες οὐδὲ ξένα ἢ πεποιημένα ὀνόματα. τί οὖν λείπεται μὴ οὐχὶ τὴν σύνθεσιν τοῦ κάλλους τῆς ἑρμηνείας αἰτιᾶσθαι.

[5] Plut. *De Pyth*. 22. (Plutarch, De Pythiae oraculis. Plutarch. Moralia. Gregorius N. Bernardakis. Leipzig. Teubner. 1891. 3). ἀλλ᾽ ἡμεῖς ἐρωδιοῖς οἰόμεθα καὶ τροχίλοις καὶ κόραξι χρῆσθαι φθεγγομένοις σημαίνοντα τὸν θεόν, καὶ οὐκ ἀξιοῦμεν, ᾗ θεῶν ἄγγελοι καὶ κήρυκές εἰσι, λογικῶς ἕκαστα καὶ σαφῶς 12 φράζειν τὴν δὲ τῆς Πυθίας φωνὴν καὶ διάλεκτον ὥσπερ ... 13 ἐκ θυμέλης, οὐκ ἀνήδυντον οὐδὲ λιτὴν ἀλλ᾽ ἐν μέτρῳ καὶ ὄγκῳ καὶ πλάσματι καὶ μεταφοραῖς ὀνομάτων καὶ μετ᾽ αὐλοῦ φθεγγομένην παρέχειν 14 ἀξιοῦμεν.' we do not insist that these, inasmuch as they are messengers and heralds of the gods, shall express everything rationally and clearly, and yet we insist that the voice and language of the prophetic priestess, like a choral song in the theatre, shall be presented, not without sweetness and embellishment, but also in verse of a grandiloquent and formal style with verbal metaphors and with a flute to accompany its delivery.

第三章 德米特里神话学诗学

德米特里一方面发展了亚里士多德没有特别重视的隐喻的功效；另一方面将隐喻细化。在亚里士多德那里，明喻、换喻、误喻、借喻、寓言、谜语、比较、拟人（προσωποποιία）都归于隐喻，甚至换喻、借喻等名称还未出现。德米特里把隐喻和比较（παραβολή）、明喻（εἰκών）区别开来（§§80，89）。这种区分在朗吉弩斯那里再次得到印证。[②]狄奥尼修斯从隐喻中分离出换喻（μετωνυμία/ ὑπαλλαγή）、误喻（κατάχρησις）等，而且把谜语（αἴνιγμα）、寓言（ἀλληγορία）从隐喻中分离出来。

德米特里是隐喻传承者和发扬者，对隐喻功效的探讨由表到质，由"装饰"到"必要"的转折者。功效来源于"陌生与熟悉的一体两面"。隐喻词是"卓越和非同寻常的"，是崇高和陌生的。"隐喻最能使用语变得明晰、令人愉快和耳目一新"[③]（§82），"使用普通词能使作品显得清晰明了"[④]（§87）。

隐喻是"用一个表示某物的词借喻它物"[⑤]。隐喻（μεταφορά），其动词是 Μεταφέρω，Μετα 表示位置、条件、主意等的变化，英译为 over，φέρω"携带、搬运"，英译为 carry，μεταφέρω 意为"运送、传送、改变、变换"，就是从一处搬到另一处。结合亚里士多德的定义，也就是把用于一个事物 S 上的词 V，"搬运"到另一个事物 T 上。

V 用于 S 是惯常的，人人都知道的，也就是它们之间的关系是为人所熟知的。而 V 用于 T 是没有过的，或者很少的，是陌生的。在隐喻整个结

---

① Longinus. *On the Sublime* 32，37.
② 朗吉弩斯在第 37 章可能做了区分。但 37 章残缺，尚不知其如何区分的。Μετωνυμία（μετα ὄνομα）改换名称，换喻法（用一个字代替另一个相关的字，如"锅开了"，代替"锅里的水开了"）这个词在西塞罗时期才出现，在亚里士多德时代，都还是 μεταφορά 这一个词。μετωνυμία 的出现标志着 μεταφορά 的分化和发展。在德米特里的文章中还未出现，这也似乎标识着《论表达》应该早于西塞罗时期，也早于哈利卡纳苏的狄奥尼修斯。在 D. H. Dem. 5 和 D. H. Pomp. 2（Epistula ad Pompeium Geminum）中曾出现这个词。西塞罗也曾使用这个词，拉丁语为 hypallage。Cicero. Orator. 27.93. Qutilian. 9.6.23.
③ Arist. *Rhe*. 3.2.1405a7. [古希腊]亚里士多德：《亚里士多德全集》第 9 卷，颜一译，中国人民大学出版社 1994 年版，第 498 页。
④ Arist. *Poet*. 22.1458b13. [古希腊]亚里士多德：《诗学》，陈中梅译注，商务印书馆 1996 年版，第 156 页。
⑤ Arist. *Poet*. 21.1457b13. [古希腊]亚里士多德：《诗学》，陈中梅译注，商务印书馆 1996 年版，第 149 页。

构中，其实也蕴含着两个部分，熟悉和陌生的。所以，上面亚里士多德用于延伸词、缩略词、变体词的理论，也就可用于隐喻了，熟悉产生明晰，陌生产生魅力、奇异、雄伟、强劲等。隐喻也是陌生和熟悉的一体两面。

从下表中，也能明显看出隐喻和明喻、比较的区别。隐喻是直接将描述 S 属性的 V "搬运"到 T 上，用于描述 T 的属性 A（V 是描述 A 的，本来只能描述 S 的 A，却直接用于描述 T 的 A）。明喻和比较则是将 S 和 T 并列，然后揭示 S 和 T 之间的属性 A 相似的状态是 V。"演讲 T（连续不断 A）像洪水 S（连续不断 A）一样滔滔不绝 V"直接揭示 S 和 T 的形似，而隐喻没有直接揭示，仅仅是"搬运"（将 V 搬运到 T 上）。而明喻和比较都没有这个动作，它们是静止的，而隐喻是有行动的。隐喻没有揭示 S 和 T 的相似，它们的相似只是通过 V 这个中介暗示出来的，所以莱考夫说，"隐喻的相似是创造出来的"[①]。但是他又能让人明白，因为 V 用来描述 S 的属性是常用的，是人们一眼就能看出来的，是为人们所熟知的。就像有身份的人都穿着长衫，这是为大家所熟悉的。所以谁穿长衫（把长衫搬到另一个人身上）都会被看作是有身份的人，虽然并没有说明这人是有身份的。这就是隐喻为何既"熟悉"又"陌生"，既"隐晦"又"明了"的悖反所在。

Subject（属性 Attribute）	Vehicle	Metaphor 搬运 Map into (like)	Tenor（属性 Attribute）
1 洪水 A	1 滔滔不绝		1 演讲 A
2 潮水 A	2 涌出		2 方阵 A
3 船 A	3 舵手		3 城市 A
4 城市 A	4 将军		4 船 A
5……	5……		5……

把 V "搬运"到 T，是为了让 T 的属性 A 清晰地显现，问题是为何 V 搬运到 T，能够让人一下子就明白 T 的属性 A，或者说为何属性 A 就一下

---

① [美]G. Lakoff, *Ten Lectures on Cognitive Linguistics*，高远、李福印编，外语教学与研究出版社 2007 年版，第 13 页。

第三章 德米特里神话学诗学

子变得澄明了，甚至比用普通的词 K 来描述更清晰呢？

隐喻是一种陌生化的手段。将本来习以为常用于 S 的 V，用于 T，偏离了原来的轨道，这种偏离标准化的用法就是"陌生化"。熟视无睹，陌生的东西最能让人注意。V 用于 T，V 一下子就凸显出来，显得耀眼。而 V 所描述的属性 A 本身和 T 的属性 A 是相似或相近的。凸显了 V，也就是凸显了 T 的属性 A。所以亚里士多德和德米特里都强调，隐喻所涉及的两个事物"不要太远而应近取类似"[①]（§78）。这就是德米特里为何强调隐喻要"稳妥"。

德米特里发展了亚里士多德的隐喻理论，建立了两条隐喻的原则——稳妥和生动。

隐喻欠妥的情况是以下几点。

1. 隐喻使用太频繁。过于频繁是"酒神颂而不是散文"（§78）。
2. 无生命的喻有生命的，以小喻大，琐细喻宏伟（§§79，83）。

稳妥的方法有：

以大喻小[②]（§§84，84），转成明喻。隐喻的相似性是暗示的，而没有明确说出来，所以当这种相似太远，而不能使"眼光敏锐的人看出来"，那就成了酒神颂了。而明喻则直接将这种相似性揭示出来了，因此转成明喻就稳妥了（§80）。添附加词。附加词实质是增加限制，把相似固定在某个方面（§85）。以习惯为师[③]。习惯用法已经保证了这种相似性的存在，保证了由 V-S 联想到 V-T。同时惯用法本身就是为大家所熟知的（§§86，87）。因此"稳妥"准则使隐喻既熟悉又陌生。

"生动"。把无生命的当作有生命的（§81）。"事物有了生命，就显

[①] Arsit. *Rhe*. 3.2.1405a35. Demetrius, §78. [古希腊]亚里士多德：《亚里士多德全集》第 9 卷，颜一译，中国人民大学出版社 1994 年版，第 499 页。

[②] 这一句英尼斯和莫克森都译为 "metaphor should compare the smaller to the greater" 把小比作大，希腊文原意直译为"从大的事物搬运到小的事物"。罗伯茨译为 "Metaphors should be applied from the greater to the less" 还是和原文贴近的。

[③] 这句直译为，习俗（习惯用法）处处都是我们的老师。Cf. §§69, 91, 96; 因为它的作用是作为 διδάσκαλος（教授，歌队教练）或者 κανων（准则）。Cf. Quint. 1.6.3 loquendi magistra, Hor. Ars Po. 72 norma loquendi.

出了现实性"①，用一个日常所见的有生命的东西情态去描述一个陌生的无生命的东西，这本身就是使不熟悉的东西熟悉化，拉近了距离，如在眼前。同时，赋予无生命的东西以生命，这本身就是陌生化、奇异化的手法。亚里士多德认为，最好的隐喻是所谓生动的②。

德米特里"稳妥与生动"两条准则使隐喻"既熟悉又陌生"，相反而又相近、相似。相反使其具有距离，相近相似又使其保持向心力，距离又不至于过大。正是这样一个具有间距的矛盾体，使隐喻具有张力，因而具有无穷的魅力。这种天生的"缺陷"，弥合了人的思维和语言之间的空隙，在理性与感性之间，逻各斯与神话之间，世界与言说之间，此岸与彼岸之间架起了一座桥梁，使文学成为一种"生理需求"。隐喻一直是修辞学和诗学的对象，在一段时间里，也曾是哲学的对象。"正是在隐喻问题上，诗与哲学分道扬镳。"③

神话是一种思维。神话无论是对物质、自然现象作非科学的（如泰勒）、人格化（如霍顿）、情感（如卡西尔）的解释（这种解释无论是事前的铺垫，还是事后的补充建构，包括布留尔所说的作为一种科学的退路），还是对人事、历史、自然象征性、寓言化的规定（如胡克）、表达（如加缪、列维-斯特劳斯）、描述（如米勒）或者控制（如弗雷泽）等，都是远古人的一种思维。神话时代或许不存在，但是这种思维却真实的存在。

这种思维源于人们的好奇，即对万事万物本原的好奇心。在自然强力面前的无能为力，使他们把这一切都归结为，或者说表达为神，一个创造和操纵一切的强者。在他们淳朴而稚嫩的思想世界里，建构了一个神的世界。神的世界映射着人本身的世界，或者说他们把人的世界投射到其所建构的神的世界中。所以，反过来从他们所建构的世界，也能窥见他们生活的世界。"举凡涉及宗教（神话、仪式、形象化的表征）、哲学、科学、艺术、社会制度、技术或经济方面的事实，我们都把它们看作人的创作，看作

---

① Arist. Rhe. 3.111412a.5. ［古希腊］亚里士多德：《亚里士多德全集》第9卷，颜一译，中国人民大学出版社1994年版，第521页。
② 没有地方明确地指出，仅 Arist. Rhe. 1410b35，1411b32 包含了此处的两个例子。
③ 汪堂家：《隐喻诠释学：修辞学与哲学的联姻——从利科的隐喻理论谈起》，《哲学研究》2004年第9期。

第三章　德米特里神话学诗学

有机的心智活动的表达。我们通过这些创作来研究过去的创造者自身的状况——我们不能将古希腊人与其社会背景和文化隔离开来，它们既是其文化的创造者，又是这种文化的产物。"[1]

神话不仅是一种思维，神话本身也是一种言说。Μυθος（神话）本身就是言说，一种特殊的言说；神话思维的实现，正是通过言说实现的。只是神话（μνθος）通过故事、想象的言说与逻各斯（λογος）通过概念、范畴的理性言说不同。神话的言说具有整一性和圆融性，具有未分之前的混沌（Χαρος）。而逻各斯正好相反，追求切分，追求清晰。但是对于人类的言说，两者都是不可少的，只是神话属于人类言说大脑的左半球，而逻各斯属于人类言说大脑的右半球而已，互为补充。因此，自人类有理性以来，人类从未离开过神话，无论是柏拉图、亚里士多德，还是康德、胡塞尔、海德格尔、伽德默尔，在追求理性的同时，都不得不时时援引神话言说；而在神话言说达到极致的时候，也从不忘记理性的话语。

所以，如果说希腊对于罗马就是神话，那么希腊罗马之争不过是理性与神话的争论，希腊派只是太执着于神话，而罗马太执拗于理性的算计而已。希腊与罗马本无冲突，只是认识的偏隅而已。

---

[1] ［法］维尔南：《希腊人的神话和思想：历史心理分析研究》，黄艳红译，中国人民大学出版社2007年版，第5页。

第四章 德米特里诗学的哲学

德米特里诗学具有内在的哲学悖论。一方面，他构建了一套形式诗学体系，这套体系正是建立在古希腊形而上学哲学的根基之上，或者说正是形而上学在诗学里的显现。另一方面，作为修辞学的一部分，又在瓦解这种诗学结构的形而上学的根基，使这种诗学仅仅成为一种感觉，仅仅是一种建立在共同认可基础上的感觉——冷、热、干、湿。与永恒的、普遍的形而上学不同，这是经验性的，认同的，这又回到了修辞学的起点——修辞学建立在受众认同的基础上。因此德米特里的诗学既是哲学的又是"非哲学的"（相对传统形而上学而言），具有内在的哲学悖论。

德米特里诗学的哲学是其诗学形而上思考，是这些思考所凝聚出的哲学基本原则。这些原则影响了此后诗学（包括修辞学）的发展。甚至在某些方面左右了整个西方诗学（包括修辞学）的发展路径。

第一节 诗学的哲学实践与哲学的诗学显现

德米特里之前希腊哲学已经从自然哲学、古典哲学到希腊化哲学经历了充分的发展，希腊心理学已经相当完备，艺术得到充分展现，探索艺术的创制与欣赏的艺术学、与语言相关的诗学和修辞学都十分繁荣和发达。这为德米特里运用感觉学、哲学、修辞学和创制科学的原理建构自己的诗学创造了

第四章 德米特里诗学的哲学

充分的条件。同时也为德米特里对诗学形而上的思考,提供了充分的准备。

哲学与诗学、修辞学原来属于同一门学科。"古希腊人称这种思考、表达方式和语言能力为智慧。"[①]苏格拉底将这门学科分成两部分,一部分考察和传授正确的认识,即哲学;另一部分则探索和讲授优美的语言表达,即修辞学和诗学。

修辞是说服的艺术。修辞学有五大任务:发明、篇章结构、文采风格、记忆和发表,其中篇章结构和文采风格考察语言的表达能力。修辞学在演变的过程中,逐渐淡化其他几个环节,而着重于语言的表达能力(甚至到了18世纪完全成了修辞格的考察,传统的修辞学终结)。诗是创造的意思,诗学是考察创造的学问。到了智者时期,"诡辩派不再关注诗的创作阶段,而关注创作之后的批评阶段"[②],即对诗的效能的考察,诗"能解除痛苦和恐惧,唤起欢乐,增强同情心"。这样诗学与修辞学都是考察语言的表达能力。但"诗之话语与散文的区别,在于它的格律游戏,而格律游戏正是诗之神奇魅力的源泉"。于是,"希腊话语艺术将借鉴两条渠道:其一是诗之话语渠道,诗之话语的本质似乎超越创造这种话语的人;另外一条渠道是以种种方法严格控制、服务于具体社会目的、承担教育职责的话语渠道"[③],这一渠道即修辞学。但修辞学和诗学是有着联系的,修辞常借助诗的幻想的刺激功能,诗学需要借助修辞学才能进入知识学科。

按照亚里士多德的看法,"修辞学是辩证法的对立面",辩证法在今天看来属于哲学的一部分。但是在古希腊,修辞学及辩证法与哲学不同。修辞学及辩证法所关注的不是论题或结论,也不是受众,而是说服,说服的方式或得出结论的方式。两者都以听众认可的事物为出发点,这个出发点是通用的、普遍的,没有专门的领域,是或然性的,也不产生专门的知识,仅仅是就受众所认同的,激发他们的信服。哲学有着专门原则、领域,其前提并不是认同的,而是普遍性的,或者专门的学科原理,其结果产生专

---

① [古罗马]西塞罗:《论演说家》,王焕生译,中国政法大学出版社2003年版,第544页。
② [法]让·贝西埃等:《诗学史》,史忠义译,百花文艺出版社2002年版,第13页。
③ [法]让·贝西埃等:《诗学史》,史忠义译,百花文艺出版社2002年版,第16页。

门的知识。但哲学也必须借助辩证法(对于柏拉图而言,辩证法就是哲学),因为"对于每门学科相关的初始原理,辩证法也有用。因为从适于个别学科的本原出发,是不可能对它们言说什么的,既然这些原理是其它一切事物的最初根据,相反,必须通过每一个东西的普遍意见来讨论它们。辩证法恰好特别适于这类任务"①。辩证法和修辞学都是或然的,都是为结论而找寻得出结论的必要条件。

但辩证法与修辞不同,辩证法是论辩,是双向的,双方都是言说者和受众者,只是通过问答的方式展开,结论可能是最初认可点的反面。而修辞学是言说者对受众单向言说,受众并不参与言说;目标也是明确的,即让受众信服,所以修辞的言说是没有关节的、连贯不间断的言说。另外辩证法与修辞都使用三段论,但修辞往往使用省略三段论,这就是德米特里为何要专门论述修辞三段论的原因。辩证法比修辞更具普遍性,无论是论题、方法还是材料;修辞讨论的问题是具体的、有着特殊场景的。"辩证法包含区分真假的理论,包含对立关系、推论关系,包含下定义的科学、作划分的科学,包含带有论证特征的科学。相反,修辞学作为连贯的论说技艺,包含了开题理论、布局理论、风格理论,其目的在于寻找一些论据,并组织它们,或打动听众,或说服听众。"②但在亚里士多德之后,辩证法与修辞有逐渐归一的趋势,人们更愿意把修辞学与对它有用的辩证法元素整合起来。

修辞和辩证法与哲学也有归一的趋势。当真理的获得需要信服的时候,不再是对真理的探究,而是如何获得信服,这其实就回到了修辞和辩证法。这样,修辞及辩证法本质上就成为哲学了,因为"一方面它们批评那些可疑的、模糊的论断,另一方面采用强有力的说服方式——论述问题可能解决的方案,以便能解决与真理最为接近的东西"③。修辞、辩证成为获得并表达真理的方法,这一过程本身成为哲学的工作。甚至可以说修辞学、辩证

---

① Arist. *Topics*. 101a.37. [古希腊]亚里士多德:《亚里士多德全集》第 1 卷,徐开来译,中国人民大学出版社 1990 年版,第 355 页。
② [法]皮埃尔·阿多:《古代哲学研究》,赵灿译,华东师范大学出版社 2017 年版,第 172 页。
③ [法]皮埃尔·阿多:《古代哲学研究》,赵灿译,华东师范大学出版社 2017 年版,第 172 页。

第四章 德米特里诗学的哲学

法终结了概念的神话,终结了哲学对终极意义追求的迷恋,让哲学成为"无意识"的隐喻,动摇了哲学形而上学的根基,开启了超越解释的解释,解构了结构主义大厦。

从这意义上来说,德米特里诗学具有内在的哲学悖论。一方面他构建了一套具有形式主义的诗学体系,这套体系正是建立在古希腊形而上学哲学的根基之上,或者说正是形而上学在诗学里的显现。另外一方面,作为修辞学的一部分,又在瓦解这种诗学结构的形而上学的根基,使这种诗学仅仅成为一种感觉,仅仅是一种建立在共同认可基础上的感觉——冷、热、干、湿。与永恒的、普遍的形而上学不同,这是经验性的、认同的,这又回到了修辞学的起点——修辞学建立在受众认同的基础上。因此,德米特里的诗学既是哲学的,又是"非哲学的"(相对传统形而上学而言),具有内在的哲学悖论。

即使从哲学的角度而言,"哲学往往暗含着一种对自然态度的根本转变,一种对事物'日程'看法的断裂"。因此,"至少从苏格拉底开始,哲学就意味着转变——生活方式和思想方式的转变。从这个角度看,无论辩证法或修辞学,都是以语言的力量对灵魂进行教导"[①]。这点上与修辞学根据不同的灵魂进行说服殊途同归,或者说哲学借助了修辞学这一原理来对灵魂作用。反过来,修辞学根据不同的灵魂进行言说,这一过程本身就是哲学的。亦即包含了论题发明、谋篇布局、风格、记忆、发表等理论的修辞学,即是哲学。从这而言,风格理论本身即是哲学。因此,风格的转变,不仅是言说本身的转变,更不仅是题材、措辞和组合的变化,更是思维方式和生活方式的转变。德米特里所论述的每种基本风格及其赝品其实就是一种基本思维方式与生活方式。所以,德米特里诗学与其说是一种文学理论,不如说是一种生活方式的概括,或者说就是这生活方式的本身——冷、热、干、湿,本身就是生活,或者说生活的体验。

正是如此,从古典风格到亚历山大新风格再到阿提卡风格,希腊—罗马的风格之争,实质上是思维方式和生活方式之争,是两种不同的风俗习

---

① [法]皮埃尔·阿多:《古代哲学研究》,赵灿译,华东师范大学出版社 2017 年版,第 180 页。

惯之争，不同文化之争。这就是希腊—罗马之争的实质。而德米特里通过其诗学的建构，将这样一个思维和生活习惯之争还原为哲学之争，进而还原为学科的两种不同范式之争，甚至利用诗学的建构，将这两者统摄到诗学及诗学的风格建构中，统摄到其风格学的系统之中，同时也将其哲学的悖论统摄到其风格学的系统之中，成为其风格学的形式系统和感觉系统。超越希腊—罗马的对立，将"传统"和"现在"的对立扬弃在以今观古和借古鉴今的科学的普遍性原理中。希腊不过是罗马人生活和思维变化的一个镜像或外衣而已，对罗马古风的依恋不过是对当下生活或思维改变的一种不安或恐惧。无论是希腊的还是罗马的，都不过是人类总体文化的一部分，人类总体生活或思维的一部分。这样，将文化之争乃至意识形态之争纳入学术争论的框架之中，将一个现实的问题化解为一个纯粹的学术问题。

德米特里通过形式诗学的构建，让人凭借自我创造的形式，凭借"形式媒介"构成的象征体系，走向无限，从生存的直接性和有限性中走向无限，"总体性就是有限性的完成，有限性的完成又恰好构建了无限性"[①]，这样将生命的有限性融入总体性的无限之中，从而获得永恒的价值。因此德米特里在解构了一种意识形态，消解了一种价值之后，又为人们建构了一种新的价值的乌托邦来安放寻寻觅觅的灵魂。从这角度来说，德米特里的诗学既提供了一种精神家园与安慰，其诗学建构的本身，也是希腊化时期思维与生活转变中一种新的哲学的建构。这种哲学就是在时代的波涛汹涌中，舟子坐在船上，托身于一叶扁舟；孤独的人平静地置身于苦难世界之中，将烦琐复杂多变的生活简化成概念，但这些概念不是纯粹理性抽象的概念，而是与生活血肉相连的具身体验性的概念。这些概念建立的系统，一端连着生活，一端连着形而上学的超越，在出世与入世之间平衡。在此之后，希腊罗马就转入对彼岸世界的追求，基督教开始在希腊罗马传播。从这而言，德米特里的诗学承前启后，不仅是在学术史上，更是思维和生活的转捩点。

假如说，"历史学有两张面孔：一张科学的，一张艺术的"，那么德米特

[①] 胡继华：《神话诗学的诞生》，《中外文论》2017年第1期。

里的诗学也有着两张面孔：一张是诗学的，另一张是哲学的。诗学是它的形式，哲学才是它真正的内容。形式往往是内容的一部分，而内容不过是另一种形式。他的哲学通过诗学显现，而诗学实践了他的哲学。

第二节 德米特里诗学的哲学核心："度"

德米特里接受了希腊哲学家们关于世界"元素+构成原理"，认定世界万事万物最终归一。对于表达来说，这个"一"就是句。句是言语的生长点和起始点，是话语不可再分之处，是表达的"种"，是表达完整思想的最小单位。而句本身也是由"元素+构成原理"组成的。组成句的元素是词，词和词的组合就构成了句。词的组合就是"构成原理"，或者说词，需要按照一定的"原理"或规则（νόμος）组成。而言语不过是词语的选择和组合，或者说是元素的选择和组合罢了。

元素的选择不同，组合的方式不同，风格不同。因此，风格不过是词语的选择和组合。不同的元素，排列组合方式不同或者构成形式不同，风格就不同。另外，对于风格本身，德米特里也坚持"元素+构成原理"的观点。他认为有四种最基本的风格，这四种基本风格是不能再细分的。但是对于表达来说，则远远不止这四种风格，四种基本风格除了雄伟与平易不能组合，其他的都能组合，这些组合的风格又可组合成新的风格，因此风格绝不止四种，而是多种多样的。这是德米特里对于希腊哲学"元素+构成原理"的实践，无论是在其语言学诗学还是风格学诗学中都实践了这一希腊哲学思想。

世界是由元素按照一定原理结构而成，那么这些元素结构的标准是什么，即结构到什么程度才是最佳的？这就是德米特里诗学的哲学核心——度。

德米特里语言学诗学、风格学诗学都是建立在感觉的基础上，感觉的"适度"是德米特里诗哲学的核心。词语的运用，句的长短松紧；风格类型的划分，正品赝品的区别等都是以感觉的"度"为界，即要适度。所谓

◆◇◆ 德米特里诗学研究

适度，一方面要适合感觉的度，另一方面要适合事物本身的度，即其德性，使该物成为该物。在风格的生成上就是题材的选择、词语的运用、结构的耦合都必须得体。不得体，在风格上就是赝品。这样，"度"成为德米特里诗学的核心。"度"有两个方面，感觉和德性。

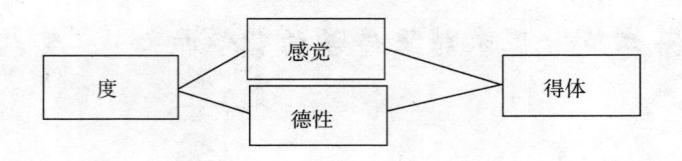

```
        感觉
  度  <      >  得体
        德性
```

一 感觉主义诗学核心："度"（μέτρον）

首先，德米特里句的划分是建立在感觉基础上的。他的句的划分准则有三个：节奏、思想和语法。节奏是自然的原因，是生理的需要，是感知的需要。在后面论述句的长度的时候，他还会论述到太长或太短的节奏都不利于感知。同样，思想也有感知的需要。在古代没有标点，特别是书写工具不发达的年代，人们主要靠听觉。因此，一个自然的停顿一定要表达一个完整的思想或思想完整的部分，否则就会引起误解。德米特里和亚里士多德都引用过欧里庇得斯的一句话：

> Καλυδὼν μὲν ἥδε γαῖα Πελοπείας χθονός, φεῦ.
> ἐν ἀντιπόρθμοις πεδί ἔχους' εὐδαίμονα, αἴ, αἴ.(§58)
> 这地方是卡吕冬，和伯罗普斯的土地
> 面对着的是它富饶的平原①

不同的停顿，意思不一样：

① 这地方是卡吕冬和伯罗普斯的土地，对面是平原

---

① 这是欧里庇得斯《墨勒阿革洛斯》残诗，不是索福克勒斯的。Arist. Rhe. 3.9.1409b10，[古希腊]亚里士多德：《亚里士多德全集》第 9 卷，颜一译，中国人民大学出版社 1994 年版，第 58 页。

第四章　德米特里诗学的哲学

② 这地方是卡吕冬，它的平原在伯罗普斯对面

卡吕冬在伯罗奔尼撒的北边，中间隔着一个海湾。这句意思应该是"这地方是卡吕冬，和伯罗普斯土地面对着的是卡吕冬富饶的平原"，因为"面对着的"后面名词是属格。

不当的停顿导致感知的错误，因此停顿要和思想一致。古人都强调这一点，西塞罗说，"他们要求在演说辞中也要有作为喘息的停顿，并且不是由于我们的疲劳或者由抄写者标示的停顿，而是由语言和思想的节奏划分的语段的结束"①。这就是一个话语的停顿与一个完整的思想对应。分句的思想已经具有完整性，所以分句可以作为基本的节奏，而不是句子。但句子和分句不同的是，分句的思想虽有完整性，但只有独立性的分句或分句结合体才是句子。只有这样，才能使感知具有完整性，不使感知错误。可见德米特里的句论是以感觉为基础的。

其次，德米特里的风格学是基于感觉之上的，风格是心灵体验到"装置"的特征。按"冷""热""干""湿"四种感觉类型来划分风格的类型，"冷""热""干""湿"这都是心灵对对象体验的结果。

平易（ισχνός）是干枯的，其过度的就是枯燥（ξηρός）。无论是平易还是枯燥，其总体属性就是"干"，干枯也是"干"，枯燥也是"干"，只是程度不同。呆板（ψυχρός）本义是"冷"，可见它和雄伟（μεγαλοπρεπής）都具有"冷"的属性，只是程度不同。呆板（ψυχρός）原义是"冰冷的、冷冰冰的"（frigid）；而雄伟（μεγαλοπρεπής）是"高大"的严肃庄重（dignity），是适度的（λοπρεπής）"冷"。朗吉弩斯说，"就风格来说，狄摩西尼较为热情，有许多如火如荼、热情磅礴的焕发。而柏拉图则稳健，颇有些富丽堂皇的尊严，虽然不是冷淡，可就不是这样光辉四射了"②。可见雄伟和呆板都有"冷"的属性，而强劲（δεινός）和其赝品（ἄχαρις）有"热"的属性——如

---

① [古罗马]西塞罗：《论演说家》，王焕生译，中国政法大学出版社 2003 年版，第 693 页。
② Longinus. 缪灵珠：《缪灵珠美学译文集》第一卷，章安祺编订，中国人民大学出版社 1998 年版，第 91 页。

火如荼、热情。优美（γλαφυρός）是"光滑的，流畅的，丰腴的"，"丰腴"也就是水分充足，而"光滑""流畅"都是"水"的属性，所以"湿"是优美和矫揉（κακόζηλος）的属性。这样我们就可以得到一个对应表（cf. 附录1 表1）。

从表中我们可以看出，德米特里实质上是按"冷""热""干""湿"四种感觉类型来划分表达类型的。在古希腊"冷""热""干""湿"是人的最基本的感觉。那么为何德米特里的诗学建立在感觉的基础上呢？

感觉是认知的基础。古希腊人认为，人对外界的认识是通过人的感官——眼耳鼻舌等完成的。而且人之所以能够认识外物，是因为人的感官与外界是同质的。恩培多克勒说："通过土我们看见土……通过火认识毁灭一切的火，通过友爱认识友爱，通过争吵认识争吵。"[①]人之所以能够认识外物，是因为人和客观世界具有同质的地方，这就是人的灵魂中有和客观世界相同的元素，所以我们能"通过水我们看见水，通过气认识神圣的气"。这种观念成为古希腊人最初的心理观，这种心理观决定了他们的认识论，成为认识论的基础。柏拉图在《蒂迈欧篇》（*Timaeus*）中也持"同质论"，他认为事物和灵魂都是由元素构成的，所以能够通过"同"认识"同"。这里灵魂成为认知的本原，主体之所以能够认识客观，是因为主体和存在的灵魂是同质的。

这种同质论遭到亚里士多德的批评，他认为并不是所有的存在都有灵魂，"灵魂是动物生命的本原"[②]。"在灵魂中有三者生成，这就是感受或情感（πάθη/emotion）、潜能或能力或官能（δυνάμεις/capacity）、品质（ἕξεις/disposition）。"[③]"潜能的意思是运动和变化的本原，存在于它物之中，或作为自身中它物。"[④]灵魂生成的能力有"营养能力、感觉能力、思

---

① Arist. *On the Soul*. 1.2.404b11-17. [古希腊]亚里士多德：《亚里士多德全集》第3卷，秦典华译，中国人民大学出版社1992年版，第9页。

② Arist. *On the Soul*. 1.1.402a5. [古希腊]亚里士多德：《亚里士多德全集》第3卷，秦典华译，中国人民大学出版社1992年版，第3页。

③ Arist. *Nicomachean Ethics*. 3.5.1105b20. [古希腊]亚里士多德：《亚里士多德全集》第8卷，苗力田译，中国人民大学出版社1994年版，第33页。

④ Arist. *Metaphysics*. 5.12.1019a15. [古希腊]亚里士多德：《亚里士多德全集》第7卷，苗力田译，中国人民大学出版社1993年版，第127页。

第四章 德米特里诗学的哲学 ◆◇◆

维能力以及运动能力"[①],这样人的心理现象和理性认识功能都属于灵魂。在说到感觉能力的时候,亚里士多德还是具有"同质论"思想。他说到有些事物是直接感觉的,如触觉、味觉,而有些是通过媒介感觉到的。器官与媒介具有同质性,器官由什么构成,便能感觉到以此为媒介的事物。如听觉器官由气构成,所以能感受到以气味为媒介的事物,如声音和颜色等;瞳孔由水构成,所以能感受到以水为媒介的事物,水是透明的,所以眼睛能感受到颜色。[②]同质论把灵魂等同于存在。亚里士多德认为,同质的只是器官,而不是灵魂。人要感觉到存在,还必须通过灵魂,作用于器官的刺激才能被感受到,因为只有灵魂才有感觉能力。"能感觉的事物只有在每一种都具有感觉能力时才能承受作用。"[③]

亚里士多德所说的灵魂,其实就是人的心理(理性)。外在事物对器官的刺激只有通过神经末梢和大脑中枢,才能感觉到刺激,耳聋的人听不到声音,瞎子看不见光线。但耳聋的人和瞎子不一定是器官坏了,有可能是传感神经或大脑中枢的问题。所以亚里士多德的论述具有一定的道理,认识到了灵魂在感觉中的重大作用。

虽然认识从最初的通过物质认识物质,发展到亚里士多德已经不仅是一个人的感官的功能,还需要人的理性。不过此时的理性还没有发展到康德那样足以把握客观的物质世界,从而有崇高感[④]。还是一种适度,就是认识的对象必须是一个常观世界,否则人是无法认识的。对于这些无法认识的事物,人们往往交给神去把握,所以在古希腊社会,神是有着超人的能力的。

感觉不仅是认知的基础;感觉是人的感觉,在某种程度上,逍遥派接纳了智者学派"人是万物尺度"的主张。从这而言,感觉即知识。再者,

---

[①] Arist. *On the Soul*. 2.2.413b12-14. [古希腊]亚里士多德:《亚里士多德全集》第3卷,秦典华译,中国人民大学出版社1992年版,第31页。
[②] Arist. *On the Soul*. 3.1.425a1-10. [古希腊]亚里士多德:《亚里士多德全集》第3卷,秦典华译,中国人民大学出版社1992年版,第64页。
[③] Arist. *On the Soul*. 2.12.424b9. [古希腊]亚里士多德:《亚里士多德全集》第3卷,秦典华译,中国人民大学出版社1992年版,第62页。
[④] 康德认为,崇高的产生就是因为对象的巨大激起了主题理性对巨大对象的克服或把握,因而产生崇高感。康德认为这种理想能力是先天的。见《康德判断力批判·崇高的分析论》。[德]康德:《判断力批判》,邓晓芒译,人民出版社2002年版,第82—104页。

从审美而言，美就是感觉。

普罗塔戈拉曾经说过，"人是万物的尺度，是存在者存在的尺度，也是非存在者如何不存在的尺度"①（'πάντων χρημάτων μέτρον' ἄνθρωπον εἶναι, 'τῶν μὲν ὄντων ὡς ἔστι, τῶν δὲ μὴ ὄντων ὡς οὐκ ἔστιν)。"人是万物的尺度"，此处"尺度"（μέτρον'）有"衡量、标准"的意思，"人是万物的标准"，也就是一切都以人来衡量。这里的"人"（ἄνθρωπον）也不是抽象的人，类概念的人，而是指具体的个体的人。这样"存在"或"非存在"是以一个个具体的人来衡量的，所以也有将 μέτρον 理解为"支配者、拥有者、权衡者"（dominator）②。也就是"存在"或"非存在"，其实是以个人来权衡和决定的。而 χρημάτων（一切体验）"泛指个人体验或感知到的东西，如冷热、甜苦等"③。这样，"存在与否的权衡标准皆在于个人，由个人的感觉来衡量"④。Man is "the measure of all things, of the existence of the things that are and the non-existence of the things that are not."⑤如果没有感觉，就不能有感觉所感知到东西。而人是趋利避害的。因此所谓的知识"即智者传授的知识，就是教人在相反的命题中发现、体察和追求好的、有益的命题"，从这意义上来说，"感觉即知识"。这是普罗塔戈拉《论真理》在"人是万物的尺度"基础上得出的命题。

德米特里明显地接受了这种感觉主义的观点，认为句子和风格都是建立在感觉的基础上的，以感觉为权衡的标准。"冷""热""湿""干"四种基本风格，以及句子的划分，都是以感觉为基础的。"人是万物的尺度"成为"人是风格的尺度"，即风格的权衡者。

但德米特里没有停留在"人是万物的尺度"这样一个哲学根基上，而是将智者的哲学与希腊的艺术学结合在一起，与审美结合在一起，提出"适

---

① 汪子嵩等：《希腊哲学史》，人民出版社 1993 年版，第 247 页。关于这句希腊文的译法，赵本义：《"人是万物的尺度"的新解读》，《人文杂志》2014 年第 6 期。汪子嵩等《希腊哲学史》第二卷相关章节。
② 汪子嵩等：《希腊哲学史》，人民出版社 1993 年版，第 252 页。
③ 汪子嵩等：《希腊哲学史》，人民出版社 1993 年版，第 252 页。
④ 汪子嵩等：《希腊哲学史》，人民出版社 1993 年版，第 253—254 页。
⑤ Plato. *Plato in Twelve Volumes*, tr. Harold N. Fowler. Cambridge, MA, Harvard University Press; London, William Heinemann Ltd., 1921.

第四章　德米特里诗学的哲学　◆◇◆

度"（λοπρεπής）的诗哲学思想。

适度就是适合人的度。适度的观念在古希腊一直是一个很重要的观念，毕达哥拉斯学派提出最美的比例，和谐也就是适度。智者学派提出"人是万物的尺度"，其实也完全可以这样理解，即一切万物都必须符合人的尺度（也就是适度），才可以进入人的世界，为人所认识或接纳。在古希腊说适度都有这种含义，无论是话语还是其他的事物，都必须符合人的度，超过了人所能接纳的范围或能力，都是过度。"非常小的有生物不能算是美的（因为我们对它的感觉是瞬间即逝的，因此变得模糊不清），一个非常庞大的有生物也不能当作是美的，例如一个 100 里长的有生物（因为我们不能同时看到它的全部，其完整性便不会进入视野范围内）。"[①]

德米特里在认识科学上没有超出时代的局限，但是对句度的考察却比亚里士多德要丰富得多。亚里士多德虽然作为百科全书式的学者，仅仅从认识和道德的角度来考察了诗或句的长度。德米特里不仅从认识论，还从审美上考察了句的度。

不能造很长的句,也不能太短。太长了就会出现三个结果：ἄμετρος[②]（过度）、ἡ σύνθεσις[③]（复杂或混乱）、ἡ δυσπαρακολούθητος[④]（难以把握）（§4）。

这说了三个问题：认识、感觉、审美。首先，认识上必须符合常规，这是希腊人对认识的一般看法。认识是最基本的，因为无论什么样的表达，

---

① Arist. *Poet.* 7.1451a3. [古希腊]亚里士多德：《亚里士多德全集》第 9 卷，颜一译，中国人民大学出版社 1994 年版，第 652 页。
② ἄμετρος 是 μετρέω 意思是测量、量出，μετρητός，可以量的、能够测量的；μετρίός，合度的、中等的、适中的、中间的、合理的、有节制的、温和的、简朴的。a 是否定前缀。ἄμετρος，不可测量的、广大的、无数的、没有节奏的。
③ σύνθεσις，混合、混杂、复杂，σύν 是前缀，并置在一起的意思。
④ Roberts 译成 otherwise the composition becomes unwieldy or hard to follow。这样译，三个结果只有两个结果了。Innes 译成 otherwise the composition has no limits and is hard to follow。Innes 恰把 Roberts 丢失的补上了，而自己也丢失了一个，两人译文正好说明，这里是三个结果。那是否能够意译成两个呢？很明显不行。这三个结果是从不同角度去说的，虽然三个结果都有难以把握的意思；复杂或混乱，是指东西多了混杂了难以分辨。

最基本的就是传递信息，不然就没有表达的必要了。德米特里和前人一样，一方面认为句子太长，"结束时忘了开始"；另一方面节奏零碎，就不能留下印象。无论是演讲还是庭辩，首先得让听众能记住演讲者的话，这样演讲者的话语才可能有效。

  他认为，"句是言语的边界"（§1），也就是说，句是适度的言语。"度"有三个方面，长度、耦合度、强度。句的长度，是以人的感觉力和理解力为边界的。句既不能太长——太长，句就起不了言语边界的作用，也就失去了作用；也不能太短——太短则零碎，不能起到表达的作用，所以句的长短一定要适度。耦合度是就连接，或者分句间的关系而言。在句子中，若每分句是表达一个完整的思想的完整部分像拱顶一样或者是连贯体，这样的分句间关系紧密，耦合得很紧；若分句像扔在一起的石块，没有耦合关系，所表达的思想相互间也没有关系，这样的句是松散的。句太紧凑或太松弛都不好，太紧凑，难以区分，起不到言语边界的作用，必然导致句很长；太松弛，句间界限分明，不能很好地表达思想，也起不到边界的作用，因此分句间的关系也要适度。强度是句表达思想的多少，一般而言，短句、紧凑句（如圆周句）将大量的思想压缩到体积较小的句中，其强度必然很大。句的强度也要适中，太强或太弱都会改变句的关系和长短，必然使句起不到边界作用。在德米特里看来，无论句的长度、耦合度还是强度，都是以人的感受或理性所能把握的度作为标准的，超出人的感觉或理性能力的都是不适度的。

  度不仅与生理和认知有关，还与人的理性有关，和审美有关。亚里士多德在谈到戏剧的长度时说，长度与诗的理论无关，只与观众的观赏和竞赛有关。长度越长越好，只要能保证观众完整地欣赏剧目和便于记忆。这是从理性的角度说的。亚里士多德还从节奏来说，"就长度而论，情节只要有条不紊，则越长越美；一般地说，长度的限制只要能容许事件相继出现，按照或然律或必然律由逆境转入顺境，或由顺境转入逆境，就算适当了"[①]。这是以一个完整的节奏来作为度的标准。度在亚里士多德那里甚至不是一个量

---

① Arist. *Poet.* 7.1451a15. 罗念生：《罗念生全集》第 1 卷，上海人民出版社 2004 年版，第 41—42 页。

第四章　德米特里诗学的哲学

的问题，而是一个善恶的问题，"不超出限度的事物是善的事物，大于其原本应有限度的事物是恶的事物"①。

德米特里不仅看到了表达的认识功能，而且还看到了审美功能。审美功能就是语言本身给人以直观的感知和意味的无穷。如："καλὸς μὲν, μέγας δέ οὔ（真美，不大）"德米特里认为，"短而碎的节奏，解除了河的小，接济了它的魅力"（§6）。这个句子直观地再现出希腊人到达底格里斯河岸，看见河的情景，如果改成，"这条河规模上小于大多数河流，但在美丽上超过它们"，"就失于得体，索然无味"（§6）。改后的句子是诉诸理性的，缺乏直观，不能再现希腊人当时的惊讶和赞叹之情，没审美的味了。再如，拉克得蒙人告诉一个新的入侵者有关一个过去的僭主的下场，用了一个短语（κόμμα）②，"狄奥尼修斯在科林斯"③。愤怒和不屑溢于言表，强劲有力，不竟之意尽在言中。如果改成，"虽然狄奥尼修斯像你一样是一个有力的僭主，他现在作为一个普通的平民居住在科林斯"，不再像谴责、威吓，而是叙述和指导，苍白无力（§8）。力量的产生是把众多的意思压缩到一个小的空间，正如一粒种子包含了整个树木的潜能。这是短语、谚语（ἀποφθεγματικὸν）、箴言（γνώμης）或短语的功能，如果把它们延长，就成修辞而不是箴言了④（§9）。再如，"有时神亲自引导宇宙运动帮助它在其自身轨道旋转"⑤ 长句和"六音步英雄体"本身就直观地呈现出雄伟。

---

① Arist. *Rhet.* 1.6.1363a3. ［古希腊］亚里士多德：《亚里士多德全集》第 9 卷，颜一译，中国人民大学出版社 1994 年版，第 360 页。

② 德米特里把短语定义为分句小的单位（§9）：ὁρίζονται δ' αὐτὸ ὧδε, κόμμα ἐστὶν τὸ κώλου ἔλαττον。

③ Διονύσιος ἐν Κορίνθῳ. 独裁者狄奥尼修斯（Dionysius）在公元前 344 年被驱逐，躲到科林斯过着隐秘的生活。§241 说他因贫困，只好做教师糊口。

④ 这句原文是：εἰ δ' ἐκτείνοιτο τις τὴν γνώμην ἐν μακροῖς, διδασκαλία γίνεταί τις καὶ ῥητορεία ἀντὶ γνώμης。罗伯茨译 Draw out the maxim at full length, and it becomes a homily or a piece of rhetoric rather than a maxim. 英尼斯译 Expand a maxim at great length and it becomes a piece of instruction or rhetoric。

莫克森译 If a proverb were expand, it would savour of instruction and rhetoric and be no more a proverb。

罗伯茨和莫克森都保持了原比较句型。

⑤ Plato. *Statesman.* 269c. τὸ γὰρ δὴ πᾶν τόδε τοτὲ μὲν αὐτὸς ὁ θεὸς πορευόμενον συμποδηγεῖ καὶ συγκυκλεῖ。

而"拿水来,拿酒来,孩子"[①],一个老年醉汉的节奏,不适合于战斗中的英雄。他认为迟缓的节奏本身就呈现出衰弱无力,铿锵的节奏本身就有力量和强劲(§9)。

直观的感知,其实就是要求句子规模与主题、风格、潜能相当。长句适合庄严的主题,雄伟的言说与句子的规模(μεγέθει)相吻合。所以"六音步"称"英雄体",因为长度适合英雄(ἥρωσιν)。所以荷马《伊利亚特》不适合用阿尔基洛科斯的短行(βραχέσιν)书写,如"悲伤的杆"[②]或"谁偷了你的思想"[③];也不能用阿那克里翁(Anacreon)的句子[④],这些都不是战斗中英雄的节奏(§5)。短句(βραχέος/ short)适合较小的主题。色诺芬描述希腊人见到底格里斯河,"真美,不大"[⑤]。短[⑥]而碎(ἀποκοπῇ)的节奏和河的小而美是一致的。这里如果把短句扩展成长句就失去味道了,成为所谓"呆板"(ψυχρός/frigid)(§6)。拉克得蒙人话语简洁,命令简明扼要,奴隶主对奴隶也是使用单音节的;祈求和哀悼是长音节的。荷马史诗里祈祷者都被描绘成脸皱和瘸腿,意指他们的迟缓,即话语很长。老人说

---

① φέρ ὕδωρ, φέρ οἶνον, ὦ παῖ.

② σκυτάλη/staff 棍、棒、杆;斯巴达官员的木棍(木棍上螺旋般地缠着皮带,在一圈圈缠好的皮带上由上到下地写上公文。写好后,把皮带解开,因为每个字母都错了位,对不起来,所以无法认识。在外地的斯巴达官员有一根同样粗细的棍子,他们把皮带缠上去,于是每个字可以认识。这是古代的一种传递信息的方法。因此该词就转义为斯巴达公文。喻公文信息。罗念生、水建馥编:《古希腊语汉语词典》,商务印书馆 2004 年版,第 799 页)。ἀχνυμένη σκυτάλη 成为表达悲伤的信息的习语。这是半六音步,另两例是双音步(dimeters/二韵脚,二步格):短句或短语都像半行,而不足三音步(trimeters.1, 205)(Innes 注)。

③ τίς σὰς παρήειρε φρένας Who made thy wits swerve from the track? 罗伯茨是直译 Who stole away your mind? 英尼斯是意译的。全文如下:
Πάτερ Λυκάμβα, ποῖον ἐφράσω τόδε;
　　τίς σὰς παρήειρε φρένας
ις το πρὶν ἠρήρησθα; νῦν δὲ δὴ πολὺς
　　ἀστοῖσι φαίνεαι γέλως.

④ φέρ ὕδωρ, φέρ οἶνον, ὦ παῖ "拿水来,拿酒来,孩子"。

⑤ 色诺芬原文是 καλὸς μὲν, μέγας δέ οὔ。德米特里引文是 ᾿οὗτος δὲ ἦν μέγας μὲν οὔ, καλὸς δέ。明显引用错误。改后的长句是 ᾿οὗτος δὲ μεγέθει μὲν ἦν ἐλάττων τῶν πολλῶν, κάλλει δὲ ὑπερεβάλλετο πάντας。色诺芬这句简洁,直观,情境毕现而无痕迹,天然之句,胜于"断竹、续竹、飞土、逐肉",后者见雕琢之功。

⑥ μικρότητι/μικρότης/smallness/slight/short.

第四章 德米特里诗学的哲学

话也长，因为衰弱（§7）。这样不用理会句的内容，从句的外形上就能直观到其所要表达的意来。

句如此，用语也是如此。用语要求悦耳、悦目、悦心。（κάλλος ὀνόματός ἐστι τὸ πρὸς τὴν ἀκοὴν ἢ πρὸς τὴν ὄψιν ἡδύ, ἢ τὸ τῇ διανοίᾳ ἔντιμον）悦目的词，如"玫瑰色光辉"（ῥοδόχροον）、"鲜艳如花"（ἀνθοφόρου χρόας）。这些词不仅中看，本身也非常悦耳。甚至粗粝的词在特定的语境下，也具有美感，如"βέβρωκεν"（bebrôken）。这是一个特别粗粝的词语，形式模仿该词所描述的动作（"吞食"），音如其形，形如其义。

德米特里把直观和意味作为得体的审美要求，用一句话来概括就是，"状难写之景如在目前，含不尽之意见于言外"。能做到这一点，王国维认为就是有境界："'红杏枝头春意闹'，着一'闹'字，而境界全出。'云破月来花弄影'，着一'弄'字而境界全出矣。"[①]所谓境界，也就是情境互生、言尽而意无穷，就是直观和意味。

德米特里清晰地表述出了他对句长的观点，可能限于当时的思维和语言的水平，还没抠出一两个概念，如"境界"或"直观"或"象罔"或"意境"等，简明扼要地直接概括出他的观点。这点上就落后于亚里士多德。但也可能由于各自的目的不同，亚里士多德是要建立一个宏伟的科学体系，而德米特里可能就是写作手册或言说技巧了。但在德米特里这里，形式美学与理式美学的纠葛在具身体验基础上的统一，是德米特里对希腊诗学总结性的标志。

风格是心灵的体验（风格即感觉）[②]，心灵的感觉都有一个度。刺激过大或者过小，都会损害心灵的感觉。所谓"大音希声""大象无形"[③]，现

---

① 王国维：《人间词话》，中国人民大学出版社2005年版，第3页。
② 这一点也适用于中国古代风格。司空图《二十四诗品》是用类比的感觉来描述风格的，如典雅，"玉壶买春，赏雨茆屋。坐中佳士，左右修竹。白云初晴，幽鸟相逐。眠琴绿阴，上有飞瀑。落花无言，人淡如菊。书之岁华，其曰可读"。姚鼐《复鲁絜非书》所谓，"阳刚、阴柔"两种风格，刚、柔是一种属性，这种属性是相对于感觉而言的。 据此，就可以将中国古代"风格论"与"文体论"分开。只涉及"装置"或形式的就是文体，涉及感觉的就是"风格"，风格属于感觉，属于美学的范畴，而文体属于语言学范畴。
③ 此处仅就本义而言，就是"没有"声或形。

代科学已经证明了这一点，人只能感觉到一定波长的声音或电磁波。亚里士多德也论证过这一点，"当对象的冷热、软硬和我们一样时，我们就没有感觉；只有当存在着程度上的差别时才有感觉，这意味着感觉乃是在能感觉的两个相反极端的中间状态"①。也就是感觉需要一个"度"。稳妥的语言，装饰的话语（§§287-295）都是考虑了感觉的度。

风格的"度"不在"能否感受到"，当然已经说过了风格是一种常规的偏离，如果常规一模一样，那就没有风格，或者说都是同一种风格（都一样也就谈不上特征，谈不上风格了）。风格的"度"在于当对象与心灵契合产生快感，当对象超过一定的度产生的是厌恶感，即产生风格的赝品。这就要求"得体"。当然德米特里的"得体"包含着语域思想，在不同的语域下需要使用不同的表达，需要选用不同的文体和表达"元素"，"在生气的时候不能唱婚礼曲"（§132）。

可见，德米特里综合了"人是万物的尺度"的希腊智者哲学思想与希腊审美理论，在此基础上建构了自己特有的诗学的哲学概念——"适度"。这种哲学实质上是对此前希腊哲学、艺术和审美的总结。而这一概念也与希腊另外一个重要哲学观念"德性"有关。

二 德性（ἀρετή）与得体

德米特里诗学的哲学与"度"有关的另一个核心概念是"德性"（ἀρετή）。"在希腊人看来德性是每种事物固有的天然本性"②。正如马的德性是奔驰，鱼的德性是游水，鸟的德性是飞翔。正是德性使每一种事物成为该事物；如果失去德性，该事物就不能成为该事物。没有德性的人不能成为人，没有鸟的德性的鸟也就不是鸟了。

关于德性，希腊人持续不断地进行了探究。德谟克利特著有《论勇敢和德性》（Περὶ ἀνδραγαθίας ἢ περὶ ἀρετῆς）③，普罗塔戈拉有《论德性》

---

① Aristotle. Περὶ Ψυχῆς. 2.11.424a5.
② 汪子嵩等：《希腊哲学史》第 2 卷，人民出版社 1993 年版，第 168 页。
③ D. L. 9.7.46.
Diogenes Laertius, *Lives of Eminent PhilosophersLives of Eminent Philosophers*. tr. R. D. Hicks. Cambridge. Harvard University Press, 1972（First published 1925）.

第四章 德米特里诗学的哲学

（Περὶ ἀρετῶν）①的著作。苏格拉底认为德性是"不过度"②（καί ποτε ἐρωτηθείς, τίς ἀρετὴ νέου, "τὸ μηδὲν ἄγαν," εἶπεν）。"柏拉图的著作在功能、本性、品德三层意义上使用阿莱泰"③，亚里士多德把中间品质称为德性（ἀρετή）。"过度和不及，都属于恶。"④

德性是中间状态。那么什么样的状态就是中间状态呢，是一个平均数吗？亚里士多德明确地告诫德性不是一个平均数，就像 10 米纳的食品多了，2 米纳食品少了，但 6 米纳食品并不一定是应该的。"一切德性只要某物以它为德性，就不但要使这东西状况良好，并且要给予它优秀的功能。例如眼睛的德性，就不但使眼睛明亮，还要使它的功能良好（眼睛的德性，就意味着视力敏锐）。"⑤也就是说，德性是合目的性的，最有利于该事物成为该事物。

对于言语来说，不同人的言说，德性不同。亚里士多德也认为，"每一种人、每一种品质都伴有与之相适宜的表达方式。可按年龄如儿童、成人和老人，也可按性别分为男人和女人，按国家分为斯巴达和塞萨利亚；品质，指人的生活依此而呈现出的某种性质的东西，因为并非所有的品质都能据以形成人生的某些性质。因此，若是使用了与特定的品质契合的那些字词，就能表现出特定的性情来。一个乡下人与一个受过教育的人不会说出同样的话，也不会以同样的方式讲话"⑥。德米特里也认为，"老年人说话长，因为衰弱"，醉汉的话语都短而碎，"'拿水来，拿酒来，孩子'，是一个醉汉的节奏"（§9）。这是从言说者主体来说的，不同的说话者言语德性不同，这些言语的德性与言语者有关。

---

① D. L. 9.3.55.
② D. L. 2.5.32.
③ 王晓朝：《论卓越观念的源起与德性论的生成》，《学术研究》2020 年第 12 期。
④ Arist. Nicomachean. Ethics. 1106b. [古希腊]亚里士多德：《亚里士多德全集》第 8 卷，苗力田译，中国人民大学出版社 1992 年版，第 36 页。德性就是中庸，是对中间的命中。……过度和不及都属于恶，中庸才是德性。单纯是高尚的，杂多即丑恶。
⑤ Arist. Nicomachean. Ethics. 2.6.1106a17. [古希腊]亚里士多德：《亚里士多德全集》第 8 卷，苗力田译，中国人民大学出版社 1992 年版，第 34 页。
⑥ Arist. Rhe. 3.7.1408a27-34. [古希腊]亚里士多德：《亚里士多德全集》第 9 卷，颜一译，中国人民大学出版社 1994 年版，第 508 页。

从言语风格来说，不同题材、用语、结构的选择与组合不同，其所构成的言语"德性"不同，这些不同"德性"的句对灵魂的作用不同，激发的情感不同，给人的感觉（αἴσθησις）不同，或雄伟或优美或平易或强劲，即风格不同。反过来说，风格不同，德性不同。雄伟的德性是高大厚重、庄严堂皇，优美的德性是柔滑，平易的德性是干燥、透明，强劲的德性是灼热。也就是使表达能雄伟（优美，平易或强劲……）的。

那么，德性在什么状态下就会产生赝品？赝品（διημαρτημένος）词根是 αμαρτάνω，意思是"失误、错误"，δι 是强调前缀，διαμαρτάνω 意思是"走错；做错；失败，落空"，名词 διαμαρτία，意思是"大错，失误，落空"，faulty/ perverted 的意思。那么这是怎样一种错误，又是怎样产生的呢？德米特里并没有回答。他只用了一个类比一笔带过。"正如质直的旁边是文雅，例如鲁莽邻近勇敢；羞耻近于尊严，表达的类型也有赝品与它邻近。"（§114）这是拿伦理品质与表达的类型类比。德米特里自己没有专门论述伦理的著作，对伦理类型的分析最权威的当然是亚里士多德了，作为逍遥派弟子，当然对此耳熟能详。

亚里士多德在《尼各马可伦理学》、《大伦理学》和《优台谟伦理学》[①]中都有论述。认为人的灵魂生成三者，感受、潜能和品质。潜能是那些由之而能感受的东西，品质就是对感受所持有的态度。感受与快乐和痛苦相伴随。[②]亚里士多德认为一般这三者都有不及、中间和过度三种状态。[③]例如对恐惧有三种态度：怯懦——缺乏自信；勇敢——自信，但怕所应该怕的；鲁莽——对于实际可怕的东西而过度自信，做出一副勇敢的样

---

① 《尼各马可伦理学》被认为是现存的亚里士多德著作中唯一由作者本人亲手定稿成书的，内容完整、结构严谨、文字简洁流畅。后两种被怀疑不是亚里士多德的作品。《优台谟伦理学》被认为是名叫优台谟的学生编纂的。但三本书大同小异。

② Arist. *Nicomachean. Ethics*. 2.5.1105b20.［古希腊］亚里士多德：《亚里士多德全集》第 8 卷，苗力田译，中国人民大学出版社 1992 年版，第 33 页。

③ Arist. *Eudemian. Ethics*. 2.3.1221a.［古希腊］亚里士多德：《亚里士多德全集》第 8 卷，徐开来译，中国人民大学出版社 1992 年版，第 363 页。亚里士多德认为，"在一切连续而可分的东西中间都存在着过度、不足和中庸，如无怒—温和—易怒；羞怯—谦谨—无耻等"。Arist. *Nicomachean. Ethics*. 1107a14.［古希腊］亚里士多德：《亚里士多德全集》第 8 卷，苗力田译，中国人民大学出版社 1992 年版，第 36 页。强调一般是因为有些行为和感受本身就是罪过，谈不上什么过度和不及。

第四章　德米特里诗学的哲学

子，实际只是做可能的模仿，不能坚定不移，所以既是鲁莽又是怯懦的。[1] 有些极端显得与中间相似，如鲁莽和勇敢，任性与慷慨。[2] 与中间距离越大就越对立，与中间距离小就近似。所谓"鲁莽邻近勇敢"，"羞耻邻近尊严"。[3] 这样赝品就是貌似合目的，或者说不充分合目的，邻近合目的的。

按此原理，言说的赝品应该是有向平易（优美，雄伟或强劲等）生成的目的（这趋势是明显的），但又不合这目的。如果把表达的类型比作一条横向直线，这条直线朝着雄伟和平易两向无限延伸，也有无数介于这两向中间的类型，例如强劲，优美……。那么赝品就是位于这条直线上或者下。赝品并不是横向邻近平易，横向邻近的是优美（其实按照德米特里的观点来说，介于平易和优美之间的风格也有无数种，横向是一个微积分），纵向邻近的才是平易（强劲，优美，平易）的赝品枯燥（质直，矫揉，呆板）。

从理论上说平易（强劲，优美，雄伟）的赝品应该是无数的，因为这种邻近是无限靠近的。从德米特里的描述来看，赝品似乎都是因为"过"，而没有因为"不及"的。而从理论上说下面也应该有一条线。但实际上，对于表达来说，这条线不存在。因为平易（雄伟，强劲，优美）是由三个方面生成的，例如标准语可以生成平易，假如这个言说用的不是标准语，而是奇异语，就不是平易而可能就是强劲了。

---

[1] Arist. *Nicomachean. Ethics.* 1115b25.［古希腊］亚里士多德：《亚里士多德全集》第8卷，苗力田译，中国人民大学出版社1992年版，第59页。无所畏惧的人是没有名称的，或是精神失常，或者是感觉迟钝，谈不上过度或不及。

[2] Arist. *Nico. Eth.* 2.8.1108b.30.［古希腊］亚里士多德：《亚里士多德全集》第8卷，苗力田译，中国人民大学出版社1992年版，第40页。

[3] Arist. *Nicomachean. Ethics.* 2.8.1109a.12.［古希腊］亚里士多德：《亚里士多德全集》第8卷，苗力田译，中国人民大学出版社1992年版，第41页。亚里士多德认为，有两种原因导致一种与中间距离较近，而另一种距离远："一个原因来自事物自身，而另一个原因则来自我们自身。对于那些我们认为自然而然的事情，就显得与中间对立更大。"

过	呆板	质直	矫揉	枯燥
适当	雄伟	强劲	优美	平易
不及				

这就说明，所有正品风格无论雄伟、优美、平易、强劲还是其他复合的风格都是"适当的"。雄伟（μεγαλοπρέπεια）是"适当的高大强"，优美（γλαφυρός）是"适度的愉悦"，平易（ἰσχνός）是"适度的瘦枯"，强劲（δεινός）是"适当的可怖"。而它们的赝品都是超越了"适当"。呆板是过度"严肃"，矫揉是过度"圆滑"，枯燥是过度"干瘦"，质直是过度"恐怖"。

从形式与思想的关系看，所有的风格都是形式对思想的澄明和彰显。雄伟是堂皇庄重的，强劲是有感染力的，优美是切合生命律动的，平易是标准化的。而赝品都是形式对思想的遮蔽。呆板和矫揉都是形式过度，质不胜文；而枯燥和质直都是缺乏文饰，文不胜质。这样我们就可以得出一个图示（参见附录1图2）。

"质胜文则野，文胜质则史，文质彬彬，然后君子。"呆板是小题大做，空泛而浮华，如八股文；矫揉是粘腻、淫靡，如六朝骈文和唐宋宫体；质直，有感染力但不文雅，如民间歌谣，情感充分表现力强，但粗鄙俚俗，如璞未琢。枯燥是琐碎的表达，大题小做，才力不足。在所有赝品中枯燥是最无技艺的。

那么正品与赝品区别的"度"在哪里呢？

正如上文所述，人为万物的尺度，是以人的常观为标尺的。"所有的人都把那种在感觉上不可减少的最初的东西当作尺度，或是湿和干的尺度，或是轻重和大小的尺度。人们只有通过这种尺度，才能认识到这些东西的数量，运动以单纯运动，以最快的速度为尺度，因为这种运动所用的

第四章　德米特里诗学的哲学

时间最少。"[1]可见古代的人们是以常观世界、习以为常为尺度的。这是一个人的尺度，所谓"人是万物的尺度"，这就是适度；适度，也就是刺激的适度。人对不同的东西的感觉不同，是因为刺激不同。"如果有某个甜的东西，它就会以某种方式来刺激感觉或思想，但如果是某个苦的东西，它就会以相反的方式刺激，如果是白色的东西就会以不同的方式刺激。"[2]但这些刺激必须是适度的，"感觉是某种比例，当事物按一定比例的时候，它们就是令人惬意的。过度便会伤害或破坏感觉"[3]。这种思想在修辞学、诗学都有重要的体现，大到整个诗的长度，小到句子的长度，以及用语的得当。如果不足或者超过一定的限度，都会对感觉造成伤害。

"度"就是"那种在感觉上不可减少的最初的东西"[4]，就是保证事物的本性的东西，也就是说"度"是"德性"的要求，是"德性"的保证。这种要求与保证的外在显现即"得体"。"得体"是德米特里风格正品与赝品的界限，也是德米特里对作家作品批评的标准，是其"雅典中心主义"的理据。

这种不可减少有两重意思：一重是该具备而缺乏；另一重是本来就没有也就是不应该具备，即不可能有而有了。

"该有而没有"，那是"不及"。"不及"是冒牌，不是赝品。而赝品，是过度。"不该有而有"了，就是过度；有了不该有的，就是错误，就是"赝品"，如"打扮过的杵/make up mokeys"。对于赝品和正品来说，它们的生产线都是同一的，操作程序也是同一的，错误在于装错了部件，把一超过该事物本身的部件装给了这个该事物。狗尾续貂，貂尾对于狗来说就是赝品，狗对于貂尾来说就是冒牌。所以高级文体不能用

---

[1] Arist. *Metaphysics*. 10.1.1053a6-10.［古希腊］亚里士多德：《亚里士多德全集》第8卷，苗力田译，中国人民大学出版社1992年版，第222页。

[2] Arist. *On the Soul*. 3.2.427a.1.［古希腊］亚里士多德：《亚里士多德全集》第3卷，秦典华译，中国人民大学出版社1992年版，第70页。

[3] Arist. *On the Soul*. 3.2.426b1-8.［古希腊］亚里士多德：《亚里士多德全集》第3卷，秦典华译，中国人民大学出版社1992年版，第68页。

[4] Arist. *Metaphysics*. 10.1.1053a7.［古希腊］亚里士多德：《亚里士多德全集》第7卷，苗力田译，中国人民大学出版社1992年版，第222页。

于琐事。①

"不该有而有",这是否和小题大做和夸张等言说技艺相矛盾?不矛盾。

赝品是因为让事物有了不该有的,但当这种"有"是需要的,言说就是适合的。(低)事物 S——(高)"有" T——语言(V)。如果要说有问题,那是这样拔高 T 应该不应该的问题,是有关道德或者法律等的问题,不是语言 V 的问题,语言 V 不过是完成陈述"有" T 的任务。同样,在夸张或不可能中如果这种"不可能有"是需要的,那么夸张也不产生呆板。夸张正是需要"不协调,蹩脚,滑稽",让人看出其荒诞来,从而实现诸如喜剧诗人那样引人发笑等。夸张是用"荒诞"来实现目的。所以作者首先要确定需要这种荒诞,而且这种荒诞在这里是稳妥的。就像诗中用奇字、险字,画中用险笔,医生用险方一样。一是要确定确实需要,二是要确定用了效果更好,三是用险如常,自然稳妥,否则弄巧成拙。所以是非一般的技艺。因此德米特里说"这是神样的萨福的神奇"。

正如"丑和恶"可以进入艺术。艺术中的丑恶,是为了彰显这丑恶的存在,而不是利用丑恶来压迫和眩惑主体;否则就是赝品 ἄχαρις(不快的,令人厌恶的恐怖)。当一个说话者公开描述不应该提到的或有辱人格的事情,这样的行为就是让人反感的。例如有人指责提曼德娜②过着淫乱生活,通过对她的脸盆、她的银币、她的草席和其他许多类似令人厌恶的细节溅污法庭(§302)。这些题材是令人恐怖的,而且这些恐怖是未经艺术克服,是赤裸裸的。因此,是令人厌恶的恐怖。

这里,讨论的并不是语言,而是"拔高 T""贬低 T""夸张 T"这种行为,T 是否合法,而语言 V 不过是完成对 T 的陈述,如果是拔高就要用大词,如果是贬低就要用小词。因此语言 V 和主题 T 之间还必须是适合的,不能拔高用了小词,而贬低则用了大词,如果这样就是赝品,有了不该有的。所以德米特里的观点还是前后一致的,并不矛盾。

---

① Paroem. Gr.i. 459.
[美]艾布拉姆斯:《文学术语词典》,吴松江等译,北京大学出版社 2009 年版,第 606 页。high style 条;从莱庭:《西方修辞学》,上海外语教育出版社 2007 年版,第 274 页,"风格的等级条"。

② 可能是希佩里德斯抨击这位名妓。(Hyperides. fr. 165)

第四章 德米特里诗学的哲学

"度"不仅是"不可减少",度还包括言说的澄明不遮蔽。如果表达遮蔽了逻各斯就是过度。如"人首马身的怪物骑在自己的背上",骑在自己的背上不合常理,人首马身怪物的特点不是澄明了,由于不合常理,反而有碍于理解,遮蔽了逻各斯。再如"亚历山大在考虑是否参加奥林匹亚竞赛的时候,有人说'亚历山大,参加你母亲的名字'"①,本应该说"参加奥林匹亚吧"。因为奥林匹亚既是赛事名,也是亚历山大母亲名,换成"参加你母亲的名字"(§186),让人费解,因此德米特里认为是过度了。

"度"是在规则之中,对规则的遵守,结果是愉快。言说的新颖,需要打破规则,但还是有一定的规则,只是新的规则是以前没有的,或者是不合常规的,否则,令人反感,如 "那是原因,杀了他们";或者分句相互间没有联系,像碎片。连续的长圆周句让说话者上气不接下气,不仅使人生厌,而且不快(§303)。所以强劲与其说是对常规结构的打破不如说是对常规的克服,而不是没有规则的碎片,因超越常规而令人惊骇。

赝品享有正品的属性的一面,但是这一属性的过度强大而遮蔽了其他属性,是"片面的正义"。正如雄伟是富丽堂皇的庄严,如果只有庄严没有富丽堂皇,那则是呆板(ψυχρός 冰冷的,冷淡的);没有庄严只有富丽堂皇,则是浮夸(ὑπέρογκος 浮夸是呆板的一种形式§116);过度的热衷快感而不顾事理,则是矫揉;过分的干瘦,就是枯燥(ξηρός);只有恐怖没有快感,就是质直,而不是强劲。强劲和雄伟都有高大强的一面,同样质直和反感相近。有些话语产生质直的同时,产生呆板。

所有的赝品与正品的生成方式和路径都一样,都由思想、用语和结构三个方面产生。只是正品在生成的过程中用力适度,而赝品过于用力而已,例如平易的赝品枯燥(ἰσχνός)。

平易(ἰσχνός),本义是"干的,干燥的干瘦的,枯槁的;严肃的;干燥的地方"。干枯的与平易的非常接近,平易的本义就是瘦削的、干枯的,只是平易强调不丰腴、不是绿色的,反义词 χλωρός 嫩黄色的、绿色的;而枯燥(ξηρός)是干瘪了,反义词是 ὑγρός 流畅的、潮湿的。流畅、潮湿就

---

① 亚历山大母亲名叫奥林匹亚。

是优美的特征了。平易与枯燥都是"干",枯燥是干变形了,没有任何水分了。作为言说的类型,两者都没有修饰,枯燥只是平易的极端状态。

思想方面,他认为如果把一个宏大的事物说成是渺小的那就是枯燥的。如描述薛西斯,试比较(§236):

薛西斯和他的人来到海滨
薛西斯带领整个亚细亚来到海滨
κατέβαινεν ὁ Ξέρξης μετὰ πάντων τῶν ἑαυτοῦ
κατέβαινεν ὁ Ξέρξης μετὰ τῆς Ἀσίας ἁπάσης

说"和他的人"而不说"和整个亚细亚"(μετὰ τῆς Ἀσίας ἁπάσης)。大题小做在德米特里看来就是赝品,就是枯燥。当然小题大做也是赝品,是呆板。这就是两者要得体。正如在古希腊英雄不能作为喜剧的题材,奴隶和平民也不能成为悲剧和史诗的角色一样。微小的事情当作伟大的事情来写,就像堂吉诃德把风车当作城堡来进攻一样滑稽。相反,把特洛伊战争写成财主们争风长工遭殃,那就不是诗了,只是寓言。

用语上也如此。宏大的事物不能用卑贱的词。德米特里说:用琐碎的语言叙述一个伟大的事件的时候生成枯燥。例如迦达拉人在萨拉米海战中,或者说暴君法拉利斯,"法拉利斯有点骚扰阿克拉加斯人"。如此重大的海战及这么残忍的独裁者不应该用"有点""骚扰"这样的词来描述,而应该用宏大的、鲜明的与题材相近的词语(§237)。这是用语产生的枯燥。

结构也能产生枯燥。德米特里认为重大的题材要用宏伟的结构,如长句。短语频繁生成枯燥,如格言"生命短暂,艺术长青,机会倏忽,经验不可靠"[①]。或者题材重大而分句中断,不完整,如指责阿里斯泰德没参加萨拉米海战,"德米特里不请自来参加战斗,但阿里斯泰德没!"[②]。在这儿中断不合适,也不是时候。这类中断应该用在其他语境中(§238)。

---

① Hippocr. *Aphorism.* 1.1. Cf. §4.
② 阿里斯泰德参加了萨拉米战斗。这种虚构听起来像学校的朗诵会。

第四章 德米特里诗学的哲学

这就是结构琐碎，产生枯燥。

德米特里用正品和赝品标明了言说的"度"。那么为何德米特里要为言说"立法"呢？

因为无论是修辞还是诗，在希腊都是备受争议的，对其功用也是各说各话。在希腊没落的修辞学在罗马却蒸蒸日上，大家都以雄辩（elocutione）为能事。德米特里为语言立法，防止其僭越：言说必须符合事物本来的面目，不能超越，过"度"了的言说本身就是赝品。这是对那些以雄辩为能事者釜底抽薪，是对修辞和诗学的一个总结，也是对什么是真正希腊的一个回应。只有那些有"德性"的艺术才是真正希腊的，花里胡哨的只是"装饰过的杵"，并不能代表真正的希腊艺术，为衡量什么是真正希腊的提出了一个标尺。

"度"其实是一个秩序。适当是适合某一种秩序的某一序阶，不能是上一个序阶，也不能是下一个序阶。德米特里也就是要建立一个话语秩序体系，这种话语秩序体系就是话语生成的装置。给世界寻找一个基点，然后在这个基点上建立起一个系统，这是赫西俄德以来西方的传统。赫西俄德预构出一个神的谱系，妄图以神的谱系来映射现实世界的谱系。自然主义哲学家希望能找到一个现实世界的秩序系统，但他们仍然无法解释人本身的问题。他们的困境被人文主义学者超越，他们不用现实的元素，而以抽象的"存在"为基点，但他们还没有建立一个系统，这个任务直到柏拉图才完成。柏拉图以理式为基点建立了一个庞大的体系，这个体系既囊括了现实世界，也包括了非物质的世界。德米特里将柏拉图的体系落实在话语建构的此岸世界，这话语体系成为此后整个西方世界话语图景和世界建构的原型。

德米特里的"度"似乎是对20世纪的"世界是表述的世界"的远古预言，20世纪对"一切都只是语言的言说""意义就是阐释的意义"的批判仍能在他那里发生远古的回响，"如果说有的都是叙事或'文本'，那么真实世界就是多余的了，甚至物理学也变成了另一种文化研究的分支。更进一步说，如果所有的都是修饰或'语言游戏'，那么内在的逻辑相容性也是多余的了。一种被人们早已抛弃的理论诡辩也同样能够充当理论的功能。不可理解性变成了理论的一个优点，隐晦、比喻或双关语已经代替了证据和逻辑"[①]。这种批评同样是给语言画上了阈限，给言说标明了度——所有的言说都必须符合事物本身。这种"自然"正是德米特里逻辑起点。

第三节 德米特里诗学哲学的内在悖论

德米特里的感觉主义诗学是以希腊哲学与艺术学和审美学为根基的。那么这种"人是风格的尺度"的诗学，人是"支配者"和"裁决者"，是社会、世界、甚至宇宙的中心。人为自己制定风俗、伦理法则和城邦生活准则以及法律来规范自己，约束自己，是这些规范的制定者和裁决者，世界由人来审判。人第一次意识到自己是自身所属的世界审判者，有资格和力量去重新规范城邦的生活，不用再像荷马时代那样唯神意是从。这是人在宗教和神话时代的第一次觉醒，因此具有人文主义色彩，普罗塔戈拉也被看作是人文主义先驱。

但是这种"人是万物的尺度"，是一切规范的制定者和裁决者，让这个哲学打上了深厚的"人为"（νόμος）印记，似乎世界就是按照 νόμος 运行的。这也使以此为根基的德米特里诗学具有浓厚的"人为"色彩。另一方面德米特里诗学另一个重要的范畴是德性（ἀρετή），德性就是使事物成为其自身，这又是一个自然主义的范畴。那么德米特里的诗学到底是"自然"的还是"人为"的，这对范畴贯穿了德米特里的整个诗学和哲学思想，也是他思想最矛盾之处。

一 诗学的哲学内在悖论

德米特里"自然"与"人为"的纠葛，不仅是德米特里个人的，也是希腊哲学史上的纠葛。Φύσις 是"呈现、生成"的意思，早期希腊哲学家的著作大都题名为 Περὶ φύσεως（《论自然》），其中 Φύσις 指"世界或宇宙

[①] 索卡尔、德里达、罗蒂等：《"索卡尔事件"与科学大战——后现代视野中的科学与人文的冲突》，蔡仲、邢冬梅译，南京大学出版社 2002 年版，第 61 页。

第四章 德米特里诗学的哲学

全体,包括其变化、生成的本性"。亚里士多德定义为"运动或变化的本原",包括人自身和行为的本原。这种本原可以解释世界及宇宙一切事物。

在神话时代是没有自然与人为之分的,"神"是万物的尺度,神是本源,也是动因,更是目的,一切都为神为荣耀。随着奥林匹斯神系世界的来临,泰坦神时代的混乱被宙斯时代的秩序代替。这种由多到一,是不再满足于神话世界的混乱、杂多以及自相矛盾,而试图给出一种系统、连贯、自觉的秩序,是人们对普遍的追求。

这种对普遍性的追求到了自然哲学家那里,他们不满用神来解释世界万物的生灭变化,开始追问世界及万事万物生灭变化的根源或原因。φύσις 是动词 φυο 的动名词形式(动词加 σις 就变成相应的名词),本义是产生、生长、本然如此。所谓自然哲学家就是探索思考世界起源和演化的人。他们将这一切归为"自然",而不再是"神","人和社会看作只是自然的组成部分,认为宇宙的生成、动植物的产生、人的组成以及人的认识能力和社会生活等等都是自然的(φυσικός)"[①]。这时的"自然(φύσις)"与"神"的想象区别不大。

在自然哲学家那,"自然"还是"人为"并不是一个问题。"他们将人和社会看作只是自然的组成部分,认为宇宙的生成、动植物的产生、人的组成以及人的认识能力和社会生活等等都是自然的(φυσικός)。"[②]阿那克萨戈拉(Ἀναξαγόρας)就认为,希腊人用"生成和消灭"是个错误,实际上只有结合和分解。恩培多克勒(Εμπεδοκλης)认为,眼睛有些白天看得见,有些晚上才能看见是 φύσις。德谟克利特(Δημόκριτος)认为,色声香味都是νόμος,原子和虚空都是 φύσις。[③]

到了公元前 5 世纪,人们见识增加了,各种传统风俗习惯、伦理制度等相互矛盾和抵触。希罗多德在《历史》中,就将希腊和波斯的冲突归结为风俗习惯的冲突,这种文明的冲突,其实就是规约缺乏普遍性导致的。

---

① 汪子嵩、范明生、陈村富、姚介厚:《希腊哲学史》第 2 卷,人民出版社 1993 年版,第 203 页。
② 汪子嵩等:《希腊哲学史》第 2 卷,人民出版社 1993 年版,第 203 页。
③ 汪子嵩等:《希腊哲学史》第 2 卷,人民出版社 1993 年版,第 206 页。

人们不再把一切都看作自然,而有人为(νόμος)的一面。可见,对普遍性的追求的结果是必然会出现"人为"(νόμος)。

此外,对外在世界的追问必然最终会追问到人本身,哲学从外在自然转向人的内在自然,或者说自然哲学的人文转向。对自然的追问也必然会追问到人的社会世界,例如城邦的本原是什么,城邦如何演化;城邦构成元素是什么、原理是什么,或者说城邦分解后是什么,什么导致城邦的解体和结合等。这些问题的追问的结果就是"人为"(νόμος)概念的出现。此时,νόμος 有传统、风俗、习惯,伦理规范,成文法律,协议、条约、契约和章程等多种意思。φύσις 具有普遍性和恒一性,νόμος 具有暂时性和局部性。

人文哲学家提出"人是万物的尺度",νόμος 与 φύσις 间的对立变得尖锐。这种对立表现在众多方面,浸漫到社会各个领域。人们争论语言的名与实,词与物之间联系是 φύσις(自然)还是 νόμος(人为的或规约的)。普罗塔戈拉派坚持 νόμος,而苏格拉底、柏拉图等坚持 φύσις。亚里士多德探讨家庭、村庄、城邦和氏族的区别,进一步将 νόμος 和 φύσις 区别开来。

德米特里探讨表达(ἑρμηνεία)及其风格是 φύσις(是自然生成的)还是 νόμος(人为的)。德米特里的探讨并没有终结这场争论,中世纪、近现代乃至今天仍然是争论的话题[①]。但德米特里的考察在这漫长的学术史上做出了自己独特的贡献。

德米特里并没有孤立地接受或赞成某一方观点,相反,他辩证地发现各派的合理内核,然后将这些合理的部分加以综合,成为他诗学的根基,演化出三条原理:其一,自然的潜能,题材、语言和结构具有先天的潜能;其二,人法自然,νόμος 要自然而然;其三,关系自然,质料(φύσις)与它的表达形式(νόμος)之间要协调。

德米特里认为,词语的音、义、色的美是词语本身所具有的特点。诸如"玫瑰色的光辉""鲜花遍地的草场"(§174),这些都是词语的自然色

---

① 赵奎英:《当代文艺学研究趋向与"语言学转向"的关系》,《厦门大学学报》(哲学社会科学版)2005 年第 6 期。

第四章 德米特里诗学的哲学

彩。而有些词语具有内在的高贵，如"古老的人们"比"古人"尊贵（§175）。而元音，先天具有流畅、粗粝、匀称和有力[1]的属性。流畅的词是完全由元音或主要由元音构成的，如埃阿斯（Aiâs）。粗粝词语的例子如"βέβρωκεν"（bebrôken）模仿该词所描述的动作（"吞咽"），词语对这个不流畅的动作的模仿主要是通过元音和辅音的搭配实现的。匀称的词语兼有两者，元音和辅音均匀搭配（§176）。词语的有力也主要在元音，宽度、长度和曲折音[2]。如"βροντὰ"代替"βροντή"（"雷声"），这个词粗粝源于第一个音节，长度源于第二个，两者都是长元音；宽度源于多利安形式，多利安人拉宽他们所有的元音。[3]这就是为何喜剧不用多利安语而用尖锐的阿提卡方言的原因，因为阿提卡方言先天简明，被平民使用，适合喜剧的诙谐（§177）。

德米特里着重论述了词语的声音的美。音韵学在古希腊本身属于音乐学，德米特里引述音乐家的论述就非常正常了。从德米特里的论述来看，当时的音韵学研究已经具备了很高的水平，不仅把音分成了元音和辅音，而且对元音和辅音的特质以及它们的组合所具有的特性，也具有相当的研究。

德米特里认为，"有些题材天生雄伟，如宏伟和著名的陆上或海上的战斗，或有关地狱或天堂等，这些题材天生规模宏大，给人印象深刻"（Ἔστι δὲ καὶ ἐν πράγμασι τὸ μεγαλοπρεπέςἂν μεγάλη καὶ διαπρεπὴς πεζομαχία ἢ ναυμαχία, ἢ περὶ οὐρανοῦ ἢ περὶ γῆς λόγος）[4]。这强调的是题材的自然性质——高、大、强。这是德米特里一贯的思想，认为无论是词语、结构还是题材都有着天生的潜能，而且这些潜能是不可被改变的。如"提大盾的宙斯生活于林野的神女们和她一起游乐，勒托见了心欢喜""女神的头部和前额非其他神女可媲美，很容易辨认，尽管神女们也俊美无比，

---

[1] 流畅 λεῖος、粗粝 τραχύς、匀称 εὐπαγής 和有力 ὀγκηρός。

[2] 宽度 πλάτει，长度 μήκει，παλασμα，是声音的曲折变化，一个完整的音，受过培训的人才会发（cf Quint. 1.11.6 καταπεπλασμενον 英尼斯注）。βροντὰ（brontâ）代替 βροντή（brontê）

[3] Theocritus 15.88. εκκναισευντι πλατειασδοιαι απαντα.（英尼斯注）

[4] Demetrius. *De Elocutione*. 2.75.

这位未婚少女也这样超过众侍女"①（§129），这些题材本身就有魅力。再如，"神女的花园，婚礼曲，爱情故事或者萨福的诗"（§132）。德米特里认为，这些题材本身的自然属性就是明快的，不管怎样表达都改变不了其天然的属性；即使出自希朋那克斯②之口，也有魅力，因为题材本身具有魅力和明快。没人能在生气的时候唱婚礼曲，没有表达可以把爱神变成复仇女神或巨人族，也不可能把笑变成泪"（§132）。人为的力量是无法改变题材的先天属性的。这就是德米特里第一条原理——题材、语言、结构具有先天的潜能。

这种自然思想是承亚里士多德而来，创制技艺所能做的只是澄明和遮蔽，就像把"热变冷，或冷变热"，变的只是其外在的属性，或相对于人感觉的属性，没有什么能改变事物的自然属性。逻各斯是不变的，理式也是不变的，人工生成虽然来自创制者，但创制者只能按照逻各斯来生成。这正是亚里士多德的科学思想。虽然这种逻各斯，亚里士多德说是"类的经验中的普遍判断"，但这种普遍判断只是人从事物中认识到的，而逻各斯已经存在于事物之中了，从这一点来说，德米特里是继承了柏拉图以来的先验的逻各斯。

对柏拉图而言，则只承认自然的美；人为，即使美，也具有欺骗性，是"谄媚的伎俩"，不能称作技艺，最多算程序或经验。③ "它以形状、颜色、光滑、褶皱来欺骗我们，使人追求一种外在的装饰美，而放弃凭借锻炼产生的自然美。"④ 外在的装饰美（ποιεῖν ἀλλότριον κάλλος，

---

① Hom. *Od.* 6.105. [古希腊]荷马：《荷马史诗·奥德赛》，王焕生译，人民文学出版社1997年版，第107—108页。

② §301. 希朋那克斯，古希腊抑扬格诗人，他的诗曾描述爱奥尼亚下流社会。为了羞辱他人，他曾改变诗的节奏，使之变得不完整。

③ Plato. *Gorgias.* 462d-466a. κολακείας，flatterer，fawning.谄媚。

④ Plato. *Gorgias.* 465b. self-adornment personates gymnastic: with its rascally, deceitful, ignoble, and illiberal nature it deceives men by forms and colors, polish and dress so as to make them, in the effort of assuming an extraneous beauty, neglect the native sort that comes through gymnastic. τῇ δὲ γυμναστικῇ κατὰ τὸν αὐτὸν τρόπον τοῦτον ἡ κομμωτική, κακοῦργός τε καὶ ἀπατηλὴ καὶ ἀγεννὴς καὶ ἀνελεύθερος, σχήμασιν καὶ χρώμασιν καὶ λειότητι καὶ ἐσθῆσιν ἀπατῶσα, ὥστε ποιεῖν ἀλλότριον κάλλος ἐφελκομένους τοῦ οἰκείου τοῦ διὰ τῆς γυμναστικῆς ἀμελεῖν.

extraneous beauty），靠打扮化妆修饰出来的美；自然美（τοῦ οἰκείου，native sort）是内在的、固有的，即身体本身魅力的展现。从这里可以看出柏拉图强调固有的自然的美，而体育锻炼就是把这种固有的自然美展现出来。

但另外一方面，德米特里又强调创制者所赋予的魅力才是"真正最有潜能的魅力""有些题材本身是阴郁的、质直的，如阿格莱达斯。但作者可以把即使这样的题材变成玩笑，正如冷可以加热，热可以冷却"（§135）。这就是说对于德米特里而言，固然存在自然的美，但表达的真正魅力在于创制者的技艺。使热变冷，使冷变热；使玩笑变得可怕，使粗俗变得文雅，使强劲变得柔和，使平淡变得有味。也就是克服思想的机械性，展现机械性遮蔽的美、真与善。有魅力的可以是宏伟、庄重的，也可是通俗的和戏谑，但戏谑、宏伟和庄重不等于魅力，只有展现了真、善、美的才是有魅力的。正因为德米特里认为，真正的魅力靠创制，在于表达，所以他详细地论述了如何使表达具有魅力，几乎占了《优美论》2/3 的篇幅（§§137-172）。

德米特里把优美分成自然的（魅力也有自然的）和人为的。人为的，即因技艺而产生的优美。自然的优美包括优美的题材、漂亮的词语、韵律优美的结构。但他的目的是要突出创制的优美，即通过技艺克服思想、词语、结构的机械性对美的遮蔽，使不优美的优美，使优美的更优美。这样一种优美，他称为魅力。他在《优美论》中用了 2/3 的篇幅论述人为技艺的魅力，可见其对创制技艺的推崇。

既然魅力在于创制，在于技艺，那么这种创制和技艺的源泉在哪，与自然之间的关系是什么呢？

技艺的创造力，柏拉图认为源于灵魂对理式的回忆，亚里士多德认为，对同类事物的普遍判断源于经验的众多观念。柏拉图是先验的、分析的，亚里士多德综合折中了经验和先验，既认为源于经验又认为是对事物本身潜能的把握。

亚里士多德从实体的生成的角度论述了人工生成与自然生成的区别，明确指出创制的本原与自然科学知识的不同。"在生成的东西当中，有些因自然生成，有些因人工生成，有些因自发生成。"[1]自然生成的事物本原和原因在自然，也就是在事物之中。"自发生成是因为生成由之开始的质料，就存在于某物因技术的制作和生成中，这种质料中含有事物的部分，有的可以做出于自身的运动，有的则不能"[2]，因此自发生成只是人工生成的一种偶性。人工生成又可分为创制的和实践的：创制的本原或者是心灵或理智（νοῦς），或者是技术（τέχνη），或者是某种潜能（δύναμίς）[3]。

"当一个对同类事物的普遍判断从经验的众多观念生成的时候，技艺也就出现了。"[4]技艺是在经验中把握普遍、把握真。在早期希腊作品里，技艺就是智慧（σοφια），如在荷马《伊利亚特》[5]《奥德赛》[6]，赫西俄德《工作与时日》[7]等这些作品里。

亚里士多德在《物理学》认为，创制技艺的逻各斯是模仿自然。自然本身具有合目的性，因此自然生成都是有效的[8]。人工生成和自然生成都是一种生成力量，都是赋形（εἶδος 或 μορφε）于具体的质料（ὕλη）。因此创制技艺必须模仿自然已被证明有效的生成方法和程序，也就是创制技艺的逻各斯，是自然生成的逻各斯。[9] "人法地，地法天，天法道，道法自然。" "文与天地并生" 天地有生成之道，所以首先原道，然后才是"征圣""宗经"。

德米特里继承了亚里士多德的思想，认为诗歌用韵律模仿，散文用句模仿，模仿逻各斯（真）。在§§137-172 论述了表达的优美在于魅力，即创

---

[1] Arist. *Meta.* 1032a14. [古希腊]亚里士多德：《亚里士多德全集》第 7 卷，苗力田译，中国人民大学出版社 1993 年版，第 163 页。

[2] Arist. *Meta.* 1034a10-15. [古希腊]亚里士多德：《亚里士多德全集》第 7 卷，苗力田译，中国人民大学出版社 1993 年版，第 168 页。

[3] Arist. *Meta.* 1025b22-26. [古希腊]亚里士多德：《亚里士多德全集》第 7 卷，苗力田译，中国人民大学出版社 1993 年版，第 146 页。

[4] Arist. *Meta.* 981a6. [古希腊]亚里士多德：《亚里士多德全集》第 7 卷，苗力田译，中国人民大学出版社 1993 年版，第 27 页。

[5] Hom. *Il.* 15.412.

[6] Hom. *Od.* 17.383-385.

[7] Hesiod.649.

[8] Arist. *Physics*. 2.8.199a-b.

[9] Arist. *Physics*. 2.2.194a21. *Meteorology*. 4.3.381b6. *De Animatium*. 1.1.639b15. *De Generatione Animatium*. 2.1.734b22-735a3.

第四章 德米特里诗学的哲学

制者的创造力。创造力源于对逻各斯的掌握，包括技艺的逻各斯和对象的逻各斯。§§137-162 从结构、用语、题材正面论述了优美表达的生成"装置"，§§163-172 从反面论述了优美生成并不仅在"装置"，"装置"只是表象，真正的优美在于智慧，即对逻各斯的直觉。但在§§137-172 中并没有指出这种逻各斯是什么。§§172-189 论述了这个逻各斯在于自然；不自然、过度就成优美的赝品——矫揉。这也就是为何《论表达》在§128 中论述了优美包括明快。明快是自然的，表达因为明快而有魅力。

从德米特里论述语言节奏的魅力也能发现这一点。节奏源于长短音及其搭配。这种搭配在诗里已经源远流长，并形成了固定的格式，如抑扬格、抑抑扬格、扬抑格、扬抑抑格等。"诗是用格律摹仿的艺术"，所以节奏是否适合就看与其模仿的对象，隔还是不隔，"语语都在目前，便是不隔"①。如：

μινυρίζων τε καὶ γεγανωμένος ὑπὸ τῆς ᾠδῆς διατελεῖ τὸν βίον ὅλον②，
τὸ μὲν πρῶτον, εἴ τι θυμοειδὲς εἶχεν, ὥσπερ σίδηρον ἐμάλαξεν③。

这些（结构）具有明显乐感，而且直接呈现了被模仿行为。但如果你倒过来说"ἐμάλαξεν ὥσπερ σίδηρον"或"διατελεῖ ὅλον τὸν βίον"就"隔了"，隔了也就不流畅了，所以德米特里说，剥夺了语言的魅力，那种直接来自于节奏（ρυθμός）的魅力。再如"λύρα δή σοι λείπεται κατὰ πόλιν"④

---

① 王国维：《人间词话》，中国人民大学出版社2005年版，第13页。
② Plato. Republic. 411a. "把他整个一生用于婉转悠扬的歌曲"（[古希腊]柏拉图：《理想国》，王晓朝译，商务印书馆2018年版，第107页）。
"假使他全部时间都沉溺于丝弦杂奏，歌声宛转之间。"（[古希腊]柏拉图：《理想国》，张竹明、郭斌和译，商务印书馆1986年版，第122页。）
③ Plato. Republic. 411b. "那么最初的效果就是使这个部分像铁一样由坚硬变得柔软。"（[古希腊]柏拉图：《理想国》，王晓朝译，商务印书馆2018年版，第108页。）
"初则激情部分（如果有的话），像铁似的由粗硬变得柔软。"（[古希腊]柏拉图：《理想国》，张竹明、郭斌和译，商务印书馆1986年版，第122页。）
④ 语言 λόγου, language。词语 λέξεσιν, wordsPlato. Republic. 399d. "你只剩下七弦琴和七弦竖琴了，城里用这些乐器；在乡里牧人则吹一种短笛。"（[古希腊]柏拉图：《理想国》，张竹明、郭斌和译，商务印书馆1986年版，第105页。）

（七弦琴给你留在城里）。倒过来说，"κατὰ πόλιν λείπεται"（在城里给你留下七弦琴）就会改变诗的艺术①。通过句子长度和拉长音节，他非常得体地模仿了管乐器的声音，改变结构并朗诵就会明显（发现）没有了乐感②（§§183-185）。这种节奏的魅力源于节奏的乐感和其模仿的对象之间的"不隔"。"不隔"，也是一种自然。这就是自然的结构，不露痕迹、不隔、乐感（§§178-185）。

即使德米特里强调创制技艺要模仿自然，使创制技艺"羚羊挂角无迹可寻"，没有雕琢的痕迹。但是自然与创制还是两个东西，两种不同的生成方式，还是二元论。这种二元论的纠葛是德米特里诗学的内在悖论，始终没有解决。问题是，如何能够做到技艺自然而然？技艺的自然，除了模仿自然之外，技艺在创制的时候，必须使材料和形式协调，即材料和形式之间的关系要自然。

用语若要"不隔"，就必须恰当，才能悦耳、悦目、悦心。如"花色甜美的玫瑰在笑"，前面是味觉，甜美，后面却用了一个视觉的词，所以德米特里认为此处使用隐喻不合适；而且复合词 ἡδύχροον（花色甜美的）音听起来不舒服。虽然诗人为了追求庄严，喜欢用一些不常用的词，但像这样听起来不悦耳的词，"一般有正常判断的诗人都不会用"。比喻的本体和喻体之间要有相似，像"小提琴啭鸣成了柔风"相隔就太远了，让人不易理解，"隔"了。

德米特里进一步分析了散文中谐音句的使用。"谐音不能太露，当语句连贯的时候察觉不到韵律，只有不连贯时，一部分一部分分析的时候，也

---

① 罗伯茨译为旋律 melody，莫克森译为节奏 rhythm。柏拉图说，"καὶ αὖ κατ' ἀγροὺς τοῖς ποιμέσιν σύριγξ ἄν τις εἴη"（在田野里牧羊人吹一种管乐器）。

② 拉长音节 ἐκτάσει。这一句，罗伯茨译为：By this long unbroken clause he has in a manner, quite charmingly imitated the sound of the pipe, this will be clear to anyone who changes the arrangement of this sentence also。

英尼斯译为：By the length of the clause and the long syllables he has very elegantly imitated the sounds of a pipe, as will be clear to anyone who changes the word order of this sentence also。

此处采用了莫克森译文，因为 λέγοι 是动词。

第四章 德米特里诗学的哲学 ◆◇◆

仅这时，我们才可以发觉韵律。"①（§180）痕迹明显，就成"矫揉"了。矫揉或质直（ἄχαρις）是魅力的缺失，是蹩脚的工匠使良材成赝品，是错置或误用。

德米特里认为，首先雄伟的题材应该用雄伟的表达，"矮化叙述宏伟的题材不合适"（§75）。题材本身是表达的一部分，一个表达可以选宏大的题材，也可以选择琐碎的题材；既可以用庄严的题材，也可以用庸俗的。但其功效不一样，雄伟的题材，具有雄伟的潜能，正如情节是诗的一部分，悲壮的情节与滑稽的情节本身属于不同的诗歌，悲剧或喜剧。因此散文中选择宏伟的题材而产生雄伟没有什么惊奇。其次，雄伟的题材是技艺的开始，"画家尼西阿斯②过去提到画家的技艺是从画大的对象开始③；而不是在小东西上消磨技巧如小鸟、花；应该画海战和骑兵冲锋，那儿他可以展现马的不同姿态，冲锋、暴跳、蹲伏，许多骑马者投掷标枪"（§76）。再次，适合是德米特里一贯思想，什么样的题材就需要什么样的结构和用语，题材与结构、用语都是表达的一部分，相互之间也必须协调，否则就会产生谵妄。

不仅如此，表达还必须适合言说者的身份，德米特里说，阿提卡语为平民所使用，德米特里分明已具有文体思想。古希腊组成城邦（πόλις）的都是世系家庭，这些人（πόλις/citizen）组成城市社会。雅典的平民聚居处称德谟（δῆμος）。δῆμο 就有平民的意思，最初都是些没有家神的人，处于世系社会的边缘；后来居住在山脚的、城市围墙之外的、外乡人、被逐出家庭的家臣、私生子等都称为平民，拉丁语称为 popularis。随着这些人越来越多，力量的增长和社会的变化，这些人进入城市，成为城市的一员，

---

① Λόγων，语句，这种用法见 Aris. Poet. 1461b.16.（[古希腊]亚里士多德：《诗学》，陈中梅译注，商务印书馆 1996 年版，第 180、200 页）συνειρμῷ，Connection/join 这个词仅德米特里在此用过一次，他人很少用，可能这些词是德米特里自己造出来的。这句话是说韵律（μέτρα）不能很明显。不连贯 διακρίνοι。

② 英尼斯认为，"尼西阿斯 Nicias 是 4 世纪后期雅典画家。无任何骑兵战斗与他有联系，他仅因为动物画而有名，如 Piny, Nat. Hist. 35.133."。英尼斯这条注应该是错误的，因为从现在的研究情况来看此书成书最晚不会迟于公元 2 世纪，4 世纪画家不可能成为 2 世纪作家的例证。

③ ὕλην εὐμεγέθη，庞大的事物（质料），εὐμεγέθη=εὐ（真、好、大、多）+μεγέθη（高、大、强）有 amplitude 放大的意思。οὐ μικρὸν μέρος，没有一小部分是，即都是。

城市就有两种人,平民与贵族,平民与贵族相对。

德米特里说,阿提卡语为平民所使用,可以反过来理解,平民使用的是阿提卡方言。平民都是水手或各种技艺者,水手们都需要笑话解除生活的单调、苦闷,所以他们的语言本身就具有喜剧性。

那么贵族使用的是什么语言呢?贵族们富于教养,他们往往使用诗的语言。在古希腊一直到恩培多克勒使用的都是诗的语言,散文语言即生活化的语言那是人文学家(许多人都是修辞家)兴起的产物。

不同地位的人言语不同,反过来不同的言语也具有贵贱之分,被不同的人使用。如"古老的人们"比"古人"尊贵。"古老的人们"(ἀρχαῖοι, the men of old),基本义是本原的,无论其作为褒义词"历史悠久的",还是作为贬义词"过时的",它都有一种"自古就有"的意思。讲究本原,这是一个处处讲世系、出身的古希腊社会的共同心理。"古人"(παλαιοί, the ancients),上年纪的,年老的;只是强调时间上是过去,而没有本原的意思。所以,"古老的人们"暗含着更多的高贵。

词语还必须与使用者习性、所使用的场合协调。笑话、玩兴、放肆言行显示人的习性。如酒喷溅到地上,戏谑为"俄纽斯变成珀琉斯"①。用英雄的名字而没有想出其他的词语,暴露了冷漠和缺少教养的习性(§171)。文雅、高贵则是魅力的内容。有教养的人不仅笑话是适度的,也是在适宜的场合,如宴会和酒会及训诫那些耽于奢华的生活的人时,会说笑话。例如泰劳格斯的包和克雷特的诗——不妨给本地卑贱的浪荡子朗诵扁豆汤的颂歌。②水手和犬儒们生活方式都需要笑话,充当箴言和格言①(§170)。

---

① Crates. VB488 Giannantoni.(英尼斯注)Πηλέα 希腊英雄,主格 πηλος,与泥土、陶土、泥浆、稀泥、酒渣子、酒脚子。Οἰνέως,古希腊英雄,οἰνέως,葡萄酒。因此语带双关。如(太白)酒溅到地上说,太白变成了土行孙,诸如此类。德米特里认为,拿一个英雄的名字开玩笑是没有教养的表现。冷漠 ψυχρότητα。

② 明智 φρόνιμοι,场合 καιρούς。文本不确定,大概指 Aeschines Socrticus 中的泰劳格斯(fr. 42 Dittmar; Cf. 291,英尼斯注),犬儒主义者。泰劳格斯 τηλαυγής,希腊语是自远处闪闪发光的、耀眼的。"泰劳格斯的包",语义双关,讽刺奢华的苦修者生活。克雷特 Κράτητος,VH66 Giannantoni,犬儒哲学家。Cf. 259。因为他已写了一首诗,赞美扁豆汤的诗也被认为是他作的。在古希腊私生子、外乡人、奴隶、没有家神的人,都被认为是不洁的、卑贱的。因为他们没有合法的居住地,没有家产(只有有家神的财产才是合法的),因此这些人都是流浪的,地位极其卑下。

第四章　德米特里诗学的哲学

因此在德米特里看来，优美的文体的标准就是适度（或适宜）。适度就是自然，符合生命的律动。对于表达的词语来说就是悦目、悦耳、悦心（流畅和漂亮）（§§173-178）。

质料和形式的协调虽然能够使表达合适、得体，但并没解决表达的魅力到底来自自然还是人为，以及表达的属性到底是自然的还是人为的这个矛盾。德米特里诗学的这个矛盾不仅存在于其内在的结构和逻辑，也体现在其文本本身。

二　德米特里诗学的哲学内在矛盾的文本体现

德米特里诗学的矛盾性首先表现在谐音圆周句、简洁、元音连续、夸张等这些"装置"是特质的还是普遍适用的。在§29 中说，谐音圆周句适合魅力的和雄伟的生成，"如果没有谐音，则没有魅力"[②]。这是否意味着谐音圆周句具有两种潜能呢？再如简洁 συντομία 能生成雄伟（§§92，103），也能产生魅力（§§137，138）和强劲（§253）。元音连续 συγκρούσεως φωνηέντων 既能产生雄伟（§§48，105）又能产生强劲（§§299-301）。§§124-127认为，夸张是呆板的，可他认为夸张能产生魅力。"所有辞格中最容易产生呆板的是夸张……如'疾驰如风'，'比雪还白'"(§124)，"夸张都有不可能，没有什么比雪还白，也没有跑得与风一般快的……因此所有夸张看来都很呆板，原因似乎都是'不可能'"（§125），"夸张产生魅力，尤其在喜剧里"（§161）。呆板属于赝品，而魅力和雄伟属于正品。那么夸张到底是呆板、魅力、雄伟，还是三者都是，还是在某种语境下具有某种特质呢？也就是说，它是特质的还是普遍性的。

矛盾性还表现在例证上。德米特里在不同风格论中引用了同一个例句作为例证。那是否意味着这一句有两种风格呢？如"'无人'我最后吃"

[①] 水手和犬儒们因为生活的枯燥，所以需要笑话，而这些笑话，常在他们生活中有箴言和格言（τάξιν καὶ γνώμης）的作用。亚里士多德认为，格言是修辞论证的一部分。（Arist. Rhe. 2.20.1393b: 272）

[②] §29. εἰ γοῦν ἀφέλοις τὸ ἕτερον 'μέγαν,' συναφαιρήσῃ καὶ τὴν χάριν: τῇ γὰρ μεγαληγορίᾳ συνεργοῖ ἂν τὰ τοιαῦτα κῶλα. §128. τῶν δὲ χαρίτων αἱ μέν εἰσι μείζονες καὶ σεμνότεραι, αἱ τῶν ποιητῶν, αἱ δὲ εὐτελεῖς μᾶλλον καὶ κωμικώτεραι, σκώμμασιν ἐοικυῖαι.

是魅力的一种（§130）也是强劲的（§262）。再如§94引用了荷马的一个例子，"（恶狼）用狭长的舌头舔吮灰暗泉流的水面"[①]，作为雄伟的例证，又用在§220作为"生动"的例证。而生动不过是平易的一个特征而已，雄伟和平易是不能兼容的。这种例证的矛盾集中体现在他对"荷马史诗"的引证。（参见附录1表3）

从德米特里对荷马的引用分布可以看出，四种风格都涉及了（§§7-25句论、§§48-124雄伟、§§129-133优美、§§200-220平易、§§255-262强劲），那么是否"荷马史诗"兼有四种风格呢，四种风格都有的风格又是一种什么样的风格？而且德米特里说过，雄伟风格和平易风格处于风格的两端是不能复合的，那么能超越雄伟和平易的是一种什么样的风格呢？从上表可看出，引用频率最多的是雄伟，最少的是优美，是否意味着"荷马史诗"最具雄伟而不太优美呢？

在概念的内涵上也有矛盾的地方。他在§128中说，"魅力有两种，一种是诗的宏伟和庄重，一种是喜剧的戏谑"。"宏伟和庄重"是雄伟风格基本特征，而在此又说是"魅力"的一种。那是否雄伟是魅力的一种呢？既然雄伟是魅力的一种，那么为何要将其作为一种基本类型来论述呢？还有，"生动"既作为雄伟特质（§51），同时也成为魅力（§139）和强劲（§249）的特质，这就等于说"生动"不是某一种风格的特质，而是言说的基本要求。问题是这些不同类型的风格具有相同的特质，还是这些装置有多种潜能呢？如果是装置本身具有多种潜能，那么它们产生不同风格的特质是什么呢？这些问题德米特里都没有阐明。造成矛盾的原因至少有两个，一是当时作者或作品的风格是多变的，德米特里考察的对象不是作者或作品的风格，而是句的风格；另外一个原因可能是历史造成的。

当时作者或作品风格多变的原因，克拉夫特认为是"文体强制"造成的。像中国古代"论文以体制为先"一样，古希腊人也有非常强的文体意识。"亚里士多德认识到，每一种题材都有明确的结构，尽管不断有创新，但在不断的变换中有一个恒定的核心。多数希腊罗马文学作品都忠实地遵

[①] Hom. *Il.* 16.161.（cf. §220）[古希腊]荷马：《荷马史诗·伊利亚特》，罗念生译，人民文学出版社1994年版，第402页。

第四章 德米特里诗学的哲学

循所选体裁的形式、内容、艺术创造的预先规定,避免使一部作品的独特、新颖之处过于直接引人注目,从而常常是隐藏在体裁的特征外表之下"[1],这就是体裁的强制性。

"体裁强制性"严重制约了作者的创造,束缚了个人情感的表达。"因此许多作家用多种体裁发表作品,但是没有统一不变的具有其本人特征的文体。作者也常常根据体裁变换'他的'风格,可能导致同一个作家作品出现非常明显的差异。"由于变换风格乃至"许多作品"被冠以他人的名字。[2]

克拉夫特揭示了一种事实,就是当时作者常变换风格。但是克拉夫特的说法也明显绝对,虽"风格即人"也绝对了。但"风格即人"还是有一定道理,不同的人无论怎样变换风格,也无论怎样遵守体裁的规范,他的作品还是打上了他的烙印（χαρακτήρ）,即使是仿品,还是有着他自己的风格。从德米特里的引用可以看出,虽然每种风格都引用过《荷马史诗》语句,但主要集中于雄伟。德米特里也引用了抒情诗人的作品如萨福,仅仅局限于优美;笑剧作家梭弗隆作品也只集中于优美风格论,没被引用到其他风格中。狄摩西尼的作品虽然被雄伟和强劲引用了,但强劲和雄伟邻近。也就是说,每个作家或作品还是有相对独立的风格。

那么为何德米特里只论述句的风格呢？因为在他看来一部作品的风格是多种风格的合力,正如句由思想、用语、结构三者组合而成,而每一方面都可能有自己的风格。句的风格是思想的风格、用语的风格、结构的风格的合力。正如德米特里说,"听到宏大的事情就认为表达雄伟是错误的"（§75）,"小事情可用伟词"（§122）,"一个短句突然陷入无声,减弱了段落的庄严,不管思想或用语有多雄伟"（§44）。所以一篇文章或一篇作品的风格是综合的结果,而其基本单位就是句。因此,比较单纯的作品,整体风格可能和它的句风格相近。

而一部作品的风格多样如"荷马史诗",与集体创作和流传甚广有关。正如一条流出高山,流过沙漠,穿过城市,流经温带、热带的源远流长的

---

[1] [德]克拉夫特:《古典语文学常谈》,丰卫平译,华夏出版社2012年版,第18页。
[2] [德]克拉夫特:《古典语文学常谈》,丰卫平译,华夏出版社2012年版,第48页。

河流一样复合了多种风格，这种复合多种单一的风格正是它的风格。德米特里在§§36-37就说过，风格是可以复合的，最基本的单一风格是四种。这种最基本单一的风格只能在句中，因为句是最小的表达单位，也是风格可考察的最基本的单位。比句更大的单位，就可能产生复合的风格了。所以德米特里像亚里士多德一样从本原和原因来考察事物。这也就是为何德米特里将他的风格论建立在句论的基础上的原因，这也是他为何从句论开始论述的原因。

德米特里在论述上的矛盾性还可能有一种历史原因，即作品本身是复合的结果。从他引证的作者和作品来看，他引用了40位有名有姓作者的著作，还有十几位佚名作者的作品，提到的更多。这些作者有诗人如赫西俄德、萨福、索福克勒斯、欧里庇得斯、阿里斯托芬、梭弗隆、米南德等，演说家如艾思奇里斯、狄摩西尼，历史学家如希罗多德、修昔底德、赫卡泰等，哲学家如苏格拉底、柏拉图等。从其引用来看，囊括了当时所有的著名言说，他的考察对象不仅仅局限于散文，而是所有用语言表达的艺术。

德米特里引用这些作者作品最多的是荷马（40处），其他有狄摩西尼（8处）、柏拉图（10处）、修昔底德（11处）、色诺芬（25处）、亚里士多德（10处）、萨福（7处）、梭弗隆（7处）（参见附录1表2）。在一个还没有纸张的年代，更谈不上像钱锺书做《管锥编》那样的索引和笔记，这需要怎样博闻强记呢？唯一可以解释的是对这些作品的风格考察，此前已经有人做过，而做这种考察的只可能是诗学和修辞学。言语并不是诗的重点，诗的核心是情节的编织。因此对表达风格考察的唯有修辞学。历史也证明了这一点，从西西里修辞教学开始，高尔吉亚追求"绝妙好辞"到柏拉图的批判和亚里士多德的研究，一脉相承。从德米特里引用的文献也能发现这点，他引用柏拉图和亚里士多德主要是理论上的，可见受他们的影响，说明德米特里是承继他们的考察而来。德米特里一些举例是从亚里士多德那里转引而来，也能说明他是在学术史上做进一步的考察，而不是新兴一门科学，当然在他的努力下使这种研究成了一门学科，那则是另外一回事。

这就回到文本本身了，即德米特里的著作是创作还是编著？从以上的分析来看，编著的可能性很大。当时的修辞学校众多，肯定没有今日这

第四章 德米特里诗学的哲学 ◆◇◆

样的标准教材，大都是教授者自己编著的，质量的好坏就看编著者的水平了。而编著的材料一方面是编著者自己的实践，如高尔吉亚等本身就是著名的演说家；另一方面就是搜集别人的著作融会的结果。这就使著作本身带有多样性，那些与其说是矛盾性不如说是多样性。前面就已经论述过，有学者认为《论表达》是一部教材或课堂笔记，看来是有一定道理的。

还有一种可能就是因为当时的科技落后，著作写在莎草纸或羊皮卷上就是皇皇大著了。庞大的体积让作者不便于校正而落下这些病症。

这些表达上的矛盾归结为一点，还反映了德米特里思想上的矛盾，例如他对语言"自然"与"规约"主张的矛盾心理。这些思想上的矛盾才是根本。

德米特里诗学建构了语言生成话语的"装置"，即话语生成体系。按照柏拉图理式理论，感性世界自然而然成了"装置"的直接形式来源，而"理式"是"装置"的终极来源，即"装置"是自然的。而按照亚里士多德理论，创制技艺的形式来源于创制者，是创制者的创造，也就是说"装置"是人为的。德米特里一方面对"魅力"（χάρις）（创制技艺）情有独钟，把语言比作蜡，极力推崇人工铸造的能动性；另一方面又认为这种人工铸造的模板来自自然，要以自然为师，自然成为"装置"的德性。无论柏拉图、亚里士多德，还是德米特里，"自然"还是"人为"，这还是一个问题，这个问题一直贯穿始终。

这是德米特里理论，也是亚里士多德理论的内在矛盾。因为亚里士多德形式质料理论，乃至他的形而上学都脱胎于柏拉图的理式。虽然他一心一意要把这个天国的理式搬到人间——从先验分析到经验归纳，只是给理式找一个经验的来源，但他并不像19世纪的费尔巴哈，为了"物"而抛弃了黑格尔辩证法合理内核，亚里士多德并没有改变柏拉图的函数式。因而这种理论逃脱不了自然主义的宿命。对于推崇"魅力"的德米特里来说，这个自然的来源仅仅是一条尾巴而已，这尾巴只有到了19世纪之后，才被索绪尔阉割掉。

第五章 德米特里诗学的关系学

德米特里诗学的学术和文化基础是希腊诗学、修辞学、风格学、语言学、神话学、历史学、哲学和自毕达哥拉斯"美在比例"的形式主义和自德谟克利特（Democritus）开始的"美是悦人耳目的东西"感觉主义。德米特里诗学产生的机缘，则来自时代的需要，是为解决时代问题的，这也决定了德米特里诗学所探讨的问题，诗学的结构和诗学出现的面貌。因此，可以说德米特里诗学既是希腊学术发展的结果，也是时代的需要，解决了时代的问题，也推动了包括诗学等学术的发展，为以后学科的独立和生成奠立了基础。

第一节 德米特里诗学的来源

德米特里将自毕达哥拉斯学派开始的"美在比例"或"美在和谐"形式主义，与自德谟克利特（Democritus）开始的"美是悦人耳目的东西"感觉主义（αἰσθητικός）思想统一。他从感觉出发，论述语言"装置"的创制，构成其特有的审美心理诗学，使语篇和语效有机统一。其诗学"图式论""体验论""德性论""对待论""魅力论"等思想是希腊社会的反映和哲学的应用。

风格分类与"四根"（στοιχεῖον）说继承了希腊哲学对万物构成探索的

第五章　德米特里诗学的关系学

"始基论"，图式论是对柏拉图的理式、亚里士多德的形式的继续，并在图式论的基础上建构了"装置"论；与"装置论"相关的"德性论"（ἀρετή）、"对待论"（ἐναντίος）、"修辞三段论"（ἐνθύμημα）是希腊哲学在诗学的应用。这样从诗学的起源到诗学大厦的建构都建立在古希腊深厚的哲学根基之上。

不仅如此，德米特里诗学还吸收了当时的神话思想。这种神话思想的吸取，不仅是引用了大量的希腊神话故事；其诗学世界的整一性也来自当时神话世界的圆融性，风格分类与神话系谱，诗学"魅力论"（χάρμα）与"美惠女神"（χάριτες）的装置，诗学伦理与神话伦理都有着一定的关系。

其诗学感觉主义（αἰσθητικός）的思想渊源于希波克拉底（Hippocrates）、柏拉图、亚里士多德、特奥弗拉斯特（Theophrastus）等的心理学思想。"美是悦耳、悦目、悦心"的思想，是形式美学与理式美学的纠葛在具身体验基础上的统一，是德米特里对希腊诗学总结性的标志。

一　修辞学转折点上的德米特里诗学

修辞经历了从说服（rhetoric）到雄辩（elocutione）到演讲（oratore）的蜕变。罗马的 oratore 与希腊的 rhetoric 最大的不同就是，oratore 注重的是言说本身，注重言说的语言，言说的审美。这个蜕变的开端就是德米特里的《论风格》。

在希腊化之前关于言语研究有两种学问，一种是诗学（poetics），一种是修辞学（rhetoric），对语言的研究，也基本上在这两者之内。据说，柏拉图提出了"修辞学"概念，意思是言说的技术。但在柏拉图之前就已经开始了言说的考察。公元前 5 世纪叙拉古僭主被推翻。一方面，民众需索回被僭主及其帮办掠夺的财产，庭辩修辞兴起；另一方面，执政者需要听取民意，同时也需要民众信从执政者的意见、主张等，审议修辞和展示性修辞一时风起。

考拉克斯（Corax）和他的学生提希厄斯（Tisias）看到了商机，开办培训学校，教授修辞术。考拉克斯们修辞理论基点是找到说服的可能性（argument from probability），或者说从一可能性出发找到说服的方式。修辞是建立在或然性基础上的，与逻辑建立在必然性基础上不同。他们编著一些修辞手册，从修辞实践中抽象出一些带规律性的有效说服手段或技巧，认为只要掌握了这些技巧或规则，说服力大大提高。

与叙拉古考拉克斯们不同的另一些人，即后来所谓的智者们（sophist）如普罗塔戈拉（Protagoras）、高尔吉亚（Gorgias）、希庇亚斯（Hippias）、普洛狄柯（Prodicus）、特拉西马库（Thrasymachus）、克利提亚（Critias）、安提丰（Antiphon）等，认为口才的改进最有效的不是对规则的掌握，而是模仿，模仿范例、范文。他们遵循求信不求真的理念，认为说服是终极目的，只要在听众中造成自己的言说是真言谠论的印象和看法就算成功，至于言论是否基于事实和逻辑，即是否是真，他们不在乎。

无论是智者的模仿修辞，还是叙拉古派的技巧修辞，都具有蛊惑性，被柏拉图称为诡辩术（sophistry）。柏拉图要求修辞"求真向善"。他认为修辞不应该简单以说服为目的，不能通过操纵文字蛊惑听众，而应该遵守道德，符合事实和逻辑。这与柏拉图理念观是相一致的。柏拉图认为现象的背后有本质的东西存在，万物都源于唯一的"真"——"理式"（ιδέα）。这种求真向善的修辞与技巧派不谋而合，都认为修辞有一定规律可循，不过技巧派的规则是经验的归纳，而柏拉图是先验理式的分享。"技巧派"关注的是"技巧""规则"，"智者派"关注听众接受心理，"求真向善派"关注的核心是"信息"，即所言是否真，是否善。

从目的来说，三种修辞注重的是言语的及物效果，都不注重言语本身。所以亚里士多德《修辞学》除了第一卷对修辞的分类、说服方式进行考察外，第二卷专门研究听众心理、性格等。但为了更好地达到目的，修辞还是需要研究言语，研究言语本身如何表达，能够"见人说人话，见鬼说鬼话"，以期达到预期的说服效果。这就是亚里士多德《修辞学》三卷构成的内在逻辑。

因为亚里士多德《修辞学》第三卷专门讨论言语问题，一些学者就误认为德米特里《论风格》是《修辞学》的残篇。《修辞学》第三卷对言语的考察，还是着眼于言语说服效果的，而不是言语本身的言说规律和审美性，例如言语可以一字褒贬，将伟大的东西描述成渺小的，将卑微的呈现为崇

第五章 德米特里诗学的关系学 ◆◇◆

高的,等等。这都只涉及说服,而不涉及言说是否美。虽然柏拉图的修辞讲究求真向善,但柏拉图只是强调在说服的过程中,不能不择手段,不能说谎,不能违背城邦的伦理,目标还是说服。

这种以说服为目的的修辞到了狄摩西尼(Demosthenes)时代就终结了。当狄摩西尼篇篇锦绣、字字珠玑的修辞,使他只是成为面对广大公民发声的言论家而不是以公民大会为舞台的政治家,就标识了修辞退出了说服的舞台。狄摩西尼时代,虽然雅典又恢复了民主制,但此时的雅典民主制已经不再是伯里克利(Pericles)时代的集思广益,对公共事务的参与和治理,而是经过众愚政治的喧哗与躁动,煽动者的投机取利后的一群惘然者错愕的集体呈现。所以即使有几个如狄摩西尼一样具有洞彻现实的慧眼和远见的清醒者,再也无法说服别人了,因为压根就没有人听了。

修辞在罗马的遭遇也一样,恺撒(Gaius Julius Caesar)时期,罗马的寡头已经不再有耐心听元老院的絮叨了。重大的决定都由寡头与其亲信们拍板,而元老院成了他们决定合法性的印证。因此修辞已经不需要说服,只剩下漂亮的展示,这种展示只是对寡头们的决定或行为的粉饰而已,因此修辞(rhetoric)成了雄辩(elocutione)成了演讲(oratore)。如果说雄辩(elocutione)还有修辞说服的特性,那么演讲(oratore)就基本上只有表演的性质了。"庞培第一个就限制了这种自由,约束了雄辩术的发展。"[1]这是修辞变化的外因。

从内因来说,修辞一开始的目标就是说服,言语是从属于说服的。这实质上是将言语分成语言和思想两个部分——思想和形式,内部和外部的二元对立。言语只是装饰,只是帮助说服的。所以在柏拉图看来,作为思想外衣的言说就可能假,正如美容只能装饰,不能像体育强身健体一样。

修辞成了装饰,就是非必需的了,思想或者本体才是修辞的魂。而当思想或者本体不再重要、不被关注或接受的时候,修辞就只剩下语言的外衣了。此后的修辞就只关注言语本身了。修辞经历了从说服(rhetoric)

---

[1] Cicero. *Orator*. 14.44.

到雄辩（elocutione）到演讲（oratore）的蜕变。罗马的 oratore 与希腊的 rhetoric 最大的不同，就是 oratore 注重的是言说本身，注重言说的语言，言说的审美。

这个蜕变的开端就是德米特里的《论风格》，所以刘亚猛先生说德米特里是希腊范式的终结者[①]。实际上，德米特里不仅是希腊范式的终结者，也是罗马范式的开创者。因为领罗马风气之先的西塞罗深受希腊化的影响，甚至有些学者认为他跟随德米特里学习过。虽然一些学者认为不是同一个德米特里，但"他是（罗马）第一位在风格上下功夫，第一位注意选词并注意词汇排列艺术的人"[②]。而在他之前，德米特里《论风格》已经不再关注言说的及物效果，强调"不在于说什么，而在于怎么说"[③]，考察了言说的审美效果、八种不同风格及其构成、词语的选择和组合等。所以从这意义上德米特里也是罗马范式的开创者。

修辞，从研究语言的效用到研究语言自身的质量，这是修辞学第一个转折点。[④]从 rhetoric 到 oratore，修辞从一个融合社会、文化、心理、逻辑、伦理等多门综合性学问，变成一门专门研究语言质量的属于表达审美的学问。"修辞学接受了新的对象——诗，纯语言。"[⑤]这样修辞学和诗学的研究对象重合了，修辞学与诗学走向合流。德米特里诗学就在修辞学的这个转折点（见附录 1 图 9）。

二 德米特里诗学与古希腊罗马诗学的发展

在西方，"从今人能够看到的传世文献来看，这两个古希腊语词的'诗'（ποίησις）和'诗人'（ποιητής）含义用法，最早见于希罗多德的《原史》"[⑥]"在此之前，赫西俄德被称为'众人的教师'，比他更早的荷

[①] 刘亚猛：《西方修辞学史》，外语教学与研究出版社 2008 年版，第 75 页。
[②] [法]茨维坦·托多罗夫：《象征理论》，王国卿译，商务印书馆 2004 年版，第 65 页。
[③] Demetrius. *On Style*. tr. D. C. Innes. Cambridge: Havard University Press, 1995, p. 399.
[④] 修辞学演变史上有三个转折点，第二个是 19 世纪修辞学的复兴，第三个是 20 世纪修辞学。
[⑤] [法]茨维坦·托多罗夫：《象征理论》，王国卿译，商务印书馆 2004 年版，第 72 页。
[⑥] 刘小枫：《希罗多德与古希腊诗术的起源》，《文艺理论研究》2019 年第 39 期。

第五章　德米特里诗学的关系学

马则被称为'[游吟]歌手'（ἀοιδός），都不称'诗人'。所谓'据说有比这些男人更早的诗人'，指传说中的俄耳甫斯（Orpheus）和缪塞俄斯（Musaeus），他们也被称为'歌手'，不称'诗人'。亚里士多德在《形而上学》（卷一 983a1—5）中还说：'按照谚语，歌手多谎话'"[1]。按照刘小枫的看法，"雅典人用 ποιητής 指称当时的剧作家，用 ποίησις 指称他们所制作的戏剧，相当于今天我们说'搞戏剧'或'做戏'"。"希罗多德不过把'搞[制作]戏剧'这个俚俗说法用到自己的前辈身上而已。"[2]这其实就是雅典人用 ποιητής 来命名戏剧。

其实"做"（ποιέω）这个词是一个非常普通的词，"做"（ποιέω）与"诗"相关，在希罗多德之前也有过几次，梭伦曾"改写"（μεταποιέω）一百年前的诉歌手米姆涅默斯（Mimnermos）的一首歌来表达感情（Sol. 20.3）。[3]"改写"（μεταποιέω, alter the make of a thing, remodel, re-compose the verse）是一种在自己体验的基础上借鉴前人的人生情感和经验的表达技艺，其词根就是"做"（ποιέω）。另外《忒奥格尼斯哀歌集》中有"编造谎话"（Theognidean elegiac corpus 713-714），"编造"（ποίησις）就是"做"（ποιέω）的名词。"改写""编造"都有虚构的意思。"正是这种幻想功能满足了人们非物质方面的需要"使人"忘却痛苦，医治创伤"[4]。那么"虚构"是否就是"诗"呢？

"虚构"不一定就是"诗"，因为按照柏拉图的意见，修辞也常"说谎"，正因为修辞的不可信，所以遭到了柏拉图的批评。那么"诗"到底是一种什么样的"做"呢？

柏拉图借苏格拉底口说，"一位诗人如果算得上诗人，就得制作故事而非制作论说"[5]。这就是说修辞制作"言辞"，而诗制作"故事"。柏

---

[1] 刘小枫：《希罗多德与古希腊诗术的起源》，《文艺理论研究》2019 年第 39 期。
[2] 刘小枫：《希罗多德与古希腊诗术的起源》，《文艺理论研究》2019 年第 39 期。
[3] [美]鲍勒：《古希腊早期诉歌诗人》，赵翔译，华夏出版社 2017 年版，第 16—22 页；刘小枫：《古希腊语的"作诗"词源小辨》，《外国语文》2018 年第 34 期。
[4] Hesiod. *Theogony*. 55-100.［古希腊］赫西俄德：《工作与时日　神谱》，张竹明、蒋平译，商务印书馆 1991 年版，第 27—29 页。
[5] ποιεῖν μῦθος ἀλλ᾽ οὐ λόγους（Plato. *Phaedo*. 61b4.）
刘小枫：《古希腊语的"作诗"词源小辨》，《外国语文》2018 年第 34 期。

拉图在《智者篇》中进一步区分了获取的技艺和制作的技艺[①]。"获取的技艺是猎取、争论、交易"[②]，而"制作的技艺是模仿，不过它制作的是像，而不是每个事物本身"[③]。这是修辞与诗的第一个区别，修辞的目标是"说服"，诗的目标是"模仿"。

柏拉图进一步区分了人的制作和神的制作。所有属于自然的东西都是神的制作，而人的制作实质上都是模仿。[④] "只与音律和音步有关的才是诗，从事这门技艺的人才成为诗人。"[⑤] 这是柏拉图认为诗与修辞的第二个区别，诗与"音律和音步有关"，修辞与逻辑有关。

柏拉图进一步论述到生育，他认为诗与生育都是"使从前不存在的东西产生"[⑥]，而"诗的诗人式的生育是通过抽象的制作模仿宇宙中的美实现自己的永恒。所谓抽象的制作不仅指制作合乐的诗（音乐），也指创制法律（立法）：不仅荷马和赫西俄德的'制作'是诗作，莱卡古斯（Lycurgus）和梭伦（Solon）的立法也被视为'诗作'"。[⑦]在柏拉图看来诗是"无中生有的"，这种"生"即"制作"，是通过模仿宇宙中的美来实现的，而这种美其实是"秩序"，因为在他看来立法也是"诗作"。这倒符合"荷马史诗"和"赫西俄德史诗"，其实"故事"本身就是秩序，从这而言，诗就是立法。

诗与律法都是制作，都是秩序的确立者，那么诗相对于立法的属性又

---

① Plat. *Soph.* 265a3. οὐκοῦν τότε μὲν ἠρχόμεθα ποιητικὴν καὶ κτητικὴν τέχνην διαιρούμενοι.

② Plat. *Soph.* 265a. καὶ τῆς κτητικῆς ἐν θηρευτικῇ καὶ ἀγωνίᾳ καὶ ἐμπορικῇ καί τισιν ἐν τοιούτοις εἴδεσιν ἐφαντάζεθ' ἡμῖν.

③ Plat. *Soph.* 265b. ἡ γάρ που μίμησις ποίησίς τίς ἐστιν, εἰδώλων μέντοι, φαμέν, ἀλλ' οὐκ αὐτῶν ἑκάστων: ἦ γάρ.

④ Plat. *Soph.* 266-267.

⑤ Plat. *Sym.* 205c. τῆς ποιήσεως ἓν μόριον ἀφορισθὲν τὸ περὶ τὴν μουσικὴν καὶ τὰ μέτρα τῷ τοῦ ὅλου ὀνόματι προσαγορεύεται. ποίησις γὰρ τοῦτο μόνον καλεῖται, καὶ οἱ ἔχοντες τοῦτο τὸ μόριον τῆς ποιήσεως ποιηταί.

⑥ Plat. *Sym.* 205b-c.οἶσθ' ὅτι ποίησίς ἐστί τι πολύ: ἡ γάρ τοι ἐκ τοῦ μὴ ὄντος εἰς τὸ ὂν ἰόντι ὁτῳοῦν αἰτία πᾶσά ἐστι ποίησις, ὥστε καὶ αἱ ὑπὸ πάσαις ταῖς τέχναις ἐργασίαι ποιήσεις εἰσὶ καὶ οἱ τούτων δημιουργοὶ πάντες ποιηταί.

⑦ Plat. *Sym.* 209d1-9. 刘小枫：《古希腊语的"作诗"词源小辨》，《外国语文》2018年第34期。

第五章　德米特里诗学的关系学

是什么呢？既然诗模仿宇宙中的美来分享理式实现永恒，那么诗也应该具有真，为何又说诗人是"谎言的制造者"、诗是虚构的呢，乃至在《理想国》里将诗人驱逐出境呢？

柏拉图哲学的本体是"理式"（εἶδος），柏拉图在理式的基石上创建了一个理性的理想国。在他的理想国里，只有符合理性或者接近理性或者为理性服务才能成为理想国的居民。概念或理论比实践和物质更接近理式，更接近真理。神创造理式，工匠模仿神创造的产品（概念）制作器物，而诗人和艺术家则只能模仿事物的外形制作艺术品，因此诗人和理式隔了两层。[①]

所以，作为秩序的确立者，诗人和立法者不同，立法者是用理性（概念）来确立秩序；而诗人凭直觉。"诗人是神的'信使'，诗是神的赐予"[②]，"诗篇来自缪斯花园里的淌着蜜水的溪流"[③]，作诗靠神赐的灵感，而不是靠技艺和知识。[④]

诗的合法性来源于神性，"神的赐予"，对神所创造的理式的影子的影子的模仿。所以诗人必须赞美神，把神描写成"善"或"美"的典型，除此之外的描述都是渎神的，都是不合法的。

诗的合法性还在于对理性的维护。柏拉图将灵魂分成两部分，受理性的制导和受欲望的控制[⑤]。在理性和欲望的斗争中，诗应该担负起一种责任或使命，利用自身的艺术魅力来激励人爱智、求真和向善；不能迎合感官需求，诱发应该受到抑制的欲望和情感。[⑥]

所以，柏拉图的诗学是伦理诗学、至善诗学，与柏拉图的修辞观一样。在柏拉图这里诗其实有两类，一类是理性的附庸，歌颂理性、维护理性的理想国，可以称作理性诗；另一类是激情诗，扰乱人的心境，使理性让位

---

① Plato. *Republic*. 596a.597e.
② Plato. *Laws*. 4.719.c
③ Plato. *Ion*. 534b-c.
陈中梅：《柏拉图对诗和诗人的批评——柏拉图诗学思想再认识》，《外国文学评论》1994年第1期。
④ Plato. *Ion*. 533d.
⑤ Plato. *Republic*. 4.431a.
⑥ Plato. *Republic*. 10.606d.

于激情和冲动，使人的心智进入非理性的状态。这样，就能够理解他一方面批评荷马、赫西俄德等将神描述得和人一样有着七情六欲；另一方面又在《理想国》里尊其为"全希腊的教育者""最高明的诗人和首屈一指的悲剧作家""从小对其怀有一定的敬爱之心"[1]等。作为诗人的柏拉图一方面要将诗人"礼送"出理想国；另一方面又歌颂诗人，为诗辩护。[2]看似矛盾，其实都是从"善"而言的。

这时，诗所关注的还不是语言本身。柏拉图也认为"言不尽意"，语言与本体隔了几层。因为语言是人造的，"是一种模仿"[3]，语言只是事物的名称，事物可能有好多名称，语言不能精确地反映事物的本质和联系。诗人和修辞家的雕虫小技只能增加语言的诱惑力，不能证明他们掌握了真理。[4]文字更不过是言语的影像(εἴδωλον)[5]，只能给人提示，不能使人记住真理。[6]而且，在柏拉图看来，文字一旦成篇，就成"言筌"，被禁锢了活力，用这样僵化的语言来思考，也会束缚思想。读者所读到的只是作者按照自己的一厢情愿所提供的自以为正确的东西。[7]因此，在柏拉图这里语言和言语是没有地位的。

柏拉图从他的理性出发，诗是哲学的对手，是理性的对手，诗凭直觉，"不涉理路"，模仿理式的影像的影像。在他这里，只做伦理的评价，而没有探索诗本身的魅力。虽然，他也认为诗是魔药（φάρμακον），但这类诗或诗的这一方面是被他批判的，因此柏拉图的诗学并没有对言语本身进行探索，那是违背柏拉图的理性的。

除了柏拉图，还有许多修辞学家如高尔吉亚的《海伦颂》、希庇阿斯的《诗论》、德谟克利特的《论诗》、格劳科斯的《古代诗人》，都有关于"诗"的观点和对话。如同柏拉图一样都是从理性层面讨论音律和措辞。这些都

---

[1] Plato. *Republic*. 10.595b-c, 606e, 607a.
[2] 王柯平：《柏拉图如何为诗辩护?》，《外国文学评论》2005 年第 2 期。
[3] Plato. *Cratylus*. 430b.
[4] Plato. *Phaedrus*. 234d.
[5] Plato. *Phaedrus*. 275d, 276a.
[6] Plato. *Phaedrus*. 275a.
[7] Plato. *Phaedrus*. 275c-e.

第五章　德米特里诗学的关系学

是亚里士多德《诗学》前史。

亚里士多德试图建立系统科学的知识。他认为知识应该建构在具有普遍性的本原和原因之上。他根据事物生成的本原和原因的不同，把知识分为三类：思辨的（θεωρητική）、实践的（πρακτική）、创制的（ποιητική）[①]。"在生成的东西当中，有些因自然生成，有些因人工生成，有些因自发生成。"[②] "自然生成的事物本原和原因在自然，也就是在事物之中；人工生成又可分为创制的和实践的：创制的本原或者是心灵或理智，或者是技艺，或者是某种潜能。"[③]思辨的知识或者科学的知识（θεωρητική/scientific knowledge/science）是对因自然而生的东西的考察，是理智对不变的、永恒的必然的存在直观，在直观中洞悉普遍，以这理智直观洞悉的普遍为前提，通过科学理性的逻辑分析和推导证明，形成的证明的知识。创制的知识和实践的知识都是出于明智，其本原和原因都不在事物而在实践者或创制者中，都是可变的，都以特殊具体的事物为对象，也都是在特殊中把握普遍。但目的不同，创制以制造其他事物为目的，而实践知识却是以有益为目的，是一种选择的品质。"当一个对同类事物的普遍判断，从经验的众多观念生成的时候，技艺也就出现了。"[④]如技艺则是经验的生成中的应用，所以在亚里士多德那里，技艺处于经验与知识之间，它不像知识那样是在思辨中运行，而是在应用中运行。在这层面上技艺往往就和潜能相同了，潜能和技艺一样都是使事物生成的力量，潜能不过已内涵于事物，潜能的运动就是潜能从潜在变成显在，变成现实。这过程和技艺相同，技艺也是使事

[①] Aristotle. *Metaphysics*. 1025b25. [古希腊]亚里士多德：《亚里士多德全集》第7卷，苗力田译，中国人民大学出版社1993年版，第146页。If every intellectual activity is either practical or productive or speculative, physics will be a speculative science; but speculative about that kind of Being which can be moved, and about formulated substance for the most part only qua inseparable from matter. But we must not fail to observe **how** the essence and the formula exist, since without this our inquiry is ineffectual. ὥστε εἰ πᾶσα διάνοια ἢ πρακτικὴ ἢ ποιητικὴ ἢ θεωρητική, ἡ φυσικὴ θεωρητική τις ἂν εἴη.

[②] Aristotle. *Metaphysics*. 1032a14. [古希腊]亚里士多德：《亚里士多德全集》第7卷，苗力田译，中国人民大学出版社1993年版，第163页。

[③] Aristotle. *Metaphisics*. 1025b22-26. [古希腊]亚里士多德：《亚里士多德全集》第7卷，苗力田译，中国人民大学出版社1993年版，第145—146页。

[④] Aristotle. *Metaphisics*. 981a6. [古希腊]亚里士多德：《亚里士多德全集》第7卷，苗力田译，中国人民大学出版社1993年版，第27页。

物从潜在变成现实。按柏拉图的话说，就是在模仿。亚里士多德三种科学或知识的划分，把创制科学从思辨科学和实践科学中区别开来，成为一门独立的科学。属于创制科学的包括诗学、修辞学、辩证法，即表达属于创制科学。

自然生成的事物其属性来自自然，如黄金和木头。创制的事物，其本原和原因在于创制者，如房屋出于作为创制者思想的房屋（即创制者头脑中的形式）。创制者既可以用黄金，也可以用木头来构建房屋，不同质料构成的房屋当然不同。但作为创制的技艺，房屋的好坏与美丑更在于技艺，而不是质料，即在于房屋的形式，这种形式源于创制者的思想。但无论是蹩脚的工匠还是高超的设计师，不管他是用黄金还是木头，也不管他构建了怎样的房屋，他们都没有改变质料黄金或木头的自然属性，他们只是按照质料的自然属性对其进行了不同的选择和安排。亚里士多德的科学是一个上升的序列，感觉—幻想—记忆—经验—理解—规则—技艺—智慧，在这个序列上创制科学、思辨科学、实践科学最终都归向善。物适其所，各尽其才也是善，这就是说善包含了真。所以亚里士多德的创制技艺是求真、向善、求美。

亚里士多德从学科分类，"科学"的将诗划归为"创制科学"。这实质上还是亚里士多德理性的结果。不过柏拉图将理性作为唯一的标准，诗成为思辨理性的婢女。而亚里士多德认为除了思辨理性，还有实践理性、还有创制技艺的理性，将诗与理性并列，还诗一个自由之身，赋予了诗作为一个独立存在的合法性。不过这个合法性还是有条件的，就是"求真、向善、求美"。亚里士多德将柏拉图所批判的东西变为诗内在的特质。

另外，柏拉图对诗的批评是建立在诗是虚构的、凭灵感的、是影子的影子的假设基础上的。有了这个判断，诗只好屈从为理性的奴婢。"吾爱吾师，更爱真理"的亚里士多德，恰恰否定了这个前提判断。"诗与历史的真正的差别在于，一个叙述已经发生了的事情，一个讨论了可能会发生的事。因此，诗比历史更富有哲理，更有严肃性。因为诗意在描述普遍发生的事情，而历史则在记录个别的事实。"[①]诗与哲学的区别在于，诗用韵

---

① Arsitotle. *Poetics*. 9.1451b. [古希腊]亚里士多德：《亚里士多德全集》第 9 卷，崔延强译，中国人民大学出版社 1994 年版，第 654 页。

第五章　德米特里诗学的关系学

律来模仿；而哲学即使用韵律来写作，也只是在论述，不是模仿，正如修辞一样。"如果有人用韵律发表理学或医学方面的著述，习惯上也称他们为诗人。但是荷马和恩培多克勒除了在运用韵律方面，两人毫无共同之处，因此称前者为诗人是恰当的，而称后者为自然哲学家要比称其为诗人合适得多。同样倘使有人用各种韵律手段来进行模仿，他也应该被冠以诗人的名称。"①可见在亚里士多德看来，用了韵律进行模仿就是诗，而诗模仿的是普遍性，所以更接近理式。"如此来看，亚里士多德以模仿的直达理念的必然性来界定诗学，可以说反倒是坚固了诗唯哲学是瞻的柏拉图传统。"②

但无论怎样，"西方诗学作为一门开始自成体统的学问，其真正开端源起柏拉图和亚里士多德的诗为模仿说"③。可惜的是第一本专门以"论诗"为题的亚里士多德《诗学》（περὶ ποιητικῆς）却在"文艺复兴"之前一直默默无闻。10世纪才有第一个叙利亚文译本，30年后被僧侣比沙尔（Abu Bishr）译成阿拉伯文，这是迄今能见的最早的《诗学》译本。11世纪的阿罗威注疏了《诗学》。13世纪的时候基督教僧侣阿尔曼努斯（Alemannus）将其译成拉丁文。莫尔贝克·威廉（Wilhelm von Moerbeke）将希腊语《诗学》译成拉丁语。15世纪威尼斯出版了阿尔曼努斯翻译的《诗学》注疏本。文艺复兴时期相继发现《诗学》残本钞本，其中10世纪发现的一个钞本与德米特里《论风格》、狄奥尼修斯的《论写作》在一起，这个钞本是迄今最完整的，被"巴黎典藏"命名为"1741"号（Codex Parisinus gr. 1741）。这个时期开始出现法语、意大利语各种俗语《诗学》译本。18世纪开始出现德语等更多的俗语译本。《诗学》才逐渐展现其光芒。

在亚里士多德《诗学》沉寂的阶段，希腊罗马的诗学史上闪耀的是贺拉斯《诗艺》和托名朗吉弩斯的《论崇高》。"寓教于乐""诗如画""合式"是《诗艺》的主要思想。这种对教化、对理性的强调与柏拉图诗学如出一辙。而《论崇高》除了强调构思伟大的观念和强烈的灵感，强调了措

---

① Arsitotle. *Poetics*. 1.1447b. [古希腊]亚里士多德：《亚里士多德全集》第9卷，崔延强译，中国人民大学出版社1994年版，第642页。
② 陆扬：《西方古典诗学的脉络》，《文贝：比较文学与比较文化》2015年第2期。
③ 陆扬：《西方古典诗学的脉络》，《文贝：比较文学与比较文化》2015年第2期。

辞、结构和辞格的作用，而后三者是表达的技能。对崇高和理性的追求是罗马诗学的主要特征。此后中世纪诗学则继承了柏拉图对理性追求的传统。

《诗学》的沉寂并不等于它对希腊罗马毫无影响。即使作为"内传秘本"[①]，也无法阻止其对希腊社会的浸润，虽然目前还没有发现直接的证据证明这一点，并不等于事实上其完全被阻隔在希腊社会之外。通过吕克昂学园的教育和逍遥派深远广阔的影响，"题旨宏深"[②]的《诗学》必然在希腊民众血液中流淌。而作为逍遥派弟子的德米特里，则毫无疑问接受过《诗学》的浇灌。这将在下文论述，此处只论述德米特里诗学在希腊罗马诗学史上的位置、地位与作用。

但是亚里士多德的《诗学》所考察的仅仅是史诗和悲剧这两种文学类型的特性（《诗学》1-5是序言，6-17，17-24），也就是它仅仅考察的是叙事诗，而对叙事诗之外的今天看来的文学，如抒情诗、散文等文学语言并没有做考察。而德米特里不一样，德米特里除了对荷马、赫西俄德等史诗以及埃斯库罗斯、索福克勒斯及欧里庇得斯等悲剧作品做了考察，还对阿里斯托芬、梭弗隆的喜剧以及希罗多德、修昔底德等的历史作品、柏拉图等的哲学、希波克拉底的医学等作品都进行了考察（具体见下文）。所以德米特里所考察的对象已经大大超过《诗学》。

另外，亚里士多德《诗学》考察的是怎样用韵律和语言模仿，论述史诗和戏剧两种模仿的不同属性。而德米特里的研究在于，通过语言的选择和组织建构一种装置，以期这种装置达到一定的审美效果。当然，亚里士多德在谈到两种模仿不同属性的时候，将风格作为属性的一种也涉及。所以，德米特里所考察的是亚里士多德《诗学》所考察的语言的两种模仿不同属性中的风格属性。

因此，德米特里所考察的对象接近今天的文学，其关注的是文学的如何运用语言达到审美的特定效果。作为文学的考察而言，德米特里更具体、更专业。

当然，作为逍遥派弟子，德米特里注定受到亚里士多德的影响。除了通过措辞、组织、选材来达到特定的风格，德米特里对风格德性的考察还

---

① 刘小枫：《〈诗术〉与内传诗学》，《比较文学与世界文学》2013年第1期。
② [英]桑兹：《西方古典学术史》，张治译，上海人民出版社2010年版，第88页。

第五章 德米特里诗学的关系学 ◼◇◆

是逍遥派的。德米特里也继承了亚里士多德诗学求真向美的思想。表达作为一种技艺或创制科学,当然"来自于创制者技艺的魅力才是真正的魅力"(§135)。同样作者也改变不了质料的自然属性,正如谁也无法把爱神变成复仇女神。色诺芬拿"波斯人阿格莱达斯阴郁的让人厌烦的脸"开了一个玩笑,但这玩笑并没有改变阿格莱达斯阴郁的脸。但技艺可以使这些不同自然属性的质料用在合适的地方,更能发挥其潜能,使它们的属性更加鲜明。色诺芬说,"从你身上打火比从笑打火容易"[①]。这玩笑并没有让阿格莱达斯阴郁的脸变得明快,色诺芬只是运用了阿格莱达斯阴郁的脸这一题材的自然属性构成了反差,这一题材因色诺芬的技艺而使新的题材(色诺芬的表达)变得明快。这就是德米特里所说"话语(λέγοντος)还可以使本身阴郁、没有吸引力的题材在作者手里变得明快"(§134),"质直题材也可以它把变成玩笑,正如冷可以加热,热可以冷却"(§135)。而这一改变正是因为创制者的技艺,所以德米特里认为这才是真正的魅力,因而花了近 2/3 的篇幅论述这种魅力。至此可以看出德米特里并没有矛盾,只是他沿袭了前人的思想,而这种思想他是已知的,并没有在其著作中另行论述。而后人没有这已知的前提,所以看上去德米特里的思想前后矛盾。也正因为他沿袭了前人的思想,所以常被后人忽视。

德米特里诗学与贺拉斯"寓教于乐"的伦理诗学也不一样,更专注于语言本身,关注对文学性的考察,虽然贺拉斯的"合式"思想与德米特里的"适度"如出一辙,或者说这种理性思想贯穿了整个希腊罗马诗学,德米特里也不例外。而相对于《论崇高》而言,德米特里所考察的范围更宽广,更全面。从这而言,德米特里的诗学在希腊罗马诗学史上,正如刘亚猛而言,是集大成者。而且相对于希腊罗马诗学的浓重的伦理说教,德米特里诗学更具文学性。

德米特里一方面继承了柏拉图以来希腊诗学理性的一面,另一方面又继承了亚里士多德奠立的科学性的一面,使诗学具有学科性,从某种程度

[①] Xen. *Cyrop*. 2.2.15. 转引 Demetrius. *On Style*. tr. D. C. Innes. Cambridge: Havard University Press, 1995, p. 433. 这句英译是:It would be easier to strike fire from you than laughter.(Innes' notes.) 意思是阿格莱达斯总是阴沉着脸,很少发笑。

上德米特里已经使风格学、文体学和形式主义具有学科的属性了。虽然关于言说的研究最终没有成为一门独立的学科，成为修辞学的一部分。但德米特里的诗学是最具文学性，也最具学科性的。这也为后来文体学、风格学、形式学溯源追踪确立了界碑。

这样，德米特里诗学最接近文学研究的内涵和外延，也与近代"诗学"概念接近。"对文学的研究"就成为德米特里诗学与世界诗学的共同内涵。正是钱锺书先生所说"东海西海，心理攸同；南学北学，道术未裂"[①]。

三 德米特里诗学哲学的希腊来源

德米特里诗学首先探讨的问题就是诗学建立的根基。他将诗学建立在句论的基础上，而句论又建立在人体自然和思维自然的基础上。

Ὥσπερ ἡ ποίησις διαιρεῖται τοῖς μέτροις, οἷον ἡμιμέτροις ἢ ἑξαμέτροις ἢ τοῖς ἄλλοις, οὕτω καὶ τὴν ἑρμηνείαν τὴν λογικὴν διαιρεῖ καὶ διακρίνει τὰ καλούμενα κῶλα, καθάπερ ἀναπαύοντα τὸν λέγοντά τε καὶ τὰ λεγόμενα αὐτά, καὶ ἐν πολλοῖς ὅροις ὁρίζοντα τὸν λόγον, ἐπεί τοι μακρὸς ἂν εἴη καὶ ἄπειρος καὶ ἀτεχνῶς πνίγων τὸν λέγοντα.

言语（ἑρμηνείαν）从"种"上来说是一连串有意义的声音，如果没有边界或停顿，说话者和听话者都得不到休息，"直会赶得说话者上气不接下气"，因此有必要对语流进行切分（διαιρέω）。那么切分到什么时候为止呢？那就是无论怎么分，它都是一串"完整（συμπεραιοῖ）思想"的语音，这就是句（κῶλον）——"言语"无法再分之处。这无法再分之处就是言语的始基。

Ἀρχή，"开始、本初（beginning）和起源、起始（origin）"，意为构成事物的基本元素和生成宇宙原始物质，是一个宇宙生成和自然哲学概念，阿那克西曼德最先使用这个概念[②]。亚里士多德在《形而上学·卷5》中详细

[①] 钱锺书：《谈艺录》，中华书局1993年补订版，序。
[②] 转引汪子嵩等《希腊哲学史》第1卷，人民出版社1997年版，第153页。

第五章　德米特里诗学的关系学　◆◇◆

地分析了这个概念。他认为，始基是认识事物的起点，是事物的本质因，而事物的"本质即形式"，因此始基就是本质就是形式。而所有的原因（αἴτιος）也都是开端，而"善"和"美"是"许多事物的知识和运动的起点"[1]。因此原因和目的都是"始基"。这样"始基"其实就是亚里士多德的"四因"，或者说亚里士多德用"四因"代替了"始基"。总之，"始基"就是事物的开端、起源和本原，是事物的初始因。

希腊人最初认为，事物的"始基"是神，每一种事物、每一个事件都源于神，都有一个神来司管，农神（Δήμητρα）、酒神（Διόνυσος）、灶神（Ἑστία）、艺术女神（Μουσαι）等。自然哲学家从神话中走出来，认为"始基"不是神，而是自然的物质或元素，如水、火、气、数、种子、原子等。智者们认为"始基"不在外，而在我。人是万物的尺度，万物是什么，或成什么样子，不在物，而是我的认识和感觉。我感觉到事物是什么样，就是什么样。这样，本原就在主观。柏拉图摒弃了这种流动不居的"始基"，认为万物之所以成为那个样子，是因为背后有一个"相"或理式，理式就成了"始基"。理式已经不是事物的成分或元素，而是事物构成的原理（εἶδος），这样 εἶδος 就成了 ἀρχή。

亚里士多德认为，在事物之外再添理式，不仅不解决问题，还把事物增加了一倍。他认为，"始基的意思或者是事物中运动由之开始之点，或者是某一事物最佳的生成点；或者是内在于事物，事物由之生成的起始点；或者是由之生成，并不内在于事物的东西，运动和变化自然而然从它开始；或者是按照其意图运动的东西，可变化的东西变化。其次是事物最初由之认识的东西也被称为此事物的'始基'。全部'始基'的共同之点就是存在或生成或认识由之开始之点，既可以内在于事物，也可以外在于事物"[2]。亚里士多德的始基不仅是事物的开始之点也是认识事物开始之点。总之，"始基"是希腊人认识世界的根源和基础，从具体的物质、成

---

[1] Arist. *Metaphsics*. 1012b33-1013a22. [古希腊]亚里士多德：《亚里士多德全集》第 7 卷，苗力田译，中国人民大学出版社 1993 年版，第 111 页。

[2] Arist. *Metaphsics*. 1012b33-1013a22. [古希腊]亚里士多德：《亚里士多德全集》第 7 卷，苗力田译，中国人民大学出版社 1993 年版，第 111 页。

分、元素到原理,从本体论上回答世界的本质是什么,到认识论上回答认识事物从何开始,是最初的生长点和认识点,是不可再分的。它保证了事物的存在,保持了事物的"种"。

当然,德米特里将言语的始基命名为 κῶλον(句),因为句本身就有肢体(κωλῆ)或部分的意思。德米特里不仅认为"言语"的起点在"句",而且将其诗学风格学的"始基"也确立在"四根"(τέσσαρα μὲν πάντων ῥιζώματα)之上,这是直接对希腊自然哲学的继承。其诗学形式主义和感觉主义也是对希腊哲学的继承。

德米特里按"冷""热""干""湿"四种感觉类型来划分风格四种基本类型(雄伟、优美、平易、强劲)。在恩培多克勒的哲学中"冷""热""干""湿"分别与"四根"相对。(见附录1表1)。水、火、土、气"四根"结合,生成万物;分解,事物就消亡。万事万物都在不断生灭和变动之中,但四根是不变的,"τέσσαρα μὲν πάντων ῥιζώματα πρῶτον ἄκουε"[①]。"冷""热""干""湿"决定事物的生成与消灭。恩培多克勒甚至用人体内部的"冷""热""干""湿"的对立和平衡,作为病理治疗的基本根据。[②]亚里士多德将其作为对元素加以区别的性质[③]。当然,"四根说"还是在"始基论"的范围之内。虽然还不能完全断定德米特里就是按着这种哲学思想去思考的,但是至少可以看出,"始基"思想对他的影响。

德米特里诗学不仅有着希腊哲学"始基"思想,"对待论"(ἐναντίος)也是其诗学重要方法。这种"对待论"在哲学上就是对立(ἐναντία),毕达哥拉斯学派和亚里士多德都认为"万物的本原是对立"[④]。毕达哥拉斯学派还列出了十对本原即"奇偶、一多、静动、明暗、右左、雄雌、直曲、明暗、善恶、正方和长方"[⑤]等。其实"四根说"就是"对待论",冷与热、干与湿两两相对。

---

① Emp. 6.1.
② 汪子嵩等:《希腊哲学史》第 1 卷,人民出版社 1997 年版,第 813 页。
③ Arist. *De Generatione et Corruptione1*. 2-3.329a-330b. [古希腊]亚里士多德:《亚里士多德全集》第 2 卷,徐开来译,中国人民大学出版社 1991 年版,第 443 页。
④ Arist. *Metaphysics*. 986a22. [古希腊]亚里士多德:《亚里士多德全集》第 7 卷,苗力田译,中国人民大学出版社 1993 年版,第 39—40 页。
⑤ 汪子嵩等:《希腊哲学史》第 1 卷,人民出版社 1997 年版,第 324 页。

第五章　德米特里诗学的关系学　◆◇◆

赫拉克利特在毕达哥拉斯的基础上发展成"对立面的统一",对立面是可以相互转化的。水、火、土、气本身不是对立物,但由于它们各自具有冷、热、干、湿的属性,从而成为对立的元素了,"冷变热,热变冷,湿变干、干变湿"[①]。这种"对立面的统一"思想是德米特里的重要思想。德米特里的"自然与人为"两对范畴既是对古人在自然（φυσις）与人为（νομος）观念上的继承,也是其对立统一思想在自然与人为两者关系上的反映。德米特里认为,题材和语言都有先天的风格,先天的风格可以分四种基本类型,四种基本类型中雄伟与平易处于对立的两极;同时这种先天的风格又可以相互转化。德米特里说：

Τὰ μὲν οὖν εἴδη τῶν χαρίτων τοσάδε καὶ τοιάδε. εἰσὶν δὲ αἱ μὲν ἐν τοῖς πράγμασι χάριτες, οἷον νυμφαῖοι κῆποι, ὑμέναιοι, ἔρωτες, ὅλη ἡ Σαπφοῦς ποίησις. τὰ γὰρ τοιαῦτα, κἂν ὑπὸ Ἱππώνακτος λέγηται, χαρίεντά ἐστι, καὶ αὐτὸ ἱλαρὸν τὸ πρᾶγμα ἐξ ἑαυτοῦ· οὐδεὶς γὰρ ἂν ὑμέναιον ᾄδοι ὀργιζόμενος, οὐδὲ τὸν Ἔρωτα Ἐρινὺν ποιήσειεν τῇ ἑρμηνείᾳ ἢ γίγαντα, οὐδὲ τὸ γελᾶν κλαίειν.（§132）

他一方面认为,神女的花园、婚礼曲、爱情故事或者萨福的诗这些题材,即使出自希朋那克斯[②]之口,也有魅力,因为题材本身具有魅力和明快。没人能在生气的时候唱婚礼曲,没有表达可以把爱神变成复仇女神或巨人族,也不可能把笑变成泪。但另一方面他又认为：

Πολλάκις δὲ καὶ τὰ μὲν πράγματα ἀτερπῆ ἐστι φύσει καὶ στυγνά, ὑπὸ δὲ τοῦ λέγοντος γίνεται ἱλαρά. τοῦτο δὲ παρὰ Ξενοφῶντι δοκεῖ πρώτῳ εὑρῆσθαι· λαβὼν γὰρ ἀγέλαστον πρόσωπον καὶ στυγνόν, τὸν Ἀγλαϊτάδαν, τὸν Πέρσην, γέλωτα εὗρεν ἐξ αὐτοῦ χαρίεντα, ὅτι ῥᾷόν ἐστι πῦρ ἐκτρῖψαι ἀπὸ σοῦ ἢ γέλωτα.'（§134）

[①] 汪子嵩等：《希腊哲学史》第1卷,人民出版社1997年版,第478页。
[②] Demetrius. 301. 希朋那克斯为了羞辱他人改变节奏,使之变得不完整。

Αὕτη δέ ἐστι καὶ ἡ δυνατωτάτη χάρις, καὶ μάλιστα ἐν τῷ λέγοντι. τὸ μὲν γὰρ πρᾶγμα καὶ φύσει στυγνὸν ἦν καὶ πολέμιον χάριτι, ὥσπερ καὶ Ἀγλαϊτάδας. ὁ δ᾽ ὥσπερ ἐνδείκνυται, ὅτι καὶ ἀπὸ τῶν τοιούτων παίζειν ἔστιν, ὡσπερεὶ καὶ ὑπὸ θερμοῦ ψύχεσθαι, θερμαίνεσθαι δὲ ὑπὸ τῶν ψυχρῶν.（§135）

话语还可以使本身阴郁没有吸引力的主题，在作者手里变得明快。色诺芬拿波斯人阿格莱达斯阴郁得让人厌烦的脸，开了一个美妙的玩笑，"从你身上打火比从笑打火容易"[1]。甚至认为这是真正最有潜能（δυνατωτάτη）的魅力，这种潜能最主要来自作者，作者可以把本身是阴郁的反魅力的如阿格莱达斯这样的题材变成玩笑，正如冷可加热，热可以冷却。[2]这明显是对立面的转化观点。

亚里士多德认为，"对立不仅包含相反，还包括矛盾、相对、邻近、缺失和有"[3]。在他看来，"修辞就是辩证法的对立面"（ἡ ῥητορική ἐστιν ἀντίστροφος τῇ διαλεκτικῇ）[4]。这里的对立面（ἀντίστροφος）是相关的、相对的意思。在修辞实践上就成了"对言"（διάλεξις），"针对任何事物都可以找到或者发明出相互对立的认识或说法"[5]。这一修辞观念自公元前5世纪风靡以来，一直延续至今。

德米特里诗学也采用了这一思想，他说：

---

[1] 色诺芬：《居鲁士传》，Xen. Cyropaedia. 2.2.15. 拉丁文按照希腊语字面 Κύρου παιδεία 译为 Cyropaedia 意思是"居鲁士的教育"。这句英译是：It would be easier to strike fire from you than laughter.（Innes）

[2] 赫拉克利特残篇"冷变热，热变冷，湿变干，干变湿"（DK 22B 126）赫拉克利特认为万物是由四大元素构成的，这些元素本身不是对立的，但它们具有冷、热、湿、干的性质，因而具有对立性，由于这些性质之间的变化，所以事物可以有限变无限。德米特里这里也是从主题的性质来说的。

[3] Arist. *Metaphysics*. 5.10. [古希腊]亚里士多德：《亚里士多德全集》第7卷，苗力田译，中国人民大学出版社1993年版，第40页。

[4] Arist. *Rhe*. 1354a1. [古希腊]亚里士多德：《亚里士多德全集》第9卷，颜一译，中国人民大学出版社1994年版，第333页。

[5] 刘亚猛：《西方修辞学史》，外语教学与研究出版社2008年版，第36页。

第五章 德米特里诗学的关系学 ◆◇◆

Ὥσπερ δὲ παράκειται φαῦλά τινα ἀστείοις τισίν, οἷον θάρρει μὲν τὸ θράσος, ἡ δ' αἰσχύνη τῇ αἰδοῖ, τὸν αὐτὸν τρόπον καὶ τῆς ἑρμηνείας τοῖς χαρακτῆρσιν παράκεινται διημαρτημένοι τινές. πρῶτα δὲ περὶ τοῦ γειτνιῶντος τῷ μεγαλοπρεπεῖ λέξομεν.（§114）

类似粗野相对的是文雅，鲁莽相对的是勇敢，羞耻相对的是尊严，风格的类型也有赝品与它相对，与雄伟相对的是"呆板"。Παράκειται，眼前的、邻近的。也就是文雅与鲁莽两者相对，但又是相近的，所谓"真理向前一步就是谬误"，风格的赝品就是正品在某方面的过度和缺失。德米特里认为，每一种风格都有一相对的赝品（见附录1图表3）。这种"对待论"正是德米特里继承了公元前5世纪以来的修辞相对论和毕达哥拉斯开创的"对立论"，也是希腊人对本原的认识，"本原是对立的"在德米特里诗学的实践。

这种"对待理论"不仅影响了德米特里，也影响了朗吉弩斯。与德米特里相似，"他很了解虚假的崇高（冷漠或夸张）主要是由于对自负刻意雕琢、表现过分而产生的，因此，他很明白，含蓄和余韵是和崇高密不可分的"①。从这可见当时对风格的一种普遍认知。崇高的对立面是冷漠或夸张，优美的对立面是矫揉，平易的对立面是枯燥，强劲的对立面是乏味，等等，每一种风格都有他的对立面。

这种"相待而成"诗学哲学，在中国传统诗学里随处可见②，刘勰指出各种文体可以互相融合、互相吸收，"虽复契会相参，节文互杂"，但底色不变，"譬五色之锦，各以本采为地矣"③。风格容易产生的流弊，"博雅之失也缓，清典之失也轻，绮艳之失也淫，宏壮之失也诞，要约之失也阑，切至之失也直"④。可见，人的思维大致相似。

---

① [英]鲍桑葵：《美学史》，张今译，广西师范大学出版社2001年版，第87页。
② 杨慧林：《理解奥登的一个思想线索：从"共在"到"双值"的潜在对话》，《人文杂志》2021年第7期。
③ 刘勰著，詹锳义证：《文心雕龙》，上海古籍出版社1989年版，第1129页。
④ [日]遍照金刚：《文镜秘府论汇校汇考（三）》，卢盛江校考，中华书局2006年版，第1463—1464页；吴承学：《中国古典文学风格学》，北京大学出版社2011年版，第89页。

可以说，对立是诗学的基础，没有对立就没有诗学。甚至可以说，没有对立，就没有表达，没有言说。"没有符号间的对立，则符号不可能有意义，这些对立构成的不变间距是意义系统的基础。"①从这来说，对立就是分，就是从混沌中开始分开，开始有了彼此，也就开始有了认识的基础。分是对立的开始，对立是表意的基础。对立是结构稳定的必须，没有二项对立，结构就不存在。所以风格的二项对立是结构稳定的需要。这才是对待理论的形而上根基。这根基植根于人的认识的起点、表达的起点。

而建基于对立基础上系统单位项之间的聚合与组合关系，单位项的生成及转换能力，正是德米特里诗学的追求。"重要的不是说了什么，而是怎么说。"（δεῖ γὰρ οὐ τὰ λεγόμενα σκοπεῖν, ἀλλὰ πῶς λέγεται §75）怎么说才是最重要的。"语言就像一块蜡可以塑造出狗、牛或者马"（ὥσπερ τὸν αὐτὸν κηρὸν ὁ μέν τις κύνα ἔπλασεν, ὁ δὲ βοῦν, ὁ δὲ ἵππον §296）。德米特里整个诗学都是在探讨"怎么说"（πῶς λέγεται），怎么说令人愉快，怎么说具有什么样的风格，等等。追寻的不是世界是什么，而是何以是，这是遥远的巴门尼德哲学的回响。

除了始基论、对待论等这些哲学，德米特里诗学哲学还继承了古希腊德性论、图式论、修辞三段论等重要哲学思想，将这些哲学思想直接应用在其哲学里，成为德米特里诗学哲学的一部分。

四 德米特里诗学的希腊心理学与美学来源

希腊众多的学科中直接与言语表达相关的是修辞学、诗学、语言学，而德米特里诗学是对希腊修辞学、诗学和语言学的直接继承、总结和发扬。这种继承不仅在思想上、认识上、方法上，甚至是技艺上、言说习惯上。例如风格的分类、风格的构成、语言的选择与组合、辞格的运用等，都有着浓厚的希腊前人的痕迹，尤其作为逍遥派弟子，德米特里直接继承了逍遥派众多的理论、观点和技艺。这一点在前面的章节中已经详细论述过德米特里诗学与希腊修辞学、诗学和语言学的关系了，就不再赘述。

---

① [法]让-弗朗索瓦·利奥塔：《话语，图形》，谢晶译，世纪出版集团 2011 年版，序言第 10 页。

第五章 德米特里诗学的关系学 ◆◇◆

德米特里诗学对风格的考察，主要是对句的风格的考察。句是德米特里诗学的起点，"圆周句优美""长句雄伟""短句强劲"，也就是风格最后都归结为句子的形状和长度。这种想法其实并不是德米特里的独创，在希腊对句子的考察、对圆周句风格的考察也并非德米特里开始，普罗塔戈拉、狄摩西尼、伊索克拉底等就已考察句子的不同方面，德米特里只是吸取和综合了前人的成果，并在此基础上创建了一套自己的理论。无论是前人，还是德米特里，这些对句的风格的考察无非两点，句的形状以及这些形状给人的感觉（雄伟、优美、强劲、平易等），而这两点都与希腊人对美的看法相关或一致。

在古希腊人看来，美（κάλλος）首先在于形式的和谐，"美的要素是秩序、对称、明确的限制，而这些东西却是数学所注意的特点"。美"指的是直线和圆形，以及借助圆规、戒尺和角规板用直线和圆形构成的平面图和立体图。我肯定这些图形不但像其他东西一样相对来说是美的，而且是永恒的和绝对的美，而且它们能给人以特殊快感"。"规律性和统一性对绝对美是必不可少的"，"善的原则还原为美的法则，因为分寸和比例总是要转换为美和优美"[①]。而善作为美也是因为形式。这样善和美都归结为形式，形式的和谐。

作为形式的美，源于宗教仪式（ritual）的规定程式（prescribed formulae），艺术是神话和仪式的表现。美（beauty）就是这样一种形而上的形式（a form of metaphysics），是宇宙秩序的知觉或表现，最重要的属性就是和谐（harmony）和均衡（proportion），这些都可以在数学关系中得到体现。

这种数的思想其实来源于毕达哥拉斯派。毕达哥拉斯派对数做过深刻的研究，对事物的数量关系做过研究，将数作为万物的本源，万物都是对这个本源的模仿，他们坚信数和形式是宇宙结构的基础。这样毕达哥拉斯派对美的认识就是事物的数量关系或者说数量比，最美的数量比就是黄金分割。

正因为美是宇宙秩序的显现，所以柏拉图在《理想国》中探讨了诗人的作用，他认为，诗人在理想国的功能是教诲，没有此功能，诗人就会被

[①] Arist. *Meta.* 1078a.
[英]鲍桑葵：《美学史》，张今译，广西师范大学出版社2001年版，第34页。

赶出理想国。这样美和善联系在一起。美和善联系在一起就是因为他们都服务于宇宙的秩序。美是宇宙秩序的显现,善是对这秩序的裨益,对这秩序的破坏就是恶。

所以在柏拉图那里,诗人是宇宙秩序的维护者,这种维护即为善;但是在柏拉图看来,诗人对秩序的维护是通过诉诸人的情感,迎合人的情感,从而让人自觉地接受宇宙的秩序。但是诗一旦诉诸情感,就会危及秩序,因为情感是与理性相悖的,而秩序是理性的。一旦危及秩序,诗人就会被驱逐出理想国。

亚里士多德接过柏拉图的衣钵,同样认为美是世界秩序的显现。他和柏拉图不同的是,他认为,诗是对行动的模仿,模仿的是英雄,而英雄之所以为英雄,就是因为英雄对秩序的拯救和维护。这是整个希腊悲剧的底蕴。整个希腊的悲剧都在于对秩序的维护。普罗米修斯、俄瑞斯忒亚、俄狄浦斯、安提戈涅甚至是美狄亚,都是在维护既定的秩序。

被缚的普罗米修斯是对命运秩序的守护,被解放的普罗米修斯是对宙斯神系秩序的维护。俄瑞斯忒亚接受了正义女神的审判。安提戈涅尊重了人伦。美狄亚是对婚姻誓约的守护,在报复与牺牲中,片面的正义最终融入永恒正义,永恒正义得到伸张。

俄狄浦斯自始至终都是在对忒拜秩序拯救和维护。城邦的灾难是因为有人杀父娶母,破坏了城邦的秩序,他发誓要追查凶手,这实际上就是要拯救城邦的秩序,这是伦理秩序、法律秩序、人的秩序。所以俄狄浦斯是秩序的拯救者。

但俄狄浦斯杀父娶母又是秩序的破坏者。杀父娶母,这是卡俄斯时代的混乱。在希腊神话中,在卡俄斯时代,也就是泰坦时期,即使是作为主神的乌拉诺斯、克洛诺斯都是弑亲乱伦者,这是一个野蛮的混乱的时代。宙斯建立了奥林匹斯神系,实质上是建立了神界的秩序和人间的秩序。也就是奥林匹斯神系人类从混沌进入了文明。现在俄狄浦斯杀父娶母,有让人类蜕变返祖的危险,危及现在的秩序。从这一点来说,俄狄浦斯是秩序的破坏者。

但是俄狄浦斯刺瞎双眼,自我放逐,其实就是对秩序破坏者的惩罚。

第五章　德米特里诗学的关系学

也就是将自己作为牺牲献祭了，以此驱逐瘟疫，来拯救城邦，这是他对奥林匹斯神系秩序的接受，是对人伦的拯救。这样，俄狄浦斯作为城邦的拯救者的片面性和作为秩序的破坏者的片面性都在惩罚中获得消解，使永恒的正义得到维护。而诗的情节就是这相互矛盾或者悖反的力量（paradoxical forces）相互转化（transform）的过程。或者说，诗模仿的是英雄拯救秩序的行动。前面已经说过美是秩序的显现，诗人对秩序的拯救同样是美的。

这就是亚里士多德对柏拉图关于诗人的观点的回答，亚里士多德同样给予诗人对秩序维护的合法性，但他不是从诗人诉诸情感，而是从诗人对英雄的模仿，这样一个最基本的出发点来赋予诗人的合法性的。这从根本上赋予了诗人的合法性。这种合法性其实就是对秩序的维护；这种善，是因为对美的追求，而美在于形式，形式的和谐，和谐就是秩序，有了秩序才能和谐。这是希腊美的根基，是希腊诗学的根基。

德米特里诗学，首先是"装置"的建立，而"装置"就是形式的结果，或者说本身就是形式，是词语的选择与组合的结果。德米特里只关注形式，而不关注内容。"语言就像一块蜡可以塑造出狗、牛或者马"（ὥσπερ τὸν αὐτὸν κηρὸν ὁ μέν τις κύνα ἔπλασεν, ὁ δὲ βοῦν, ὁ δὲ ἵππον §296），"重要的不是说了什么，而是怎么说"（δεῖ γὰρ οὐ τὰ λεγόμενα σκοπεῖν, ἀλλὰ πῶς λέγεται §75）。所以，德米特里着重探讨了诗学形式的创制。

德米特里不仅探讨了形式，还探讨了形式给人的感觉。从希腊罗马关于风格的激烈争论中可见，对风格的探讨是当时流行的话题，从当时的同类术语的增多，也可见一斑。德米特里的 μεγαλοπρεπής（雄伟），朗吉弩斯的 ὕψος（崇高），实质上都是"高，大"的意思，"是希腊—罗马时代流行的大量同类术语之一"[1]。同时希腊的文学或艺术批评也从善恶这种道德批评转向审美，从形式转向心理。心理的探讨，"证明心灵在这方面已经敏感起来了""崇高可以说是心灵伟大气魄的形象"[2]。这也可见，当时的审美心理学的发展。德米特里在这样一种情况下，对艺术的审美感觉进行总结，也水到渠成了。

---

[1] ［英］鲍桑葵：《美学史》，张今译，广西师范大学出版社 2001 年版，第 86 页。
[2] ［英］鲍桑葵：《美学史》，张今译，广西师范大学出版社 2001 年版，第 86 页。

感觉（αἴσθησις）与理性（λόγος）相对，从属于感官。感觉（αἰσθητικός/aesthetics）作为美学（Aesthetica），虽是 19 世纪的事情，而作为与美学（aesthetics）相关的概念，有美和感觉的意思；作为感觉的本义，在希腊古风时期就已经开始有探讨。Aesthetica，狭义即美；广义即美学，关于美尤其自然与艺术中的美的规律与根据的学问。所以，美是一种通过感官直接接受到或感觉到的让感官愉悦的东西。美学所考察的文学的美就是文学中形式的东西使人感觉到愉悦。从这角度而言风格其实是属于美学的，是形式让人产生的不同美的感觉，所以风格与形式有关。要得到不同的风格美感，就要建构各种形式，德米特里讨论的就是如何建构这种形式，及此种形式必然具有某种风格的原理。

可以说，德米特里的诗学是希腊感觉学（美学）发展的成果，同时德米特里的诗学又为美学的发展做出了巨大的贡献。德米特里的风格论包括形式系统和心理学系统。形式系统强调"特征"（characteristic），而心理学系统强调特征的表现力，或者说人对特征的感受。质而言之，特征的表现力或者说心理所感觉到的形式特征即风格。

特征和特征的表现力在近代美学家看来，其实就是美。鲍桑葵说，"凡是对感觉知觉或想象力，具有特征的东西也就是个性的表现力的东西，同时又经过同样的媒介，服从于一般的也就是抽象表现力的东西就是美"[①]，歌德在《收藏家和他的伙伴》中说，"美是特征主义者"，所以歌德早年尤其喜欢特征非常明显的哥特艺术。这其实就是德米特里风格的另一种说法。这样美和风格似乎是同一个概念。美和风格是有着共同的旅程的，他们都是感觉，都是特征的表现力，"美就是对感官知觉或想象力所表现出来的特征"[②]。区别在于，美不仅感觉到特征的表现力，还能从其中感觉到抽象的表现力，也就是，美是在特殊中感觉到一般；美是快感，而风格是快感中特定的感觉，例如优美是圆滑的感觉，平易是亲和的感觉。

特征论，其实亚里士多德在《诗学》中就已经提出，"个别中见出一般"[③]。

---

① [英]鲍桑葵：《美学史》，张今译，广西师范大学出版社 2001 年版，第 3 页。
② [英]鲍桑葵：《美学史》，张今译，广西师范大学出版社 2001 年版，第 6 页。
③ Arist. *Poetics*.

第五章　德米特里诗学的关系学　◆◇◆

亚里士多德的学生特奥弗拉斯对个性特征的研究也是艺术研究的使然。德米特里将这种特征论发展成为艺术最基本的属性，甚或说艺术的本质，大大推动了艺术的发展。但到了贺拉斯那里，这种特征论就固化为一种类型论，"你想在舞台上再现阿喀琉斯受尊崇的故事，你就必须把他写得急躁、暴戾、无情、尖刻，写他拒绝受法律的约束，写他处处要诉诸武力。写美狄亚要写得凶狠、剽悍；写伊诺要写他哭哭啼啼；写伊克西翁要写他不守信义；写伊俄要写她流浪；写俄瑞斯特斯要写他悲哀"[①]。贺拉斯以类型代替特征，其实是罗马艺术失去创造力的标志。罗马人想要在艺术典型中找到一个"常数"，艺术的创造只需要按照这个"常数"书写就可以了。这样，艺术实际上是模型里的产品而已，不再是"天才"的事情了，任何掌握了"常数"的人都可以依样画葫芦。这样，艺术其实就死了。

虽然德米特里的诗学也有追求"常数"、规则之嫌，艺术按照一定的规律就可以制造一个"装置"，但是德米特里把艺术的特征规定为艺术的本质，艺术之所以为艺术的东西。这就比贺拉斯要高明得多，贺拉斯追求的是"平均数"，而德米特里则是对这"平均数"的背弃。

对"平均数"这种类型的追求，到了17世纪新古典主义那里成了艺术的理想，古典主义甚至将其固定为"三一律"，成为艺术排斥性情，仅剩形式的金科玉律。古典主义不仅在形式上要求如此，而且要求艺术"不要流露情绪或表现情绪"，要像"没有颜色的清水""冲淡平和"，温克尔曼就认为理想的艺术是"静穆的伟大，高贵的单纯"。这将人的心性排除在艺术之外，不能书写"性灵"或"童心"了。艺术彻底变成一个僵死的模子（形式）。但是，18世纪启蒙主义冲破了古典主义僵化的桎梏，启蒙主义推崇自由和个性。这其实是提倡艺术的创造，特征论必然回到了艺术。如果说温克尔曼是从"常数"出发，然后满世界去找符合"常数"的特殊，这个特殊就是符合"常数"，也就是能表现一般的艺术品。那么歌德恰恰是颠倒了温克尔曼的理论，从特殊出发，在特殊中去发现一般。

艺术史家希尔特用特征代替温克尔曼的"理想"。"希尔特附和鲍姆嘉

[①] Horace. *The Art of Poetry: To the Pisos*. 120-125. [罗马]贺拉斯：《诗艺》，杨周翰译，人民文学出版社1988年版，第143页。

通，把美同眼睛或耳朵面前的完善视性为一体，但是，他又把完善说发展成为在种和属的特性中表现出来的自然意图说。迈约追随歌德之后，断言（古代）艺术的原则是意蕴，但是，成功的处理结果是美。"①

艺术要表现出特征，这不是18世纪启蒙主义所独有，也不是古希腊或欧美人所独有。中国艺术从魏晋南北朝的人物品评到顾恺之"传神写照"，再到唐宋的工品—能品—神品—逸品的划分，就是从特征发展而来。这种从人物品藻到艺术传神写照，应该是艺术的"一般"发展路径。

第二节 "希腊罗马之争"中德米特里诗学

上文从学术史的角度论述了德米特里诗学来源和资源，下面论述德米特里诗学产生的机缘和需求。德米特里诗学的产生又有着特定的社会、时代需求和学术机缘，这就是"希腊罗马之争"。德米特里沿用了古希腊哲学、修辞学、诗学、心理学等资源，针对当时争执的问题关键，试图解决这个争端。这也正是德米特里诗学为何讨论这些问题，为何以这样面貌和结构出现的原因。

"希腊罗马之争"，使希腊在马其顿战争和布匿战争之后变成了罗马的行省，同时，罗马成了希腊文化的学生，人们不禁问到底是罗马征服了希腊还是希腊征服了罗马。贺拉斯慨叹"被征服的希腊人用带来的艺术征服了拉丁人"②（Graecia capta ferum victorem cepit et artis intulit agresti Latio.）。而西塞罗认为"可能曾经被希腊文化征服过，但现在已经平起平坐了"③。贺拉斯和西塞罗的针锋相对，引起了当时罗马的一场文化争论。罗马著名人物李维、奥维德等都参与其中。千年后"文艺复兴"之争，17世纪法国

---

① [英]鲍桑葵：《美学史》，张今译，广西师范大学出版社2001年版，第251页。
② Horace, *Satires Epistles and Ars Poetica*, Cambridge: Havard University Press, 2005, p. 307.
③ 岳成：《贺拉斯"希腊文化征服罗马"说考释》，《山东理工大学学报》（社会科学版）2015年第3期。

第五章　德米特里诗学的关系学　◆◇◆

古典主义"古今之争",其中一些问题的争论都是这场争论的历史回声和继续。

关于这场争论,学者们主要从法律、身份、教育、制度等方面进行过考察。对文学的考察主要集中在个别文学体裁,国内最为详细的考察是王焕生先生的《罗马文学史》。因文学史叙事的限制,王先生在叙述中提到一些希腊罗马之争的史实。对于这场影响颇大的争论的主体,争论的话题、争论聚焦的核心问题、争论如何消解,很少有学者梳理、考证和分析。本文将按照希腊罗马之争演进,论述希腊人和罗马人之间因何争执,争论的表现,争论的核心,希腊罗马之争对于希腊人和罗马人的意义,学术史的意义等进行论述,从而探讨德米特里在这场论争中的地位和作用。

一　"雇佣教师"身份的终结与"第一义"之争

西塞罗（Marcus Tullius Cicero）、贺拉斯（Quintus Horatius Flaccus）生活的年代距第一次马其顿战争（First Macedonian War）一百多年,距希腊彻底沦为罗马行省的第四次马其顿战争（Fourth Macedonian War）也过去了半个多世纪了。此时,突然讨论到底谁是征服者,似乎很突然。其实这是布匿战争（Punic War）以来,罗马一直纠结的话题。以老加图（Cato Major）为首,反对当时罗马的希腊风尚。公元前186年元老院通过决议,反对过分崇拜希腊酒神狄奥尼索斯,公元前173年和公元前161年,罗马元老院再次通过决议驱逐希腊哲学家和修辞学家。这样,对希腊派的恩怨纠葛,终于上升到政治意识形态了。问题是,战后,希腊贵族和精英都成为罗马人的奴隶,处在社会最底层,没有任何力量；而罗马作为胜利者,正如日中天,为何文化上如此焦虑,如此纠结于希腊的还是罗马的?

这首先在于此时的罗马文化还处在萌发阶段,一直未得到很好的孕育和发展。罗马处于亚平宁半岛中部一个狭小的地域。亚平宁半岛南北近1000公里。罗马作为一个中部小城,被半岛内各城邦、部落屏蔽了对外交往。罗马依靠武力不断荡平周围的城邦、部落,防御北方高卢等蛮族不断的侵略和骚扰。此时,罗马的视域,一方面局限于亚平宁半岛；另一方面为了生存,聚焦于军事和政治。因此,罗马人擅长法律、政治、军事,却很长

◆◇◆　德米特里诗学研究

一段时间没有自己的文学作品,只有一些祭祀颂曲、铭辞、悼亡歌以及宴歌,未加修饰的杂戏(satura)。虽然在扩张中吸取地方戏阿特拉剧(Fabula Aellanta)、拟剧(Mimus/μιμη),但没有像样的文学作品。甚至拉丁语都只适于命令和法律,没有发展得像希腊语那样轻柔典雅、精巧、灵活和多样,显得刚硬。直到罗马统一了亚平宁半岛,才有了精力东顾。经过三次布匿战争和五次马其顿战争,最终征服迦太基和希腊,才发现一个辉煌灿烂的不同于武功的文明。

那么,在此前罗马和希腊没有交往吗?为何此前罗马一直没有发现或学习希腊文化?

这个问题要从两个向度回答,一是罗马人为何没有发现希腊文化或者与希腊密切交往;另一个是,希腊人为何没有关注罗马和罗马发生经贸文化的密切往来。这有主客观的原因。

希腊和马其顿一直东向发展,很少西顾。因为古希腊文明其实就是爱琴海文明,包括小亚细亚一带。而小亚细亚一带又是常和东方大国波斯争夺之地。简而言之,希腊文明一开始就是东向发展的,而且希腊在发展的过程中一直与东方的波斯纠葛不断,其精力主要被东方吸引。而东方,无论是东南的埃及,还是东边的波斯,乃至遥远的印度都比西边富庶,更吸引希腊的兴趣。而且希腊内部纠葛不断,希波战争(Greco-Persian Wars)结束后,马上就爆发了三十年的伯罗奔尼撒战争(Peloponnesian Wars),希腊内耗不断,再到希腊被马其顿灭亡,亚历山大东征,希腊无力西顾。

亚历山大大帝的时候,可能有西征的念头。但东征刚结束,他就病逝。所以,"在罗马独霸世界的时代,希腊人常说罗马的强大应归因于431(公元前333年)年6月11日马其顿王亚历山大在巴比伦死于热病"[①]"亚历山大并未着手从事西方的事务就死去,他的念头与他一同走进坟墓……在他辞世以后,他一生致力的工作,即树立希腊文化于东方,绝未失坠……他们虽未放弃所负的世界历史使命,即传播希腊文化于东方,但这种使命却遭到削弱,并变得枯萎憔悴。在这种情势下,希腊国家和亚细亚—埃及国

---

① [德]特奥多尔·蒙森:《罗马史》第2卷,李稼年译,李澍泖校,商务印书馆2004年版,第131页。

第五章 德米特里诗学的关系学 ◆◇◆

家都不想插足于西方,或转而致力于攻击罗马人或迦太基人(Carthaginian)。东方和西方的国家体系一时同存并立,在政治上并不互相侵犯,特别是罗马,在亚历山大去世六将纷争时期中,它基本上不曾介入"①。这可能是希腊一直未大规模介入西方事务的原因。

西边,希腊交往最为频繁的是西西里一带,希腊与西西里也发生过一些争战。西西里与亚平宁半岛内部交往并不密切。西西里一直是希腊和迦太基的势力范围,而不属于意大利。

所以从罗马和希腊双方来说,在罗马征服之前似乎都没有精力来关注对方。对繁荣时期的希腊来说,西方的落后几乎引不起他的兴趣。

但这并不等于希腊和罗马一直没有交流。从维吉尔《埃涅阿斯纪》来说,似乎在公元前7世纪,特洛伊战争时期希腊和罗马就有了交往,罗马就是特洛伊人建立的。埃涅阿斯的事迹不仅在维吉尔诗中,这种传说在公元前4世纪的希腊也流传。从这可看出,希腊人和罗马人很早就有联系。

而且从史实来说亚平宁半岛的伊达里亚人(Etruscans)与希腊人具有血统关系,他们祖先都是爱琴海岛民。伊达里亚人在公元前7世纪与西西里岛上的希腊人有商业往来,在公元前6世纪的时候还直接与雅典通商。另一方面,公元前8—公元前6世纪之间,希腊人就曾向西发展,在西西里和亚平宁半岛南部建立叙拉古(Syracuse)、塔林敦(Tarentum)等许多著名的殖民地。

这些事实标明亚平宁半岛与希腊似乎很早就有交往,既然如此,为何罗马人不知道希腊文明,没有受到希腊文明的影响,乃至征服希腊的那一刻,为希腊所倾倒呢?

其一,亚平宁半岛、西西里岛与希腊确有联系的史实,而且发生很早。但爱奥尼亚湾西岸的希腊人殖民地到公元前6世纪就已经衰落。这些希腊人不仅内讧,而且还与母邦发生战争,也就是说他们只是希腊人,与古典时期的希腊人还是有着区别的。他们与希腊半岛的希腊人联系也并不紧密。其二,罗马人不是伊达里亚人。伊达里亚人确实统治过罗马一百多年。但

---

① [德]特奥多尔·蒙森:《罗马史》第2卷,李稼年译,李澍泖校,商务印书馆2004年版,第132页。

被拉丁人推翻，随后退往伊达里亚地区。罗马强大后，征服伊达里亚，他们才又纳入罗马的版图。而且正因为这些地方往来发生得很早，而不是古典时期及其以后的希腊，所以罗马和希腊因为各自的经历相知不多。其三，罗马是一个内陆城邦，罗马人也不重视海运。当罗马俘获安提乌姆人（Antium）的舰队，一把火把船给烧了，只把卸下的船首运回罗马装饰罗马广场的演讲台。罗马甚至没有海军，在征服南亚平宁半岛第一次布匿战争中，罗马临时搭建船只，导致全军覆没。第二次布匿战争才积极发展海军。不重视的原因是，罗马在初期需要解决的问题不是来自海上而是来自陆地，来自亚平宁半岛内部的争夺和北部蛮族高卢人等的侵扰。

但在这期间罗马还是受到一些希腊文化的影响，例如神话。罗马神话处在一个较低的发展阶段，罗马神话传统是万物有灵。只有到了公元前4世纪希腊神话的传入，罗马神话才逐渐被希腊神话代替。另外罗马也从在亚平宁和西西里等周围的希腊人那里吸取了一些希腊戏剧。只是这些影响都比较微弱。

这种微弱不仅有客观条件，也有主观原因。罗马人天性就比较闭塞保守。在肥沃的拉丁姆平原，罗马人自给自足。而无论是对付蛮族的入侵，还是征服亚平宁半岛，罗马依靠的都是陆军，"一个不文明和尚武的民族，对各项高尚科学无暇顾及"[①]。在这种保守的尚武风习下，罗马人不仅轻视文学等艺术活动，甚至连文字也只能在特殊情境下被特殊群体使用，例如签约、历史记录等。罗马虽然有一些古老的神话、颂歌、巫歌、咒语、宴会歌、悼亡曲、铭词、讽刺歌曲、杂戏、阿特拉剧和拟剧、历史、演说词、法律、契约等，但这些都因为受到轻视、垄断和管制，而使罗马人逐渐丧失了艺术审美能力，"甚至，一些宗教诗歌的含义连祭司们都不清楚了"。[②]

在布匿战争之前，罗马人在其扩张中也接触到希腊文化，扩展了眼界。上层社会开始学习希腊文化，教习希腊语，说希腊语成为贵族的时尚。甚至公元前280年希腊雇佣军首领皮罗斯的使节基涅阿斯在元老院演讲都不

---

① 王焕生：《古罗马文学史》，中央编译出版社2008年版，第28页。
② Quintilian. *De Oratore*. 1.6. 王焕生：《古罗马文学史》，中央编译出版社2008年版，第29页。

第五章　德米特里诗学的关系学

需要翻译，直接用希腊语。[①]

布匿战争之后罗马直接面对希腊本土文化，罗马的封闭和落后受到巨大冲击。首先，军队在东征的过程中，也逐渐直面希腊文化，逐渐被希腊文化浸染。其次，大量的希腊人来到罗马，其中许多人富有修养，他们在罗马从事各种职业，许多人成为贵族的奴隶，影响着贵族的生活方式；另一方面希腊众多书籍、文物、艺术品被运到罗马，希腊文化作为他者，像一面镜子一样，既照出了罗马与希腊的距离，本身又提供了一个"西洋镜"的玩具，吸引着罗马对希腊的新奇和喜爱，让罗马人认识到一种更高、更精致的文明。再者，布匿战争和马其顿战争之后，罗马不仅完成了统一亚平宁半岛，而且扩大了疆域，基本解除了周边的威胁，罗马人获得了安宁。同时战争的胜利为罗马带来了大量的奴隶和财富，罗马人不必也不需要从事各种体力和脑力的劳动了，罗马人唯一需要做的就是争夺权力和行使权力。有钱和有闲的罗马人，"很晚才用心研读希腊著作，布匿战争后得到安宁，才开始探索索福克勒斯、特斯庇斯、埃斯库罗斯有何益处"[②]。希腊成为罗马的风尚。

罗马对希腊的崇尚，表现在：一，说希腊语，用希腊语写作；二，翻译、改编、上演希腊戏剧；三，演说术传入罗马，罗马出现希腊修辞学校，教习希腊修辞、哲学、诗歌等希腊文化；四，改用希腊教育方式；五，任用希腊人以及崇希腊派；等等。

这一时期从事文学、艺术的，大多是崇希腊派，甚至许多希腊人（Livius Andronicus 等）。他们将希腊文学、艺术直接移植过来。或者直接翻译、改编，或者用希腊题材进行创作。被李维称为"最古老的记载"的法比乌斯·匹克托尔（Fabius Pictor）所撰写的第一部罗马史是用希腊文写成的。李维"将通用希腊文教材——《荷马史诗》——译为拉丁文，并且根据希腊原来的戏剧写了一部拉丁戏剧"。[③]甚至，当时戏剧上演的形式也是希腊式的，演

[①] 王焕生：《古罗马文学史》，中央编译出版社 2008 年版，第 34 页。
[②] Horace. *Epistles*, Vol. 2, No. 1, pp. 161-163.
王焕生：《古罗马文学史》，中央编译出版社 2008 年版，第 28 页。
[③] ［英］弗雷德里克·G. 凯尼恩：《古希腊罗马的图书与读者》，苏杰译，浙江大学出版社 2012 年版，第 153 页。

员用一块布披裹在肩上成衣衫,所以称为"披衫剧"(fabula palliata)。甚至剧中人物还以希腊自居,称罗马为"外邦",西西里和南意大利为"外希腊",罗马诗人为"蛮族诗人"。这种喜剧色调,一方面是希腊风尚吸睛,另一方面是罗马人作为胜利者的高度自信,在罗马人眼里,这点希腊调"止增笑耳"。

披衫剧除了直接使用希腊的内容和形式,也常暗度陈仓,在戏剧中糅合罗马元素,使戏剧增强具身感,出现混搭。例如戏剧中的神都是罗马神祇,在雅典的戏中出现罗马特有的法律、官职等元素,甚至罗马现实具体的描写。这些混搭,借用希腊指桑骂槐,实现讽刺和教育目的。但这也成为后来被人诟病的原因,罗马人总有在欣赏希腊戏剧的时候为暗箭所刺的感觉,因此直接要求希腊的归希腊,罗马的归罗马,这是希腊罗马之争的直接原因。

当然,"披衫剧"被诟病的不仅这一点。"披衫剧"为代表的希腊时尚,用希腊语写作、说希腊语、使用希腊题材、希腊艺术形式、希腊的思想、希腊的教育、希腊言说方式乃至生活方式,使希腊在形体被罗马征服之后,灵魂却在罗马狂欢,让罗马人拜倒在希腊文明的石榴裙下,洗劫罗马传统,引起一些人的警觉和反感,例如奈维乌斯(Cnaeu Naevius)、老加图(Cato Priscus)、卢基利乌斯(Gaius Lucilius)、墨特卢斯家族(Metelli)。

奈维乌斯并不反感希腊文化,"他通过对希腊文学的介绍和模仿,在他所从事的各个领域里都进行了独创性尝试",首创了罗马式戏剧"紫袍剧"[①]。"紫袍剧"(fabula praetextata)使用罗马题材,独立创作的悲剧,"因剧中人物穿罗马官员常穿的镶紫边长袍而得名"[②]。奈维乌斯的独创直到贺拉斯时代仍然风习犹存。

老加图精通古希腊文却轻视希腊文化,嘲笑崇希腊派,在其著作《论风俗》中赞扬罗马古代风习,抨击当时的社会风气不良,不满受其保护的著名诗人戏剧家恩尼乌斯(Ennius)与希腊派亲密。卢基利乌斯对过分崇拜希腊文化进行嘲讽。这种对希腊派的恩怨纠葛终于上升到政治意识形态了。

---

① 王焕生:《古罗马文学史》,中央编译出版社2008年版,第43页。
② 王焕生:《古罗马文学史》,中央编译出版社2008年版,第40页。

第五章　德米特里诗学的关系学

公元前 180 年元老院通过决议，反对过分崇拜希腊酒神狄奥尼索斯，公元前 173 年和公元前 161 年罗马元老院再次通过决议驱逐希腊哲学家和修辞学家[①]。公元前 82 年罗马监察官、著名演说家克拉苏（Crassus）命令禁止用拉丁语讲授修辞学，认为"违背祖习"[②]。这些人捍卫罗马传统，捍卫罗马祖传的习俗，其实是捍卫罗马的秩序（ordines），这样希腊罗马的文学之争变成了政治意识形态之争了。

在这里罗马人面临着二难选择。罗马人是沿着自己的传统缓慢演进，还是站在希腊文化的巨人肩膀上？如果是前者，罗马文化相对希腊文化的滞后性对罗马大大不利，事实上也不太可能，罗马人面对希腊文化的精致、丰富和多彩，是不可能回到那种粗陋的文化中去的，希腊风尚的流行就已经说明了这一点。另一方面，如果让希腊文化恣意流行，罗马传统就萎缩，甚至可能终结了。如果罗马传统终结了，那罗马到底是什么？这是当时希腊罗马之争，作为意识形态的困境。

但希腊作为"雇佣教师"的身份并没有因为意识形态的争论而终结。老加图以《农业志》《论军事》《论风俗》《儿童教育论》《创始记》《为罗德岛人辩护》等著作和演说辞所显示的粗朴形象只是一个死硬派的无望努力。即使保守如他，也无法彻底摆脱希腊的精致和技巧，"他的文章中往往以希腊的情感和史实适当地加以润饰，而他的谚语和格言有很多也是从希腊文直译过来的"[③]，他还允许自己的儿子阅读希腊文学。"在公元前 2 世纪，罗马知识界的发展彻底希腊化了"，罗马贵族家庭几乎都已习惯了用希腊教师教育他们的子弟，"教育以希腊文教学和希腊文教材为基础，文化阶级沉迷于希腊文学，就像文艺复兴时期的意大利人那样"[④]。希腊哲学和修辞学的影响也漫浸开来。学园派、斯多噶派、伊壁鸠鲁派成为在罗马影响最大的学派。卢克莱修（Lucretius Carus）接受希腊的原子论，崇拜伊壁鸠鲁派

[①] 王焕生：《古罗马文学史》，中央编译出版社 2008 年版，第 181 页。
[②] 王焕生：《古罗马文学史》，中央编译出版社 2008 年版，第 182 页。
[③] [古希腊]普鲁塔克：《希腊罗马名人传》（上），陆永庭、吴彭鹏等译，商务印书馆 1990 年版，第 346 页。
[④] [英]弗德里克·G. 凯尼恩：《古希腊罗马的图书与读者》，苏杰译，浙江大学出版社 2012 年版，第 157 页。

（Epicurus）。西塞罗听过斯多噶派波西多尼奥斯（Posidonius）的演讲，后者在罗德岛（Rhodus）开设哲学学校。此时，"不但伟大的希腊文学为受过教育的罗马人所熟悉，而且奈维乌斯和恩尼乌斯的诗作也被一代又一代的人阅读和崇拜。希腊文学带来了希腊图书，罗马人开始熟悉纸草卷子，此后纸草卷子便成了拉丁世界里图书的标准形式，一如长期以来其在希腊世界里那样"①。罗马人所接触、模仿的希腊文学已经不局限于希腊化时期，而向前进了一步，品尝到古典甚或古风时期的希腊作品了，罗马人的趣味也得到了教养和提高，开始不满于当下的希腊人作品。

罗马人不仅对希腊作品的品位提高了，罗马人自己的写作也已经在成长。早在共和国初期，罗马就兴起了一种新的文学，这种文学虽然在形式上仍然借鉴了希腊，但不再用希腊文书写，改用拉丁语，而且特色是罗马的。奈维乌斯、恩尼乌斯和普劳图斯等的著作是拉丁史诗和喜剧卓然而立的代表。此后，以小西庇阿·阿非利加努斯（Scipio Africanus the Younger）、卢奇利乌斯、泰伦乌斯（Terentius Lucanus）为中心的文学圈。奈维乌斯是第一个具有两点的拉丁本土诗人，写过大量戏剧和杂咏诗（satires），"他让文学在罗马成为一股真正的力量""还为拉丁语言注入了丰饶和雅致"②。到共和后期，文学虽还不是"经国之大业"但也不再是"游手好闲"的事情，诗人也不仅仅是外邦人或者被释放的奴隶，罗马人甚至罗马贵族也开始写作了如恺撒（Caesar）、西塞罗（Cicero）、瓦罗（Varro）等。此时，"尽管罗马文学的发展继续受到希腊文学的强烈影响，然而作家们已经开始明显的表现出有意突破传统的希腊题材的框框，努力表现罗马和意大利本土生活的倾向"。"罗马作家已经基本掌握了希腊文学在各个方面取得的成就，并且力图按照罗马现实的需要，对它们进行改造，从而使罗马的文学发展到新的高度，进入繁荣状态。"③罗马人已经从一个临摹的初学者，开始进入自我创造的阶段，不再满意在希腊窠臼里邯郸学步，从学习

---

① [英]弗德里克·G. 凯尼恩：《古希腊罗马的图书与读者》，苏杰译，浙江大学出版社2012年版，第158页。
② [美]哈罗德·N. 福勒：《罗马文学史》，黄公夏译，大象出版社2013年版，第9页。
③ 王焕生：《古罗马文学史》，中央编译出版社2008年版，第118页。

第五章 德米特里诗学的关系学

模仿、掌握到吸收、创造和本土化。通过学习希腊,罗马人也将自己的"语言发展到适合精巧的文学加工的程度"①"罗马人从希腊人那里得来的那部分拉丁语以及为拉丁单词的拼写制定规范,有着积极的兴趣"②。罗马文化的生产发展成为全社会共同认可的风尚。这更进一步促进了罗马文化的繁荣。

另外一面,作为"雇佣教师"的希腊人似乎完全沉浸在这一职能,急于培养、教化落后的学生,以致忘记了别的一切,"这时有创作才能的诗人几乎绝迹,寓言作家巴布里乌斯(Babrius)并不是个诗人,俄庇安的《钓鱼诗》也并不怎样引人入胜。只有感伤气味十分浓厚的悲歌——如今已压缩为八行的讽刺诗,倒颇盛极一时"。"伽达拉的墨勒阿革在多少有限的领域内是个真正的优秀诗人",但"他情感不强,他的兴趣不广,过于讲究""希腊语只是他的第二语言"③。希腊文学衰落可见一斑。更为严重的是,此时的希腊,不仅没有创造,而且风格堕落。

罗马人起初大规模学习的希腊文化,是希腊化时期的文化。④希腊化时期的希腊,是从亚历山大东征开始的,这时期不仅是东方希腊化了,也是希腊东方化。亚历山大每征服一处,不仅将希腊文化移植过来,同时也尊重当地的文化,甚至让希腊人学习当地文化,按当地风俗行事。他自称阿蒙之子,以大流士三世继承人自居,按巴比伦体制管理帝国,甚至强迫希腊人与当地人通婚。他的这些政策激起一些希腊人的不满和反抗;但坚定的执行,使希腊人习惯了东方的风俗,消除了希腊与东方的隔阂,融化希腊与东方的差异,也终于使希腊人东方化,使希腊文化打上了东方的烙印。"巴比伦的天文观测资料与观测手段,六十进位制,埃及的几何数学,印度的草药都为希腊人采用。犍陀罗艺术以希腊雕塑艺术之形表达印度佛教

---

① [美]哈罗德·N. 福勒:《罗马文学史》,黄公夏译,大象出版社 2013 年版,第 4 页。
② [美]哈罗德·N. 福勒:《罗马文学史》,黄公夏译,大象出版社 2013 年版,第 5 页。
③ [英]吉尔伯特·默雷:《古希腊文学史》,孙席珍、蒋炳贤、郭智石译,上海译文出版社 2007 年版,第 296 页。
④ Max Cary. *A History of the Greek World from 323 to 146 B.C.* London: Metheun & Company Limited, 1972, p. 375.

之神，更是希、印艺术与宗教的巧妙结合。"[1]希腊的神也开始有东方的面孔，比如伊西斯女神等[2]。同时也染上了东方文化中奢侈淫逸、纸醉金迷、艳丽浮华等一些糟粕。这种风气首先在亚历山大城开始。

亚历山大城是亚历山大大帝在东征的过程中，在征服地建立起一些以自己名字命名的城市，这些城市后来都成为当地新的文化中心，最著名的是埃及的亚历山大城。公元前3世纪，在埃及亚历山大城建立起了著名的亚历山大图书馆，许多著名学者在这里从事研究。第一任馆长泽诺多托斯（Zenodotus）被誉为史诗诗人和文学家，荷马学家。其继承者卡利马科斯（Callimachus）看到当时希腊文学缺乏创造性，不过是在模仿影子的影子而已，声称不愿再走别人走过的路，要建立新的诗歌风格。"他把诗歌的学识性研究与诗歌创作相结合，从而促进了学识性诗歌的产生和流行"[3]"与此同时，陷入也是受到周密的学术考证和探索的气氛的影响，亚历山大诗歌一个明显的学术特点是注意对形式的雕琢和加工，从而使当时的诗歌篇幅趋于短小，形式趋于完美。此外，社会思想意识方面的变化也影响了这一时期诗歌题材和风格的更新"[4]。尤其是希腊化后期，希腊城邦之间的内斗、混战不休，城邦逐渐解体，公民的城邦集体意识淡化，促进了诗歌描写对象的变化，由英雄叙事集体追求转为"以抒发个人情怀为主的抒情诗的发展""田园牧歌的兴起就是当时新兴的诗歌体裁"[5]。这新体裁就是亚历山大（Alexandria）新诗派（Neoterici）。

新诗派还是影响了罗马，卡图卢斯（Catullus）成为新诗派的代表，卡托（Publius Valerius Cato）成为新诗派的精神领袖。罗马哀歌继承了希腊哀歌尤其是亚历山大里亚诗歌。奥维德继承了亚历山大里亚诗风，以及希腊的题材。

---

① 杨巨平：《希腊化文明的形成、影响与古代诸文明的交叉渗透》，《陕西师范大学学报》（哲学社会科学版）1998年第3期。
② 吴越：《从宙斯到耶和华：希腊人是如何皈依基督教的？》，《澎湃新闻》2020年5月28日第10版，https://www.thepaper.cn/newsDetail_forward_6962321。
③ 王焕生：《古罗马文学史》，中央编译出版社2008年版，第137页。
④ 王焕生：《古罗马文学史》，中央编译出版社2008年版，第137页。
⑤ 王焕生：《古罗马文学史》，中央编译出版社2008年版，第138页。

第五章　德米特里诗学的关系学　◆◇◆

但新诗派没有什么创新，一味追求形式花样翻新，实质仍然是杂糅希腊语罗马语，形式怪异、缺乏和谐。所以西塞罗对此非常反感，"νεοτεροι（新诗派）这一术语也源自西塞罗对这一群风格新颖的年轻诗人的蔑称"①。而且新诗派浓厚的学识性与强烈个人主义抒情性与奥古斯都时代提倡的公民热情南辕北辙。

这样，趣味日益提高的罗马人和明日黄花的希腊文学之间的差别就越来越大。罗马文学不仅达到了一定层次，欲可与希腊比肩，甚至超越了希腊文学的成就。希腊作为雇佣教师的身份终结，开始第二次出现要不要学习希腊的争论。与第一次争论不同的是，这次不是要不要学习他者，要不要继续传统，而是希腊值不值得学，若值得学习，希腊值得学的是什么，或者说能够代表希腊的是什么？这次的争论不仅在罗马人之间，希腊人与罗马人之间，也是希腊人自己的困惑和纠结。此时的问题：当时有许多仿希腊的作品，或者改编希腊的作品，希腊的正品是什么样，希腊典范是什么样，成为争论的焦点。

罗马对希腊文明各方面都了解、学习和掌握之后，他们就需要一种不同于当前的典范，一种更高的典范，这样罗马开始由希腊化时期上溯到古典时期。而且古典时期的积极进取也更适合帝国初期的社会需求。

维吉尔模仿希腊田园诗人特奥克利托斯（Theocritus），甚至是对其田园诗的直接翻译。他承袭希腊诗歌的思想和结构形式，也糅合了罗马的社会生活，后期则是其完全独立创作的。维吉尔甚至认为他的诗将与罗马永存，他是一个创新者，他与别人的不同在于，他以萨福（Sappho）、品达（Pindarus）等古典和古风时期希腊人为典范，而不是亚历山大里亚（Alexandria）风格的诗人。

贺拉斯也到雅典完成学业，受到雅典的影响，其《歌集》和《世纪之歌》等也极力突出和希腊诗人萨福及阿尔凯奥斯（Alcaeus）的渊源，甚至在作品中直接借用希腊诗歌意象和格律，吸收希腊诗歌经验，形成新的诗歌风格。他在《诗艺》里号召人民应该以希腊罗马为典范，时刻向他们学习，

---

① 王焕生：《古罗马文学史》，中央编译出版社2008年版，第138页。

《诗艺》是对希腊罗马时代诗歌艺术的总结。

西塞罗在《论取材》（Inventio）中开篇就标明自己是希腊修辞学的门生和拥护者。[①]他常说自己是柏拉图派，对柏拉图推崇备至，认识论上倾向于新柏拉图派怀疑论，伦理学上更多吸收了斯多噶派理论，反感伊壁鸠鲁派。公元前79—前77年，西塞罗去希腊学习修辞学，在雅典聆听了许多著名的修辞学家和哲学家的讲演，后到小亚细亚、罗德岛，在罗德岛跟摩隆（Molon）学习，完善自己的演说技巧，从而形成了自己的风格——介于当时流行的崇尚华丽的亚细亚风格和崇尚简朴的阿提卡风格之间的中间风格。[②]

对希腊古典和古风推崇的结果是，罗马兴起了一场阿提卡风格（Atticism）[③]。公元前40年代，阿提卡风格在罗马年轻人中风靡一时，乃至一向对演说术自信和自豪的西塞罗也开始有些犹豫了，"在当时政治舞台上已经没有立锥之地的西塞罗，惟一欣慰的是演说术，但他认为演说威望已经受到年轻一辈越来越强烈的挑战，那就是阿提卡派"[④]。西塞罗力不从心的一句话，可以看出两点：一是当时罗马演说术的发展已经和希腊水平相当了，另一就是阿提卡风格在罗马的流行。

那么为何公元前1世纪罗马年轻人崇尚阿提卡风格呢？阿提卡风格到底是怎样一种风格呢？

西塞罗认为是一种简朴风格（tenuis），德米特里认为是一种平易风格（ἰσχνότης/ἰσχνοῦ χαρακτῆρος），tenuis 和 ἰσχνότης 都有 thin、slim 的意思，其反义词都是 plenus/full，可见阿提卡风格不是华丽和丰腴的。实质上，罗马的阿提卡派以古希腊阿提卡演说家的简朴风格为圭臬，以雅典演说家吕西阿斯（Lysias）为典范。但是西塞罗认为他们只模得其形而未得其神，他认为阿提卡的演说家们并不仅仅是吕西阿斯的简朴无华，也有伯里克利电

---

① 王焕生：《古罗马文学史》，中央编译出版社2008年版，第195页。
② 王焕生：《古罗马文学史》，中央编译出版社2008年版，第184页。
③ Wisse, Jakob, "Greeks, Romans, and the Rise of Atticism", In Nagy, Gregory（ed.）, *Greek Literature in the Roman Period and in Late Antiquity Greek Literature*, London: Routledge, 2001, pp. 38-44.
④ 王焕生：《古罗马文学史》，中央编译出版社2008年版，第198页。

第五章 德米特里诗学的关系学

闪雷鸣的雄伟,狄摩西尼机敏灵活的强劲和伊索克拉底的优美。西塞罗一方面批评阿提卡风格舍近求远一叶障目,只看到吕西阿斯的朴实而不见罗马老加图为代表的古朴;另一方面,西塞罗强调风格应该是朴实与庄重相结合。当然西塞罗的风格不被阿提卡派们接受,他们认为西塞罗风格过于华丽,柔弱,没有力量。

阿提卡风格的兴起,其实是对亚历山大新诗派矫揉造作的风格的(bombastic style)一种反拨和校正,诺顿甚至认为罗马言说风格的历史就是亚细亚风格和阿提卡风格竞争的历史(He saw the whole history of style as a battle between Asianism and Atticism[1])。不仅如此,在狄奥尼修斯看来阿提卡风格在罗马的兴起,是罗马希望帝国公民受到良好的教育、具有高贵的信念,因为他们已经感受到每一座城市的荣光,并已经变得强大。[2]从这意义上来说,阿提卡风格是对亚历山大风格的强烈矫揉、多情和艳丽的反抗。也因为如此,作为符合主流的阿提卡风格,不仅在罗马人中间,而且很快在希腊知识分子间流行(The movement spread through intensive contacts between Greek and Roman intellectuals, probably at first in Roman, though soon also elsewhere[3]),从而将罗马希腊人凝聚成一个网络(Graeco-Roman network)。在这个网络里,罗马人也不再是乖顺的小学生,而是引导他的"雇佣教师"希腊人一起,"从最上乘、具正法眼,悟第一义"。

二 德米特里诗学对"希腊罗马之争"的消解

经过希腊教师的教化和希腊古典的浸润,尤其是帝国和平之光的庇护,罗马开花结果,维吉尔、贺拉斯、提布鲁斯(Tibullus)、普洛佩提乌斯(Propertius)、奥维德(Ovid)、李维等,星光灿烂,进入"黄金时期"。帝

---

[1] Norden, 1898. In Wisse, Jakob, "Greeks, Romans, and the Rise of Atticism", In Nagy, Gregory(ed.), *Greek Literature in the Roman Period and in Late Antiquity Greek Literature*, London: Routledge, 2001, p. 38.

[2] Dionysius of Halicarnassus, The Preface to On the Ancient Orators, 3.1.

[3] Wisse, Jakob, "Greeks, Romans, and the Rise of Atticism", In Nagy, Gregory(ed.), *Greek Literature in the Roman Period and in Late Antiquity Greek Literature*, London: Routledge, 2001, p. 42.

国的统一和发达，使得跨行省之间的旅途变得便利和安全。罗马就像一块巨大的磁石，吸引着各处的人涌向罗马，一些人习染了帝都文明之后，衣锦还乡，被艳羡和模仿。这样条条通向罗马的大路，成为罗马与行省的经脉。罗马万众瞩目，自然，罗马的文学也成了照耀帝国的太阳。罗马文学的影响力让罗马皇帝都争做修辞学家、诗人或历史学家，奥古斯都（Augustus）、提比略（Tiberius）、卡古拉（Caligula）、克劳迪乌斯（Claudius）等罗马皇帝在文学史上都有贡献。可见这一时期罗马文学的欣欣向荣。罗马文学的蓬勃发展，使罗马文学也有了自己的高度。

这种高度让罗马不再仰望希腊，不论是希腊化的希腊还是古典的希腊。因此罗马人也不再崇拜希腊的典范，而开始树立自己的典范，为自己立法。西塞罗、维吉尔、贺拉斯、李维、奥维德、塔西佗等都成为罗马自己的典范。"李维对后期罗马文人有着无以复加的影响力，其作品被多为更近当代的历史学家视为楷模。"[①]白银时代的斯塔提乌斯（Statius）、伊塔利库斯（Italicus）不仅模仿维吉尔的语言，事件的编排和场景的处理都是对维吉尔用心至深的模仿。昆体良（Quintilianus）把西塞罗奉为罗马人中最伟大的雄辩家，可与狄摩西尼媲美。

那么到底是罗马更高，还是希腊更经典，罗马和希腊谁是典范？这开启了新的希腊—罗马之争。此时，虽然政治上希腊作为罗马的行省，但是罗马人并不认为希腊人是罗马人，希腊人在罗马人眼中是"他者"（alii）。

这些争论都有自我身份的认同，对"他者"的辨认与排斥。这是自老加图以来的历次希腊—罗马之争的内核。争论中的"他者"非常明显，对于罗马人而言，希腊人是"他者"，对于罗马传统而言希腊文化是"他者"。希腊与罗马的区别泾渭分明。虽然希腊文化的流行也让罗马人疑惑，到底是罗马征服了希腊还是希腊征服了罗马。但是自信和强大的罗马人眼里，希腊不过是"雇佣教师"，第一次的论争的核心是，要不要去学习一个自己征服的对象。罗马的自信，让他坚定地站在一个巨人的肩膀上，发挥所谓

---

① ［美］哈罗德·N. 福勒：《罗马文学史》，黄公夏译，大象出版社 2013 年版，第 177 页。

第五章　德米特里诗学的关系学　◆◇◆

后发者的优势。这种抉择让罗马也很快超越了他的"老师",让他们感到希腊人(希腊化时期,即与罗马同时代的希腊人)也不过尔尔,他们开始探索什么才能代表希腊,什么才是希腊的典范。他们抛弃了亚历山大新诗派的矫揉,自主追溯到希腊古典时期,"从最上乘、具正法眼,悟第一义",阿提卡风格才是他们歆慕的典范。在希腊古典的滋润下和数代积累下,罗马峰峦叠起,完全可与希腊的先贤争奇斗艳。西塞罗就认为罗马已经超越希腊,盲目崇拜是不对的。昆体良认为罗马作家同希腊作家比也不落下乘。昆体良所代表的弗拉维乌斯王朝力图以西塞罗、维吉尔为典范,复兴维吉尔式史诗,开创了崇罗马古典的倾向。这时候希腊—罗马之争,是罗马的真正的自信,是罗马的自觉和自立,也是罗马真正的终结了希腊人"雇佣教师"的身份,把希腊视为"他者",是从文化上的自我认同。如果说第一次希腊—罗马之争中把希腊作为"他者",那是对异质的外来者的本能排斥,而这一次把希腊当作"他者",针锋相对,则完全是一种超越后的自信满满,是对自我的肯定。

但罗马的典范似乎也并不是罗马文化的纯净版,罗马的典范,西塞罗、维吉尔、贺拉斯、李维、奥维德等都是希腊的崇拜者、学习者甚至是模仿者。假如要剔除"他者",使罗马文化成为纯净的单质,那么这些典范也要被剔除了。这就是悖论。所以要纯粹的罗马,就得超越这些典范,上溯到更纯的罗马传统,老加图、恩尼乌斯等。这样罗马文化和文学就从崇古典到崇古。

这时的希腊—罗马之争不仅表现为昆体良对罗马古典派的推崇,如弗隆托(Fronto)的崇古;还表现为小塞内加新风格派对创新的追求。新风格派反对模仿,无论是对希腊古典的模仿,还是对罗马古典的模仿,在演说上他们追求强烈的爆发性情感效应,但不追求西塞罗式的复合句的平整,只求敏锐的感觉。在诗歌创作上他们对罗马古典时期的诗歌成就挑战,例如卢卡努斯(Lucanus)对维吉尔,佩尔西乌斯(Persius)对贺拉斯等。这是罗马人对希腊文化及自己不同时期文化的态度,是他们对自我的一种认同与肯定。

从希腊人角度来说,同样有自我认同的问题。希腊人,已经不是血缘关系的希腊人，而是一种文化上的希腊人。一些对希腊没有任何血缘关系，而认同希腊文化的人，也自称为希腊人，甚至为此虚构出与希腊的系谱。而希腊人一向文化自负，非希腊人包括罗马人，在希腊人眼里都是野蛮人，也就是希腊人将非认同希腊文化的人作为"他者αλλος"。从罗马人的崇古来看，不仅罗马人将希腊人作为"他者"，也是希腊人将"罗马人"作为"他者"。希腊人一直称罗马人为野蛮人，哪怕是希腊被征服之后，这就将罗马推到文明的对立面。这样的身份认同和各自拒斥撕裂的不仅是文化，也撕裂社会群体，加大了罗马帝国各地的离心力，也加速了罗马内部纷争。

而恰在此时，作为罗马行省的希腊逐渐从战争状态恢复过来，文化也开始复兴，而有着深厚文化传统的西亚和希腊，文化高涨。出现了普鲁塔克（Plutarch）、阿里安（Arrian）、阿庇安（Appian）、哈利卡纳苏的狄奥尼修斯（Dionysius of Halicarnassus）、阿波罗尼（Apollonius Dyscolus）、琉善（Lucian）、伽楞（Galen）、斯特拉玻（Strabo）、托勒密（Claudius Ptolemy of Alexandria）等大量的历史、地理、哲学和修辞学作者和作品。希腊文化复兴取得了新的成就，成为一种新的时髦，希腊语地位提高使得罗马皇帝奥勒留和尤利安（Iulianus）都用希腊语写作。希腊文化的复兴，增强了希腊的影响力，也让罗马人刮目相看。

此后，随着罗马人对希腊人的接受，"我们的希腊人"，给予更多希腊人公民权等多种亲希腊举措，公元212年，皇帝卡拉卡拉（Caracalla）颁布《安东尼努斯敕令》Constitutio Antoniniana），宣布将罗马公民权授予帝国境内全体自由民，希腊人也逐渐认同自己为罗马人，甚至对罗马的崇拜。虽然此时他们也强调自己是希腊人，那不过是作为罗马行省的希腊人，或者罗马人的希腊人，是作为罗马人的一个地域概念而已，他们强调的是罗马与希腊的融合。普鲁塔克的《对传》（或译作《希腊罗马名人传》）(Βίοι Παράλληλοι/Parallel Lives/Lives of the Noble Greeks and Romans) Παράλληλοι，本身就是有平行、对等的意思。可见在普鲁塔克的眼里希腊和罗马都产生过许多杰出的英雄人物，希腊人和罗马人是一样的优秀和崇高，都是伟大民族，可以相互借鉴。而普鲁塔克《道德论丛》(Ἠθικά/Moralia) 对罗马和

第五章 德米特里诗学的关系学 ◆◇◆

希腊风俗问题的探讨（Roman and Greek Questions /Αἰτίαι Ῥωμαϊκαί and Αἰτίαι Ἑλλήνων），是普鲁塔克试图去了解、理解罗马人，也是普鲁塔克回应希腊人和罗马人的困惑，试图让希腊人了解和理解罗马人，也让罗马人了解和理解希腊人。"在普鲁塔克看来，罗马人和希腊人最好是共同享有共有的文化，而这种文化归根结底是以希腊哲学为基础的，这种分享是一种义务而不是征服。早在300年前查罗尼亚（Chaeronea）和希腊就已经成为罗马帝国的一部分，在这段时期，罗马在希腊化，同时希腊也在罗马化，罗马人孕育了希腊本族的精英人物，并且使得希腊的城邦和宗教之间达成了一种和谐。"[①]很明显普鲁塔克有意消除"他者"。这是普鲁塔克自觉地以罗马人的身份去做一个罗马人应该做的，或者说他尽到了一个罗马人的责任和义务，消除分歧，弥合缝隙。从此，在希腊人眼里罗马人不再是野蛮人，而罗马人眼里希腊人也不再是奴隶。罗马成了一个共有的概念，成了一个共同的身份标志。这样希腊—罗马从相争走向融合。这是一个重要的转捩点。这个转捩点上，已经再没有"他者"了。

但自恺撒以来，为了获得大量的支持，罗马慷慨授予众多非意大利人公民权，从而很多人成为罗马人。这些只是法律意义上的罗马人，既没有罗马的血统，也没有罗马文化的熏陶和罗马传统的坚守，当他们都成为罗马人，以此自诩，甚至成为新贵，掌握了帝国命运的时候，那些坚守罗马传统的人反被边缘化，对罗马传统的坚守成了不识时务的"他者"。

随着罗马基督化，皈依基督教的人也自称罗马人。当基督教合法化成为国教，那些没有基督化的人越来越被看作信奉多神教和偶像崇拜者的希腊人和罗马人，被视作异教徒和野蛮人。而那些已变成一个"罗马人"，而后又和罗马一起皈依了基督教的希腊人，却蓦然发现先前的"自我"竟是"蛮族""他者"了。[②]对希腊文化和传统的罗马文化的贬斥，成为证明基督正确和光辉的镜子。这时的希腊罗马之争，实质上演变为希腊—罗马传

---

① Stadter, Philip & Van der Stockt, Luc van, *Sage and Emperor: Plutarch, Greek Intellectuals, and Roman Power in the Time of Trajan（98–117 A.D.）*（Symbolae Series A），Leuven University Press, 2002, p. 7.

② 徐晓旭：《罗马统治时期希腊人的民族认同》，《历史研究》2006年第4期。

统与基督教之争。文艺复兴时期,但丁、彼得拉克、薄伽丘等"对包括阿奎那在内的中世纪的神学家及经院哲学充满了不屑,而推崇罗马时代的文人学者和英雄人物"[①]则是后话。

上文仔细分析了希腊罗马之争的整个历程和前因后果。下面分析作为希腊罗马之争的德米特里是怎样将这样一个复杂的问题简化为一个纯粹的科学问题的。

随着希腊—罗马之争的意识形态化愈演愈烈,这些争论激发了学者的反思,许多人开始对这些问题进行考察和总结,普林尼(Plinius)、普鲁塔克(Plutarch)、贺拉斯(Horace)、塔西佗(Tacitus)、琉善(Lucian)、狄奥尼修斯(Dionysius of Halicarnassus)、斯特拉玻(Strabo)、托勒密(Ptolemy of Alexandria)、昆体良(Quintilian)、伽楞(Galen)等先后在各自的领域里对相关问题进行探讨。

普林尼(The Elder)著述颇丰,如《日耳曼战争史》、《续奥菲狄乌斯·巴苏斯史书》(*From the End of the History of Aufidius Bassus*)等。但其著作大都佚失,只能在后人的著述引用和提及中略窥一二。但无论是《日耳曼战争史》还是《续奥菲狄乌斯·巴苏斯史书》都对相关问题进行振叶寻根、观澜溯源,尤其是其宏著《自然史》。《自然史》全书从宇宙开始,然后描述了空间和人类、动物居住的地球,再讲述覆盖地表之物,最后叙述地下的矿藏。他直接查阅了古希腊以来的一百多名著者的作品,提及五百多人的著作。实质上是从天文学、物理学、地理学、人种学、人类学、艺术学、医学、动物学、植物学和矿物学等各方面对古希腊以来的各科学问,进行了分门别类的考察和总结。从某种程度上来说这是继亚里士多德以来的百科全书式的总结。通过这样的总结,就将希腊罗马之争中的"他者"问题,化解为各门科学发展的阶段问题。

除了普林尼,普鲁塔克《希腊罗马名人传》(*The Parallel Lives of Grecians and Romans*)将希腊和罗马政治家、军人或演说家各二十三位,按照作者认为的同一类型放在一起叙述,合在一起评论。实质上是对希腊罗马人物

---

① 刘津瑜:《罗马史研究入门》,北京大学出版社2014年版,第111页。

第五章　德米特里诗学的关系学　◆◇◆

进行总结，考察了他们的德性。作为希腊人，他有意无意将希腊人的德性置于罗马人之上；但是，在普鲁塔克看来，无论是希腊人还是罗马人都在某方面有着共同的优点，而这些优点或德性的获得则是神所赋予的，他们的行为或命运也都由神谕所预告。所以在这一点而言，希腊人和罗马人都是神的创造物，都是平等的。很明显普鲁塔克消解了希腊罗马之争，正如作者自己所言，写作《希腊罗马名人传》这么写的目的是"为了鼓励希腊人和罗马人相互尊重，为人们提出道德行为的典范"。

同样，伽楞对希腊罗马的医学、昆体良对希腊罗马的修辞教育、贺拉斯对艺术、塔西佗对历史、斯特拉玻对地理学等进行了梳理。"这一时期科学著作的突出特点是力图对以往在各个方面获得的知识进行总结，并且主要是为了实践的目的，即为了实际应用。他们著述的重点不在基于自己的直接观察和试验进行创新，而主要是就他们感兴趣的问题对已有的材料进行收集和编纂。他们在做这项工作时态度宽容，尽可能吸收各种不同的看法，使其系统化。其不足之处是对所掌握的材料往往缺乏分析和批判，不注重科学性，从而在材料和观点方面经常出现矛盾，并且对各种怪诞现象或异常情景表现出浓厚的兴趣。"[①]

这些梳理和总结一方面使希腊罗马文化形成了一个系统，不再是断裂和无章的，而是有着整体联系和承先启后的关联。另一方面使希腊文化成为罗马文化的一部分，对希腊的学习成为罗马自身发展的一个阶段，使希腊罗马之争由意识形态问题转移为科学自身发展阶段问题。

德米特里也正如普林尼、伽楞一样，其《论律法》《关于雅典政制》《论生活习俗》《关于适度》《正义论》《神谕集》《论风格》等从各门学科进行总结和研究[②]。将希腊罗马之争的相关问题进行科学的考察和梳理，由意识

[①] 王焕生：《古罗马文学史》，中央编译出版社2008年版，第402页。

[②] Diogenes Laërtius, *Lives of the Eminent Philosophers*/Book V.5/Demetrius, translated by Robert Drew Hicks（1925）, Loeb Classical Library.

Diogenes Laërtius, *Lives and Opinions of Eminent Philosophers*/Book V.5/Demetrius, translated by Charles Duke Yonge（1853）.

Of Legislation at Athens, five books. *Of the Constitutions of Athens,* two books. *Of Statesmanship,* two books. *On Politics,* two books. *Of Laws,* one book. *On Rhetoric,* two books. *On Military Matters,* two books. *On the Iliad,* two books. *On the Odyssey,*（转下页）

形态光谱的区分转到对学科内部肌理、发展脉络和演进逻辑的科学考察,将意识形态问题还原为一门科学发展的阶段问题。尤其是《论风格》(περι 'ερμηνειας),将希腊罗马风格的差异变为一个风格科学的问题。

德米特里认为,基本风格有雄伟、优美、平易、强劲等四种,但是风格之间可以复合而产生无数的风格。四种基本风格都有各自的典范:雄伟的典范是修昔底德(Thucydides)、优美的典范是伊索克拉底(Isoctates)、平易的典范是吕西阿斯(Lysias)、强劲的典范是狄摩西尼(Demosthenes)。希腊的作品风格虽然有像修昔底德、安提丰、伊索克拉底、吕西阿斯、狄摩西尼这样,以某种风格见长。但是大多数人的作品则是多种风格的结合,甚至认为风格就应该综合运用,这样可使作品不单调,也能使作品波澜起伏。例如"荷马史诗"、柏拉图对话、色诺芬和希罗多德等众多的经典作品都结合了多种风格。这样让那些纠结于伊索克拉底的优美还是吕西阿斯的平易的人没有争吵的理由了。

风格由三种元素构成——思想/题材、措辞/用语、结构,通过三者可以生产出不同的风格,可以再生产出与狄摩西尼、吕西阿斯等的作品同样的风格来。所以狄摩西尼和吕西阿斯的作品只是题材、用语及其组合不同而风格不同罢了。同样,无论希腊古风、古典时期,还是罗马的古典时期的作品,都不过是作者恰到好处地运用了这些元素的结果。因此希腊范式也好,罗马经典也好,在风格学学科前都不过是三种元素的选择和组合不同罢了。诗、修辞、散文等莫不如此。文学的创造就是取材,措辞、结构而已。

措辞、选材和结构等各方面不得体会形成风格的赝品。风格赝品的基本类型有冷峻、矫揉、枯燥、乏味,分别对应着雄伟、优美、平易、强劲

(接上页) four books. And the following works, each in one book: *Ptolemy. Concerning Love. Phaedondas. Maedon. Cleon. Socrates. Artaxerxes. Concerning Homer. Aristides. Aristomachus. An Exhortation to Philosophy. Of the Constitution. On the ten years of his own Supremacy. Of the Ionians. Concerning Embassies. Of Belief. Of Favour. Of Fortune. Of Magnanimity. Of Marriage. Of the Beam in the Sky. Of Peace. On Laws. On Customs. Of Opportunity. Dionysius. Concerning Chalcis. A Denunciation of the Athenians. On Antiphanes. Historical Introduction. Letters. A Sworn Assembly. Of Old Age. Rights. Aesop's Fables. Anecdotes.*

等四种基本风格。因此,作品的优劣不在于风格,而在于措辞、题材和结构使用得是否得体。

德米特里通过风格论对希腊著作进行了系统的批评,同时又从理论上为这批评奠立了科学的基础。这样就使希腊罗马之争的焦点问题——到底什么是希腊的,需要不需要学习希腊,变成了一个风格如何产生的问题。将一个复杂的问题,甚至是意识形态的问题,降格为科学或者学科的问题,从理论上结束了希腊罗马之争,消解了希腊罗马之争问题的根源。这种消解其实也消解了"他者"的对立,促使社会文化和群体的融合。

德米特里的风格论是希腊罗马时期对于人的感觉和对美的划分越来越精确和细致化的结果,也是美学由客观走向主观化的结果。同时,《论风格》也对希腊文学艺术做了系统的总结。所以刘亚猛认为德米特里是承先者。德米特里承前,注定了有人启后,这个人就是贺拉斯。贺拉斯在《诗艺》里对罗马的作品进行了系统的批评和总结,认为罗马作品已经达到希腊经典的水平,从维吉尔开始,罗马有一系列可以与希腊埃斯库罗斯、索福克罗斯比肩的悲剧诗人。从此开启了真正的罗马文学时代,希腊罗马时期也走向了罗马时期。

第三节 德米特里诗学的贡献与影响

在思想上,《论表达》总给人一种似曾相识的感觉。他的众多思想都有明确的来源,带有鲜明的吕克昂（Λύκειον）印痕,他是踩着散步者的脚印,一步一步走下来的,所以回头望去,似乎是邯郸学步,落入窠臼。而实际上,虽然循规蹈矩,但也有迹可循,坚实可靠,未必就是一种缺点,换一个角度它就是一种优点。而且他再向前走了几步,正是这几步就跨过了一个时代。他不仅是一个承前派,更是一个启后派。他的贡献不仅在于综合了前人,更在于开创了一个新的天地。

◆◇◆　德米特里诗学研究

一　德米特里诗学的贡献

对于德米特里的学术贡献，文中论述具体问题时已经做了一些考察，此处稍作整理。整理实质上也挂一漏万，即使文中的论述也是管窥一豹。其对于当代学术的意义，非一语能尽，不同的语境和需要，都能发现不同层面的价值。

首先，在于建立了一套风格学理论。德米特里应该是个人表达风格进行研究的第一人。以前虽然也有历史或传记对个人进行考察，但考察的对象大都是人们的行为和言语所表达的思想，而很少研究表达本身。在德米特里之前，虽然有对哲学家按言行准则进行流派的区分，如希珀伯托斯《论哲学家流派和论述》（Hippobotus On Philosophical Sects）、第欧根尼·拉尔修的《名哲言行录》（Diogenes · Laertius Lives of the Eminent Philosophers）等，也有对人的性格进行分类的，如特奥弗拉斯特《论性格》（Theophrastus., The Characters）等，很少有对表达进行范式研究的。虽然也有对表达进行分类研究的，如亚里士多德根据修辞的对象，把修辞分为议事演说、法庭言说和展示性演说；根据模仿的媒介、对象和方式对诗歌进行分类。基本上没有对表达的个人风格进行过分类研究，从这一点说，德米特里应该是拓荒者。

但这并不等于当时言说没有形成一定的文体和风格。古代的言说，传承和模仿较多，自然形成一定的流派。如诗歌中"史诗语"（Epic Greek）或"荷马语"（Homeric Greek）、酒神颂体（dithyrambic）、萨福（Sappho）和阿尔开俄斯（Alcaeus）的歌体诗（melos 即伴乐可唱的诗）颂歌（hymns）、讽刺诗（epigrams）、阿那克里翁（Anacreon）宫廷诗体、品达（Pindar）的军歌体、卡里马库斯（Callimachus）的"亚历山大里亚体"以及拟曲（mimos）、激论（diartibe），哲学诗[①]等。史传作品如米利都赫卡泰（Hecataeus

---

[①] 哲学诗既非荷马式的叙事，也非单纯抒情，而可能是继承更古的希腊"七贤"的"道德规训"的传统，将哲学思想以"规训"的态度"吟诵"出来。这种形式不仅有传统的"神话"成分，而且带有独断论的味道，并非"哲学所宜"。"哲学"从"诗"的形式发展成"戏剧对话"的形式，不仅是时尚的一种转化，而同时也是"哲学""自由精神"的一种进步。独断教条束缚了"哲学"的"自由思想"，"对话"体裁使"哲学"直接进入"问题"之探讨，如巴门尼德一部用六音步的诗句写成的诗，用诗的形式表述哲学内容的一段哲理诗。

第五章 德米特里诗学的关系学

of Miltus）不仅第一个把神话从历史中移除，第一个开创了作为一种调查研究的历史，而且他的松散体成为散文书写的一般范式，后来希罗多德连贯体基本上是在这种范式上发展起来的，直到修昔底德的雄伟体出现，历史的书写开始了新的表达式，如色诺芬的忠告体、普鲁塔克的对传体。在修辞方面，因为修辞学校的兴起，修辞师承明显，更是派系纷呈。因此德米特里在此基础上总结出一些文体风格理论也是水到渠成了。虽然风格的划分在他之前已经广泛谈论，但即使广博精深如亚里士多德也在这方面留下了学术的荒原。而德米特里在句的基础上建立了一套完整的风格学理论。

在希腊化刀光剑影下，修辞家们唇枪舌剑时，戏剧的锣鼓喧天里，古今之争的纠葛不断中，德米特里一杯淡茶，从诗的荡气回肠和文的缤纷炫目中，在希腊"平安静坐"的形上光辉的烛照下，抽象出四种单一的基本风格，构建了风格生成的"装置"，并在亚里士多德心理学基础上阐明风格生成的心理学机制，奠定了以后风格学、文体学、语言诗学等多门学科大厦的桩基。

其次，建立了一套形式主义文学批评的概念系统。如果说，德米特里之前"赋形论"是将诗学或修辞学看作赋予语言质料以形式，或者用语言这种媒介进行的模仿，那么德米特里第一次将文学看成语言的特殊选择和组合，看作语言、技法的特殊运用得到的一种特异语言结构；作者只不过是一名工匠，他的任务就是利用技法进行文学的加工并使之"陌生化"。这是对言说"装置"构建的第一次全面论述。亚里士多德虽然在《修辞学》第三卷中也论述了怎样表达，但仅仅论述了用语的清晰、文雅和呆板。特奥弗拉斯同样只论述词语的选择。依此看来，德米特里应该是第一个全面论述用语、思想和结构的人。

这真正从文学批评开创了整个西方形式主义文论的先河。但另一方面，这也有机械论之嫌：文学作品成了加减乘除，与20世纪计算诗学、统计诗学如出一辙[①]。可惜他只注意到这种"运算"在一个文本内的功

---

① Arthur M. Jacobs, "（Neuro-） Cognitive poetics and computational stylistics", *Scientific Study of Literature,* 2018, 8（1）.

效，而没有注意到这些要素的共时性或历时性，从而归结出文学的范畴和普遍性的结构来。当然这种求全责备已经超出了时代的要求，这是1960年代结构主义才完成的任务。但他为形式主义和结构主义奠下了第一块基石。

德米特里对形式主义的真正贡献首先是把一系列用来文学批评的普通用语（诗学或者修辞学的）提升为一个概念或范畴并系统化。如优美（γλαφυρὸς）本义是"光滑、流畅"，隐喻意为"优雅、雅致、优美"，仅仅是一个普通的词语，德米特里第一次将其提升并固定为一个专门风格概念，并为后人所沿用。

其次，德米特里还为雄伟、优美等找到了一个上位概念——χαρακτήρ。同样χαρακτήρ此前也是一个非常普通的名词，即使是亚里士多德也基本用的是其本义"雕刻，铸，印"和引申义"标记，特征"，还没有成为一个专门的概念。特奥弗拉斯特虽然用这个词来概括人的"性格"和词语"特征"，但还不是一个风格学的概念。德米特里不仅使其成为一个专门概念，而且具有了体系。Χαρακτήρ 的上位概念是 ἑρμηνειας（表达），下位概念是 μεγαλοπρεπής（雄伟）、γλαφυρὸς（优美）、ἰσχνός（平易）、δεινότης（强劲）及四种赝品，下下位概念是生成这八种风格的"装置"等。这样，这些概念就体系化了（参阅附录1 图1）。所以它的贡献不仅在风格学上，或者文学批评，或者文学写作，或者修辞上，而是建立了一套言说和批评话语体系。

再次，学术史上第一次以句为始基来考察言语。诗的研究早已成熟，而对散文表达的研究此时还很生疏。德米特里用诗学中耳熟能详的"节奏"来类比散文的句，具有散文研究奠基的意义，在当时言语研究中应算破天荒了，填补了一个领域的空白，在此之前还没有人做这样的区分和概括，这也是一种很科学的具有学科建设意义的概括。在当时传统看来，表达主要是语音和用语，而不涉及句。德米特里对句子的研究既是科学发展的必然，也是他的一个重要的贡献，他在句子的基础上构建了风格学，而且是一个很高的水平了。

德米特里"句论"的第二个贡献是意识到思维和表达之间的关系。这个问题，亚里士多德在《解释学》《诗学》《修辞学》中做过探讨，"尚待

第五章 德米特里诗学的关系学

讨论的还有言语和思想"①，而亚里士多德的思想，"包括一切必须通过话语产生的效果，其种类包括求证和反驳，情感的激发（如怜悯、恐惧、愤怒等）以及说明事物重要或不重要"②。显然他所说的思想其实就是话语的效能即话语引起的结果。而德米特里的思想包括思维。德米特里把句定义为，"表达一个完整的思想或一个思想的完整部分"（§1），这就将表达和思维连接在一起了。定义是亚里士多德建立学科或知识最基本的工具。德米特里之前没有对句子进行严格定义的，可见从表达的角度对句进行系统的研究，在德米特里之前还没有真正的开始。

德米特里对句的定义从两个方面超过了其时代。赫摩根尼把分句描述为一个完整的意义（complete sense）③，只看到了思想的完整，没看到节奏和语法，甚至也没分句和句的区分。

西塞罗认为，分句是话语最短的形式。因此作为一个法则，短语和分句都只是整体的一部分，都需要一个综合句（comprehensive）。西塞罗只看到语法上，没看到其他的方面。比较完整的是昆体良，他区别了incisio(κόμμα)④、membrum（κῶλον）⑤和 circuitus（圆周句 περίοδος）。"认为短语/独立句（incisum/comma）思想完整，格律不完整，大部分人界定为分句（colon）的一种。'你需要房子？你已经有了。有钱花？你正需要。'⑥短语可以是一个单词，如'我们说：我们愿意提供证据'中'我们说'就是一个短语。⑦分句，思想和节奏都是完整的，但从母体分离出来就是无效的。如'谨慎的人'是不完整的，接着说'巧妙的谋划'还是不完整的，只有当最后的综合句出现时才完整，'我问你，我们中谁没看出这正是你们这些

---

① Arist. *Poet*. 19. 1456b2. [古希腊]亚里士多德：《诗学》，陈中梅译注，商务印书馆1996年版，第140页。λοιπὸν δὲ περὶ λέξεως καὶ διανοίας εἰπεῖν.
② Arist. *Poet*. 1456b4-5.
③ Hermogenes. Speng. Rhet. Gr. ii. 241.
④ 有多种意思，如独立句，短语；停顿，分句，短的分句。
⑤ 有多种意思，如部分，篇，章，节。
⑥ Cic. *Orat*. 67. 224. Domus tibi deerat? at habebas. Pecunia superabat? at egebas.
在这个句子中 At habebas，At egebas 都是短语，是整个句子的一部分。
⑦ 希腊语、拉丁语词分格，分人称，分单复数。Diximus 是 dico 的第一人称，复数，主动，不定，完成式，所以他就成为一个单词了，意思是 we have spoken（我们说）。

人正打算做的事情'①。没有其余的部分就没有力量——就像手、脚或者头离开了躯体一样。"②

昆体良从语法、思想和节奏三个方面考察了句子，把短语界定为思想完整，格律不完整；分句界定为思想和格律都完整，但具有从属性，依赖于一个整体。和德米特里相似，也较为全面了，但昆体良已经是德米特里之后两三百年了③。而到狄奥尼修斯·特拉克斯比较完备的句法的研究，同样是此后的数百年④。德米特里不仅开启了自觉的句法研究大门，而且攫取了句法研究的第一颗珍珠。

最后，文的自觉的开始。表达或者说言语在此前是一件非常严肃的事情，甚至语言是具有神性的，因此言语的德性既真且善。非真无善的言语是没有德性的，是要受到神的惩罚的。神话或习俗中"乱咬舌头会有报应的，例如口角生疮之类"就是一种言说伦理禁忌，或者言说的神性的标志。柏拉图正是从神性或者从真与善来批评修辞与诗的，认为修辞是从或然出发，只顾说服，缺乏真与善；而诗则诱发人的情感缺乏善，诗的想象与虚构与理式隔着三重。

亚里士多德针对柏拉图的批评，重拾言说的德性，要求言说的德性具有真和善，因此其在《修辞学》中大力阐述修辞的伦理，修辞的真与善。但同时，受智者修辞学的影响，他也注意到修辞的审美特性。亚里士多德还赋予诗的合法性，认为诗在感染人的同时，具有净化的作用。"净化"正是诗的"合法性"所在，否则诗就是激起人的情感，让人失去理性，失去灵魂，使人成为兽性的魔鬼。但净化还是从善的角度赋予诗的合法性的，

---

① 完整的是 O, callidos homines! O, rem excogitatam, quem, quaeso, nostrum fefellit, id vos ita esse facturos.

② Quin. 9.4. 122-123.

③ 即使此德米特里不是逍遥派人物，而是有些人所说是公元前 1 世纪的人，那也是在昆体良前，还没证据说德米特里在其之后。德米特里对句子考察的水平也不在昆体良之下。昆体良在书中恰恰引用了德米特里《论表达》，一定程度上可以说他是站在德米特里的肩膀上的。

④ Dionysius Thrax（Ancient Greek: Διονύσιος ὁ Θρᾷξ）（170 BC – 90 BC） was a Hellenistic grammarian and a pupil of Aristarchus of Samothrace. The first extant grammar of Greek, "Art of Grammar"（τέχνη γραμματική） is attributed to him, http://en.wikipedia.org/wiki/Dionysius_Thrax.

第五章 德米特里诗学的关系学

而不是从美的角度、从艺术的自觉、艺术的自身价值来赋予的。只有德米特里从言说自身的艺术性和审美来赋予言说合法性。

德米特里沿着亚里士多德的艺术和审美,回到言说本身,言说的技艺,而不顾及其他,这样表达就成为一个纯粹的艺术,表达的德性就窄化为"合适"或"适度"。合适的表达就是有德性的,不合适的表达就是没有德性的,没有德性的表达,在风格上体现为四种基本风格的赝品,"冷峻""矫揉""枯燥""乏味"。合适的表达就是有德性的,有德性的表达有四种基本风格就是雄伟、优美、平易、强劲。这样表达就不涉及伦理——"善",也不涉及真,只涉及美,也就是给人的感觉。言说的德性窄化成感觉,成为美,失去真和善,这正是柏拉图所批判的。但柏拉图的批评正标明,他不是从言说的技艺和艺术出发的,而是从言说之外来为言说赋予合法性。

除了前面所论,德米特里诗学的贡献,归结起来还有以下三个方面。

1. 勤勉的希腊文学研究。论著中对希腊文学品评平允,深中肯綮。这些品评是其理论的一部分,因此成为古典诗学理论的重要部分。率先对思想图式和语言辞格进行区分,系统总结、发展了一套辞格理论,使辞格理论成为诗学的一部分,也为以后辞格学的发展奠定了坚实的理论基础。对语言偏离的发现。最早发现语言偏离而导致风格的不同,例如斜格、瘸律、隐喻、新造词、辞格等,为陌生化理论奠立了基础。摆脱了古希腊以口语修辞为基本参照的学科框架;开始以文本为主,并融入希腊化时期修辞革新思想。

发现了表达艺术形式的魅力、语言本身的美,使表达有了独立的艺术价值,是"文"的自觉的开始。成为后来语言艺术、形式艺术等的滥觞。而且其著作本身在论述中也显示了材料和形式的区别,在当时非常具有前瞻性,也实属难能可贵。论著写作也具有非常高的技艺,如对圆周句的运用、对韵律和节奏的把握等,朗朗上口,优美而又有力度。

2. 作为亚历山大图书馆的筹建者,德米特里连接了衰落的雅典和崛起的亚历山大利亚——一方面是哲学和演说的津梁,另一方面是语言和语法的纽带。通过德米特里,亚里士多德全部学问在亚历山大利亚图书馆和博物馆中占有一席之地。虽然亚历山大利亚逍遥学派和其他地方学者一样,仍然信奉亚里士多德形成的言说理论和学科概念,他们似乎也没有在自己的园地里做出更多的工作。

3. 古典学研究的法门。对吕克昂传统的继承和叛逆,是当时希腊社会和学术系统的需要。从德米特里时代往前,修辞练习被过度重视。德米特里用有点花哨的表达,记录了古老雅典演说的式微,正是他,语言表达才开始有了一种特殊的学术品格。其开创的话语研究,对后来特别是近现代学术研究有着重要的影响,衍生了众多的学科,包括文体学和风格学。不单独属于言说、诗学、写作,也不单属于风格学或者文体学,不单独属于某一门学科,但都为它们奠定了基础,有着哲学的宽度和科学的方法。

同时,对现代的古典学研究有着非凡的意义,从某种程度上,它活生生地再现了古希腊人的气息,成为打开古典学研究之门的钥匙。他的著作没有艰深晦涩的哲学思想,也没有复杂缠绕治丝益棼的事件,涉及的问题相对单纯,这本身就具有易读性。另外希腊化时期希腊普通语已经形成,它作为希腊化著作使用标准语,明晰准确,语句规整有序,这为后世的解读确实带来了许多便宜,成为后世古典学研究的法门。

从学术史而言,作为希腊化承前启后的重要学者,其理论上的巨大贡献是古典学术的一部分,是研究古典学绕不开的一环。且从其内容来说,专论表达,为人们了解希腊的语法、语言、写作提供了必要的知识准备,为解读此前及其邻近时代的著作,提供了一把必不可少的钥匙。

二 德米特里诗学的影响

德米特里不仅传承柏拉图和逍遥派理论,而且开创和发展了如信笺、语篇、语效、辞格、形式、笑、风格、文体、写作甚至教育等理论,为后来学科的发展奠定了理论基础。德米特里对信笺系统的研究甚至成为信笺学的经典源头。

德米特里广泛地考察了古希腊诗歌、哲学、历史和修辞学著作,总结出对话体（διαλογικός）、历史体（ἱστορικός）、修辞体（ῥητορικός）三大表达方式和雄伟（μεγαλοπρεπής）、优美（γλαφυρός）、平易（ἰσχνός）、强劲（δεῖνος）四大风格作为古希腊文学的典范。受其诗学影响,一方面,希腊—罗马诗

第五章　德米特里诗学的关系学

学沿着其诗学范式"接着说",甚至近代诗学也流淌着其诗学血液;另一方面,文学的创作一度遵从其诗学规范。

希腊化时代开始,希腊学向四周漫浸,罗马和北非的托勒密王朝受其影响最大,成为雅典之后希腊学的新中心。罗马从对希腊学好奇、模仿,再到自己创新有一个过程,这过程中,德米特里承前启后。所以,德米特里在希腊化时期和罗马时期颇有影响,对其模仿和研究的大有人在。

格拉古被西塞罗认为是"第一个使拉丁演说辞表现出希腊人具有的那种流畅和艺术风格"。拉丁修辞达到了相当高的程度,西塞罗评价提提乌斯"机敏、鲜明、优美,如同用阿提卡风格撰写的那样""(安东尼和克拉苏)是最伟大的演说家,在他们身上拉丁演说术的丰富性第一次堪与希腊人的荣誉媲美"[1]。拉丁作家修辞学著作的出现,标明罗马人要创立自己的演说术的意图。公元前2世纪末到1世纪初,罗马出现了第一批修辞学著作,如《罗马修辞手册》、西塞罗《论演说》《论演说家》等。

从《罗马修辞手册》(Rhetoric ad Herennium)四个部分来看,第一二部分是谈取材(inventio,搜集相关材料),第三部分谈演说辞的结构 dispositio,语言表达 elocutio 和记忆 memoria,第四卷谈文字修饰 ornamentum,许多与德米特里著作的内容相雷同。甚至德米特里著作 περι ερμηνεία(《论风格》)拉丁语译为 De Elocutione(《论雄辩》),可见译者也认为两者都指向修辞学。

有人认为西塞罗去希腊向德米特里学习过[2],因为西塞罗在《论取材 inventio》中开篇就标明自己是希腊修辞学的门生和拥护者。德米特里诗学其实不仅影响了西塞罗,还深受哈利卡纳苏的狄奥尼修斯高度重视[3],为昆体良等罗马修辞学家学习、借鉴和引以为据[4]。

---

[1] 王焕生:《古罗马文学史》,中央编译出版社 2008 年版,第 182 页。
[2] Cic. *Brut.* 315.
[3] Dionysius of Halicarnassus. *De Compositione.*
Grube G.M.A., "Thrasymachus, Theophrastus, and Dionysius of Halicarnassus", *The American Journal of Philology*, Vol. 73, No. 3, 1952, pp. 251-267.
[4] Goold, G. P., "A Greek Professorial Circle at Rome", *Transactions and Proceedings of the American Philological Association,* Vol. 92, 1961, pp. 168-192.

德米特里诗学研究

中世纪，如同亚里士多德《诗学》等古希腊许多经典著作一度被埋没。10世纪开始出现古希腊文本[1]；后，意大利学者安提马库斯（Antimachus）将德米特里著作翻译为拉丁文[2]，从此以拉丁文流行。受"文艺复兴"的影响[3]，弥尔顿在剑桥基督学院研究过德米特里著作，非常重视[4]，深受其影响[5]。但在罗伯茨英译本前，英国人都使用拉丁语译本[6]。此时，法国古典主义深受贺拉斯为代表的古希腊罗马诗学影响，尤其贺拉斯核心思想"合式"更是成为古典主义的圭臬。而贺拉斯的思想则是向希腊学习的结果，"合式"的思想更是经过德米特里的中介而成为希腊化时期重要的诗学和修辞学理论。

合式论其实是从柏拉图开始的，柏拉图以"理式"为基石建立了他的理性王国，然后一切都以理性——来衡量，有利于理性的就是善，否则就是恶。与理式近的，比距离理式远的，更接近真理。后来亚里士多德虽然为诗辩护，认为诗是近情近理的真，比历史更真实，更有普遍性。其实还是在柏拉图框架下，对诗的认可，还是以理性为尺度的。德米特里将这种理性主义诗学发扬光大，认为诗学的"装置"的建构是图式，而德米特里的图式不过是柏拉图理式的降格。德米特里所强调的诗学模仿必须符合自然，符合理式。因此他将"得体"理论从"合适"发展成"合式"论。这种"合式论"到了贺拉斯就成为特定的规则，乃至奥古斯丁、托马斯一直

---

[1] 1937年为Wall版。

[2] Demetrii Phalerei *De Membris Et Incisis. With "De Periodis", "Praecepta de Componendis Epistolis" and "De Characterib. Dicendi", Extracted from "De Elocutione",* and Translated by Antonius Antimachus, 1540.

[3] Conley, T., "Some Renaissance Polish Commentaries on Aristotle's Rhetoric and Hermogenes' On Ideas", *Rhetorica: A Journal of the History of Rhetoric,* Vol. 12, No. 3, 1994, pp. 265-292.

[4] Roberts, W. R., "Milton and Demetrius De Elocutione", *The Classical Review,* Vol. 15, No. 9, 1901, pp. 453-454.

[5] Roberts, W. R., "Milton and Demetrius De Elocutione", *The Classical Review,* Vol. 15, No. 9, 1901, pp. 453-454.
Elledge, S., " Milton, Sappho(?), and Demetrius", *Modern Language Notes,* Vol. 58, No. 7, 1943, pp. 551-553.

[6] Demetrius, *On Style*. tr. W. R. Roberts, Cambridge: at the University Press, 1902 Introduction.

第五章　德米特里诗学的关系学

到近代都是奉为规范。经法国古典主义布瓦洛等就窄化成为"三一律"这种条条框框。

但图式又来自哪里，这在希腊罗马无法说清。到了中世纪，人们将这一切如同柏拉图推给先天的存在一样，都推给上帝。只有到了康德才将这个问题基本说清。康德认为知识的形成就是人用先验的形式[①]去统摄知觉的印象或经验的材料，使知觉符合先天的形式。但经验的材料是感性的，是后天的，而形式是先天的。这就为后来形式主义和结构主义奠立了先天的合法性基础。

19世纪古典学显赫一时，德米特里受到普遍关注，许多人将德米特里著作作为古典学入门书籍。20世纪被作为文学批评著作或指导写作手册甚至是教育的参考书[②]。近些年来古典学界更倾向于将其诗学作为研究古希腊文学的理论著作，常与亚里士多德《诗学》、朗吉弩斯《论崇高》、贺拉斯《诗艺》相提并论，在西方其影响甚至有超过后两者的趋势。

在现代风格、文体学研究中，德米特里《论表达》被尊为风格学、文体学鼻祖[③]。现代文体学的研究借助语言研究文体，语言学的研究方法，具有科学性和系统性，完全摆脱了印象式文学批评。

印象性批评，先是判断再有分析，读者先对作品做出一个判断，这个判断就是印象。"人们是凭着感觉而不是凭着理智去判断事物的，即通过若干事物赋予头脑的印象去判断……尽管可能无法对这种印象做出细致的分析或判断。"[④]印象批评更多地停留在作品的表层，而不能开掘作品的深层，缺乏批评本应具有的理性认知功能。印象批评往往把读者的主观感受和作

[①] 在康德看来时间、空间、概念、范畴等都是先天的形式。[德]康德：《判断力批判》，邓晓芒释义，生活·读书·新知三联书店2008年版，第11页。

[②] Schenkeveld, D. M., "The Intended Public of Demetrius' On Style: The Place of the Treatise in the Hellenistic Educational System", *Rhetorica: A Journal of the History of Rhetoric,* Vol. 18, No. 1, 2000, pp. 29-48.

North, H., "THE USE OF POETRY IN THE TRAINING OF THE ANCIENT ORATOR", *Tradition,* Vol. 8, 1952, pp. 1-33.

[③] Mitchell, M. M., "Le style, c'est l'homme. Aesthetics and Apologetics in the Stylistic Analysis of the New Testament", *Novum Testamentum,* Vol. 51, No. 4, 2009, pp. 369-388.

[④] 刘万勇：《西方形式主义溯源》，昆仑出版社2006年版，第294页。

品的客观性/感受性相混淆,使文学批评各说各话,陷入相对主义,缺乏普遍可传达性。

但语言学文体学,"将文学文本纯粹视为语言学分析的一种材料,或者检验语言学理论可行性的实验场所,而不考虑作品的思想内容和美学效果"。此后,文学文体学虽然也是从语言出发,但"将文体学作为连接语言学和文学批评的桥梁,探讨作品如何通过语言的特定选择和组合,来产生和加强主题语言和艺术效果"或"释文学文本的主题意义和美学效果"[1]。文学文体学从语言出发研究语言的选择和组合的表达效果,这是典型的德米特里式的研究方式,是德米特里的传统在现代文体学上的显现。

目前,文体学无论是巴依(C.Bally)还是雅各布森(R.Jackbson)派,都把文体定义为文本的特殊形式。巴依派主要从习俗的文体特性中,为它的定义寻找起点;雅各布森派在描述信息的内部结构中,寻找起点。两派都还是在语言学的框架下,在形式主义的路径里,从这点来说,还是德米特里诗学的传统。甚或功能文体学的三种"元功能"也能溯源到德米特里文体构成的三种元素的潜能。此后,文体学对语言学、心理学、认知科学、计算科学、叙事学、教育学等各学科的最新研究成果的吸收和采用,使得文体学在 21 世纪获得最新的发展[2],仍然看到其中一些德米特里文体风格学诗学的影响,尤其是文体学对心理学、认知科学、教育学、语言学、叙事学成果的运用,乃至一些研究者直接认为德米特里诗学著作就是教育著作,或者教材等。

不仅是文体风格学,贝尔的"有意味的形式"就已经昭示了他接受了德米特里的诗学系统。贝尔认为线条、色彩按特定的方式组合,形成一定的形式和形式间的关系,激起我们的情感,就成为"有意味的形式"(significant form)。可以看出,他的理论包含了两个部分:形式系统和感觉系统。"有意味的形式"就是德米特里的"装置"。当托多罗夫按照语言学的语法模式研究叙事作品,并为叙事作品寻找普遍语法的时候,早在两

---

[1] 申丹:《西方现代文体学百年发展历程》,《外语教学与研究》2000 年第 1 期。
[2] Stockwell, P. & Whiteley, S. (Eds.), *The Cambridge Handbook of Stylistics* (*Cambridge Handbooks in Language and Linguistics*), Cambridge: Cambridge University Press, 2014.

第五章 德米特里诗学的关系学 ◆◇◆

千多年前，德米特里就努力为言说寻找普遍的模式。

当英美新批评将文学分作"五层"（Roman Ingarden）或者"八层"（René Wellek & Austin Warren）的时候，人们回头猛然发现这样一种研究，在古希腊的时候就已经有人开始了。德米特里的诗学就从句开始，句分语音、节奏、格律和谐音；第二层，词的层面，包括词的格（主格、宾格、斜格等）、复合词、标准语、异词、外来词等词语的选择；第三层，结构层面，连接词的运用、圆周句、松散句等；第四层，形式与技巧，长句、短句、简洁、繁复等；第五层，感觉层面即风格层面，雄伟、强劲、优美、平易等；第六层，语效层，即这些风格运用的效果。概括起来其实就是德米特里的语言学诗学、哲学诗学、风格学诗学、神话诗学。从新批评对文学层次的划分，完全可溯源到德米特里的诗学，他们的划分有意无意的引用或对应着德米特里对诗学的考察层次。

所以，无论是形式主义或结构主义还是欧美新批评，乃至最近几十年兴起的认知诗学，其目的都是要将文学作为一种纯粹的科学来进行研究。这种将文学作为科学来对待，并不仅仅是从形式主义或者更早一点从实证主义开始，而是从古希腊就已经开始了，亚里士多德的创制科学，德米特里的"装置"。当然这种科学的完备也是希腊科学积累和发展的结果。

另外，德米特里又强调创制者所赋予的魅力才是"真正最有潜能的魅力"。"有些题材本身是阴郁的、质直的，如阿格莱达斯。但作者可以把即使这样的题材变成玩笑，正如冷可以加热，热可以冷却。"（§135）对于德米特里而言，固然存在自然的美，但表达的真正魅力在于创制者的技艺。使热变冷、使冷变热，使玩笑变得可怕，使粗俗变得文雅，使强劲变得柔和，使平淡变得有味。也就是克服思想的机械性，展现机械性遮蔽的美、真与善。有魅力的可以是宏伟、庄重的，也可是通俗的和戏谑的，但戏谑、宏伟和庄重不等于魅力，只有展现了真、善、美的才是有魅力的。正因为德米特里认为真正的魅力靠创制，在于表达，所以他详细地论述了如何使表达具有魅力，几乎占了《优美论》2/3 的篇幅。

从以上历时的梳理，能够看出，自德米特里诗学产生以来，从希腊化的罗马,到文艺复兴的欧洲,再到启蒙主义,19世纪古典学的再次兴起,到20世纪,以至当下的文学研究,随处可见德米特里的身影和痕迹。不仅欧洲诗学血液流淌着德米特里的基因,1940年代开始,德米特里也开始走进中国诗学。

结　　语

　　德米特里在希腊—罗马之争的浪尖，对争论的关键问题进行科学的探索，由意识形态光谱的区分转到对学科内部肌理、发展脉络和演进逻辑的考察，将意识形态问题还原为一门科学发展的阶段问题。德米特里通过其诗学对希腊言说进行了系统的批评，同时又从理论上为这批评奠立了科学的基础。这样就使希腊罗马之争的焦点问题——到底什么是希腊的，需不需要学习希腊，变成了一个诗学如何产生的问题。将一个复杂的问题，甚至是意识形态的问题降格为科学或者学科的问题，从理论上结束了希腊罗马之争，消解了希腊罗马之争的根源，也消解了"他者"的对立，促使社会文化和群体的融合。

　　德米特里试图建立一种科学的言说"装置"。他把句设为文本最小单位，认为句具有完整性和独立的意义。考察句的编织，不涉所指，也没有终极意义的追问，完全是语言的形式和结构规律的探索，突出了语言的主体性。他对文本编织的专门论述，提供了文本构成的内部肌理，为文本进一步研究提供了基础。

　　他把句作为一种"装置"，也符合形式主义和结构主义的规范，为形式主义和结构主义的微观研究和文本细读提供了远古的模范，提供了经验和借鉴。为功能语言学和转换生成语言研究提供了理据、素材，为它们的生长提供了远古的父本和新生长点。当雅各布森在20世纪中叶提出"双轴"理论[1]而使学界茅塞顿开的时候，人们似乎忘却了两千多年前，就已经

---

[1] R.Jakobson, "Two Aspects of Language and Two Types of Aphasic（转下页）

有专门论述词语的选择和组合的理论了。当1980年代话语文体学，以话轮为单位考察句与句之间的衔接和话语的组成成分之间的语义关系的时候，已经记不起二十个世纪前的人们的探索了。

德米特里不仅探讨了语言的选择、组合和形式的构建，还考察了这形式的审美体验。在德米特里看来，只要具有某种特征的表达都会产生特定的感觉，即感觉的必然性；另一方面，这种感觉也不是某一个人所产生的，也就是说只要表达具有某种特征，大家都会产生这种感觉，即感觉的普遍性。感觉的不同，是因为每种表达自身的特征不同[①]，也就是德米特里的 χαρακτηρ 包含了表达的特征和感觉的不同类型（typical）。这是德米特里风格学先验的心理学。这种先验的心理学源于柏拉图、亚里士多德。"内心经验自身，对整个人类来说都是相同的，而且这种经验所表现的类似对象也是相同的。"[②]可见德米特里的风格学是建立在当时的心理学基础之上的，一定程度上保证了德米特里风格学的科学性。

德米特里《论文体/风格》、赫摩根尼《文体/风格的分类》及《罗马修辞学手册》等古典文体学在古典诗学创作的实践中，对古典文学文体风格进行了分类：三类，四类，九类等。这些区分，完全是按照"类同相连"的方式进行的。可贵之处在于，成熟的理论著作没有停留在是什么的基础上，没有停留于简单地指出什么作品是什么文体风格的最基本的层次上；而是自觉地从措辞、文章结构和题材等几个方面，总结出怎样构建这一文体，或者说文体风格是怎样形成的，并指出了相反的结果。

这种语言学和风格学探讨的方法，是对古希腊哲学执着于起因和本原探索的实践，为言说寻找最初始的根基，奉行希腊哲人们"元素+构成原理"和"德性"的要求。在此根基之上，构建了对立又统一的诗学系统。对立

（接上页）Disturbances", "Language in Literature", ed. By Pomorska, K., Rudy, S. Cambridge: the Belknap Press of Harvard university Press, 1987: 98-99.

① Matthew Arnold. On Translating Homer. Professor of Poetry in the Universtiy of Oxford, and Formerly Fellow of Oriel College, 1861. E-text Editor: Alfred J. Drake, Ph. D. Electronic Version 1.0/Date 7-17-02, http://ajdrake.com/etexts/texts/Arnold/Works/on_translating_homer.pdf.

② Arist. *On Interpretation.* 1.16a.6. [古希腊]亚里士多德：《亚里士多德全集》第1卷，秦典华译，中国人民大学出版社1990年版，第49页。

结　语

和统一，是思维和言说的对立和统一，显现为能指的对立和统一，呈现为一套对立统一的概念系统，这套系统的核心就是"得体"，即对"度"的把握（参阅附录1图1、3、6）。

这种自命不凡是整个希腊逻各斯僭妄的结果，在许多人看来，唯理主义就像巴洛克音乐一样，充其量不过是某一"古代政权"创造出来的一种自命不凡的平庸政绩。[①]只有到了康德又实现了一次"哥白尼式革命"，推翻了独断论，才彻底永远摧毁了它的全部主张。

德米特里试图去建构诗学理性王国，当他萌出这一想法的时候，他就掉进了唯理性主义的梦魇，陷入了形而上学的窠臼，只好援引古希腊神话学作为自己的根基和援手，赋予自己诗学合法性。

正如"土地的耕种通常被认为是对自然和神的秩序的积极参与"[②]，是"善和德性"（ἀγαθός και ἀρετή）一样。言说既是神的话语又是人的话语。神的话语自然天成，而人的话语是创制者的技艺。因此，言说既是技艺的，又是自然的——技艺来于自然，归于自然，以自然为圭臬。所以言说风格是技艺的结果，也是自然本身。组成元素是自然的，种类是自然的，生成风格的技艺，也必须法自然之道。

修辞、辩证法和历史研究都不过是一种言说，是神的话语借人之口的表达，更准确地说，是对神谕的阐释。祭司的神谕阐释，是庙堂之内的司法解释；而言说，是庙堂之外的大众对神谕的阐释。一个更隐晦，一个更直接。但不管怎样，言说生来就是有神性的，它是神谕的传达，是缪斯女神和美惠女神的技艺，具有神性的保障，带有神性庄严和尊贵，是进入权力的隧道，甚至可以说它本身就是权杖，是拥有统治世界力量的魔戒。

这种赋予言说宗教和神话性，与现代理性不谋而合。现代理性科学将非理性的东西当作不可理解的、荒谬的东西抛了出去，反倒给神秘主义、非理性主义甚至反理性留出了"合理的"地盘。另一方面，他又把"理性

[①] [德]鲍姆嘉通：《诗的哲学默想录》，王旭晓译，滕守尧校，中国社会科学出版社2014年版，英译序。

[②] [法]维尔南：《希腊人的神话和思想：历史心理分析研究》，黄艳红译，中国人民大学出版社2007年版，第292页。

的"东西看成人类既有的天赋之物,从而使得理性的科学知识本身变成了无本之木,无源之水,反倒成了无法说明的"非理性的"东西。①

在修辞学与人类学、观念史与概念史视野的交汇处,神话诗学从隐喻学这一母体之中脱胎而出。人类学揭示了人性原始的匮乏和终极的无能,修辞学却出示了构建象征宇宙和理解生活世界的手段。在观念史静止的地方,隐喻学将观念还原为活力涌流的思想意象。而在概念史自我挫败之处,隐喻学奋力追溯理论的前史,展望非概念理论的前景。

德米特里诗学,无论是作为前现代,还是理性与非理性未彻底分离,都试图将自己的理性诗学还原到神话与隐喻之上,也就是诗学建立在诗性思维的根基之上,使诗学成为真正的诗性思维研究的科学。从而使其诗学不仅具有理性的结构、原理和科学性,也具有神话的想象性、联想性等,从而具有圆融性。

德米特里诗学的这种圆融性是努斯和逻各斯的统一。对于当下而言,一方面规避了印象主义批评的朦胧(亦即感受式批评,拒绝对作品进行理性的科学的分析,强调批评家的审美直觉)和"以诗解诗"的不确定性、歧义性,而让诗学具有了明晰、确定性和科学性。另一方面又使诗学具有了自身的特质和主体性,而不是科学主义的附庸。

以上是德米特里诗学逻辑。其思维逻辑结构如图:

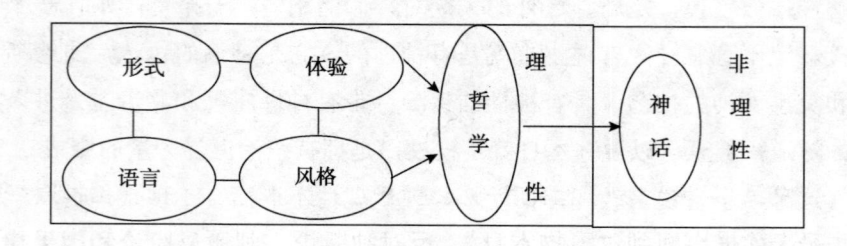

德米特里的诗学系统包含理性(即所谓科学的部分)和非理性两部分。理性的部分包括形式系统和感觉系统。巴特认为这是典型的二元思维,是

---

① [德]恩斯特·卡西尔:《语言与神话》,于晓等译,生活·读书·新知三联书店2017年版,第7页。

结　语

最古老的内容和形式二分法。这种二分法，源于古典修辞中事物和言说的对立——事物靠发明，言说靠表达（事物到言语形式的转换）。内容和形式的关系是现象上的：形式被当作内容的"外表"或"衣服"，内容是形式的"真实"或"本体"。形式和内容之间的关系，经验为表达或真伪的关系：批评家被认为是内容（真实）与形式（外表），信息（本体）和媒体（风格）之间联系的建立者，在这两者之间被假定为有一种被保证的关系。这种保证，导致一不断被争论的问题——形式会不会遮蔽内容，还是必须服从内容，或者克服内容？争论持续了几个世纪，尽管术语变化，还是同一个"景象"，所指不变的遭受，为藏在能指背后的秘密。

形式主义则对德米特里诗学祛魅，排除作者、世界、读者等外在因素，重新将文学还原为语言的选择和组合即作品的形式之上，使文学可测量和可分析，从而具有真正的客观规定性，而不是社会、历史、伦理、哲学、心理、神话等的注脚，更不是外部关系关联的实证，使文学成为语言的艺术，一种纯粹科学的架构，从而使文学具有了科学性，或者文学这种活动成为一种科学活动。

当然，这并不是形式主义的首创，恰相反这是希腊的传统之一，从亚里士多德到德米特里，到贺拉斯、朗吉弩斯、昆体良，一直到形式主义和结构主义，是欧洲传统的一部分。不同于亚里士多德、德米特里的在于，形式主义者将文学从外部研究再次转入内部研究，将文学从所谓思想内容的研究转入语言的选择和组合即语言艺术研究，使文学成为一种科学，是基于19世纪末20世纪初的实证主义、经验批判主义和逻辑实证主义。这些哲学都否认形而上学对现象背后的"本质"和"本源"，只强调可证实性的"形式"。待到20世纪的现象学，就旗帜鲜明地将本质和本原"悬置"起来，提出回到"事物本身"，反对独断论、刺激反应论和因果律。因此，20世纪中后期建立在现象学基础上的认知诗学则是在此基础上的一个进步。

从形式主义到了结构主义，结构主义同样把文学界定为一种结构，从而使文学成为一门科学。但正如形式主义其实是把"本质"悬置起来一样，一旦要追索形式的来源，形式主义就陷入了形而上的旋涡。当结

· 279 ·

构主义者开始寻找结构的来源，拷问结构从何而来——诺斯·弗莱认为，结构源于自然；列维-斯特劳斯认为，结构来自于神话、宗教或者人类的一些仪式——其实就在探索现象背后的来源了，从而也陷入了形而上的旋涡。

这个形而上旋涡在亚里士多德那里就有了。亚里士多德将创制科学独立于实践科学和形而上学，而这分类的基点恰是他的形而上学，他是按照本原和最初因来进行分类的[①]。为了避免这种尴尬，德米特里早早地给形式找到神话的家。

形式主义将文学归于语言的选择和组合，使文学成为一种纯粹的科学，使文学具有了稳定性、可分析性、科学性；但文学变成纯粹的结构，使文学的温度、人性、灵性脱水，没有了生机，也忽略了文学的体验性和感受性，文学成为恐龙的骨架，而不是恐龙。建立在19世纪实证主义基础上的形式主义，是文艺复兴以来的现代主义理性迷思的结果，这种科学迷思到结构主义终结，终被解构主义等后现代主义解构。

形式主义被解构，也是形式主义将文学视为语言的选择和组合，将语言结构移植为文学结构的必然结果。因为语言结构和意义本身不稳定、不明确，因此用语言构建的文学，必然缺乏稳定性，不是一个封闭稳定的实体，而具有无穷的多样性。这本身就是对形式主义追求结构的稳定性、科学性、确定性、明晰性的一种反叛，是对形式主义在追求形式和结构的同时，必然陷入形而上，必然渴望和憧憬"绝对真理"的悖反。

文学的边界被撕开，文学与非文学连成一体。文学的研究转向为文化研究，文学又回到社会、伦理、哲学、思想、历史的怀抱。"在形式的前面，存在着创造之前的那个东西：'混乱'，……当形式出现的时候，美学才出现。"[②]理性的开始就是对整体的"切分"，对混乱的秩序化。形式其实是对"混乱"的克服，对"混乱"的秩序化。当形式被解构，文学又回到了最初的"混乱"。正是这"混乱"才具有整体性，才具有多样性、想象性，才

---

① Aristotle. *Metaphysics*. 1025b19-28. 聂敏里：《亚里士多德对科学知识体系的划分》，《哲学研究》2016年第12期。
② 刘万勇：《西方形式主义溯源》，昆仑出版社2006年版，第192页。

具有诗性和神话性。文学再次获得了神性和合法性，获得善和德性（ἀγαθός καὶ ἀρετή），不再是毫无灵性的规则或框架，文学的创作也不再是奴役性劳作的技艺，而是真正尊贵的创制。这可能正是德米特里诗学逻各斯与秘索斯相待而成对于现代诗学的启示和意义。

附录1 图表

图1. 德米特里诗学概念示意图[①]

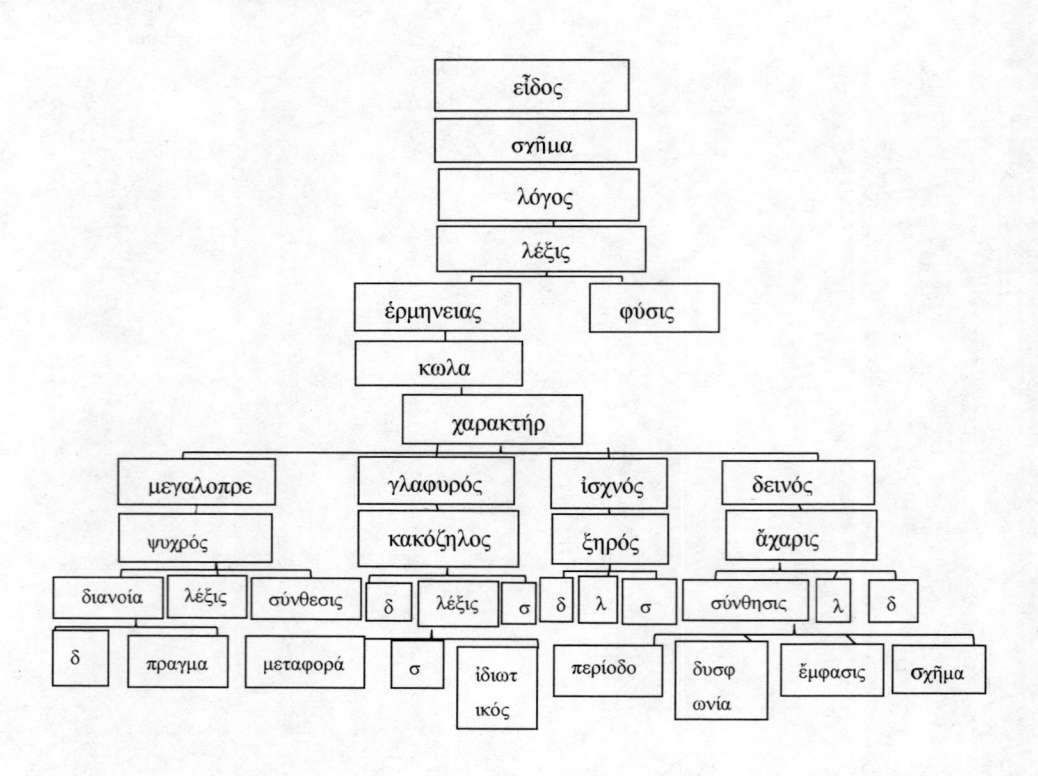

```
                    εἶδος
                    σχῆμα
                    λόγος
                    λέξις
         ἑρμηνείας        φύσις
           κῶλα
          χαρακτήρ

  μεγαλοπρε    γλαφυρός    ἰσχνός    δεινός
    ψυχρός     κακόζηλος    ξηρός    ἄχαρις

διάνοια λέξις σύνθεσις  δ λέξις σ  δ λ σ  σύνθησις λ δ

δ πρᾶγμα μεταφορά  σ  ἰδιωτ  περίοδο  δυσφ  ἔμφασις σχῆμα
                        ικός            ωνία
```

---

① 缩写：δ, διάνοια；λ, λέξις；σ, σύνθεσις。

附录1 图表

表1. 希腊风格分类与神话与感觉与哲学对应表

风格		风格（赝）			感觉	"四根"	"神"[①]
澄明、凸显		遮蔽					
雄伟	堂皇、庄重	呆板	过度	小题大做，浮	冷	土	厚重/坚硬	埃多涅乌（男）
强劲	感染力	质直	不足	粗鄙、野土	热	火	灼热/明亮	宙斯（男）
优美	契合生命律动	矫揉	过度	粘腻	湿	水	柔滑/黑暗	涅斯蒂（女）
平易	标准	枯燥	不足	大题小做，乏	干	气	透明/流动	赫拉（女）

图2. 风格与赝品示意图

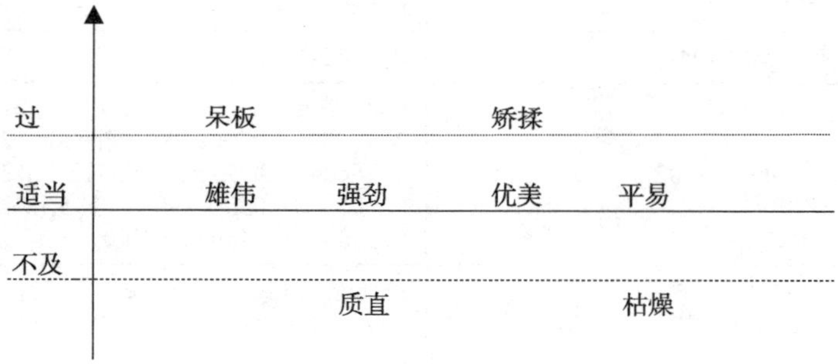

```
过   呆板            矫揉
适当  雄伟    强劲    优美    平易
不及        质直            枯燥
```

表2. 德米特里的引用（以 W. Rhys Roberts.和 D. C. Innes 译本索引为基础补充修订而成）

Aeschines(theOrator), Ctes. 133, 267; 202, 268	Heraclitus, 192
Aeschines Socraticus Fragm., 205	Herodotus, 12, 37, 112, 181, 1.1.1, 17, 44, 203, 66
Alcaeus Fragm. 39, 142	Hesiod, Op.et D. 40, 122
Alcidamas Fragm., 116	Hippocrates Aphorism.i.r, 4, 238

[①] 汪子嵩、范明生、陈村富、姚介厚：《希腊哲学史》第1卷，人民出版社1997年版，第804页。

Anacreon Fragm., 62	Hipponax, 132, 301
Antiphon Fragm., 50	Hyperides Fragm. 165, 30
Antisthenes Fragm., 67	Isocrates, Enc. Hel. 17, 23. Panegyr.1, 25; 58, 22
Archedemus Fragm.	Lyro. Fragmm.Adesp.126, 143; 128, 91, 262; Bergk p.742, 151
Archilochus Fragm., 89	Lysias, Eratosth. ad init., 190; Fragmm. 5, 128; 275, 128, 262
Aristippus	Menander Fragm. 230, 194
Aristophanes Ach. 86, 161; Nub. 149, 179, 152; 401, 150	Nicias(painter), 76
Aristotle Rhet. 3.8, 38; 3.9, 11, 34; 3.11, 81. Hist. Anim.2, 97; 9.157. Fragmm. 71, 28; 609, 233; 615, 255; 618, 97, 144, 164; 619, 29, 154; 620, 230	Peripatetics, 181
Artemon, 223	Phidias(sculptor), 14
Attic, 175. 177	Philemon, 193
Cleitarchus Fragm., 304	Philistus, 198
Cleobulina Fragm., 1, 102	Plato Euthyd. 271A, 226. Menex. 246 D, 266. Phaed. 59c, 288. Phaedr. 246E, 56. Politicus 269C5. Protag. 312 A, 218. Rep. i.init., 21, 205; 3.399 D, 185; 3.411 A, B, 51, 183, 184. Epist. 7, 290.
Cliarchus,Fragm., 14, 304.	Protag. 312a, 218; Rep. 327a, 21, 205; 399d, 185; 411a-b, 51, 183, 184; Epist. 7, 290.
Com Adesp. 7, 143	Polycrates, Fragm. 11, 120
Crates Fragm., 7, 259	Praxiphanes, Fragm. 13, 57
Ctesias Fragmm., 20, 21, 213; 36, 216	Proverbs, 7, 8, 9, 28, 99, 102, 112, 119, 122, 156, 165, 171, 172, 216, 229, 241, 243
Cyntc, 170, 259, 261	Sappho Fragmm. 91, 148; 92, 146; 94, 106; 95, 141; 109, 140; 122, 162; 123, 127, 162
Demades Fragmm.	Socratic(dialogue), 297
Demetrius Phalereus Fragm., 7	Sophocles Triptol.Fragm., 114
Demosthenes Aristocr. 99, 31, 248 (cp. n. on p.217). De Cor. 3, 253; 18, 299; 71, 279; 136, 80, 272; 179, 270; 188, 273; 265, 250. De Falsa Leg. 421, 277; 424, 280; 442, 269. Lept. init, 10, 11, 20, 245, 246.	Sophron Fragm. 24, 151; 32, 147; 34, 127; 52, 151; 68, 156; 108, 127; 109, 153; 110, 156

Philipp.3. 26, 263	
Dicaearchus, Fragm., 33, 182	Sotades Fragm., 189
Diogenes,Fragm.VB 449, 260f. VB 410, 261	Stesichorus, Frgm. 281（b）, 99
Doric, 177	Telemachus, 149
Egyptian(hymns）, 71	Theognis Fragm., 85; cp. n. on p. 228 supra
Epicharmus Fragm., 147. 24	Theophrastus Fragmm. (π. λέξεως), 41, 114, 173, 222
Euripides, Ion 161, 195; Meleag. fragm., 58	Theopompus Fragm., 249, 27, 247
Meleager,fr. 515, 58	Thucydides 40, 49, 181, 228, 1.1.1, 44; 1.5.2, 25; 1.24.1, 199, 201; 1.24.2, 72; 2.48. 1, 38,39; 2.49.1, 48; 2.102.2, 45, 202, 206; 4. 12.1, 65, 113; 4.64, 113; 6.1, 72
Gorgias, 12, 15. Fragm., 15, 116	Xenophon. 37, 80, 181, 296. Anab. 1.1.1, 3, 19; 1.2.21, 198; 1.2.27, 139; 1.5.2, 93; 1.8.10, 104; 1.8.18, 84; 1.8.20, 103; 3.1.31, 137; 4.4, 3, 6, 121; 5.2.14, 98; 6.1.13, 131; Cyrop. 1.4.21. 89, 274; 6.2.15, 134
Hecataeus Fragm., 332，2，12	Scriptores Incerti 17, 18, 26, 42, 63, 70, 115, 116, 117, 121, 126, 138, 145, 149, 158, 161, 187, 188, 196，207, 211, 217, 236, 237, 238, 239, 257, 258, 265, 281, 296, 302

表3. 德米特里对荷马的引用和分布

所在章节	作者	著作	引文出处
§7	Homer	Iliad	9.502
§25	Homer	Iliad	9. 526
§48	Homer	Iliad	16.358
§52	Homer	Odyssey	9. 190
§54	Homer	Iliad	2. 497
§56	Homer	Iliad	14.433 and 21. 1
§57	Homer	Odyssey	5. 203

续表

所在章节	作者	著作	引文出处
§57	Homer	Iliad also Odyssey	23.154; 16.220 and 21.226
§60	Homer	Odyssey	12.73
§61	Homer	Iliad	2.671
§64	Homer	Iliad	13.798
§72	Homer	Odyss.	11.595
§79	Homer	Iliad	20.218
§81	Homer	Iliad	4.126, 13.798
§82	Homer	Iliad	13.339
§83	Homer	Iliad	21.388
§94	Homer	Odyssey;Iliad	9.394; 16.161
§105	Homer	Iliad	16.358
§107	Homer	Odyssey	19.7: cp. 16.288
§111	Homer	Iliad	12.113
§113	Homer	Odyssey	19.172
§124	Homer	Iliad	10.436；4.443
§129	Homer	Odyssey	6.105
§130，262	Homer	Odyssey	9.369
§133	Homer	Odyssey	19.518
§200	Homer	Iliad	6.152
§209	Homer	Iliad	21.257
§210	Homer	Iliad	23.379
§219	Homer	Odyssey	9.289
§219	Homer	Iliad	23.116

续表

所在章节	作者	著作	引文出处
§220	Homer	Iliad	16.161
§255	Homer	Iliad	12.208
§257	Homer	Iliad	2.497

图 3. 德米特里诗学系统示意图

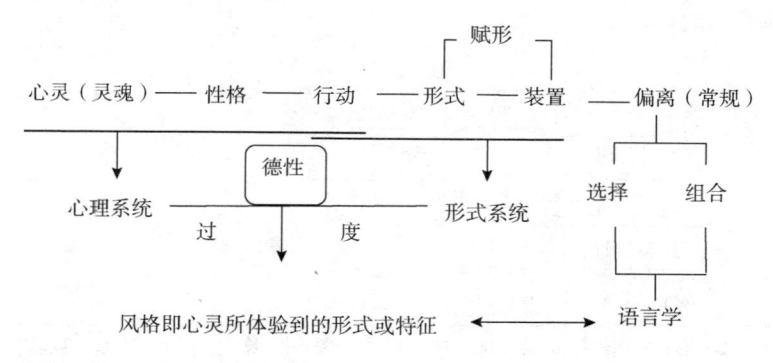

```
                              ┌─赋形─┐
心灵（灵魂）── 性格 ── 行动 ── 形式 ── 装置 ── 偏离（常规）
                 │                              │
        ┌────────┴────────┐              ┌──────┴──────┐
        ↓    ┌────┐       ↓              ↓             ↓
      心理系统│德性│     形式系统         选择          组合
             └─┬──┘
         过   │   度
              ↓
    风格即心灵所体验到的形式或特征 ←──────→ 语言学
```

表 4. 神谱种族特征功能等分类

种族	特征	神灵	荣耀	年龄	形象	权威
黄金	正义	地上神灵	君王的荣耀	永葆青春	宙斯	
白银	狂傲/不虔诚/热衷权力/对战事陌生/内部暴行	地下神灵	王的荣耀	长不大的孩子	提坦	混乱高傲
青铜	战争/不懂农耕/不食面包/不再有实行任何司法	冥府居民		成年	无名亡灵	长矛的儿女
英雄	正义战争 正义战士的化身 (暴力)	至福岛		成年	光荣英雄	
黑铁	暴力 正义 (暴力)	没有情感，友爱，正义和善不知敬畏，反抗秩序	现在	矛盾而含混，善恶相连	老年	潘多拉农夫	繁衍 毁灭

图 4. 句的种属

亚里士多德句的种属

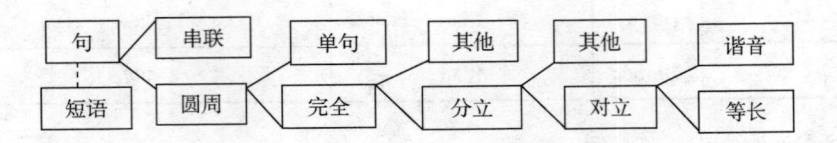

```
句 —— 串联 —— 单句 —— 其他 —— 其他 —— 谐音
短语    圆周    完全    分立    对立    等长
```

德米特里句的种属

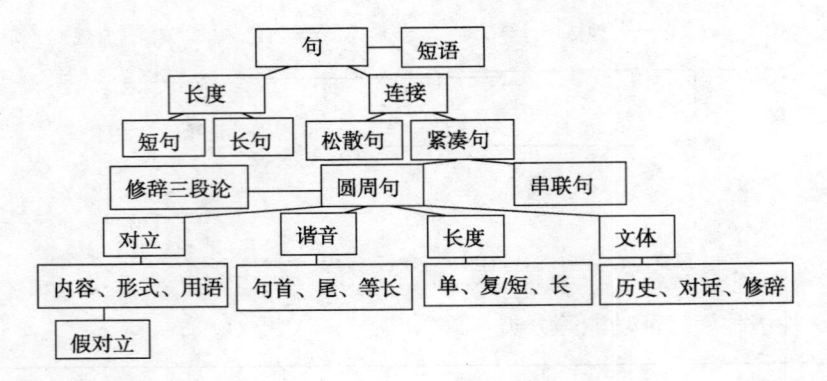

```
               句 —— 短语
              /    \
           长度    连接
          /   \   /    \
        短句 长句 松散句 紧凑句
         |         |
       修辞三段论  圆周句 —— 串联句
        /    |    \      \
      对立  谐音  长度    文体
       |     |     |       |
    内容、 句首、 单、复/ 历史、对话、
    形式、 尾、  短、长   修辞
    用语  等长
       |
      假对立
```

图 5. 修辞发展示意图

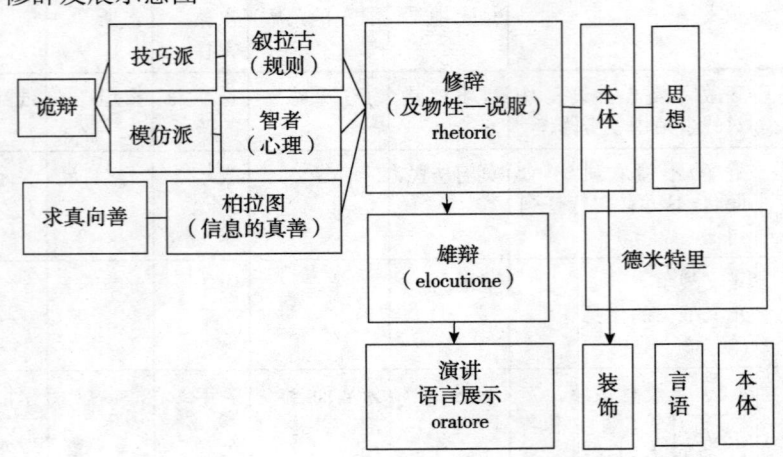

```
          技巧派 —— 叙拉古（规则）
         /                        \
      诡辩                          修辞            本体 —— 思想
         \                      （及物性—说服）
          模仿派 —— 智者（心理）    rhetoric
                                     |
         求真向善 —— 柏拉图          雄辩           德米特里
                  （信息的真善）   （elocutione）
                                     |
                                    演讲
                                   语言展示      装饰 —— 言语 —— 本体
                                   oratore
```

附录1　图表

图6. 词语的选择和组合

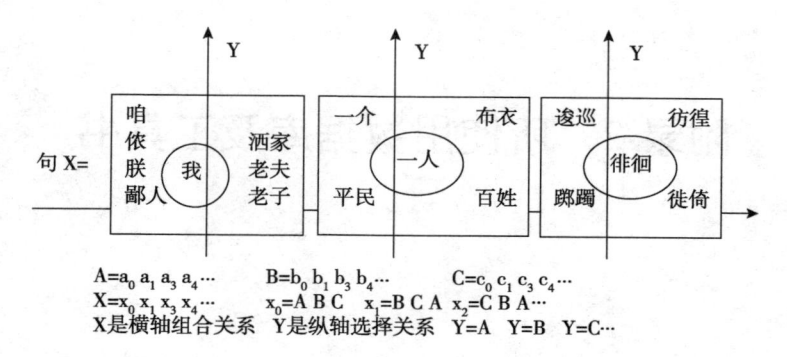

$A=a_0\ a_1\ a_3\ a_4\ldots$　　$B=b_0\ b_1\ b_3\ b_4\ldots$　　$C=c_0\ c_1\ c_3\ c_4\ldots$
$X=x_0\ x_1\ x_3\ x_4\ldots$　　$x_0=A\ B\ C$　　$x_1=B\ C\ A$　　$x_2=C\ B\ A\ldots$
X是横轴组合关系　Y是纵轴选择关系　$Y=A$　$Y=B$　$Y=C\ldots$

图7. 言说表达二项式

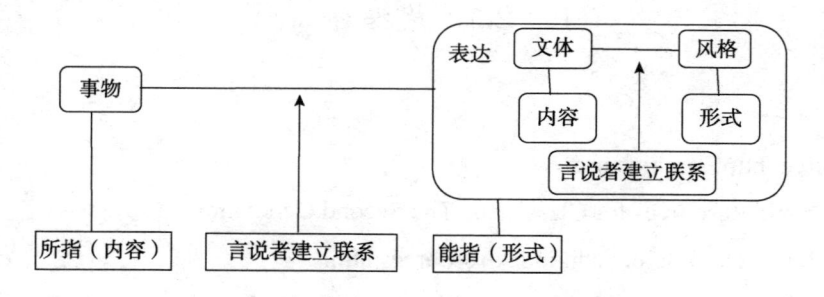

图8. 德米特里词语场

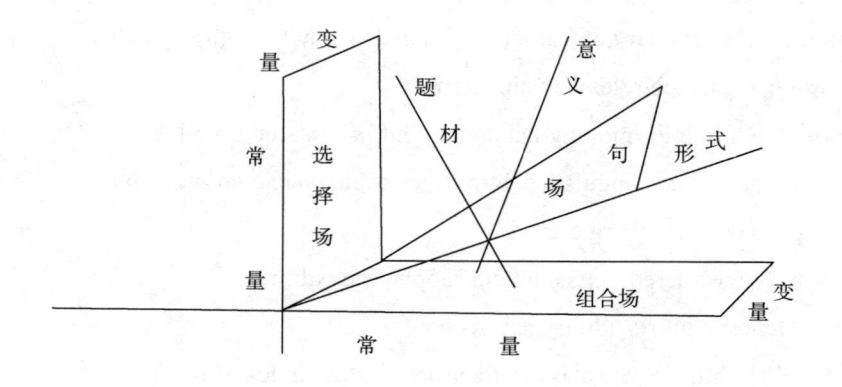

附录2 所使用数据库及工具书

2.1. 数据库

Archive: http://archive.org/

Electronic Resources for Classicists: The Second Generation:
　　http://www.tlg.uci.edu/index/resources.html

Etymological Dictionary of Ancient Greek (1860, F.E.J. Valpy）
　　http://linguax.com/lexica/valpyg.php?

Etymological Dictionary of Latin (1827, F.E.J. Valpy）　+ an appendix
　　http://linguax.com/lexica/valpy.php

Etymology-Online Etymology Dictionary. http://www.etymonline.com/

Greek Language and Linguistics: http://greek-language.com/index.html
　　http://www.gutenberg.org
　　　http://www.sacred-texts.com/cla/sappho/index.htm

Library Genesis: https://librarygenesis.net/

Peithô's Web: http://www.classicpersuasion.org/pw/index.htm

Perseus Digital Library: http://www.perseus.tufts.edu/hopper/

The Thesaurus Linguae Graecae: http://www.tlg.uci.edu/about/

"爱古典"数据库: http://www.iloveclassics.icoc.vc/

· 290 ·

瀚堂典藏：http://www.hytung.cn/

2.2. 工具书

Audi, R., *The Cambridge Dictionary of Philosophy*, 3rd ed., Cambridge University Press, 2015.

Boas, E. E., Rijksbaron, A., Huitink, L., Bakker de M., *The Cambridge Grammar of Classical Greek*, Cambridge Uinversity Press, 2019.

Calame, C., *The Cambridge Companion to Greek Mythology*, edited by Roger, D. Woodard, Cambridge University Press, 2007.

Kallendorf, W. C., *A Companion to the Classical Tradiction*, Malden: Blackwell Publishing Ltd., 2007.

Liddell, G. H., Scott, R., *A Greek-English Lexicon,* augmented throughout by sir Henry Stuart Jones, Oxford: Clarendon Press, 1996.

Seyffert, O., *Dictionary of Classical Antiquities, Mythology, Religion, Literature and Art*, Edited by Henry Nettleship and J. E. Sandys, Cambridge University Press, 2011.

Smith, W., *A Dictionary of Greek and Roman Antiquities,* Cambridge: Cambridge University Press, 2013.

Souter, A., Wyllie, J. M., *A Latin-English Lexicon,* Oxford: OxFord University Press, 1968.

Valpy, F. E. J., *An Etymological Dictionary of the Latin Language*, Boston: Adamant Media Corporation, 2005.

Valpy, F. E. J., *The etymology of the words of the Greek*, London: Longman, 1860.

[美]艾布拉姆斯：《文学术语词典》，吴松江等译，北京大学出版社2009年版。

［美］查尔顿·T. 刘易斯：《拉英辞典》，高峰枫导读，北京大学出版社 2015 年影印本。

胡壮麟、刘世生：《西方文体学辞典》，清华大学出版社 2004 年版。

［英］霍华森等：《牛津古典文学词典》，上海外语教育出版社 2000 年版。

［美］亨利·乔治·利德尔、罗伯特·斯科特：《希英词典》，北京大学出版社 2015 年影印本。

纪昀：《四库全书》（电子单机版），上海人民出版社 1999 年版。

罗念生、水建馥：《古希腊语汉语词典》，商务印书馆 2004 年版。

谢大任：《拉丁语汉语辞典》，商务印书馆 1988 年版。

宗福邦、陈世铙、萧海波：《故训汇纂》（电子单机版），商务印书馆 2007 年版。

附录3 缩略语

缩写语	全文和汉译
A^c	Arabic copies 阿拉伯钞本
ap.	apud.(Latin.) =quoted. in 引自
Cf.	confer(Latin.),compare.参阅
cp.	compare 比较
D-K	*Die Fragmente der Vorsokratiker*[1]ed. H. Diels, W. Kranz《前苏格拉底哲学家残篇》
EGF	*Epicorum Graecorum Fragmenta*《希腊史诗残篇》
FgrHist FGrH	*Die Fragmente der griechischen Historiker*《希腊历史残篇》[2]
fr.	*fragment* 残篇

[1] Hermann Alexander Diels He is now known for a collection of quotations from and reports about Presocratic philosophers.[1] This work, entitled Die Fragmente der Vorsokratiker (The Fragments of the Presocratics), is still widely used by scholars. It was first published in 1903, was later revised and expanded three times by Diels, and was finally revised in a 5th edition (1934-7) by Walther Kranz and again in a sixth edition (1952). It consists of three volumes that present, for each of the Presocratics, both quotations from their (now mostly lost) works transmitted by later writers, and secondary-source material known as testimonia.

[2] Die Fragmente der griechischen Historiker, commonly abbreviated FGrHist or FGrH (Fragments of the Greek Historians), is a collection by Felix Jacoby of the works of those ancient Greek historians whose works have been lost, but of which we have citations, extracts or summaries. It is mainly founded on Karl Wilhelm Ludwig Müller's previous Fragmenta Historicorum Graecorum (1841–1870). The work was started in 1923 and continued by him till his death in 1959. The project was divided into five parts, of which only the first three were published. The first included the mythographers and the most ancient historians (authors 1-63); the second, the historians proper (authors 64-261); the third, the autobiographies, local histories and works on foreign countries (authors 262-856). The work thus far comes to fifteen volumes, but the fourth (biography and antiquarian literature) and the fifth part (historical geography) were never done. A pool of editors is currently trying to complete this task.

续表

缩写语	全文和汉译
Giannantoni	Socraticorum reliquiae 苏格拉底拾遗[1]
Gr./gr.	Graecus 希腊的，希腊人（拉丁语）
Ibd.	Ibidem 在同书，在同处
Kaibel	Comicorum Graecorum Fragmenta ed. T. Kaibel 希腊喜剧残篇
Kock	Comicorum Atticorum Fragmenta ed.T. Kock 阿提卡喜剧残篇
L-P	Poetarum Lesbiorum[2]Fragmenta 累斯博斯诗歌残篇
Overbeck	Die antiken Schriftquellen zur Geschi-chte der bildenden Künste bei den Griechen[3]. The Ancient Manuscript Sources on the History of Greek Fine Arts 古希腊美术史手稿来源
P. Gr.1741	Codex Parisinus Greaecus.1741.编号为巴黎 1741 希腊钞本[4]。或直接缩写为 P.1741.或称"P 本"或"A 本"。
P.Oxy.[5]	Oxyrhynchus Papyri 俄克喜林库斯纸卷

[1] Ed by Gabriele Giannantoni Imprint:[Naples, Italy]: Bibliopolis, c1983-1985 Giovanni Antonio Guardi（1699–23 January 1760），also known as Gianantonio Guardi, was an Italian painter. Guardi was one of the founders of the Venetian Academy in 1756.

[2] Lesbos 爱琴海中一个岛。

[3] Ed by Johannes Overbeck: Johannes Adolph Overbeck（March 27, 1826 - November 8, 1895） was a German archaeologist and art historian 古典艺术品。antike 古典时期，古希腊罗马时期及其文化 Schrift 文字、字体、笔迹、文件、文章。Pl.著作文集。有文字根据的，引经据典的 quellen 涌出 quell 原始资料，出来，出处。Geschichte 历史；bildenden 成型；Künste 艺术；Griechen 希腊人。

[4] Designated by siglum H, manuscript of Origenr's Philocalia and Contra Celsum. Scribal abbreviations, or sigla（singular: siglum and sigil） are the abbreviations used by ancient and medieval scribes writing in Latin, and later in Greek and Old Norse. Modern manuscript editing（substantive and mechanical）employs sigla as symbols indicating the location of a source manuscript and to identify the copyist(s) of a work, http://en.wikipedia.org/wiki/ Siglum.

[5] The Oxyrhynchus Papyri are a very numerous group of manuscripts discovered by archaeologists including Bernard Pyne Grenfell and Arthur Surridge Hunt at an ancient rubbish dump near Oxyrhynchus in Egypt the manuscripts date from the 1st to the 6th century AD. They include thousands of Greek and Latin documents, letters and literary works. They also include a few vellum manuscripts, and more recent Arabic manuscripts on paper（for example, the medieval P. Oxy. VI 1006）.

附录 3　缩略语　◆◇◆

续表

缩写语	全文和汉译
Paroem. Gr.①	Corpus Paroemiographorum Graecorum 希腊谚语写作集
PCG②	Poetae Comici Graeci 希腊喜剧诗人
PLG	Poetae Lyrici Graeci 希腊抒情诗人
PMG③	Poetae melici Graeci 希腊抒情诗人
Powell	Collectanea Alexandrina 亚历山大文集 ed. Powell
RE	Real-Enzyklopädische der klassischen Altertumswissens chaft④ 实用古典科学百科全书

① Between 1839 and 1851 Ernest Ludwig von Leutsch（1808–1887） and Friedrich Wilhelm Schneidewin（1810–1856）, classics professors at the University of Göttingen, published this collection of ancient paroimia or proverbs written or collected by ancient Greek authors. Volume 2（reissued here in two parts） contains writings by Diogenianus, Gregorius Cyprianus, Marcarius, Aesop, Apostolius and Arsenius. A critical apparatus for each text cites the variant readings between the most important manuscripts The Corpus has long been considered the definitive collection of Greek paroemiography and the editorial methods underlying it are still followed by editors today. Unsurpassed in breath and scope, the Corpus remains an indispensable tool for students and scholars of the Greek proverbial tradition. Cambridge University Press, 10/31/2010, http://www. barnesandnoble.com/w/corpus-paroemiographorum-graecorum-e-l-von-leutsch/1030292618.

② POETAE COMICI GRAECI is now the standard and indispensable reference work for the whole of Greek Comedy, a genre which flourished in Antiquity for over a millenium, from the VI century B.C. to the V century A.D.: More than 250 poets are conveniently arranged in alphabetical sequence and all the surviving texts have been carefully edited with full testimonia, detailed critical apparatus, and brief but illuminating subsidia interpretationis. The commentaries are in Latin, http://www.degruyter.com/view/serial/16621.

③ Poetae Melici Graeci; Alcmanis, Stesichori, Ibyci, Anacreontis, Simonidis, Corinnae, poetarum minorum reliquias, carmina popularia et convivialia quaeque adespota feruntur, Oxford 1962—listed in scholarly sources as PMG with numbers denoting fragments of lyric verse. Lyrica Graeca selecta（edited）, 1968. Poetarum Lesbiorum fragmenta（edited with Edgar Lobel）, Oxford 1955.All these works edited by Sir Denys Lionel Page（11 May 1908, Reading, Berkshire–6 July 1978, Tarset）[1] was a British classical scholar at Oxford and Cambridge universities. He was President of the British Academy from 1971-74.

Lyra 七弦琴，弦乐器；抒情诗，歌。Melicus 抒情的，悦耳的，有感情的。

④ Altertums 古代。wissenschaft 科学，知识，学识，智慧，智能。wissenschaftler 科学工作者，科学家。**Georg Otto August Wissowa**（17 June 1859—11 May 1931） was a German specialist in the study of ancient Roman religion. He is remembered today for re-edition of Realencyclopädie der Classischen Altertumswissenschaft, which was an encyclopedia of classical studies started by August Friedrich Pauly（1796—1845） in 1839. http://en.wikipedia.org/wiki/Georg_Wissowa.

续表

缩写语	全文和汉译
RG	Rhetores Graeci 希腊修辞学家
Sauppe	Oratorum Atticorum Fragmenta ed. H. Sauppe 阿提卡讲演残篇
Supp.Com.	Supplementum comicum 喜剧增补
SVF	Stoicorum Veterum Fragmenta[①] 斯多葛古残篇
TGF	Tragicorum Graecorum Fragmenta 希腊悲剧残篇
Thphr. Sens.	Theophrastus. De. Sensus. 特奥弗拉斯特《论感觉》
TrGF	Tragicorum Graecorum Fragmenta
Vol.	volume 卷
Wehrli	Die Schule des Aristoteles ed. F. Wehrli 亚里士多德学派
West	Iambi et Elegi Graeci[②] ed. M. L. West 希腊哀歌和抑扬体诗

---

① ***Stoicorum Veterum Fragmenta*** is a collection of fragments and testimonia of the earlier Stoicscomposed in 1903—1905 by Hans von Arnim veterum 旧事物，旧东西，古代的故事，传说。

② Iambi 抑扬格体诗。iambicus 作抑扬格体诗的诗人或讽刺作家。Elegi 挽歌，哀诗，悲歌。

参考文献

一　中文专著及译著

埃里克·沃格林：《求索秩序》，徐志跃译，译林出版社2018年版。

埃里克·沃格林：《政治观念史稿：宗教与现代性的兴起》，霍伟岸译，华东师范大学出版社2009年版。

埃斯库罗斯等：《古希腊悲剧喜剧全集》，张竹明、王焕生译，译林出版社2007年版。

艾柯：《美的历史》，彭淮栋译，中央编译出版社2007年版。

《柏拉图对话集》，王太庆译，商务印书馆2004年版。

《柏拉图全集》（增订本上、中、下），王晓朝译，人民出版社2018年版。

巴赫金：《巴赫金全集》，白春仁、顾亚铃等译，河北教育出版社2009年版。

柏拉图：《理想国》，张竹明、郭斌和译，商务印书馆1986年版。

鲍勒·M.C.：《古希腊早期诉歌诗人》，赵翔译，华夏出版社2017年版。

鲍桑葵：《美学史》，张今译，广西师范大学出版社2001年版。

贝西埃：《诗学史》，史忠义译，百花文艺出版社2002年版。

布瓦洛：《诗的艺术》，任典译，人民文学出版社2009年版。

陈中梅：《言诗》，北京大学出版社2008年版。

茨维坦·托多罗夫：《诗学》，怀宇译，商务印书馆2016年版。

茨维坦·托多罗夫：《象征理论》，王国卿译，商务印书馆2004年版。

第欧根尼：《名哲言行录》，徐开来、溥林译，广西师范大学出版社2010

年版。

厄尔·迈纳：《比较诗学——文学理论的跨文化研究札记》，王宇根、宋伟杰等译，辜正坤、覃学岚等校，中央编译出版社1998年版。

E·策勒尔：《古希腊哲学史纲》，翁绍军译，山东人民出版社2007年版。

恩斯特·卡西尔：《语言与神话》，于晓等译，生活·读书·新知三联书店2017年版。

菲斯泰尔·德·古朗士：《古代城市：希腊罗马宗教、法律及制度研究》，吴晓群译，上海世纪出版集团2006年版。

弗雷德里克·G.凯尼恩：《古希腊罗马的图书与读者》，苏杰译，浙江大学出版社2012年版。

弗雷德里克·詹姆逊：《语言的牢笼——马克思主义与形式》，钱佼汝译，李自修，百花洲文艺出版社2010年版。

G. W. 鲍尔索克：《从吉本到奥登：古典传统论集》，于海生译，华夏出版社2017年版。

哈德罗·N. 福勒：《罗马文学史》，黄公夏译，大象出版社2013年版。

荷马：《奥德赛》，王焕生译，人民文学出版社1997年版。

荷马：《伊利亚特》，罗念生、王焕生译，人民文学出版社1994年版。

赫拉克利特：《赫拉克利特著作残篇》，楚荷汉译，广西师范大学出版社2007年版。

赫西俄德：《工作与时日&神谱》，张竹明、蒋平译，商务印书馆1991年版。

洪堡特：《论人类语言结构的差异及其对人类精神发展的影响》，姚小平译，商务印书馆2010年版。

吉尔·德勒兹：《差异与重复》，安靖、张子岳译，华东师范大学出版社2019年版。

吉尔伯特·海厄特：《古典传统：希腊—罗马对西方文学的影响》，王晨译，北京联合出版公司2015年版。

凯瑟琳·勒维：《古希腊喜剧艺术》，傅正明译，程朝翔校，北京大学出版社1988年版。

康德：《纯粹理性批判》，邓晓芒译，杨祖陶校，人民出版社2004年版。

康德：《判断力批判》，邓晓芒释义，生活·读书·新知三联书店2008年版。

康德：《判断力批判》，邓晓芒译，杨祖陶校，人民出版社2002年版。

克拉夫特：《古典语文学常谈》，丰卫平译，华夏出版社2012年版。

昆廷·斯金纳：《近代政治思想的基础》，奚瑞森、亚方译，商务印书馆2002年版。

拉塞尔·柯克：《美国秩序的根基》，张大军译，江苏凤凰文艺出版社2018年版。

列奥·施特劳斯：《苏格拉底问题与现代性》，刘振、彭磊等译，华夏出版社2015年版。

刘东：《悲剧的文化解析——从古代希腊到现代中国》，上海人民出版社2017年版。

刘津瑜：《罗马史研究入门》，北京大学出版社2014年版。

刘万勇：《西方形式主义溯源》，昆仑出版社2006年版。

刘亚猛：《西方修辞学史》，外语教学与研究出版社2008年版。

刘亚猛：《追求象征的力量——关于西方修辞思想的思考》，生活·读书·新知三联书店2004年版。

卢梭：《论语言的起源：兼论旋律与音乐的摹仿》，洪涛译，上海人民出版社2003年版。

罗念生：《罗念生全集》第1—6卷，上海人民出版社2004年版。

莫里斯·梅洛-庞蒂：《意义与无意义》，张颖译，商务印书馆2018年版。

默雷：《古希腊文学史》，孙席珍、蒋炳贤、郭智石译，上海译文出版社2007年版。

缪朗山：《缪朗山文集》第1卷，中国人民大学出版社2011年版。

裴特生：《十九世纪欧洲语言学史》，钱晋华译，世界图书出版公司2010年版。

皮埃尔·阿多：《古代哲学研究》，赵灿译，华东师范大学出版社2017年版。

普鲁塔克：《希腊罗马名人传》，席代岳译，吉林出版集团有限责任公司2011年版。

钱锺书：《管锥编》，生活·读书·新知三联书店2007年版。

钱锺书：《谈艺录》，中华书局1984年版。

钱锺书：《谈艺录》，中华书局1993年补订版。

桑兹：《西方古典学术史》，张治译，世纪出版集团出版社2010年版。

色诺芬：《居鲁士的教育》，沈默译笺，华夏出版社2007年版。

色诺芬：《长征记》，崔金戎译，商务印书馆1985年版。

史忠义、户思社、叶舒宪：《风格研究 文本理论》，河南大学出版社2009年版。

索绪尔：《普通语言学教程》，高名凯译，岑麒祥、叶蜚声校，商务印书馆2007年版。

特奥多尔·蒙森：《罗马史》，李稼年译，李澍泖校，商务印书馆2004年版。

童庆炳：《文体与文体的创造》，云南人民出版社1994年版。

汪子嵩、范明生、陈村富、姚介厚：《希腊哲学史》第1卷，人民出版社1997年版。

汪子嵩、范明生、陈村富、姚介厚：《希腊哲学史》第2卷，人民出版社1993年版。

汪子嵩、范明生、陈村富、姚介厚：《希腊哲学史》第3卷，人民出版社2003年版。

汪子嵩、范明生、陈村富、姚介厚：《希腊哲学史》第4卷，人民出版社2010年版。

王柯平：《〈理想国〉的诗学研究》，北京大学出版社2005年版。

维尔南：《希腊人的神话和思想:历史心理分析研究》，黄艳红译，中国人民大学出版社2007年版。

维尔南：《希腊思想的起源》，秦海鹰译，生活·读书·新知三联书店1996年版。

维拉莫维兹：《古典学的历史》，陈恒译，生活·读书·新知三联书店2008年版。

温克尔曼：《希腊人的艺术》，邵大箴译，广西师范大学出版社2001年版。

参考文献

吴宓：《世界文学史大纲》，商务印书馆2020年版。

西塞罗：《论演说家》，王焕生译，中国政法大学出版社2003年版。

希波克拉底：《希波克拉底文集》，赵洪钧、武鹏译，徐维廉、马堪温校，中国中医药出版社2007年版。

希罗多德：《历史》，王以铸译，商务印书馆2010年版。

熊学亮：《句法语用研究》，复旦大出版社2012年版。

修昔底德：《伯罗奔尼撒战争史》，徐松岩译，世纪出版集团2012年版。

雅克·德里达：《声音与现象》，杜小真译，商务印书馆2017年版。

亚里士多德：《诗学》，陈中梅译注，商务印书馆1996年版。

亚里士多德：《亚里士多德全集》第1卷，苗力田主编，中国人民大学出版社1990年版。

亚里士多德：《亚里士多德全集》第2卷，苗力田主编，中国人民大学出版社1991年版。

亚里士多德：《亚里士多德全集》第3、8卷，苗力田主编，中国人民大学出版社1992年版。

亚里士多德：《亚里士多德全集》第5、10卷，苗力田主编，中国人民大学出版社1997年版。

亚里士多德：《亚里士多德全集》第7卷，苗力田主编，中国人民大学出版社1993年版。

亚里士多德：《亚里士多德全集》第9卷，苗力田主编，中国人民大学出版社1994年版。

叶舒宪、萧兵、[韩]郑在书：《山海经的文化寻踪："想象地理学"与东西文化碰触》，湖北人民出版社2004年版。

叶秀山、王树人：《西方哲学史》，江苏人民出版社2004年版。

伊·普里戈金、[法]伊·斯唐热：《从混沌到有序》，曾庆宏等译，上海译文出版社1987年版。

张志毅、张庆云：《词汇语义学》，商务印书馆出版社2005年版。

朱龙华：《罗马文化与古典传统》，浙江人民出版社1993年版。

二　中文期刊

曹顺庆、王超：《"间距/之间"理论与比较文学变异学》，《西南交通大学学报》（社会科学版）2020 年第 6 期。

程正民：《文本的结构和意义的生成——洛特曼的结构诗学》，《文化与诗学》2012 年第 2 期。

褚孝泉：《论语言学在古希腊时代的起源》，《社会科学》2004 年第 12 期。

邓志勇：《西方修辞哲学的几个核心问题》，《四川外语学院学报》2007 年第 2 期。

董希文：《文学文本理论与语言学转向》，《辽宁师范大学学报》2006 年第 2 期。

郭琳：《隐喻与文学批评理论》，博士学位论文，华中师范大学，2011 年。

何辉斌：《为形式主义与印象式批评搭建桥梁的认知诗学——论楚尔的〈走向认知诗学理论〉》，《文艺理论研究》2015 年第 4 期。

洪汉鼎、黄小洲：《西方诠释学的源流与精神特质——洪汉鼎先生访谈（上）》，《河北学刊》2012 年第 2 期。

胡继华：《神话诗学的诞生》，《中外文论》2017 年第 1 期。

江怡：《康德的"图式"概念及其在当代英美哲学中的演变》，《哲学研究》2004 年第 6 期。

蒋勇军：《试论认知诗学研究的演进、现状与前景》，《外国语文》2009 年第 2 期。

李正荣：《从总体文学史观看民族文学与主流文学关系》，《民族文学研究》2012 年第 5 期。

刘小枫：《〈诗术〉与内传诗学》，《比较文学与世界文学》2013 年第 1 期。

刘小枫：《古希腊语的"作诗"词源小辨》，《外国语文》2018 年第 6 期。

刘小枫：《希罗多德与古希腊诗术的起源》，《文艺理论研究》2019 年第 1 期。

陆扬：《西方古典诗学的脉络》，《文贝：比较文学与比较文化》2015 年第 2 期。

聂敏里：《亚里士多德对科学知识体系的划分》，《哲学研究》2016 年第 12 期。

沈文钦：《论"七艺"之流变》，《复旦教育论坛》2007 年第 1 期。

舒国滢：《西方古代修辞学：辞源、主旨与技术》，《中国政法大学学报》2011 年第 4 期。

陶家俊、钱锺书：《〈谈艺录〉中的中西诗学共同体意识》，《外国语文》2020年第2期。

王晓朝：《论卓越观念的源起与德性论的生成》，《学术研究》2020年第12期。

吴越：《从宙斯到耶和华：希腊人是如何皈依基督教的？》，《澎湃新闻》2020年5月28日第10版。

徐龙飞：《美作为上帝的绝对谓项——论（托名）狄奥尼修斯的本体形上美学》，《云南大学学报》（社会科学版）2013年第1期。

徐松岩：《古代"希腊"的起源与流变——一项概念史考察》，《北京师范大学学报》（社会科学版）2019年第4期。

杨慧林：《理解奥登的一个思想线索：从"共在"到"双值"的潜在对话》，《人文杂志》2021年第7期。

杨巨平：《希腊化文明的形成、影响与古代诸文明的交叉渗透》，《陕西师范大学学报》（哲学社会科学版）1998年第3期。

岳成：《贺拉斯"希腊文化征服罗马"说考释》，《山东理工大学学报》（社会科学版）2015年第3期。

张萍、刘世生：《试论朗吉努斯的美学理论对现代文学文体学的影响》，《清华大学教育研究》2003年第1期。

张旭曙：《形式与西方美学的本源关系初探》，《深圳大学学报》（人文社会科学版）2012年第4期。

赵毅衡：《修辞学复兴的主要形式：符号修辞》，《学术月刊》2010年第9期。

周仁成：《"技艺"在西方语境中的构成及研究可能性——以柏拉图和亚里士多德为例》，《江西社会科学》2010年第1期。

三　外文专著

Anthon Charles, *A Classical Dictionary: Containing the Principle Proper Names Mentioned in Ancient Authors*, Whitefish: Kessinger Publishing, 2005.

Aristotle, *Poetics. And Rhetoric.* Horace. *The Art of Poetry*, Longinus. *On the*

Sublime. Demetrius. *On Style*. In *Everyman's Library,* tr. T. A. Moxon. London: J. M. Dent & Sons Ltd., 1934.

Aristotle, *Poetics*. Longinus. *On the Sublime*, Demetrius. *On Style*. In *Loeb Classical Library,* tr. W. Rhys Roberts. London: William Heinemann Ltd., 1927.

Aristotle, *Poetics*. Longinus. *On the Sublime*, Demetrius. *On Style*. In *Loeb Classical Library,* tr. Doreen, C. Innes. ed. & Cambridge: Harvard University Press, 1995.

Batnitzky, L., Pardes, I., *The Book of Job: Aesthetics, Ethics, Hermeneutics*, De Gruyter, 2015.

Bloom, Harold, *The Art of the critic: literary theory and criticism from the Greeks to the present*, New York: Chelsea House Publishers, 1987.

Burke, Edmund, *Philosophical Enquiry into the Origin of Our Ideas of the Sublime and Beautiful, With an Introductory Discourse Concerning Taste, and Several Other Additions*. Sagwan Press, 2015.

Callus, I., Corby, J., Lucente, L. G., *Style in Theory Between Literature and Philosophy*, London: Bloomsbury, 2013.

Cary, Max, *A History of the Greek World from 323 to 146 B. C.*, London: Metheun & Company Limited, 1972.

Christidis, A. F., *A History of Ancient Greek: From the Beginnings to Late Antiquity*, Cambridge University Press, 2007.

Cicero, A. D. C., *Herennium,* tr. Harry Caplan. Harvard University Press, Mcml 31.

Cicero, *Brutus,* tr. G. L. Hendrickson etc. Cambridge: Harvard University Press, Mcml 21.

Cope, E. Meredith, *Commentary on the Rhetoric of Aristotle*, Cambridge University Press, 1877.

Cope, E. M., *A Introduction to Aristotle Rhetoric with Analysis Notes and Appendices*, London and Cambridge, Macmillan and CO., 1867.

Demetrius of Phaleron, *Demetrius On style,* tr. W. R. Roberts. Cambridge University Press, 1902.

Diogenes Laertius, *Lives of Eminent Philosophers,* tr. R. D. Hicks. Harvard University Press, 1972.

Dionysius of Halicarnassus, *Critical Essays,* tr. Stephen Usher. Cambridge: Harvard University Press, 1974.

Eriksson, A., Olbricht, T. H., *Rhetoric, Ethic, and Moral Persuasion in Biblical Discourse*, London: Bloomsbury, 2005.

Farnsworth, W., *Farnsworth's Classical English Rhetoric*, David R. Godine, Publisher, 2011.

Fortenbaugh, W. W., *Schütrumpf E. Demetrius of Phalerum*, Transaction Publishers, 2000.

Green, P., *Classical Bearings: Interpreting Ancient History and Culture*, University of California Press, 1998.

Grube, G. M. A., *A Greek critic: Demetrius on style*, University of Toronto Press, 1961.

Gruen, Erich, S., *The Construct of Identity in Hellenistic Judaism: Essays on Early Jewish Literature and History*, Berlin: De Gruyter, 2016.

Pieter, B. Hartog, *Pesher and Hypomnema: A Comparison of Two Commentary Traditions from the Hellenistic-Roman Period*, Leiden: Brill, 2017.

Hau, Lisa Irene, *Moral History from Herodotus to Diodorus Siculus*, Edinburgh University Press, 2016.

Hermogenes, *On Types of style*, tr. C. W. Wooten. University of North Carolina Press, 1987.

Herodotus, *History,* tr. A. D. Godley. Harvard University Press, 1920.

Hesiod, *Theogony, Works and Days, Shield*, Johns Hopkins University Press, 2004.

Horace, *Satire, Epistles and Ars Poetical,* tr. H. Rushton Fairclough. Harvard University Press, 1929.

Jespersen, O., *Language: Its Nature and Development*, London: Taylor & Francis, 2013.

Kennedy, G. A., *A New History of Classical Rhetoric*, Princeton University Press, 2009.

Lane, C., *Theories of Style, with Especial Reference to Prose Composition; Essays, Excerpts, and Translations*, London: Macmillan & CO., 1952.

Leech, Geoffrey, N. and Michael, H. Short, *Style in Fiction: A Linguistic Introduction to English Fictional Prose*, Harlow: Pearson Education Limited, 2007.

Legault, N., *Neptune Plaza Concert Series collection*, Harvard University Press, 1989.

Longenecker, R. N., *Introducing Romans: Critical Issues in Paul's Most Famous Letter*, Grand Rapids: William B. Eerdmans Pub., 2011.

Longinus, *On the Sublime,* tr.William Rhys Roberts. Cambridge University Press, 1907.

Macdonald, J. M., *The Oxford Handbook of Rhetorical Studies*, Oxford University Press, 2017.

Morstein-Marx, R., *Mass Oratory and Political Power in the Late Roman Republic,* Cambridge University Press, 2004.

Moss, J. D. and W. A. Wallace, *Rhetoric & Dialectic in the Time of Galileo*, Catholic University of America Press, 2003.

Nagy, Gregory, *Greek Literature in the Roman Period and in Late Antiquity Greek Literature*, London: Routledge, 2001.

Penner, T., *In Praise of Christian Origins: Stephen and the Hellenists in Lukan Apologetic Historiography*, London: T&T Clark, 2004.

Pierre Bourdieu, *Language and Symbolic Power*, tr. Gino Raymond & Matthew Adamson, Harvard University Press, 1999.

Plutarch, *Moralia*, Gregorius N. Bernardakis. Leipzig. Teubner, 1889.

Plutarch, *Plutarch's Lives,* tr. Bernadotte Perrin. Harvard University Press, 1919.

Porter, James I., *The origins of aesthetic thought in ancient Greece: matter, sensation, and experience,* Cambridge University Press, 2010.

Quintilian, *The Orator's Education,* ed. & tr.Donald A. Russell. Harvard University Press, 2001.

Richard, P. Martin, *Classical Mythology: The Basics,* London: Routledge, 2016.

R. Jakobson, *"Two Aspects of Language and Two Types of Aphasic Disturbances", Language in Literature,* ed. Pomorska, K., Rudy, S., Cambridge: the Belknap Press of Harvard university Press, 1987.

Richard Rorty, *The Linguistic Turn: Recent Essays in Philosophical Method,* The University of Chicago Press, 1967.

Roberts, W. R., *Demetrius On style: The Greek text of Demetrius De elocutione,* Cambridge University Press, 1902.

Russell, D. A., *Ethics and rhetoric,* Oxford: Clarendon Press, 1995.

Rutger Allan and Michel Buijs, *The Language of Literature: Linguistic Approaches to Classical Texts,* Leiden: Brill, 2007.

Schauber, E., Spolsky, E., *The Bounds of Interpretation: Linguistic Theory and Literary Text,* Standford University Press, 1986.

Schenkeveld, D. M., *Studies in Demetrius: On style,* San Francisco: Argonaut, 1967.

Schiappa, E., *Protágoras and Logos: A Study in Greek Philosophy and Rhetoric,* Columbia: University of South Carolina Press, 2003.

Taylor, D. J., *The History of Linguistics in the Classical Period,* Amsterdam: Benjamins Publishing Company, 1987.

Thucydides, *Historiae* in two volumes, Oxford University Press, 1942.

Tsur, R., *What is Cognitive Poetics,* Katz Research Institute for Hebrew Literature, Tel Aviv University, 1983.

Watt, R., *Bibliotheca Britannica; Or, A General Index to British and Foreign Literature,* Edinburgh, 1824. [elc.]

Wiater, N., *The Ideology of Classicism: Language, History, and Identity in*

Dionysius of Halicarnassus, Bonn: De Gruyter, 2011.

William, S., Bubelis *Hallowed Stewards-Solon and the Sacred Treasurers of Ancient Athens*, University of Michigan Press, 2016.

Winterbottom, M. and D.A. Russell, *Ancient literary criticism: the principal texts in new translations*, Oxford: Clarendon Press, 1972.

Xenophon, *Xenophontis opera omnia*, Vol. 3. Oxford: Clarendon Press, 1904.

Δημητριου Φαληρεως Περι Ἑρμηνειναϛ. Glasgu AE: Ex Officina Roberti Foulis, Mdccxl 3.

四 外文期刊

Adornato, Gianfranco, "Kritios and Nesiotes as Revolutionary Artists? Ancient and Archaeological Perspectives on the So-Called Severe Style Period", *American Journal of Archaeology*, Vol. 123, No. 4, Archaeological Institute of America, 2019, pp. 557-87.

Alessia Ascani, "On an Aristotelian Quotation (Frr. 10-11 Gigon) in the 'Περι Ἑρμηνειναϛ' by Demetrius", *Mnemosyne*, Vol. 54, No. 4, 2001, pp. 442-456.

Allan, Rutger J., et al., "From ⟨em⟩ Enargeia ⟨/Em⟩ to Immersion: The Ancient Roots of a Modern Concept", *Style*, Vol. 51, No. 1, Penn State University Press, 2017, pp. 34-51.

Anthony, David W., et al., "The 'Kurgan Culture,' Indo-European Origins, and the Domestication of the Horse: A Reconsideration [and Comments and Replies]", *Current Anthropology*, Vol. 27, No. 4, 1986, pp. 291-313.

Avery, Myrtilla, "The Alexandrian Style at Santa Maria Antiqua, Rome", *The Art Bulletin*, Vol. 7, No. 4, 1925, pp. 131-149.

Baldwin, Barry, "Demetrius 'Aetolicus'", *Hermes*, Vol. 116, No. 1, 1988, pp. 116-117.

Baugh, S. M., "Hyperbaton and Greek Literary Style in Hebrews", *Novum Testamentum*, Vol. 59, No. 2, Brill, 2017, pp. 194-213.

Bonner, S. F., Review of A Greek Critic: Demetrius on Style, by G. M. A. Grube & Demetrius, *The Journal of Hellenic Studies*, Vol. 83, 1963, pp. 171-172.

Briscoe, John, "Demetrius of Phalerum", *The Classical Review*, Vol. 22, No. 1, 1972, pp. 83-84.

Classen, C. Joachim, "Rhetoric and Literary Criticism: Their Nature and Their Functions in Antiquity", *Mnemosyne*, Vol. 48, No. 5, 1995, pp. 513-535.

Cook, R. M., "Aesthetics Made Easy", *The Classical Review*, Vol. 15, No. 1, 1965, pp. 100-102.

Cooper, Lane.Review of Aristotle, The Poetics; Demetrius On Style, by W. H. Fyfe & W. R. Roberts, *The American Journal of Philology*, Vol. 49, No. 3, 1928, pp. 293-295.

Denniston, J. D., "Notes on Demetrius, De Elocutione", *The Classical Quarterly*, Vol. 23, No. 1, 1929, pp. 7-10.

Dmitriev, Sviatoslav, "Killing in Style: Demosthenes, Demades, and Phocion in Later Rhetorical Tradition", *Mnemosyne*, Vol. 69, No. 6, Brill, 2016, pp. 931-54.

Douglas, A. E., "Cicero, Quintilian, and the Canon of Ten Attic Orators", *Mnemosyne*, Vol. 9, No. 1, 1956, pp. 30-40.

Duhamel, P. Albert, "The Function of Rhetoric as Effective Expression", *Journal of the History of Ideas*, Vol. 10, No. 3, 1949, pp. 344-356.

Eckstein, A. M., "Polybius, Demetrius of Pharus, and the Origins of the Second Illyrian War", *Classical Philology*, Vol. 89, No. 1, 1994, pp. 46-59.

Elledge, Scott, "Milton, Sappho (?), and Demetrius", *Modern Language Notes*, Vol. 58, No. 7, 1943, pp. 551-553.

Erickson, Keith V., "A Decade of Research on Aristotle's Rhetoric: 1970-1980", *Rhetoric Society Quarterly*, Vol. 12, No. 1, 1982, pp. 62-66.

Fowler, R. L., "Aristotle on the Period (Rhet. 3. 9)", *The Classical Quarterly*, Vol. 32, No. 1, 1982, pp. 89-99.

Goold, G. P., "A Greek Professorial Circle at Rome", *Transactions and*

Proceedings of the American Philological Association, Vol. 92, 1961, pp. 168-192.

Graff, Richard, "Prose versus Poetry in Early Greek Theories of Style", *Rhetorica: A Journal of the History of Rhetoric*, Vol. 23, No. 4, 2005, pp. 303-335.

Grant, Mary A., and George Converse Fiske, "Cicero's 'Orator' and Horace's 'Ars Poetica' ", *Harvard Studies in Classical Philology*, Vol. 35, 1924, pp. 1-74.

Graves, Richard L., "A Primer for Teaching Style", *College Composition and Communication*, Vol. 25, No. 2, 1974, pp. 186-190.

Grethlein, Jonas, and Luuk Huitink, "Homer's Vividness an Enactive Approach", *The Journal of Hellenic Studies*, Vol. 137, [The Society for the Promotion of Hellenic Studies, Cambridge University Press], 2017, pp. 67-91.

Grube, G. M. A., "The Date of Demetrius 'On Style' ", *Phoenix*, Vol. 18, No. 4, 1964, pp. 294-302.

Grube, G. M. A., "Theophrastus as a Literary Critic", *Transactions and Proceedings of the American Philological Association*, Vol. 83, 1952, pp. 172-183.

H. Ll. Hudson-Williams, "The Earliest Greek Prose Styles", *The Classical Review*, Vol. 21, No. 1, 1971, pp. 73-74.

Hegmon, Michelle, "Archaeological Research on Style", *Annual Review of Anthropology*, Vol. 21, 1992, pp. 517-536.

Hendrickson, G. L., "The Origin and Meaning of the Ancient Characters of Style", *The American Journal of Philology*, Vol. 26, No. 3, 1905, pp. 249-376.

Hendrickson, G. L., "The Peripatetic Mean of Style and the Three Stylistic Characters", *The American Journal of Philology*, Vol. 25, No. 2, 1904, pp. 125-146.

Innes, D. C., "Longinus and Caecilius: Models of the Sublime", *Mnemosyne*, Vol. 55, No. 3, 2002, pp. 259-284.

Innes, D. C., "On Style", *The Classical Review*, Vol. 16, No. 3, 1966, pp.

315-317.

Jessica R. Blum, "Witch's Song: Morality, Name-Calling and Poetic Authority in Valerius Flaccus' ⟨em⟩ Argonautica ⟨/Em⟩ ", *The Classical Journal,* Vol. 113, No. 2, The Classical Association of the Middle West and South, Inc., 2018, pp. 173-200.

John E. B. Mayor, "Demetrius Περὶ Ἑρμηνείας and Pliny the Younger", *The Classical Review,* Vol. 17, No. 1, 1903, pp. 57-57.

Kaloudis, Naomi, "Before Queen: Vergil and the Musical Tradition of Sampling Popular Song", *The Classical Journal,* Vol. 114, No. 4, The Classical Association of the Middle West and South, Inc., 2019, pp. 488-506.

Kennedy, George A., "Aristotle on the Period", *Harvard Studies in Classical Philology,* Vol. 63, 1958, pp. 283-288.

Kennedy, George A., "Theophrastus and Stylistic Distinctions", *Harvard Studies in Classical Philology,* Vol. 62, 1957, pp. 93-104.

Kenty, Joanna, "Messalla Corvinus: Augustan Orator, Ciceronian Statesman", *Rhetorica: A Journal of the History of Rhetoric,* Vol. 35, No. 4, [University of California Press, International Society for the History of Rhetoric], 2017, pp. 445-474.

Kurke, Leslie, "Plato, Aesop, and the Beginnings of Mimetic Prose", *Representations,* Vol. 94, No. 1, 2006, pp. 6-52.

Lang, Berel, "Style as Instrument, Style as Person", *Critical Inquiry,* Vol. 4, No. 4, 1978, pp. 715-739.

Lockwood, J. F., "Direction-Posts and the Date of Demetrius De Elocutione", *The Classical Review,* Vol. 52, No. 2, 1938, pp. 59-59.

Lockwood, J. F., "Notes on Demetrius, De Elocutione", *The Classical Quarterly,* Vol. 33, No. 1, 1939, pp. 41-47.

Maidment, K. J., "A Latin Version of Demetrius Περὶ Ἑρμηνείας", *The Classical Review,* Vol. 52, No. 4, 1938, pp. 126-127.

Merrow, Kathleen, " 'The Meaning of Every Style': Nietzsche, Demosthenes,

Rhetoric", *Rhetorica: A Journal of the History of Rhetoric,* Vol. 21, No. 4, 2003, pp. 285-307.

Oduaran, Akpofure, "Linguistic Function and Literary Style: An Inquiry into the Language of Wole Soyinka's 'The Road' ", *Research in African Literatures,* Vol. 19, No. 3, 1988, pp. 341-349.

Paffenroth, Kim, "A Note on the Dating of Demetrius' on Style", *The Classical Quarterly,* Vol. 44, No. 1, 1994, pp. 280-281.

Reid, Robert S., "Dionysius of Halicarnassus's Theory of Compositional Style and the Theory of Literate Consciousness", *Rhetoric Review*, Vol. 15, No. 1, 1996, pp. 46-64.

Richards, Herbert, "Notes on Demetrius Περὶ Ἑρμηνείας", *The Classical Review*, Vol. 20, No. 8, 1906, pp. 393-393.

Rist, J. M., "Demetrius the Stylist and Artemon the Compiler", *Phoenix*, Vol. 18, No. 1, 1964, pp. 2-8.

Robbins, Charles J., "Rhetoric and Latin Word Order", *The Classical Journal*, Vol. 47, No. 2, 1951, pp. 78-83.

Roberts, W. Rhys, "Milton and Demetrius De Elocutione", *The Classical Review*, Vol. 15, No. 9, 1901, pp. 453-454.

Roberts, W. Rhys, "Roberts' Demetrius De Elocutione. Reply to Dr. Rutherford", *The Classical Review*, Vol. 17, No. 2, 1903, pp. 128-134.

Roberts, W. Rhys, "The Greek Words for 'Style.' (With Special Reference to Demetrius Περὶ Ἑρμηνείας.) ", *The Classical Review*, Vol. 15, No. 5, 1901, pp. 252-255.

Russell, D. A., "Demetrius on Style", *The Classical Review*, Vol. 12, No. 3, 1962, pp. 207-209.

Rutherford, W. G., "Roberts' Demetrius De Elocutione", *The Classical Review*, Vol. 17, No. 1, 1903, pp. 61-67.

Schenkeveld, D. M., "The Intended Public of Demetrius's On Style: The Place of the Treatise in the Hellenistic Educational System", *Rhetorica: A*

Journal of the History of Rhetoric, Vol. 18, No. 1, 2000, pp. 29-48.

Schenkeveld, D. M., "Unity and Variety in Ancient Criticism Some Observations on a Recent Study", *Mnemosyne*, Vol. 45, No. 1, 1992, pp. 1-8.

Shorey, Paul, "Horace Ars Poetica 95 and Proclus on the Plain Style", *Classical Philology*, Vol. 1, No. 3, 1906, pp. 293-294.

Solmsen, Friedrich, "Demetrios Περὶ Ἑρμηνείας Und Sein Peripatetisches Quellenmaterial", *Hermes*, Vol. 66, No. 4, 1931, pp. 241-267.

Solmsen, Friedrich, "The Aristotelian Tradition in Ancient Rhetoric", *The American Journal of Philology*, Vol. 62, No. 2, 1941, pp. 169-190.

Tsur, Reuven, "Rhyme and Cognitive Poetics", *Poetics Today*, Vol. 17, No. 1, 1996, pp. 55-87.

Van Den Berg, Sara, "The Play of Wit and Love: Demetrius' on Style and Jonson's 'A Celebration of Chairs' ", *ELH*, Vol. 41, No. 1, 1974, pp. 26-36.

Verene, Donald Phillip, "Speculative Philosophy and Speculative Style", *CR: The New Centennial Review*, Vol. 16, No. 3, Michigan State University Press, 2016, pp. 33-58.

Wooten, C. W., "Demetrius On Style", *The Classical Review*, Vol. 59, No. 2, 2009, pp. 372-373.

Wyatt, William F., "The Prehistory of the Greek Dialects", *Transactions and Proceedings of the American Philological Association*, Vol. 101, 1970, pp. 557-632.

后　记

　　感谢国家社科基金办给予比较充分的时间来完成项目。德米特里著作原文是古希腊文，注释和翻译许多是拉丁文的；研究材料涉及德语、法语、意大利语甚至日语。文字中有许多成语、俚语和典故。内容涉及哲学、政治、历史、经济、地理甚至是军事。

　　例如，在说到短句的时候，德米特里说荷马的《伊利亚特》不适合用短句来写阿克琉斯。他举了一个例子，"悲伤的杆"ἀχνυμένη σκυτάλη。德米特里是从音节的角度来说的，似乎与理论无关，我也似乎可以绕过去。但研究目标之一，首先是"读懂"德米特里著作。这样，我就有义务和责任去探明这个成语的来源，确定其意义。可是在德米特里的著作中无法找到。花了很大的精力，才在一英译本中发现了一条简短的注释，"'杆 rod'是古希腊罗马人用来传递秘密信息的"，但还是不清楚古代人如何用"杆"来传递信息，又是如何保密的，为何又要悲伤。虽然找到了几篇英文文献，但没有找到希腊人的说法，仍然不放心，最终在普鲁塔克的著作中找到了。

　　德米特里常举的一个例子是拉克达蒙人的口头禅，"狄奥尼修斯在科林斯"（Διονύσιος ἐν Κορίνθῳ）。他不厌其烦地反复用到这句话，说它强劲有力。一个简单的主谓结构有何强劲呢？花了大量时间弄清了逻辑推理、语言学的一些知识和故事背景，才发现其奥秘。德米特里研究不仅仅是一个语言的问题。

　　文中涉及的汉译，我尽量采用已发表并被学界认可的译文。一方面当然有偷懒的意味；更重要的是，这样可能会客观一点。若有多种译文的，

后 记

选取权威注释本，译注本资料可能翔实一些。若没有汉译，自己翻译，我一般都会提供希腊原文、出处、英译等，甚至提供多个英文译本。德米特里著作中概念、观点、说法，若汉语中也有类似文本，也会给出。注释文献来源，尽可能提供多个渠道的。这样，使研究理据更充分一点，读者也可比照、查阅、研考。

项目成果的酝酿和书写伴随着生活的辗转。一路走来，感谢诸多师友的指导、提携和关爱。感谢李正荣老师。李老师，除了读书期间的指导和关心，毕业后也每每敦促。为了我的研究，李老师积极帮助邀请斯坦福古典学教授来国内讲学。他自己在俄罗斯、意大利等国访问和工作的时候，遇到与我研究相关的材料都不忘发我。常在邮件和电话中同我讨论项目所涉及问题，帮我思考解决研究遇到的困难。

感谢雷立柏老师。雷老师是我的希腊语、拉丁语老师。这么多年没少烦他，每次雷老师都非常热心帮我排忧解难，给予了不少好的建议。还在北京师范大学读书的时候，他就允诺以后给我们的书作序。那时以为他是在玩笑，只是在鼓励我们好好学习；没想到那时的许诺，他至今记得，一诺千金。而实际上他说很少给别人作序，此次欣然，更多期望。

感谢曹顺庆老师、程正民老师、刘洪涛老师、刘象愚老师、王向远老师、王晓朝老师、徐龙飞老师、杨慧林老师、姚建彬老师、张杰老师。他们热心奖掖后学，令我感佩于心。

感谢景红师姐、永吉、明英、利伟师弟和宝剑师弟。只要他们能帮到的，不厌其烦，总及时帮我找到需要的资料。

感谢我的老师陈文忠先生。先生是长者、学者、智者、仁者。先生总是照顾我年龄老大不小，无论是人多还是和他独处，都没有批评过我；即使我做错了，先生也是从正面去说什么样是对的。这么多年先生对我帮助很大，先生的帮助总是默默的，一些事情我还没想到，先生就为我思虑周全；甚至，事情过了许久，我才知道是先生帮我的。

感谢我的老师汪裕雄先生。先生仙逝，但先生谆谆教导、温温叙谈常萦于耳畔，先生的关爱一直温暖在心。

感谢解光云老师。解老师是研究希腊史的专家，亦师亦友，多有交流指导。感谢安徽师范大学科研处、外国语学院、财务处领导和老师，项目的过程中没少打扰，给我提供了不少的方便。感谢蔡玉辉老师、姚石、管玲玲、吴颖、江群、张涛等同事好友的关心和帮助，我们常在蔡老师的带领下聚啸论学，挥问东西。

感谢湖州师范学院的同事和领导在生活、工作、教学和科研上，给予的指导、关心和帮助。感谢我的学生余乐研、程何雯、岑雨洋帮我编辑和校核文献。

感谢李忠哥。在安徽师范大学工作的时候，许多困难都是兄长不厌其烦关心、帮助克服的。感谢老家的亲人，这几年疫情阻隔，少有回家、探望。感谢五哥的照顾，五哥自己也有工作的压力，每当我忙碌和焦虑，总事事优先于我，分担琐务。夕阳下，德清湖畔，鱼跃波粼，分享思考所得，探讨问题缘起。

感谢中国社会科学出版社，感谢为本书出版付出辛劳的各位老师。感谢郭晓鸿主任的认真、严谨、热情、学识和精益求精的精神，使本书在出版中获益匪浅。

感谢国家社会科学项目成果评审专家的认可、鼓励和中肯意见。在出版修订中尽力遵照各位专家意见完善。但由于学识等各方面的限制，拙作还有许多地方需要改进。恳请、欢迎各位同行、专家赐教，noble315@163.com，特此感谢！

李葛送

2022 年 5 月 20 日谨记